MEGAN HART

Dentro y fuera de la cama

Editado por HARLEQUIN IBÉRICA, S.A.
Núñez de Balboa, 56
28001 Madrid

© 2007 Megan Hart. Todos los derechos reservados.
DENTRO Y FUERA DE LA CAMA, N° 1 - 10.1.13
Título original: Dirty
Publicada originalmente por Harlequin Enterprises, Ltd.
Este título fue publicado originalmente en español en 2009

Todos los derechos están reservados incluidos los de reproducción, total o parcial. Esta edición ha sido publicada con permiso de Harlequin Enterprises II BV.
Todos los personajes de este libro son ficticios. Cualquier parecido con alguna persona, viva o muerta, es pura coincidencia.
® Harlequin y logotipo Harlequin son marcas registradas por Harlequin Books S.A.
® y ™ son marcas registradas por Harlequin Enterprises Limited y sus filiales, utilizadas con licencia. Las marcas que lleven ® están registradas en la Oficina Española de Patentes y Marcas y en otros países.

I.S.B.N.: 978-84-687-2423-2
Depósito legal: M-36690-2012

Capítulo 1

Esto fue lo que pasó:

Lo conocí en una confitería. Él se volvió y me sonrió, y yo me sorprendí tanto, que le devolví la sonrisa. Sweet Heaven no era una tienda para niños, sino un establecimiento refinado donde vendían productos muy selectos. Allí no había piruletas baratas ni chocolatinas normales, era un lugar donde una va a comprar trufas caras de importación para la mujer del jefe porque se siente culpable después de haberse dado un revolcón con él durante una conferencia en Milwaukee.

Él estaba comprando grageas de chocolate y miró hacia la bolsa que yo tenía en la mano, que contenía grageas de un solo color.

—Ya sabes lo que se dice de las verdes —me dijo, con una sonrisita traviesa a la que intenté resistirme.

—¿Que son las que se compran para el día de San Patricio? —de hecho, por eso las había elegido.

—No, que te ponen cachondo.

Han flirteado conmigo un montón de veces, sobre todo tipos carentes de sutileza que creían que lo que tenían entre las piernas compensaba lo que les faltaba entre las orejas. A pesar de todo, a veces me iba a casa con alguno de ellos, porque me gustaba desear y ser deseada, aunque en gran parte fuera una mentira y acabara decepcionada.

—Es una leyenda urbana que se han inventado unos cuantos adolescentes frustrados —le dije.

Su sonrisa se ensanchó. Era su arma más potente, ya que destacaba en un rostro de facciones normalitas. Su pelo del color de la arena mojada y sus ojos azul verdoso eran atractivos por separado, pero resultaban impactantes combinados con aquella sonrisa.

—Buena respuesta —dijo, mientras alargaba la mano.

Cuando se la estreché, tiró de mí poco a poco, paso a paso, hasta que se inclinó un poco hacia mí y me susurró a la oreja:

—¿Te gusta el regaliz?

Me estremecí al sentir la caricia de su aliento en la piel. Sí, me gustaba y me gusta el regaliz, así que me llevó hasta otro de los pasillos y metió la mano en un recipiente lleno de unos pequeños rectángulos negros. En la etiqueta había dibujado un canguro.

—Ten, pruébalo —acercó un trozo de regaliz a mis labios, y yo los abrí a pesar de que había un cartel que prohibía probar la mercancía—. Es de Australia.

El regaliz era suave, delicioso, pegajoso... me pasé la lengua por los dientes, y cuando la saqué y recorrí el lugar donde sus dedos habían rozado mis labios, él sonrió y me dijo:

—Conozco un local que te gustará.

Yo me dejé llevar.

El Cordero Devorado. Era un nombre bastante fuerte para un pequeño bar de estilo británico que estaba situado en una callejuela del centro de Harrisburg. Comparado con los modernos locales y los restaurantes de lujo que habían revitalizado la zona, parecía un poco fuera de lugar, y eso le confería un encanto especial.

El desconocido me llevó a la zona del bar, lejos de los universitarios que estaban cantando en el karaoke que había en un rincón. El taburete se tambaleó un poco cuando me senté, así que tuve que agarrarme a la barra. Pedí un cóctel margarita, pero él negó con la cabeza y enarcó una ceja al decir:

—No, pide un whisky.

—Nunca lo he probado.

—Vaya, así que eres virgen.

Si aquello lo hubiera dicho otro hombre, me habría parecido una marrullería absurda, y a él lo habría catalogado en el apartado de «capullos a los que hay que darles la patada», pero, en su caso, el comentario funcionó.

—Sí, soy virgen —me resultó extraño pronunciar aquella palabra; supongo que hacía mucho que no la usaba.

Él pidió un par de copas de Jameson, un whisky irlandés, y se bebió la suya de un trago. El hecho de que yo jamás hubiera probado el whisky no implicaba que nunca hubiera bebido alcohol, así que me tomé mi copa de un trago sin parpadear. Está más que justificado que también se le llame aguardiente, pero después del ardor inicial, su sabor me inundó la lengua y me recordó el olor de hojas quemándose... cálido, incluso un poco romántico.

—Me gusta ver cómo tragas —me dijo, con un brillo especial en la mirada.

Me inundó de golpe una excitación inmediata, irracional.

—¿Quieren otro? —nos preguntó el camarero.

—Sí —mi acompañante se volvió hacia mí, y me dijo—: Bien hecho.

El cumplido me halagó, aunque no alcancé a entender por qué me resultaba tan importante impresionarlo.

Pasamos un rato bebiendo. El whisky me afectó más de lo que esperaba, aunque a lo mejor fue la presencia de aquel hombre lo que me aturdió y provocó que riera como una tonta ante los sutiles pero sagaces comentarios que hizo sobre la gente que nos rodeaba.

La mujer trajeada de la esquina era una ramera fuera de servicio, y el hombre con la chaqueta de cuero un agente funerario. Mi acompañante fue inventándose historias sobre todos los que nos rodeaban, incluyendo a nuestro amable camarero, que según él tenía toda la pinta de ser un granjero retirado que se había dedicado a cultivar grageas.

—Las grageas no se cultivan en granjas —me incliné un poco hacia delante para tocar su corbata. A primera vista, el estampado parecía uno de esos con puntos y cruces que llevaban muchos hombres, pero me había dado cuenta de que los puntos y las cruces eran en realidad calaveras y huesos.

—¿No? —parecía un poco decepcionado al ver que yo no le seguía el juego.

—No —le di un pequeño tirón a la corbata, y alcé la mirada hacia aquellos ojos azul verdoso que habían empezado a competir con su sonrisa por el puesto de rasgo más atractivo—. Son silvestres.

Él se puso a reír con tanta fuerza, que echó la cabeza un poco hacia atrás. Me dio un poco de envidia ver la naturalidad con la que se comportaba; a mí me habría dado miedo que la gente se quedara mirándome.

—¿A qué te dedicas tú? —me dijo al fin, mientras me atrapaba con una mirada penetrante.

—Soy recolectora furtiva de grageas —susurré, con los labios un poco entumecidos por el whisky.

Él alargó una mano, y empezó a juguetear con un mechón de pelo que se me había soltado de la trenza.

—A mí no me pareces demasiado peligrosa.

Cuando nos miramos en silencio e intercambiamos una sonrisa, me di cuenta de que hacía mucho tiempo que no compartía un momento así con un desconocido.

—¿Te apetece acompañarme a mi casa?

Él me dijo que sí. No me sorprendió que no intentara hacer el amor conmigo aquella noche, lo que me sorprendió fue que no intentara follarme. Ni siquiera me besó, a pesar de que vacilé antes de meter la llave en la cerradura de la puerta y charlé sonriente con él antes de darle las buenas noches.

No me preguntó mi nombre, ni mi número de teléfono. Se limitó a dejarme en la puerta de mi casa, aturdida por culpa del whisky que me había bebido. Lo seguí con la mirada mientras se alejaba por la calle haciendo tintinear las monedas que llevaba en el bolsillo, y entré en casa cuando se desvaneció en la oscuridad.

Pensé en él a la mañana siguiente en la ducha, mientras me lavaba el olor a tabaco del pelo. Pensé en él mientras me depilaba las piernas, las axilas, y el vello púbico. Me miré al espejo mientras me cepillaba los dientes, e intenté ver mis ojos desde su punto de vista.

Eran azules, con unos reflejos blancos y dorados que se veían si uno se fijaba bien. Muchos hombres los habían elogiado, quizá porque decirle a una mujer que tiene los ojos bonitos es una manera segura de averiguar si va a dejar que le pongas una mano en el muslo. El desconocido de la noche anterior solo había elogiado mi forma de beber whisky.

Pensé en él mientras me vestía para ir al trabajo. Me puse unas sencillas bragas blancas que resultaban cómodas tanto por el corte como por la tela, un sujetador a juego que tenía el punto justo de encaje para resultar atractivo, pero que estaba diseñado para sujetar más que para realzar, una falda negra que me llegaba justo por encima de la rodilla, y una blusa blanca con botones. Elegí el blanco y el negro, como siempre, para que la elección me resultara más fácil y porque son unos colores cuya simplicidad me resulta relajante.

Pensé en él mientras iba hacia el trabajo. Llevaba unos auriculares, el escudo de los tiempos modernos, para evitar que algún desconocido me dirigiera la palabra. El trayecto no fue ni más largo ni más corto que de costumbre. Fui contando las paradas como cada día, y miré al conductor del autobús con la misma sonrisa de siempre.

—Que tenga un buen día, señorita Kavanagh.
—Gracias, Bill.

También pensé en él mientras subía los escalones de cemento que llevaban a mi oficina, y mientras entraba por la puerta del edificio cuando faltaban cinco minutos exactos para que empezara mi jornada de trabajo.

—Llegas un minuto tarde —comentó Harvey Willard, el guardia de seguridad.

—Échale la culpa al autobús —contesté, con una sonrisa que sabía que le haría sonrojar, aunque era consciente de que la culpa no la tenía el autobús, sino el hecho de que había ido a paso más lento porque estaba distraída.

Subí en el ascensor, recorrí el pasillo, entré por la puerta de mi despacho, y me senté tras mi mesa. Nada era diferente, pero todo había cambiado. Ni siquiera las columnas de cifras que tenía ante mis ojos podían quitarme de la cabeza al misterioso desconocido.

No sabía cómo se llamaba, y no le había dicho mi nombre. Al principio había creído que sería fácil, que solo éramos dos desconocidos que querían satisfacer un deseo mutuo, que sería una seducción típica en la que no hacían falta nombres que complicaran la situación.

No me gustaba que los hombres supieran mi nombre. Eso les daba una sensación de poder sobre mí que no se merecían, como si al jadear mi nombre mientras se estremecían y se sacudían pudieran cimentar el momento en el tiempo y el espacio. Si no tenía más remedio que darles un nombre, optaba por uno falso, y sonreía cuando lo gritaban con voz ronca mientras se corrían.

Aquel día no estaba sonriente, sino distraída, malhumorada, descentrada... me habría sentido desencantada, pero para eso antes tendría que haber estado encantada.

Le di vueltas al problema como si se tratara de un cálculo mental, separando las ecuaciones y descifrando cada componente, sumando las partes que tenían sentido y dividiendo entre las que no lo tenían. Para cuando llegó la hora de la comida, seguía sin poder quitármelo de la cabeza.

—¿Tuviste una cita excitante anoche? —me preguntó Marcy Peters, una compañera de melena imponente y falda minúscula.

Es de esas mujeres que hablan de sí mismas como si fueran jovencitas, que se ponen zapatos blancos de tacón con unos vaqueros demasiado ajustados, y que van enseñando demasiado escote.

Ella se sirvió una taza de café, y yo un té. Nos sentamos a la mesa del pequeño comedor, y empezamos a desenvolver nuestros respectivos bocadillos. El suyo era de atún, y el mío de pavo con pan integral, como de costumbre.

—Como siempre —le dije, y las dos nos echamos a reír.

Éramos dos mujeres unidas por un vínculo de amistad que no tenía nada que ver con cualidades comunes ni con intereses compartidos. Nuestra alianza formaba la jaula que nos protegía de los tiburones con los que trabajábamos.

Marcy mantiene a raya a los tiburones mostrando su feminidad de forma directa y natural, se comporta como una mujer todopoderosa y misteriosa que puede con todo. Es rubia y curvilínea, y está dispuesta a utilizar sus atributos para conseguir lo que quiere.

Yo prefiero una estrategia más sutil.

Marcy se echó a reír al oír mi respuesta, porque la Elle Kavanagh a la que ella conocía no tenía citas, ni excitantes ni de ninguna otra clase. La Elle que ella conocía era vicepresidenta de una empresa contable, y a su lado la típica bibliotecaria rígida, con gafas y moño parecía lady Godiva.

Marcy no sabía nada sobre mí, y no tenía ni idea de cómo era mi vida más allá de las paredes de Triple Smith y Brown.

—¿Te has enterado de lo de la cuenta Flynn? —Marcy siempre se pasaba la hora de la comida cotilleando sobre compañeros de trabajo.

—No —lo dije para seguirle la corriente, y porque siempre se las ingeniaba para enterarse de las noticias más interesantes.

—La secretaria del señor Flynn envió un archivo equivocado. Sabes que Rob se encarga de gestionar su cuenta, ¿verdad?

—Sí.

—Pues resulta que la secretaria no le envió la cuenta de la empresa, sino la de los gastos privados.

—Supongo que la historia no tiene un final feliz.

—Al parecer, al señor Flynn le gusta llevar la cuenta de cuántos cientos de dólares se gasta en rameras y en tabaco de contrabando —me dijo, con un brillo pícaro en la mirada.

—Pobre secretaria.

—Ha estado tirándose a Bob sin que el señor Flynn se enterara —comentó, con una sonrisa de oreja a oreja.

—¿A Bob Hoover? —aquello no me lo esperaba.

—Sí, ¿puedes creértelo?

—A estas alturas, puedo creerme cualquier cosa —le dije con sinceridad—. La mayoría de la gente suele ser más promiscua de lo que cabría esperar.

—¿Ah, sí? ¿Cómo lo sabes? —me preguntó, mientras me miraba con interés.

—Puras conjeturas —me puse de pie, y tiré los restos de la comida a la papelera.

—Claro —Marcy no parecía decepcionada por mi respuesta; de hecho, era obvio que estaba intrigada.

La miré con una sonrisa dulce y cargada de inocencia, y me fui para que pudiera reflexionar sobre mi misteriosa vida sexual.

Aunque nadie quiera admitirlo, lo cierto es que la gente suele ser poco selectiva a la hora de elegir a alguien con quien follar. Buena apariencia, inteligencia, sentido del humor, dinero, poder... no todo el mundo tiene esas cualidades, y pocas personas tienen más que uno mismo. Es indiscutible que la gente gorda, fea y estúpida también folla, lo que pasa es que los medios de comunicación solo se interesan por las parejas formadas por espectaculares estrellas de cine.

A los hombres no les hace falta quedarse impactados por unas tetas enormes para saber que una quiere ligar con ellos. Incluso las mujeres de aspecto más recatado pueden acabar follando contra una pared, con las bragas alrededor de los tobillos y los ladrillos raspándoles la piel... y hablo por experiencia propia.

Cuando entré en Sweet Heaven no tenía intención de ligar, solo quería comprar unos dulces, así que ¿por qué había accedido a irme con el desconocido? ¿Por qué le había pedido que me acompañara a casa, y me había sentido tan decepcionada cuando se había ido sin más?

El hecho de que aquel día no hubiera salido dispuesta a ligar contribuía a exacerbar mi tortura personal. Me preguntaba si él habría querido entrar en mi casa si lo hubiera conocido en un bar en vez de en la confitería, si yo hubiera tenido el pelo suelto y la blusa medio desabrochada. ¿Se habría acostado conmigo?, ¿me habría besado en el portal?, ¿me habría abrazado por la cintura?, ¿me habría apretado contra su cuerpo?

Jamás lo sabría.

Pensé en él durante todo aquel día, y también al día siguiente. El deseo que sentía por él fue creciendo más y más en mi mente, como un chorro de agua cayendo en un vaso lleno de piedras. Su recuerdo acaparó mis horas de vigilia y penetró en mis sueños, de modo que pasé noches acaloradas entre mantas revueltas.

Observé mi rostro una y otra vez mientras me preguntaba qué era lo que había visto en mí, por qué me había llevado al bar pero no había querido acostarse conmigo. ¿Habría sido culpa mía? No sabía si le había dicho algo inapropiado, si había revelado algún defecto, si mi risa había sido demasiado estridente, si había tardado demasiado en echarme a reír ante alguna ocurrencia suya.

No podía olvidar el olor de su aliento cuando se había inclinado hacia mí y me había preguntado al oído si me gustaba el regaliz, ni el brillo travieso de sus ojos, ni el pequeño pero perfecto hoyuelo que tenía en la barbilla, ni las pequitas que le salpicaban la nariz. Al oír el cálido y profundo sonido de su voz y de su risa, me habían entrado ganas de restregarme contra él y de ronronear como una gata.

La última vez que había ligado con un hombre en un bar y había dejado que me acompañara a casa, el tipo había acabado eyaculando sobre mi falda y vertiendo sobre mi rostro lágrimas con olor a cerveza. Después me había insultado, y me había pedido que le devolviera el dinero que se había gastado al invitarme a un par de copas. Aquel había sido el último en una larga lista de encuentros desastrosos. Jovencitos que no sabían qué hacer con sus vergas, hombres maduros que creían que meterme los dedos durante un par de segundos bastaba como preliminar, tipos de apariencia dulce que se convertían en unos capullos agresivos en cuanto la puerta se cerraba a sus espaldas... el celibato había acabado pareciéndome la mejor opción. Al principio había sido un reto que me había marcado, y al final se había convertido en un hábito. El día en que había conocido al desconocido en Sweet Heaven hacía tres años, dos meses, una semana y tres días desde la última vez que había tenido relaciones sexuales.

No podía quitarme a aquel hombre de la cabeza,

y no podía dejar de pensar en el sexo. Si me cruzaba con algún tipo atractivo, mi coño se tensaba como dedos cerrándose alrededor de una flor. Notaba la fricción constante de los pezones contra el sujetador, y el roce de las bragas contra el clítoris hacía que tuviera ganas de tocarme una y otra vez, al margen del lugar, la hora, o las circunstancias.

Estaba cachonda.

Mis encuentros sexuales nunca habían tenido nada que ver con los sentimientos. Los utilizaba para llenar un vacío interno, para apartar a un lado el nubarrón oscuro del que normalmente podía escapar, pero que a veces me cubría por completo. Iba a bares, a discotecas y al parque en busca de hombres con los que evadirme durante unas horas, con los que pudiera olvidarme de todo. Era consciente de que había elegido el sexo para aliviar un dolor interno. Sabía por qué me comportaba así, por qué parecía una bibliotecaria y me comportaba como una ramera.

Hasta ese momento, no me había importado. Había conocido a hombres que me habían hecho reír, que me habían hecho suspirar, e incluso había conocido a algunos, muy pocos, que habían conseguido que llegara al orgasmo. Hasta ese momento, no había conocido a ninguno al que no pudiera olvidar.

Seguí así durante dos semanas. No hice ningún esfuerzo por mantener la concentración, pero lo logré gracias a la fuerza de la costumbre. Mi trabajo no se resintió, porque los cálculos me salían sin esfuerzo, pero aquella situación afectó a todo lo demás. Me olvidé de enviar el correo, de recoger la ropa de la tintorería, de poner la alarma.

Estábamos en primavera y aún anochecía bastante pronto, así que ya era de noche cuando regresaba a casa en autobús. Aquel día me senté en el lugar de siempre, al fondo, con el abrigo y el maletín pulcramente colocados sobre el regazo y las piernas cruzadas. Mientras miraba por la ventana, empecé a imaginarme el rostro del desconocido y el olor de su aliento. Con la ayuda del movimiento del autobús, empecé a excitarme.

Al principio, me limité a apretar un poco los muslos siguiendo el ritmo de las sacudidas del vehículo. Mi coño empezó a hincharse, y mi clítoris se convirtió en un nudo tenso que presionaba contra la suave tela de las bragas. Mis caderas quedaban ocultas gracias al abrigo y al maletín, y empecé a mecerlas contra el asiento de plástico. Tenía las manos entrelazadas sobre el regazo con naturalidad, así que nadie que me mirara se daría cuenta de lo que estaba haciendo.

Las farolas proyectaban líneas plateadas sobre mi regazo, y creaban fugaces líneas de luz que ascendían por mi cuerpo, desaparecían con rapidez, y daban paso a una oscuridad que quedaba interrumpida al cabo de un instante por una nueva línea luminosa. Empecé a sincronizar mis movimientos con el paso de las luces.

En mi estómago empezó a crearse una tensión de lo más placentera. Contuve el aliento, y lo solté por los labios entreabiertos cuando no pude aguantarlo más. Mantuve los ojos fijos en la ventana, en las luces de la calle, a pesar de que no veía nada. De vez en cuando veía el reflejo de mi rostro, y me imaginé que el desconocido estaba mirándome.

Dentro y fuera de la cama

Mis dedos aferraron con fuerza el maletín de cuero mientras movía el pie hacia arriba y hacia abajo una y otra vez. Al apretar los muslos, empecé a crear una pequeña pero perfecta fricción sobre el clítoris. Estaba deseando tocarme, trazar círculos alrededor de aquel pequeño nudo, meterme los dedos y follarme a mí misma mientras el autobús seguía su camino, pero no lo hice. Seguí meciéndome y tensándome, y cada farola que fuimos dejando atrás fue acercándome al clímax.

Tenía que luchar por quedarme quieta, y la tensión que iba acumulándose era tan grande, que el cuerpo me temblaba. Aquel acto furtivo era nuevo para mí, nunca había hecho algo así. Solía masturbarme a solas en casa, en la bañera o en la cama. Era un acto rápido y directo con el que podía desahogar tensión, pero lo del autobús estaba ocurriendo casi en contra de mi voluntad. Los recuerdos que tenía de él, el movimiento del autobús y mi celibato se habían sumado para lograr que mi cuerpo ardiera con unas llamas que solo podían sofocarse con un orgasmo.

Una gota de sudor empezó a bajarme por la espalda, y acabó deslizándose entre mis nalgas. Aquella sensación, aquel pequeño cosquilleo parecido al roce de una lengua, fue el empujón final. Mi coño se tensó mientras mi cuerpo se ponía rígido. Hinqué las uñas en el maletín. Mi clítoris palpitó de forma espasmódica, y latigazos de puro placer me recorrieron el cuerpo entero.

Me estremecí en silencio, y llamé menos la atención que si hubiera estornudado. Tosí para disimular el pequeño jadeo que solté, y nadie se volvió a mirarme. Al cabo de un segundo, me invadió una relajación total, y me recliné un poco más en el asiento mientras el autobús se detenía en una parada.

Al darme cuenta de que era la mía, me levanté con piernas temblorosas. Estaba convencida de que el olor a sexo se me pegaba como si fuera perfume, pero nadie pareció darse cuenta. Bajé del autobús, alcé la cara hacia el cielo nocturno, y dejé que la llovizna que caía me besara de pies a cabeza. En ese momento, me daba igual que el pelo y la blusa se me mojaran.

Me había masturbado en un autobús pensando en el rostro de aquel hombre, y ni siquiera sabía cómo se llamaba.

Para bien o para mal, el orgasmo del autobús sirvió para aliviar en parte mi deseo. Las cifras volvieron a llenar mi mente en una corriente constante de sumas y restas, y me centré de lleno en mi trabajo. Conseguí varias cuentas importantes que hasta entonces estaban en manos de Bob Hoover; al parecer, él estaba muy ocupado con las felaciones que le hacía la secretaria del señor Flynn a la hora de la comida, y no daba abasto.

A mí no me importaba, porque al tener más trabajo podía demostrarles a los peces gordos que me merecía mi puesto, mi despacho, y los días adicionales de vacaciones; además, así no tenía que inventarme razones para quedarme hasta tarde en el trabajo, ni tenía que elegir entre regresar a casa y enfrentarme a un hogar vacío o ir a algún bar para poner a prueba mi fuerza de voluntad.

Dentro y fuera de la cama

—El sexo es como un pastel relleno de chocolate —comentó Marcy, mientras estábamos en el comedor. Había tenido el detalle de darme un donut de azúcar.

—¿Porque después de disfrutarlo dan ganas de vomitar?

—¿Qué clase de relaciones sexuales tienes, Elle?

—Últimamente, ninguna.

—Me cuesta creerlo —a juzgar por su tono de voz, era obvio que no le costaba en lo más mínimo—. Pero no me extraña, teniendo en cuenta tu actitud.

A pesar de su melena desmedida y de su mal gusto a la hora de vestir, Marcy me hacía gracia.

—Anda, explícame por qué crees que el sexo es como un pastel de chocolate —le dije.

—Porque es lo bastante tentador como para conseguir que una se olvide de todo, y lo bastante satisfactorio como para que una se alegre de haber caído en la tentación.

Me recliné un poco en la silla, y comenté:

—Supongo que anoche te acostaste con alguien, ¿no?

Cuando me miró con una expresión de inocencia fingida, me di cuenta de que aquella mujer me caía bien. Ella parpadeó varias veces, y me dijo:

—¿Quién, yo?

—Sí, tú —dejé el donut en la bolsa, y agarré el último trozo de pastel—. Y estás deseando contarme lo que pasó, así que deja de andarte por las ramas. Como entre alguien, vamos a tener que fingir que estamos hablando del tiempo.

Marcy soltó una carcajada, y comentó:

—No sabía si querrías que te lo contara.

—De verdad crees que no me gusta el sexo, ¿verdad? —le dije, mientras la observaba con atención.

Ella me miró con una sonrisa sincera, y en su rostro relampagueó una expresión rara, como de pena, que no me hizo ninguna gracia.

—No lo sé, Elle. No te conozco lo suficiente como para hablar con conocimiento de causa, pero a veces te comportas como si solo te interesara el trabajo.

«Oír algo de lo que una es consciente no debería resultar demasiado chocante, pero suele serlo», tuve ganas de contestarle de inmediato, pero tenía un nudo en la garganta y sentía el escozor de las lágrimas en los ojos. Parpadeé varias veces para impedir que cayeran y me llevé una mano al estómago, que se me había encogido al reconocer lo ciertas que eran aquellas palabras.

A pesar de su apariencia y de que a veces finge ser una rubia sin sesera, Marcy no es ninguna tonta. Antes de que pudiera apartarme, alargó una mano, la posó sobre la mía, y me dio un pequeño apretón. Se apartó antes de que yo tuviera tiempo de reaccionar, y me dijo con voz suave:

—Oye, no pasa nada. Todos tenemos nuestros puntos débiles.

En ese momento, tuve la oportunidad de entablar una amistad de verdad con ella, más allá de una mera relación de trabajo. He estado al borde de tantas cosas, tantas veces, que casi siempre me echo atrás. Si decir la verdad puede abrir una puerta, miento. Si una sonrisa puede granjearme un contacto útil, giro la cara.

Pero aquella vez me sorprendí a mí misma, y seguramente también a Marcy, porque no hice lo de siempre. La miré con una sonrisa, y le dije:

—Venga, cuéntame lo de tu cita de anoche.

Me lo contó todo de forma tan detallada, que me ruboricé. Me lo pasé genial. Cuando llegó la hora de que regresáramos a nuestros respectivos despachos, me detuvo al darme otro apretón en la mano y me dijo:

—Podríamos salir juntas algún día.

Dejé que me apretara la mano porque parecía muy sincera, y porque habíamos pasado un buen rato.

—Claro, ya quedaremos.

—¿En serio?

El apretón de manos se convirtió en un súbito abrazo que hizo que me tensara de pies a cabeza. Después de darme unas palmaditas en la espalda, Marcy retrocedió unos pasos. No sé si se dio cuenta de que su gesto me había convertido en una efigie rígida, porque no hizo ningún comentario al respecto.

—Genial —se limitó a decir.

—Sí, genial —le dije yo, con una sonrisa.

Su entusiasmo resultaba contagioso, y hacía mucho que no tenía una amiga. Más tarde, empecé a tararear una canción en voz baja mientras estaba en mi despacho.

La euforia no suele durar, y la mía se desvaneció cuando abrí la puerta de mi casa y vi que la lucecita del contestador estaba parpadeando. En casa no suelo recibir demasiadas llamadas. El médico, algún vendedor, alguien que se ha equivocado de número, mi hermano Chad... y mi madre. Apenas pude apartar la mirada del número cuatro que aparecía en el contestador. ¿Cuatro mensajes en un día?, seguro que los había dejado ella.

Odiar a tu propia madre es un cliché que los cómicos utilizan para hacer reír al público. Hay psiquiatras que basan sus carreras en diagnosticar ese tipo de casos. Las empresas que fabrican postales hurgan más en la herida, ya que los consumidores se sienten tan culpables por lo que sienten de verdad por sus madres, que están dispuestos a gastarse cinco dólares por un trozo de papel que contiene alguna frase emotiva que ellos no han escrito, y que refleja un sentimiento que no sienten.

No odio a mi madre, aunque lo he intentado con todas mis fuerzas. Si la odiara, quizá podría apartarla de mi vida de una vez, romper con ella del todo, acabar con la tortura que me inflige. Por desgracia, no he aprendido a odiarla, así que lo único que puedo hacer es ignorarla.

—Contesta de una vez, Ella.

La voz de mi madre es como una sirena nasal que desprende desdén y que avisa a los otros barcos de que se mantengan alejados de mí, ya que para ella soy una gran decepción. No puedo odiarla, pero puedo odiar tanto su voz como el hecho de que me llame Ella en vez de Elle.

Ella es un nombre adecuado para una jovencita indefensa, para una huérfana rodeada de desolación. Elle tiene más clase, denota más firmeza. Es el nombre por el que optó una mujer que quería que la gente la tomara en serio. Mi madre insiste en llamarme Ella porque sabe que no me gusta.

En el cuarto mensaje ya estaba diciendo que no le merecía la pena vivir por culpa de la ingrata de su hija, y que había tenido que sufrir la vergüenza de pedirle a una vecina, Karen Cooper, que fuera a la farmacia por ella, porque su hija no estaba dispuesta a cuidarla.

A mi madre siempre parecía olvidársele que tenía un marido perfectamente capaz de hacerle los recados.

—¡Y no olvides que me dijiste que vendrías a verme pronto! —me dijo, con un grito que me sobresaltó.

Al final del mensaje hubo una breve pausa. Seguro que había creído que en realidad estaba en casa y que me había negado a descolgar el teléfono, y había esperado un poco antes de colgar para ver si podía pillarme.

En ese momento, el teléfono empezó a sonar de nuevo, así que descolgué con resignación. Ni siquiera me molesté en intentar defenderme, y ella estuvo hablando durante diez minutos seguidos.

—Estaba trabajando, mamá —alcancé a decir, cuando ella se calló para encender un cigarro.

—¿Hasta tan tarde? —me preguntó, con tono despectivo.

—Sí, mamá, hasta tan tarde —según el reloj, eran las ocho y diez—. He venido en autobús.

—Tienes un coche, ¿por qué no lo usas?

Como sabía que no iba a prestarme la más mínima atención, no me molesté en explicarle otra vez por qué prefería usar el transporte público, que era más rápido y fácil.

—Tendrías que encontrar un buen marido.

Contuve las ganas de soltar un suspiro, porque aquel comentario indicaba que el sermón estaba a punto de acabar.

—Aunque no sé cómo vas a conseguirlo, porque

a los hombres no les gustan las mujeres que son más listas que ellos, ni las que ganan más... —hizo una pequeña pausa intencionada, y añadió—: Ni las que no se cuidan.

—Sí que me cuido, mamá —yo hablaba desde un punto de vista financiero, pero sabía que ella se refería a tratamientos de belleza y manicuras.

—Ella, podrías ser una mujer atractiva...

Me miré al espejo mientras mi madre hablaba, y vi el reflejo de una mujer a la que mi madre no conocía.

—Ya está bien, mamá. Voy a colgar.

No me costó imaginarme la mueca que debió de hacer al oír que su única hija le hablaba de forma tan cortante.

—De acuerdo.

—Te llamaré pronto.

—No olvides que me prometiste que vendrías a verme, Ella.

—Sí, ya lo sé, pero... —solo con pensar en ir a verla, se me formó un nudo en el estómago.

—Tienes que llevarme al cementerio.

La mujer del espejo pareció sobresaltarse ante aquellas palabras, pero a mí no me afectaron. No, no sentía nada, a pesar de lo que pudiera mostrar mi propio reflejo.

—Ya lo sé, mamá.

—Este año no vas a poder escaquearte...

—Adiós, mamá.

Colgué a pesar de que ella seguía protestando, y de inmediato marqué otro número.

—Hola, Marcy. Soy Elle.

Marcy se mostró gratamente sorprendida cuando

le pregunté si le apetecía que quedáramos para salir algún día. Era justo la reacción que necesitaba. Si se hubiera mostrado demasiado entusiasmada, me lo habría replanteado, y si se hubiera comportado con desgana, me habría desdicho.

—Podríamos ir al Blue Swan —me dijo con firmeza. Era como si estuviera tendiéndome una mano, como si quisiera ayudarme a cruzar un puente que se balanceaba sobre un abismo; en cierto modo, era lo que estaba haciendo—. Es un local pequeño, pero ponen buena música y va gente de todo tipo. Las bebidas están bien de precio, y no está lleno de tipos desesperados por ligar.

Me parecía muy amable de su parte que siguiera creyendo que yo les tenía miedo a los hombres. Marcy no sabía que me había acostado con cuatro tipos en cuatro días seguidos, y tampoco sabía que no era el sexo lo que me asustaba.

Su amabilidad me hizo sonreír. Quedamos en salir el viernes, después del trabajo. No me preguntó qué era lo que me había hecho cambiar de opinión.

Colgué sin dejar de mirar a la mujer del espejo. Me sentí mal por ella al ver que parecía a punto de echarse a llorar. Tenía el pelo oscuro, y solo vestía en blanco y negro. Podría haber sido guapa si se cuidara, si no fuera más lista que muchos hombres, si no ganara más dinero que ellos. Sentí lástima por ella, pero también la envidié; ella, al menos, podía llorar, y yo era incapaz de hacerlo.

Capítulo 2

Cuando llegué a casa el jueves por la noche, vi que alguien me esperaba en el portal. La persona en cuestión iba toda de negro: llevaba una sudadera negra, unos vaqueros y unas zapatillas de deporte del mismo color, tenía el pelo teñido de negro y medio cubierto por la capucha de la sudadera, y también llevaba las uñas pintadas de aquel color.

—Hola, Gavin —metí la llave en la cerradura, y él se puso de pie.

—Hola, señorita Kavanagh. ¿Quiere que la ayude?

Agarró mi bolso, y entró tras de mí.

Después de colgarlo en el perchero de la entrada, añadió:

—He venido a devolverle el libro que me dejó.

Gavin era vecino mío, vivía a mi izquierda. No conocía a su madre, aunque la había visto a menudo cuando se iba a trabajar. Alguna que otra vez había oído voces que procedían de su casa, porque estamos pared con pared, así que procuraba no pasarme con el volumen de la tele.

—¿Te ha gustado?

—No tanto como el otro —me dijo, mientras dejaba el libro sobre la mesa.

Le había dejado *El caballo y el muchacho*, de C. S. Lewis.

—Gav, hay mucha gente que solo ha leído *El león, la bruja y el armario*. ¿Quieres otro?

Gavin tenía quince años, y era un típico gótico que llevaba ropa de Jack Skellington y se ponía un montón de lápiz de ojos. Era un buen chico, le gustaba leer, y no parecía tener demasiados amigos. Dos años antes, había venido a casa para preguntarme si quería que me cortara el césped. La verdad era que no lo necesitaba, porque mi jardín es más pequeño que un coche, pero lo contraté porque me pareció muy sincero.

Se pasaba más tiempo tomando prestados mis libros y ayudándome a quitar el papel de las paredes que arreglando mi diminuto jardín, pero me caía bien. Era tranquilo y educado, y mucho más alegre de lo que cabría esperar de un gótico; además, se le daban bien algunas tareas que a mí me resultaban de lo más tediosas, como despegar los restos que quedaban en las paredes cuando nos pusimos a quitar los empapelados que habían ido superponiéndose durante dos décadas en las paredes de mi comedor.

—Sí, gracias. Se lo devolveré el lunes.

Fuimos a la cocina, y puse una caja de galletas de chocolate sobre la mesa antes de decirle:

—Devuélvemelo cuando te vaya bien.

—¿Quiere que le eche una mano esta noche? —me preguntó, mientras agarraba una galleta.

En cuanto las palabras escaparon de su boca, los dos nos miramos sin saber cómo reaccionar. Él parecía tan mortificado, que tuve que darle la espalda mientras contenía las ganas de echarme a reír. No quería avergonzarlo aún más.

—Ya he acabado de quitar el papel, pero me iría bien que me ayudaras a empezar a pintar.

—Vale —me dijo, claramente aliviado.

—¿Qué tal te va?, hacía días que no te veía —le dije, mientras sacaba una pizza del congelador y la metía en el horno.

—Sí, es que... mi madre va a volver a casarse.

No solíamos hablar demasiado, y me parece que los dos estábamos satisfechos con aquella situación. Él me ayudaba a renovar mi casa, y yo le pagaba con galletas, pizza, libros, y con un lugar al que ir cuando su madre estaba fuera, que solía ser bastante a menudo.

Hice un gesto vago de asentimiento mientras servía dos vasos de leche. Gavin sacó varias servilletas de un armario, las colocó en la mesa, y volvió a sentarse después de lavarse las manos. El esmalte negro de las uñas se le había saltado un poco.

—Mi madre dice que este novio es el definitivo.

—Qué bien —comenté, mientras ponía sobre la mesa el queso rallado y el ajo en polvo.

—Sí —no parecía demasiado convencido.

—¿Vais a mudaros?

Alzó la cabeza de golpe, y me miró sobresaltado. Sus ojos oscuros resaltaban en la palidez de su cara.

—¡Espero que no! —exclamó.

—Yo también, aún me queda por pintar el comedor entero —esbocé una sonrisa, y él me devolvió el gesto al cabo de un momento.

No hacía falta ser adivino para notar que algo le preocupaba, y tampoco había que ser un genio para saber de qué se trataba. Podría haber hecho de mentora, podría haber empezado a hacerle preguntas en plan comprensivo, pero no teníamos una relación de esas en las que uno comparte secretos y profundas revelaciones. Él era el chico que vivía en la casa de al lado y que me ayudaba con algunas tareas domésticas. No sé lo que significo para él, pero dudo mucho que me vea en el papel de consejera.

Cuando sonó el temporizador del horno, serví la pizza en dos platos. Gavin espolvoreó su ración con un poco de ajo en polvo, y yo añadí a la mía queso rallado. Mientras comíamos, charlamos sobre el libro que le había prestado, y estuvimos debatiendo sobre si iba a revelarse la identidad del asesino en el siguiente episodio de una serie policíaca que nos gustaba a los dos.

Me ayudó a poner el lavaplatos, y a guardar la pizza que había sobrado. Para cuando bajé de nuevo a la primera planta después de cambiarme de ropa, él ya había cubierto el suelo con una lona protectora y había abierto el bote de pintura.

Estuvimos pintando con la radio puesta durante varias horas. Antes de marcharse a casa, Gavin le echó un vistazo a mis estanterías para escoger otro libro.

—¿De qué va este? —me preguntó, antes de enseñarme mi desgastada copia de *El principito*.

—De un príncipe que vive en el espacio exterior

—era la respuesta fácil. Cualquiera que hubiera leído aquella obra de Antoine de Saint-Exupéry sabría que el contenido de la historia no era tan simple.

—Genial, ¿puedo llevármelo?

Dudé por un momento. Aquel libro había sido un regalo que me habían hecho, pero, por otra parte, llevaba años sin prestarle la más mínima atención.

—Sí, claro.

—¡Genial! ¡Muchas gracias, señorita Kavanagh! —me dijo, con la primera sonrisa de verdad que esbozaba en toda la velada, antes de irse.

Me quedé mirando durante unos segundos el espacio vacío que había dejado el libro, y después me puse a limpiar.

Aquella noche, soñé con una habitación llena de rosas. Me desperté sobresaltada, con los ojos muy abiertos, y encendí la lamparita. La oscuridad retrocedió acobardada ante la luz, y quedó relegada a las esquinas en sombra de la habitación. Permanecí tumbada en la cama durante unos minutos, pero al final me rendí y descolgué el teléfono.

—Casa del Pecado.

—Hola, Luke —no pude evitar sonreír.

No conozco en persona a la pareja de mi hermano. Viven en California, así que están a un mundo de distancia de mi rinconcito seguro en Pensilvania. Chad no viene a casa, y a mí no me gusta volar. De momento, no ha surgido la oportunidad de vernos.

—Hola, ¿cómo está mi chica?

Pese a que no nos conocemos en persona, Luke y

yo tenemos una relación cordial, y su respuesta me reconfortó.

—Bien, gracias.

Él chasqueó con la lengua, pero no hizo ningún comentario al respecto. Chad se puso al teléfono al cabo de un momento, y no se mostró tan cauto como su pareja.

—Ahí ya es más de medianoche, cariño. ¿Qué pasa?

Chad es mi hermano pequeño, pero teniendo en cuenta cuánto me cuida y se preocupa por mí, nadie lo diría. Me tumbé mejor en la cama, y me puse a contar las grietas del techo.

—No puedo dormir.

—¿Tienes pesadillas?

—Sí —admití, antes de cerrar los ojos.

—¿Qué pasa, cielo? ¿Tu madre vuelve a darte la lata?

No me molesté en recordarle que también era su madre.

—Es lo de siempre, quiere que vaya con ella.

No hizo falta que le dijera adónde. Al oír que mascullaba algo entre dientes, no me costó imaginarme su expresión. Su reacción me hizo sonreír. Por eso lo había llamado, porque sabía que Chad me animaría un poco.

—Dile a la Reina Dragón que te deje en paz. Puede ir ella solita a donde le dé la gana. Tendría que dejar de agobiarte.

—No le gusta conducir, Charlie —permanecí en silencio mientras él soltaba una ristra de palabrotas y de insultos de lo más imaginativos, y al final le dije—: Tu creatividad y tu vehemencia me dejan atónita, eres un as.

—¿Te encuentras mejor?
—Sí.
—Dime, ¿qué más te pasa?
—Nada —le dije, a pesar de que no pude evitar pensar en el hombre de la confitería.

Chad permaneció en silencio durante unos segundos, y al ver que yo no añadía nada más, soltó un bufido y me dijo:

—Mi querida Ella, mi cielo, mi amor, mi cosita preciosa... no me trago que me hayas llamado a estas horas para hablar de la Reina Dragón, seguro que pasa algo más. Venga, suéltalo de una vez.

Quiero a mi hermano de todo corazón, pero no estaba dispuesta a contarle que estaba obsesionada con un desconocido al que le gustaban las corbatas raras y el regaliz. Hay cosas demasiado privadas, que no se cuentan ni a alguien que conoce todos tus secretos más profundos. Le dije que estaba un poco agobiada con el trabajo y las reformas de la casa, y él aceptó la excusa sin demasiada convicción.

Dejamos a un lado mi patético estado mental, y Chad me contó cómo le iba en la residencia de ancianos en la que trabajaba, me dijo que iba a conocer en breve a los padres de Luke, y añadió que estaban pensando en comprarse un perro. Mi hermano vivía muy bien. Tenía un buen trabajo, una casa acogedora, y una pareja que lo amaba. Fui relajándome mientras lo oía hablar. Mi cuerpo fue amoldándose a la cama, y empecé a quedarme adormilada.

Fue entonces cuando Chad dejó caer la bomba.

—Luke quiere que nos planteemos la posibilidad de tener hijos —me dijo, en voz baja.

A veces puedo ser un poco torpe, pero no hacía

falta ser una lumbrera para saber que la respuesta adecuada en una situación así no es «no estarás pensando en decirle que sí, ¿verdad?», sino «qué bien, es una idea fantástica».

Al final, no opté por ninguna de las dos opciones.

—¿Qué es lo que quieres tú, Chaddie?

—No lo sé. Luke dice que yo sería un buen padre, pero no lo tengo tan claro.

Estaba convencida de que mi hermano sería un gran padre, pero sabía por qué se mostraba tan reacio.

—Tienes un corazón enorme, Chad.

—Sí, pero... los niños necesitan muchas cosas.

—Sí.

Permanecimos en silencio durante unos segundos. A pesar de la distancia que nos separaba, estábamos unidos por los sentimientos que compartíamos. Finalmente, carraspeó y pareció recuperar su naturalidad habitual.

—Estamos planteándonoslo, nada más. Le dije que antes deberíamos comprar un perro, para ver cómo nos iba.

Yo ni siquiera habría sido capaz de asumir la responsabilidad de tener una mascota.

—Todo saldrá bien, Chad. Ya sabes que tienes mi apoyo, decidas lo que decidas.

—Serías la tía Ella —me dijo, con una carcajada.

—La tía Elle.

—Sí, es verdad. Te quiero, conejito de peluche.

«Conejito de peluche» no era un apelativo cariñoso que me entusiasmara demasiado, pero no protesté.

—Yo también te quiero, Chad. Buenas noches.

Cuando colgamos, empecé a darle vueltas al tema. Me costaba imaginarme a mi hermano en el papel de padre.

Volví a dormirme mientras imágenes de niños sonrientes revoloteaban por mi mente; al menos, era mejor que soñar con rosas rojas.

El viernes llegó más rápido de lo que esperaba. Era la primera vez que iba al Blue Swan, y la descripción de Marcy se ajustaba a la realidad. Más que una discoteca, era una especie de cafetería con un ambiente acogedor. Había una pista de baile en la que la gente se movía al ritmo de una animada música electrónica, luces con un suave tono azulado, sillones mullidos, y en el techo negro había dibujado un interesante despliegue de bebidas y de estrellas.

Marcy me presentó a Wayne, su nuevo ligue, que era la viva imagen del típico ejecutivo pujante. Llevaba un corte de pelo que debía de haberle costado unos cien dólares, y una corbata de diseño en la que no había ni una sola calavera y que me pareció de lo más sosa. Me estrechó la mano al saludarme, y la verdad es que no me miró el escote de forma obvia. Incluso pagó mi primer cóctel margarita de la noche.

—¿Piensas desmelenarte esta noche, Elle? —me preguntó Marcy, sonriente.

—No pasa nada por tomar una copa, Marcy. Eres tú la que se emborracha con solo probar el alcohol, cielo —su tono de voz era cariñoso, así que sus palabras no parecieron condescendientes. Tenía el brazo extendido sobre la barra, por detrás de Marcy, y empezó a juguetear con uno de sus largos mechones de pelo. Se volvió hacia mí, y me dijo—: Ya verás, acabaremos sacándola de aquí a cuestas.

Marcy hizo una mueca y le dio un pequeño codazo, pero no parecía ofendida.

—No le hagas caso, Elle —me dijo.

—Lo que me importa es acabar en la cama contigo, Marcy, me da igual lo borracha que estés...

—¡Wayne! —exclamó ella, mientras le daba un codazo bastante más fuerte.

Me lanzó una mirada de disculpa, y yo me encogí de hombros. Marcy parecía creer que el comentario de su ligue me había avergonzado, pero no había sido para tanto. Me gustaba demasiado la bebida como para convertirme en una alcohólica. Me gustaba el olvido, la forma en que la bebida me embotaba la mente y apartaba a un lado mi necesidad constante de contar, catalogar y calcular.

La bebida es la soga con la que mi padre intenta ahorcarse. Entiendo por qué lo hace; al fin y al cabo, está casado con mi madre. Está jubilado, tiene sesenta y tantos años, y la bebida ha pasado a ser tanto su ocupación principal como su pasatiempo preferido. Puede que también sea su escudo, no lo sé. No hablamos del tema. No somos la única familia que tiene problemas, pero ¿a quién le importa lo que pase en otras casas?, uno ya tiene bastante con lidiar con su propia familia.

—Así que trabajas con Marcy, ¿no? —Wayne ganó unos cuantos puntos al mostrar un interés sincero.

—Sí. Ella está en contabilidad pública y yo en administrativa, pero trabajamos para la misma empresa.

—Yo me dedico a asesinatos y ejecuciones —me dijo él, con una sonrisa.

—¡Wayne! —exclamó Marcy de inmediato—. Quiere decir que...

—Que trabaja en fusiones y adquisiciones. Sí, lo he pillado.

—Vaya, así que has visto *American Psycho* —parecía impresionado.

—Sí, claro.

—Wayne se cree Patrick Bateman... excepto por lo de matar a prostitutas con una motosierra —apostilló Marcy.

—Bueno, nadie es perfecto —dije, con la mirada fija en él.

Wayne se echó a reír, y comentó:

—Tu amiga me cae bien, Marcy.

Ella se volvió hacia mí, y contestó:

—Sí, a mí también.

A veces, se comparte con alguien un momento que no tiene nada que ver con quién eres, ni con lo que estás haciendo. Marcy y yo nos echamos a reír como dos tontitas.

No estaba acostumbrada a reírme así, pero me gustó la experiencia. Wayne nos miró de hito en hito, y finalmente se encogió de hombros ante nuestra absurdidad femenina.

—Brindo por los asesinatos y las ejecuciones, y por todas las cosas materialistas y superficiales —dijo, mientras alzaba su jarra de cerveza.

Brindamos, bebimos, y seguimos charlando. Teníamos que hablar bastante alto por culpa de la música. Empecé a relajarme, y dejé que el alcohol y la música fueran destensándome los hombros.

Dentro y fuera de la cama

—Me toca pagar a mí —dije, cuando Wayne se ofreció a invitarnos a otra ronda.

—No pienso discutir contigo, mi madre me enseñó que las mujeres siempre tienen razón. Invíteme si quiere, señorita Kavanagh. Soy lo bastante hombre como para aceptar la generosidad de una mujer.

—Sí, claro. Lo que pasa es que estás tan borracho, que no tienes ganas de ir a la barra —le dijo Marcy.

Él sonrió de oreja a oreja, la atrajo hacia sí, y empezó a besarla. Me sentí como una mirona, y decidí que era hora de dejarlos unos minutos a solas; en cualquier caso, quería levantarme para ver lo borracha que estaba. Tres años atrás, dos copas no me habrían afectado tanto.

Aproveché un espacio libre que había en la barra, y el camarero me atendió de inmediato. Era consciente de que flirtear formaba parte de su trabajo, pero su sonrisa me llenó de calidez. Como cualquier otra mujer, me gusta ser apreciada. Le devolví la sonrisa, y le pedí una botella de agua para mí y dos cervezas.

—Nada de agua, sírvele un whisky.

No me giré para ver al propietario de aquella voz que llevaba tres semanas atormentándome. El camarero esperó a que yo asintiera, y entonces me sirvió el whisky sin mediar palabra.

—Hola —me dijo el desconocido de la confitería.

Me volví hacia él, y le dije:

—Hola.

El local había ido llenándose durante el transcurso de la noche, y el gentío que nos rodeaba nos acercó un poco más. Él me miró con una sonrisa. Bajo la luz de los focos, sus ojos parecían más azules de lo que recordaba.

—Qué casualidad, no esperaba encontrarte aquí —me dijo.

—Yo tampoco.

Su mirada recorrió las líneas de mi rostro, la sentí como una caricia tangible. Cuando alguien intentó abrirse camino hacia la barra por detrás de él y lo empujó un poco, me agarró el brazo justo por encima del codo para que el súbito impacto no me desestabilizara, y no me soltó.

—¿No vas a beberte el whisky? —me preguntó, sin apartar la mirada de mí.

—No, ya he bebido bastante por hoy.

El gentío que nos rodeaba nos obligó a acercarnos más el uno al otro. Él bajó la mano por mi brazo hasta colocarla en la curva de mi cintura. Lo hizo con tanta naturalidad, que cualquiera habría pensado que hacía años que nos conocíamos. El contacto fue tan descarado, que contuve el aliento.

—Así que eres una buena chica, ¿no?

Cualquier otro que me hubiera llamado «chica» se habría ganado un buen pisotón, y quizá incluso le habría tirado la bebida a la cara. Pero como se trataba de él, no pude evitar esbozar una pequeña sonrisa. Nos acercamos más, como imanes que se atraen, y no fue por la presión de la gente que nos rodeaba.

—Depende de lo que entiendas por «buena».

Su mano se abrió sobre mi cintura, y su pulgar empezó a juguetear con la tela de mi camisa.

—¿Estás flirteando conmigo? —me preguntó.

—¿Quieres que lo haga?

Dentro y fuera de la cama

—¿Estás dispuesta a hacer lo que yo te diga?

Se me aceleró el corazón cuando me susurró aquellas palabras al oído. Estábamos muslo contra muslo, vientre contra vientre. Nuestras bocas estaban lo bastante cerca como para besarse. Su aliento me acariciaba la oreja y el cuello.

—Sí —le dije.

—Quiero que te bebas ese whisky.

Lo hice sin protestar. El licor me bajó ardiendo por la garganta, y recorrió mis venas como el fuego. Él había deslizado la mano hasta la base de mi espalda, y me mantenía apretada contra su cuerpo a pesar de que la presión de la gente que nos rodeaba había disminuido un poco, y ya no hacía falta que estuviéramos tan cerca.

—Suéltate el pelo.

Era una orden, pero expresada a modo de petición. Cuando me quité el pasador que me sujetaba el moño, la larga melena cayó libre sobre mis hombros, por mi espalda, y le acarició el rostro.

—Baila conmigo.

Se apartó un poco para mirarme a los ojos. Su mirada reflejaba un brillo de deseo inconfundible. Su mano seguía posada en mi espalda.

—¿Es eso lo que quieres? —intenté parecer seductora, incitante, pero mis palabras reflejaron cierta timidez.

Él asintió con expresión seria. En ese momento, solo era capaz de ver sus ojos fijos en los míos, solo podía sentir las zonas donde se tocaban nuestros cuerpos.

—Sí, eso es lo que quiero —me dijo él.

Le di lo que me pedía. La pista de baile estaba

más abarrotada que la barra del bar, así que había menos espacio para poder maniobrar, pero casi nadie estaba bailando de verdad. Algunos saltaban y se contoneaban al ritmo de la música, pero no puede decirse que bailaran.

Él me tomó de la mano, entrelazó sus dedos con los míos, y me condujo al centro de la pista. Un paso, y me atrajo hacia su cuerpo; otro paso, y sus manos se posaron en mi cintura como si estuvieran hechas a medida para encajar con mis curvas; tres pasos, y su muslo se deslizó entre los míos. Aquellos puntos de contacto me centraron, me mantuvieron anclada.

Allí no podíamos hablar, no habríamos podido oírnos ni a gritos por culpa de la música. El ritmo iba acompasado con el latido que me retumbaba en la boca del estómago, en la garganta, en las muñecas, en la entrepierna. El gentío se movía a nuestro alrededor como el océano contra las rocas, se dividía y retrocedía antes de rodearnos de nuevo, y nos presionó aún más cuando empezó otra canción y la pista de baile se llenó más.

Él había dejado de sonreír. Era como si estuviera tomándose aquello muy en serio, como si no fuera consciente de lo que nos rodeaba, como si su mundo se hubiera centrado en mí. Su mirada hizo que me estremeciera.

Me sobresalté un poco cuando subió una mano hasta colocarla debajo de mi pecho, pero no tenía espacio para apartarme. Alcé la mirada hacia aquellos ojos brillantes, y me perdí en ellos.

Nos movimos al unísono, y mi mano se deslizó por su hombro hasta llegar a su nuca. Su pelo rubio me hizo cosquillas en los nudillos, y el calor de su mano pareció quemarme a través de la blusa. Mi estómago se inundó de calor mientras se restregaba contra su ingle.

Hacía mucho que no bailaba con nadie, y una eternidad desde la última vez que había sentido las caricias de las manos de un hombre, que había visto mi propio deseo reflejado en los ojos de otra persona. Me quedé sin aliento, y me humedecí los labios con la lengua. Él siguió el movimiento con la atención de un gato que está a la caza de un ratón.

Alzó la mano hasta mi pelo, y me instó a que echara la cabeza hacia atrás. Cuando deslizó los labios por mi cuello desnudo, solté un jadeo que no alcancé a oír. Me acercó más hacia su cuerpo, y me rendí a sus deseos.

El gentío se había convertido en un cuerpo que se movía al ritmo sensual de la música, era una entidad que nos tenía a nosotros en el centro. Estábamos tan pegados el uno al otro, que me costaba distinguir dónde terminaba mi cuerpo y empezaba el suyo. Parpadeé al notar que su mano subía hasta abarcar mi seno por encima de la blusa. Solo era consciente de su rostro, que quedaba ensombrecido por las luces verdes y azules que palpitaban al ritmo de la música.

Nadie nos miraba, nadie nos veía. Habíamos pasado a ser parte de un todo más grande, pero al mismo tiempo estábamos al margen. La pareja que estaba junto a nosotros empezó a besarse, sus lenguas se entrelazaron mientras se acariciaban el uno al otro. La pista de baile se había convertido en una orgía de lujuria que se olía y se saboreaba de forma tangible. La vi reflejada en sus ojos, y supe que él también la veía en los míos. Sin interrupción alguna, con fluidez, la música cambió de nuevo y volvió a sonar la canción anterior.

Los cuerpos que nos rodeaban hicieron que nos apretáramos más. El sudor me caía por la espalda, y a él le perlaba la frente. Todo se había convertido en calor y en ritmo.

Al notar que su erección presionaba contra mi vientre, abrí la boca ligeramente en una reacción silenciosa. Él fijó la mirada en mis labios con expresión tensa, como si estuviera dolorido.

Su boca no se tensó por dolor, lo supe por la forma en que su mandíbula se puso rígida cuando otro envite del gentío me apretó contra su cuerpo. La mano que cubría mi trasero se abrió, subió hasta llegar a la base de mi espalda, volvió a bajar, y me apretó aún más contra su erección.

Estaba perdida. Estaba perdida en sus ojos, en sus caricias, en el latido rítmico de la música y la lujuria. Llevaba mucho tiempo conteniendo mis propios deseos, y no podía seguir luchando.

Vi el brillo de sus ojos, y supe el momento exacto en que notó mi reacción. Si él hubiera sonreído con petulancia o me hubiera mirado con lascivia, me habría largado de allí, pero entornó un poco los ojos y su expresión reflejó una mezcla de determinación y de admiración. Me miró como si estuviera dispuesto a dejar que la música siguiera para siempre, como si le diera igual no volver a mirar a ninguna otra mujer en su vida.

Deslizó la mano hasta mi muslo, agarró el borde de la falda, y lo subió mientras seguíamos bailando hasta que pudo deslizar la mano por debajo de la prenda. Sus dedos fueron ascendiendo hasta mi sexo, y presionó la base de la mano contra mi clítoris por encima de las bragas.

El gentío nos movía al ritmo de la música, así que él ya no tenía que hacerlo. Me mantenía apretada contra su cuerpo con la mano que tenía sobre mi trasero. La gente se movió a nuestro alrededor, y aprovechó para meter la mano por debajo del encaje de mis bragas.

Sus ojos se ensancharon ligeramente cuando sus dedos entraron en contacto con mi sexo húmedo, pero solo lo habría notado alguien que estuviera observándolo de cerca. Sus labios se entreabrieron en un jadeo, o quizá fuera un gemido. Mi cuerpo se sacudió cuando su piel entró en contacto directo con la mía, y solté un gemido gutural.

Sus dedos juguetearon con los pliegues de mi sexo antes de empezar a acariciarme el clítoris. De no ser por el apoyo que me proporcionaban su mano y la gente que nos rodeaba, me habría caído. Me recorrió una oleada de placer. Me aferré con tanta fuerza a sus hombros, que hizo un pequeño gesto de dolor. Me di cuenta de que le había hecho daño, pero me sentía indefensa. Cada vez que sus dedos me acariciaban el clítoris, los míos se hincaban en su hombro de forma involuntaria.

En ese momento me miraba con una mezcla de determinación y de admiración, y cuando trazó con un dedo mi clítoris y vio la reacción que no pude disimular, la expresión interrogante que había en sus ojos se desvaneció. Me resultaba casi imposible pensar, pero si hubiera sido capaz de describir su expresión, habría dicho que parecía que se sentía honrado por haber recibido algún tipo de honor.

Todo estaba centrado en aquel hombre, en su mano, en sus ojos, en su erección, que seguía presionando contra mi cadera. Cuando se humedeció los labios con la lengua, mi clítoris reaccionó al instante y palpitó con fuerza bajo sus dedos.

Volvió a meter la mano en mi pelo, y empezó a masajearme la base del cráneo mientras me mantenía sujeta. Seguimos bailando, y cada movimiento fue meciéndome contra su mano; en cuestión de segundos, estaba al borde del orgasmo.

Llevaba tres semanas así... sin aliento, con el cuerpo dolorido y ardiendo de deseo, incapaz de centrarme en otra cosa que no fuera el placer que iba acrecentándose entre mis piernas. Los pezones se me endurecieron, y vi que él bajaba la mirada hasta mis senos.

Resultaba imposible ver su rubor bajo aquellas luces de neón que nos bañaban a todos en sombras de ciencia-ficción, pero supe sin lugar a dudas que estaba tan excitado como yo.

Aquello era increíble, imposible, y al final apoyé una mano sobre su pecho para apartarlo un poco. No podía hacer algo así, no podía dejar que un desconocido me masturbara en medio de la pista de baile. No, así no, yo no hacía ese tipo de cosas...

Pero iba a hacerlo. Dios, sí, iba a correrme allí mismo, en ese mismo momento. Iba a correrme en su mano como si no existiera nadie más en el mundo, y me daba igual que alguien me viera. El placer era tan intenso, que creí que iba a desmayarme.

Sentí su aliento en mi piel cuando me besó la oreja, y alcancé a oír su susurro:

—Déjate llevar.

Dentro y fuera de la cama

Estallé en mil pedazos, y tuve que morderme el labio para contener el grito que subió por mi garganta. Mi pulso me resonaba en los oídos y en el cuello mientras mi clítoris se contraía espasmódicamente una y otra vez.

Me abrazó con más fuerza, y me mantuvo apretada contra su cuerpo mientras me estremecía y me sacudía sobre su mano. Me besó en la mandíbula y en el cuello mientras dejaba de mover los dedos, y mantuvo una presión suave para no excitar mi piel hipersensible hasta el punto de causarme dolor.

Intenté recuperar el aliento. Al principio no pude ni respirar, así que lo intenté de nuevo. Estaba relajada, lánguida y saciada. Al recuperar el aliento, inhalé su aroma. Sabía que, a partir de ese momento, recordaría su olor cada vez que viera unas luces de neón verdes y azules.

Estaba convencida de que todos los que nos rodeaban debían de haberse dado cuenta de lo que había pasado, pero nadie dio muestra alguna de haberlo notado. El gentío se movía y ondulaba siguiendo su propio ritmo extático, y cada uno parecía centrado en alcanzar la meta que se había fijado.

Mi compañero me puso un dedo debajo de la barbilla, y me instó a que levantara un poco la cabeza. Se inclinó para besarme cuando alcé la mirada, pero giré la cara en el último segundo y sus labios no se posaron sobre los míos, sino sobre mi mejilla.

—De acuerdo.

La música estaba tan alta, que no supe si lo había oído bien.

—¡Mira por dónde vas, capullo!
—¡Ten cuidado, imbécil!

Dos tipos habían chocado en la pista de baile. Tenían la cara enrojecida y sudorosa. Alzaron los puños e iniciaron un tipo de baile muy distinto, uno que solía acabar con derramamiento de sangre y dientes rotos.

Mi pareja me tomó del codo y me alejó de allí. Me sacó de la pista de baile, y me condujo a través del gentío hasta una mesa. Miré a mi alrededor para ver si veía a Mary y a Wayne, y los vi besándose y charlando entre risas en la barra del bar.

El asiento tenía forma de semicírculo. Mi acompañante dejó que yo me sentara primero, y después se acomodó a mi lado. El ritmo de mi corazón había empezado a normalizarse, las piernas ya no me flaqueaban, y había recobrado el aliento. Cuando se nos acercó una camarera, tanto él como yo pedimos agua con gas.

Me sentía incapaz de mirarlo, a pesar de que minutos atrás apenas había podido despegar la mirada de él. Sentí que un acaloramiento que no tenía nada que ver con la temperatura ambiente me recorría el pecho, el cuello, las mejillas y la nuca.

En el pasado, había hecho cosas dignas de toda una ramera, pero siempre había sido en la intimidad. Nunca había hecho algo así en público, ni con alguien del que ni siquiera supiera el nombre. Sí, había estado con tipos a los que había conocido horas antes, pero siempre les preguntaba cómo se llamaban, incluso cuando yo misma les daba un nombre falso.

Él permaneció en silencio hasta que la camarera nos sirvió las bebidas y tomamos un trago. Contuve las ganas de presionar el vaso frío contra mi frente, y seguí sentada con rigidez en aquel banco de imitación de cuero. Era más que consciente de lo cerca que su brazo estaba del mío, pero él no me tocó a pesar de que podría haberlo hecho.

—¿Qué nos está pasando? —me preguntó.

La música no sonaba tan fuerte en aquella zona, así que podíamos oírnos sin necesidad de gritar. No hizo falta que se inclinara para susurrarme aquellas palabras al oído.

Permanecí en silencio, porque no supe cómo contestar. Me tensé al ver que alargaba una mano hacia mí, porque pensé que iba a tocarme la cara o a rodearme los hombros con el brazo. Me acarició el pelo desde la raíz hasta las puntas, y me lo apartó hacia atrás para poder verme bien.

—¿Cómo te llamas?

Era una pregunta sencilla, de esas que se hacen en una fiesta o en un parque. Se trata de una pregunta internacional que se oye en todas partes. No estaba fuera de lugar en un local como aquel, ya que era un sitio en el que nombres, estadísticas vitales y números de teléfono se intercambiaban entre los solteros con la misma naturalidad con la que las mujeres intercambiaban recetas de pasteles. En aquel caso, se trataba de recetas de amor.

—Elle.

No contestó de inmediato, esperó hasta que yo me rendí y lo miré. Esbozó una sonrisa, y sus dedos empezaron a juguetear con uno de mis mechones de pelo.

—Yo me llamo Dan.

Alargó la mano, y como me han inculcado que hay que seguir ciertas normas sociales, se la estreché. Sus dedos se cerraron alrededor de los míos, los sujetaron con fuerza, y tiraron ligeramente de mí para hacer que me acercara.

—Encantado de conocerte, Elle.

—Gracias por la bebida, pero tengo que irme.

Permanecí inmóvil mientras nos mirábamos en silencio.

—¿Qué nos está pasando? —lo repitió en voz más baja, pero audible.

—No lo sé —sacudí la cabeza, y el pelo volvió a caerme hacia delante.

—¿Quieres averiguarlo? —me preguntó, mientras se me acercaba un poco más.

Estábamos muslo contra muslo, y aún no me había soltado la mano. Me estremecí a pesar de que podía notar el calor de su cuerpo a través de la ropa.

Estaba familiarizada con la excitación, con el deseo y la lujuria, pero aquello era diferente... era una mezcla de los tres, pero con algo más. Era como caer de cabeza en la madriguera de *Alicia en el país de las maravillas*, como estar al borde del precipicio lista para saltar, era todo y nada al mismo tiempo.

—Sí, quiero saberlo —lo dije en un susurro, convencida de que no podía oírme.

Él tomó mi mano y la colocó bajo la mesa, sobre su regazo. No tengo nada de virgen, pero estoy segura de que respingué como una. Él puso la palma de mi mano sobre su erección, pero no cometió la ordinariez de hacer que la frotara. Mantuvo la mano sobre la mía sin ejercer presión alguna, y se inclinó hacia delante para hablarme al oído.

—Te conozco desde siempre, ¿verdad?

Solo pude asentir, y cerré los ojos mientras curvaba los dedos sobre su erección. Sentí la suavidad de la tela de sus pantalones, y el contorno de su miembro excitado. Moví un poco la mano, y él se endureció un poco más. Deslizó su otra mano bajo mi pelo, posó el pulgar en mi cuello, y me rozó el lóbulo de la oreja con los labios antes de susurrar con voz ronca de deseo:

—¿Quién eres?, ¿un ángel... o un demonio?

Giré la cabeza para acercar mi boca a la suya, y dije:

—No creo ni en ángeles ni en demonios.

Lo acaricié poco a poco, infinitamente, curvando y enderezando los dedos de forma que nadie que estuviera mirándonos lo notara. Él se endureció cada vez más. Tracé la forma de su polla antes de bajar un poco más, y sopesé en mi mano con cuidado el bulto más suave que había debajo.

Su mano se tensó en mi cuello.

—¿Sabes que pareces una diosa cuando te corres?

El sexo hace que incluso la persona más elocuente diga enormes tonterías, pero lo bueno que tiene es que también contribuye a que estemos dispuestos a oír el significado de palabras que, dichas en otras circunstancias, nos parecerían graciosas, hirientes, o indignantes.

—No soy una diosa.

—Ni una diosa, ni un ángel, ni un demonio...

Sentí la caricia de su aliento con olor a whisky, y me estremecí cuando me acarició el lóbulo de la oreja con la lengua.

—¿Eres un fantasma?, porque no puedes ser real —añadió.

A modo de respuesta, le tomé la mano y se la coloqué sobre mi corazón, que se había acelerado de nuevo.

—Soy real —le dije.

Su pulgar me rozó el pezón, que se tensó de inmediato. Me cubrió el pecho con la mano, pero no empezó a sobarme. La mantuvo apretada contra mí, para poder sentir el latido de mi corazón.

La apartó al cabo de unos segundos, quitó la mía de su entrepierna, y se apartó un poco. El pelo le caía sobre la frente, la expresión de su rostro era tensa, y sus ojos brillaban bajo las luces de neón.

Se sacó una tarjeta profesional del bolsillo de la camisa, la dejó sobre la mesa, y la empujó un poco hacia mí.

—Quiero estar dentro de ti la próxima vez que vea cómo te corres —sin más, se levantó y me dejó allí, sola.

Capítulo 3

—Daniel Stewart.

Su nombre estaba impreso en cuidadas letras negras en un fondo de color crema. La tarjeta parecía cara, elegante, y no dejaba entrever el lado juguetón que él me había mostrado en la confitería.

Esperé una semana antes de llamarlo, porque él había dicho «la próxima vez» como si no hubiera ninguna duda de que íbamos a volver a vernos. Verlo tan confiado me había molestado un poco, pero lo que más me molestó fue percatarme de que quería volver a verlo. Quería sentir sus caricias, llegar al orgasmo con él dentro de mí.

Me daba miedo querer todas esas cosas. El hecho de saber su nombre y dónde trabajaba, de poder entrever aquella parte de su vida gracias a algo tan íntimamente anónimo como una tarjeta profesional, hacía que me pasara noches enteras dando vueltas en la cama. Intentaba encontrar algo de alivio con mi mano, me acariciaba el clítoris con suavidad mientras me imaginaba su rostro y su aroma. Me corría con fuerza, sola, jadeante e insatisfecha. Era consciente de que él tenía razón al decir que iba a haber una próxima vez, a pesar de que tardé siete días en rendirme.

Su secretaria contestó, y pasó la llamada. Me pareció oír en su voz una mezcla de petulancia, curiosidad y celos. Me pregunté si se acostaba con él, si creía que yo era una clienta, o una compañera de trabajo, o una hermana, o una amante. Solo me preguntó mi nombre, y si el señor Stewart sabría a qué se debía mi llamada. Cuando le dije que sí, me puso con él de inmediato.

—Hola, Elle —me saludó, con voz cálida—. Ahora mismo estaba pensando en ti.

—¿Ah, sí?

La puerta de mi despacho estaba cerrada. Me recosté en la silla, jugando con el cable del teléfono, y cerré los ojos.

—Sí.

—¿Y qué es lo que estabas pensando?

—Que no ibas a llamarme.

El sonido de su voz hizo que me estremeciera, y sonreí al oír aquellas palabras. Me parecía increíble que se hubiera planteado la posibilidad de que no lo llamara.

—Sabías que lo haría.

—De eso nada, creía que te habías olvidado de mí.

Su tono de voz reflejaba una sonrisa, y me imaginé la curva de sus labios.

—Claro que no me he olvidado de ti.

Dentro y fuera de la cama

—En ese caso, vamos a comer juntos hoy mismo.

Mostraba la misma seguridad que al darme su tarjeta, así que no tenía sentido que me hiciera de rogar.

—De acuerdo.

—Perfecto.

Me dio la dirección de un restaurante, y yo empecé a escribir aunque ya sabía dónde estaba. El bolígrafo dejó a su paso trazos fluidos, a pesar de lo mucho que me temblaba la mano. Cuando colgué, no era consciente de cómo había acabado la conversación. Al mirar la hoja de papel, me di cuenta de que había escrito su nombre una y otra vez, y que la caligrafía apenas se parecía a la mía.

Daniel Stewart. Daniel Stewart. Daniel Stewart...

La Belle Fleur era un restaurante con un nombre bastante pretencioso, pero estaba situado entre nuestros respectivos despachos y la comida era buena. Tardé un cuarto de hora en llegar en taxi, después de decirle a mi secretaria que cambiara el horario de mis compromisos de la tarde.

—¿Es usted la señorita Kavanagh?, ¿ha quedado con el señor Stewart? —me preguntó el *maître*, sonriente, en cuanto entré en el local.

Supongo que se dio cuenta de que me había sorprendido, porque miró a su alrededor y bajó la voz como si estuviera revelándome la receta secreta del chef.

—El señor Stewart la ha descrito a la perfección, y me ha dicho que estaba esperándola.

—Ya veo.

—Sígame, por favor —era un hombre menudo, y tenía un pequeño bigote que combinaba a la perfección con su pelo impecable.

Había comido un montón de veces en La Belle Fleur. A los clientes les gustaba la atmósfera acogedora y el bar bien surtido, y mis compañeros de trabajo lo elegían por la buena comida y porque los precios eran razonables a pesar de la elegante decoración. Vi varios rostros conocidos, así que sonreí y saludé con la cabeza al pasar.

Cada paso que daba era una victoria sobre mis piernas temblorosas. Mientras seguía al *maître* a través del laberinto de mesas, el nombre de Dan resonaba en mi cabeza. Nos dirigíamos hacia una sala más pequeña que había al fondo del local, y cuya puerta estaba medio oculta tras una cortina bordada.

—El señor Stewart ha reservado mesa en la sala Jolie.

Y allí estaba él, Daniel Stewart, en una pequeña mesa de la esquina. Se puso de pie al verme entrar. Llevaba un traje azul marino, y una corbata con un estampado de una chica hawaiana. No se acercó a mí, no intentó tocarme, no intentó darme un abrazo ni estrecharme la mano, y sentí una mezcla de gratitud y desilusión.

—Hola.

Era absurdo que me sintiera cohibida después de lo que aquel hombre me había hecho en el Blue Swan, sobre todo teniendo en cuenta que estaba dispuesta a permitir que volviera a hacerlo. Nos miramos en silencio con la mesa entre los dos, hasta que el *maître* carraspeó con sutileza para que me diera cuenta de que había apartado la silla para mí. Cuando me senté, nos miramos durante unos segundos más.

—No sabía si vendrías —me dijo él al fin.

Agaché la mirada, y contemplé todas y cada una de las gotas de agua que se habían condensado sobre mi vaso antes de volver a mirarlo.

—Yo tampoco.

En ese momento, se nos acercó un camarero.

—Un vaso de merlot para mí, y uno de cabernet para la señora —le dijo él—. Los dos comeremos filete con la ensalada de la casa, y patatas fritas.

Después de pedir, se acomodó en la silla y se quedó mirándome. Supe de inmediato lo que esperaba de mí, pero bebí un poco de agua antes de hablar.

—No sé si sentirme ofendida o halagada, has dado por hecho que sabes lo que quiero.

—Tengo muy claro lo que quieres, Elle —esbozó una sonrisa sincera que se reflejó en sus ojos, y no pude evitar devolverle el gesto.

—¿Ah, sí? —conocía a la perfección aquel juego, no era la primera vez que participaba en él. Siempre acababa ganando, porque ellos nunca sabían lo que yo quería.

Dan asintió, y recorrió mi rostro con la mirada como si estuviera memorizándolo. Sin inclinarse hacia mí ni bajar la voz, me dijo con toda naturalidad:

—Quieres que te ponga contra la pared.

Me quedé mirándolo mientras mis dedos se tensaban alrededor del vaso de agua... estaban resbaladizos, fríos. Me habría encantado poder llevármelos a la frente o al cuello, apretarlos contra mi piel acalorada, pero los mantuve alrededor del vaso. Tragué saliva. Tenía la garganta seca, pero no bebí más agua.

No tenía sentido negarlo, pero lo habría hecho si él se hubiera comportado con fanfarronería o si se me hubiera acercado para crear una sensación de cercanía.

—Después de comer.

Al oírle decir aquello, supe que al fin había encontrado un digno oponente.

Charlamos durante la comida. Él sabía sacar información con naturalidad, su interés sutil y sus comentarios hacían que resultara muy fácil darle lo que pedía. No presionaba ni juzgaba. Me preguntó sobre mi educación, sobre mi trabajo y mis pasatiempos, y yo le contesté. No volvió a sacar a colación lo que yo quería que me hiciera, y no me importó.

Al cabo de una hora, estaba tan excitada que me estremecía cuando cruzaba las piernas y las bragas me rozaban el clítoris. Tenía los pezones tensos contra el sujetador. La prenda de satén y encaje impedía que resaltaran a través de la camisa, pero los estimulaba sin piedad. Estaba tan húmeda, que tenía los muslos resbaladizos. Las manos me temblaban, así que las cerré en dos puños apretados sobre la mesa para que él no se diera cuenta.

—Ahora vas a ir al servicio de señoras —me dijo al fin, cuando el camarero se llevó nuestros platos y nos dejó la cuenta.

Sus ojos me mantuvieron inmóvil; al cabo de un momento, asentí y alcancé a decir:

Dentro y fuera de la cama

—Sí.
—Vas a esperarme, porque es lo que quieres.

Volví a decirle que sí. Tenía la voz tan enronquecida, que la palabra apenas sonó inteligible. Me levanté de la mesa, y por un instante no supe si iba a lograr mantenerme en pie. Me agarré con una mano al respaldo de la silla para estabilizarme un poco, dejé la servilleta sobre la mesa, agarré mi bolso, y fui hacia el pequeño pasillo que llevaba a los servicios.

Al entrar en el de señoras, vi que no estaba vacío. La mujer me sonrió y yo le devolví el gesto, pero mi expresión debía de reflejar la tensión que me atenazaba, porque me miró con extrañeza y acabó de lavarse las manos a toda prisa. Yo empecé a lavármelas también, para distraerme con algo mientras esperaba.

El martilleo de mi corazón resonaba en mis oídos. Me refresqué con agua las mejillas, el cuello y las muñecas. Apoyé las manos sobre el lavabo, y contemplé en el espejo mi cara acalorada.

Me dije a mí misma que era la cara de una mujer que estaba a punto de follar. Elegí aquellas palabras descarnadas de forma deliberada, para lograr que todo aquello me pareciera real. «Va a llegar de un momento a otro y va a follar contigo, Elle». Se me aceleró tanto el pulso, que me pareció que podía verlo palpitar en mi cuello.

Me miré a los ojos en el espejo. Tenía las pupilas tan dilatadas, que el tono azul había desaparecido casi por completo. Me pregunté qué estaba haciendo allí. Al ver mi propia lengua humedeciéndome los labios, me imaginé que era la suya saboreándome.

Solté un pequeño gemido involuntario, y me sentí un poco avergonzada; sin embargo, me excitaba aún más saber que estaba tan abrumada de deseo, que mi propia imaginación podía hacerme gemir.

Lo vi entrar a través del espejo, y nuestras miradas se encontraron mientras él se me acercaba por la espalda. En el espejo, el lunar que él tenía en la mejilla izquierda había pasado a estar a la derecha, y mi ceja derecha ligeramente enarcada estaba a la izquierda. Posó las manos sobre mis caderas, y sus pulgares encontraron los hoyuelos de la base de mi espalda a través de la camisa.

Permaneció en silencio; si hubiera dicho algo, yo habría dado marcha atrás, pero permaneció en silencio. Parecía osado, decidido, pero a pesar de todo, el reflejo de su rostro rebelaba aquella extraña mezcla de emociones en sus ojos... deseo, admiración, y como si se sintiera honrado.

Me llevó sin vacilar hasta el último cubículo, y cerró la puerta a nuestra espalda. No podía verlo, pero no había duda de lo que quería de mí. Me alzó las manos, y me las colocó con las palmas abiertas contra la pared. Deslizó las suyas bajo mi falda, fue subiendo por mis piernas hasta llegar a mi entrepierna. Me agarró desde atrás, y curvó los dedos hacia arriba para acariciarme el clítoris.

Me estremecí mientras apoyaba la frente contra la pared y cerraba los ojos. Separé las piernas, y él las abrió aún más cuando colocó un pie entre los míos y empujó para apartarlos el uno del otro. Su dedo empezó a trazar círculos contra mi piel a través de la tela húmeda de las bragas.

Oí que un cinturón metálico se desabrochaba, el

suave sonido de un botón al salir de su ojal, y cómo se abría una cremallera.

Deslizó los dedos bajo mis bragas, y soltó una imprecación ahogada cuando nuestra piel entró en contacto. Trazó mis pliegues con un dedo, como comprobando lo húmeda que estaba, y apoyó la barbilla sobre mi hombro. Al notar la caricia de sus labios bajo la oreja, ladeé la cabeza para darle acceso a mi cuello.

Cuando empezó a levantarme la falda con la mano que había usado para desabrocharse los pantalones, mis dedos se curvaron contra la pared sin encontrar un asidero. Las medias y las bragas dejaban al descubierto parte de mis muslos y mis nalgas, y me tragué un gemido al notar el contacto del aire con mi piel desnuda. La palma de su mano me acarició, y recorrió la curva de mi trasero.

Inhalé, inhalé, y volví a inhalar. Se me olvidó sacar el aire, hasta que al final escapó entre mis labios en un gemido trémulo.

—Quieres que lo hagamos.

Sus palabras no eran una pregunta, pero exigían una respuesta.

—Sí.

Me metió un dedo, otro más, y empezó a ensancharme un poco. Me acarició con un movimiento rítmico que emulaba lo que pensaba hacer con su polla. Yo me estremecí sin pudor, y me apreté contra su mano para que sus dedos me penetraran al máximo.

—Mi bolso... —susurré. Estaba dispuesta a parar de inmediato si él se negaba a usar condón.

No pude contener un suspiro de protesta cuando sacó los dedos, y él soltó una carcajada entrecortada.

—Dame un segundo, Elle —me susurró al oído.

Oí el tintineo de mis llaves, el sonido de un envoltorio que se rasgaba, y su gemido ahogado cuando se puso el condón. Sentí su aliento en la nuca mientras permanecía inmóvil, y me atravesó una descarga eléctrica de deseo que se centró en mi clítoris y se extendió por todo mi cuerpo. Me cosquillearon hasta las puntas de los dedos. Si la luz no hubiera estado encendida, creo que mi cuerpo habría brillado en la oscuridad.

Me bajó las bragas por debajo de las rodillas, y presionó la polla contra mí. Me la bajó por la raja del trasero, y entonces la metió entre mis muslos. Se guio con una mano, dobló un poco las rodillas, y se enderezó para poder penetrarme.

—Joder... —susurró, antes de morderme el hombro para sofocar un gemido.

Solté una exclamación ahogada. Hacía tanto que no follaba, que parecía casi demasiado estrecha, pero estaba tan húmeda, que no había fricción. Lo único que sentía era una deliciosa plenitud.

Colocó las manos sobre mis muñecas con el pecho apretado contra mi espalda, y deslizó mis manos hacia abajo por la pared hasta que me incliné más hacia delante. Creía que no podía penetrarme más hondo, pero aquel pequeño movimiento bastó para que me llegara hasta el cuello del útero. Solté otra exclamación al sentir una pequeña punzada de dolor que no disminuyó en nada el placer.

—Dios, qué caliente estás... pareces un jodido horno —susurró.

Me sujetó de las caderas para impedir que me moviera, y empezó a moverse con envites pequeños y suaves que fueron ganando intensidad poco a poco. Deslizó una mano hacia delante, y me acarició el clítoris siguiendo el ritmo de su cuerpo.

Se detuvo por un momento al oír que se abría la puerta del servicio, pero al cabo de unos segundos siguió moviéndose con una lentitud enloquecedora mientras su dedo me acariciaba con mayor rapidez.

Oí las voces de dos mujeres que usaron los cubículos del fondo sin dejar de hablar. Una de ellas meó durante una eternidad, y tuve ganas de echarme a reír al oír el sonido de aquella cascada de pis.

Mis hombros se sacudieron mientras intentaba contener la carcajada, y él apretó la boca contra mi cuello para intentar sofocar su propia hilaridad. Cuando mi visión se llenó de estrellitas por culpa de la falta de oxígeno, inspiré varias veces en silencio.

Solté una carcajada ahogada que hizo que me corriera. Me retorcí contra su mano y me moví sobre su polla, mientras él se quedaba casi inmóvil para no hacer ruido.

Las mujeres se lavaron las manos mientras seguían charlando. No sé si nos oyeron, pero no nos prestaron ninguna atención. Quizá conseguimos ser lo bastante silenciosos, o a lo mejor sus vidas les resultaran increíblemente interesantes y eran incapaces de pensar en otra cosa. Solo sé que Dan empezó a follarme como un loco en cuanto se largaron y la puerta se cerró tras ellas.

Más fuerte, más rápido. La mano que tenía sobre mi cadera me aferró con tanta fuerza que me hizo un moratón. La que estaba sobre mi clítoris dejó de acariciarme, y se limitó a sujetarme. Volví a correrme. Fue un orgasmo más pequeño, pero igual de placentero.

Me rozó el cuello con los dientes, bajó la boca hasta mi hombro, y sofocó un grito de placer contra mi camisa. Su polla se sacudió en mi interior, y dio una última embestida tan fuerte, que me golpeé la frente contra la pared.

A pesar de que me hice daño, la situación me hizo gracia, y solté una carcajada. El sexo en la vida real no es como en las películas, la coreografía nunca es perfecta. A pesar de todo, me parece un poco extraño que la mayoría de la gente no se ría mientras mantiene relaciones sexuales; al fin y al cabo, es un acto que proporciona placer, ¿no?

Dan me dio un pequeño apretón en la cadera antes de apartarse de mí. La falda me cubrió las piernas, y me subí las bragas. Él tiró el condón y se abrochó los pantalones con movimientos firmes y eficientes, como si hubiera hecho montones de veces algo así; que yo supiera, era posible que estuviera más que acostumbrado a aquel tipo de situaciones.

—La comida ya está pagada —me dijo, antes de marcharse.

«¿Qué esperabas?», me pregunté con irritación. El mismo rostro estaba mirándome desde el espejo, pero en esa ocasión el rubor que me cubría el cuello y las mejillas no era el típico de una mujer que estaba a punto de follar, sino el de una que acababa de hacerlo. Contemplé mis ojos para ver si alcanzaba a ver algún cambio, algo interior que indicara lo que debería sentir en aquella situación... ¿remordimientos?, ¿culpabilidad?, ¿satisfacción? No vi ni rastro de esas emociones en mi mirada, no podía sentirlas.

Solo podía pensar en cómo me había reído y me había corrido al mismo tiempo.

Me lavé las manos, y me pasé por la cara una toallita de papel humedecida. Me peiné un poco, me retoqué el maquillaje, y me puse un poco de colonia para disimular el olor a sexo.

La hora de la comida ya había pasado, así que el aparcamiento del restaurante estaba casi vacío. Al salir a la calle, el sol de la tarde hizo que sacara mis gafas de sol del bolso. La suave brisa que soplaba empezó a juguetear con el dobladillo de mi falda.

—Elle.

Me giré y lo vi justo delante de la puerta del restaurante. Tiró al suelo la colilla del cigarrillo que acababa de fumarse, y llegó a mi lado en dos zancadas.

—Has tardado bastante, empezaba a pensar que no ibas a salir.

Tardé un segundo en contestar.

—No sabía que estabas esperándome.

En sus ojos relampagueó algo que no pude descifrar.

—¿No? —cuando negué con la cabeza, añadió—: ¿Por qué?

—Porque ya habías acabado. Creía que tendrías que volver al trabajo.

Yo había llegado al restaurante en taxi, pero había una parada de autobús a una calle de allí. Eché a andar, y él me siguió cuando ya me había alejado cuatro pasos.

—¿Creías que te había dejado ahí sin más?

Asentí de nuevo mientras mantenía la mirada fija hacia delante. Me había tomado por sorpresa el hecho de que me esperara, creía que se había largado. Al verlo allí había empezado a sentirme avergonzada por lo que habíamos hecho, porque estaba claro que él no solo esperaba un polvo rápido a la hora de la comida, sino que además quería que charláramos.

—Crees que soy de esa clase de tipos —expresaba las preguntas de tal forma, que las contestaba él mismo.

Volví a mirarlo, y le dije:

—No sé qué clase de tipo eres. Lo único que tengo claro es que eres cuidadoso, y eso es algo que se agradece.

Su expresión se tensó un poco, y me agarró del brazo cuando hice ademán de seguir andando.

—Elle...

Me zafé de su mano con una firmeza que no dejaba lugar a malos entendidos.

—Muchas gracias por invitarme a comer, Dan.

En esa ocasión, esperó a que me alejara seis pasos antes de seguirme.

—¿Crees que solo quería eso?, ¿que es lo único que esperaba?

Parecía tan indignado, que no supe cómo explicarle que no solo era lo único que yo esperaba, sino que también era lo único que quería... veinte minutos de distracción que me permitieran dejar de pensar.

Dio dos pasos rápidos para adelantarme, se detuvo delante de mí, y caminó de espaldas para que siguiéramos cara a cara.

—Elle...

—Ahí está mi autobús —le dije, señalando hacia el que se acercaba a la parada. Si me daba prisa, podía llegar allí en un momento, subir, y volver al trabajo.

—No vas a subir a ese autobús, Elle.

—Yo creo que sí.

Se detuvo delante de mí, así que tuve que rodearlo para poder seguir andando. Él se movió a la par con fluidez, como si estuviera bailando conmigo. Ninguno de los dos sonreía.

—No te vayas, Elle —me dijo, con tono de advertencia.

Su firmeza me gustaba cuando me conducía al orgasmo, pero en ese momento no me hizo ninguna gracia.

—Me iré a donde me dé la gana.

Volvió a ponerse delante de mí. El conductor del autobús pareció ponerse de su parte, porque no me esperó. Al ver que el vehículo se marchaba, fulminé a Dan con la mirada, y él me dejó seguir andando.

—Ahora no tienes más remedio que hablar conmigo —me dijo.

—De eso nada.

—Quieres hacerlo, Elle.

Me volví de golpe hacia él, y le dije:

—¡Haber follado conmigo no te da derecho a darme órdenes!

—Ya lo sé, pero creo que al menos me da derecho a decirte que no soy un capullo.

—No creo que seas un capullo, Dan.

—¿Y qué crees que soy? —me preguntó, mientras se me acercaba un poco más.

—Un hombre —le dije con firmeza. Me daba igual si mis palabras le ofendían.

Él no pareció ofenderse; de hecho, sonrió y me dijo:

—Me alegro de que te hayas dado cuenta.

Quería enfadarme con él, rechazarlo; sin embargo, aquellas emociones me eludían, tal y como me había pasado con la vergüenza y el remordimiento en el servicio.

—Dan, lo hemos pasado bien durante la comida...
—Sí, es verdad.
—Y lo que ha pasado después...
—También ha sido agradable. Olvidamos el postre.
—No nos engañemos, no hay que darle más importancia de la que tiene.
—¿Por qué no? —me preguntó, muy serio.

La parada de autobús estaba a diez pasos de distancia, pero pasé de largo. Al ver que me seguía, aceleré el paso.

—¿Por qué no? —me lo preguntó con voz más suave, y me agarró del codo.

No me aparté, dejé que me girara hasta que quedamos cara a cara. Me agarró el otro hombro para mantenerme quieta, y repitió:

—¿Por qué no?

Se me pasaron por la cabeza mil explicaciones, pero solo una escapó de mis labios.

—Porque nunca lo he hecho.
—Quítate las gafas de sol, quiero verte los ojos mientras hablamos.

Suspiré con irritación, pero cedí y me quité las gafas. Él me miró a los ojos como si esperara encontrar en ellos alguna pista, una llave, un mapa del tesoro. Sus dedos se curvaron en mis brazos, y repitió:

—¿Por qué no?

Me quedé mirándolo durante un largo momento, mientras el tráfico pasaba junto a nosotros y los pájaros piaban entre las ramas de un árbol en pleno apogeo primaveral.

—Porque no lo hago.

—¿El qué? —su tono de voz era suave, las palabras no eran amenazadoras, pero fui incapaz de darle una respuesta—. ¿No tienes relaciones?

—No.

—Pero follas en servicios públicos.

Me aparté de él de golpe, y le dije:

—Nunca lo había hecho.

Estaba segura de que en esa ocasión iba a dejar que me fuera. Cuando llegué a la esquina me alcanzó de nuevo, pero no me giré a mirarlo.

—Quiero que volvamos a vernos, Elle.

Me detuve en seco. Estaba claro que aquella conversación no iba a terminar hasta que él se diera por satisfecho.

—¿Por qué, Dan?

—Porque esta vez no te he visto la cara mientras lo hacíamos.

Sin más, el deseo me abrió en canal como una espada de samurái, y me dejó sin aliento. Disimulé sacudiendo la cabeza y frunciendo el ceño. Él no me agarró para detenerme, se limitó a susurrar mi nombre de un modo que me detuvo como si me hubieran pegado los pies al suelo.

—Porque tienes la risa más sexy que he oído en mi vida, y no soporto pensar que no volveré a oírla.

¿Por qué la amabilidad resulta mucho más difícil de creer que la crueldad?

No quería creerlo. Quería pensar que estaba mintiéndome, quería alejarme de él. Sí, eso era lo que quería, pero al final no lo conseguí.

—No tengo relaciones —incluso a mí me pareció una respuesta poco convincente.

—Vale, pues no tendremos una relación —me dijo, sonriente.

—¿Y qué vamos a tener? —me negué a sonreír, a pesar de que las comisuras de mi boca parecían empeñadas en curvarse hacia arriba.

—Lo que tú quieras, Elle. Lo que tú quieras.

Capítulo 4

Lo que yo quisiera. Era fácil prometer algo así, pero resultaba difícil pedirlo. No sabía lo que quería, lo único que tenía claro era que no podía dejar de pensar en él.

Marcy me acorraló junto a la cafetera, y me dijo:

—¿Dónde te metiste el viernes?, ¡nos dejaste allí tirados!

—Me dolía la cabeza. Parecíais muy a gusto en la barra del bar, así que decidí marcharme sin decir nada.

La respuesta pareció satisfacerle, porque empezó a hablar sin parar de cómo se lo había pasado con Wayne. Me dijo la marca de colonia que él solía ponerse, el champú que usaba, cómo le gustaban los huevos... se quedó callada a media frase, y me preguntó:

—¿Qué?

Me había quedado inmóvil mientras ella hablaba. Terminé de servirme el café, y le dije:

—Nada —no quería decirle que la envidiaba, ni siquiera estaba segura de lo que estaba sintiendo. Ya me había enamorado antes, y la cosa había acabado fatal.

—¿Te pasó algo en el Blue Swan?

—No, ¿tendría que haberme pasado algo?

—Pues claro. Pero... ¿no pasó nada de nada? Te perdimos de vista cuando te fuiste por las bebidas, pensé que a lo mejor habías conocido a alguien.

—Pues me temo que no —le dije, con una carcajada forzada.

No parecía demasiado convencida, pero no le conté nada más.

A diferencia de mí, Dan no esperó varios días antes de llamarme.

—Hola, señorita Kavanagh. Daniel Stewart al teléfono.

—Buenos días, señor Stewart. ¿En qué puedo ayudarlo?

—He leído que la peli que dan en el cine Allen este fin de semana está bastante bien, y me gustaría concertar una reunión con usted para ir a verla.

—¿Una reunión? —me había pillado fregando los platos del desayuno. Sujeté el auricular contra el hombro mientras escurría mi taza.

—Sí. Me comentó que no quería relaciones, ¿verdad?

—Sí, pero eso no significa que no quiera citas.

—Ya veo. Sí, hay una pequeña diferencia.

Me lo imaginé pasándose la mano por el pelo, quizá llevaba una camiseta y unos vaqueros. Seguro que tenía un sofá de cuero, una televisión de plasma, y plantas que le cuidaba una asistenta.

Dentro y fuera de la cama

Acabé de fregar los platos, así que puse la tetera al fuego.

—Sí, tengo citas de vez en cuando.

No era del todo cierto, hacía mucho que no tenía ninguna; de hecho, había tenido la última incluso antes de decidir renunciar al sexo.

—Estás cambiando de argumentos, Elle. No es justo.

—La vida no es justa —limpié la mesa, y coloqué el servilletero en el centro.

—Elle, sabes que quieres venir conmigo al cine.

Su voz salió del teléfono y me acarició de pies a cabeza. Cerré los ojos, y me apoyé en la encimera con un brazo sobre el estómago para aguantar al que sujetaba el teléfono.

—Sí, es verdad —admití, después de pensarlo por un momento.

—Bien —me dijo, como si mi respuesta hubiera zanjado el asunto.

Me llevó a ver una película de autor con subtítulos. Me costó un poco seguir la trama, pero me gustó mucho desde un punto de vista visual. Fuimos a la cafetería que había junto al cine, y mientras merendábamos me desafió a una partida de Scrabble. Él puso palabras como «raja» y «húmedo», y pareció impresionado ante mi capacidad de encontrar palabras con doble sentido. Nos reímos con tantas ganas, que hubo gente que se volvió a mirarnos, pero me dio igual. Me habría gustado que él me tocara, pero no lo hizo.

Me invitó a que fuera a tomar una copa a su casa, y le dije que sí. Quería ver dónde vivía, estaba deseando ver su cama.

Me sirvió una Guinness en una jarra, y no insistió

en usar posavasos a pesar de que su mobiliario parecía bastante nuevo. Se sentó a mi lado en el sofá de cuero con naturalidad, como si lleváramos meses juntos, y me preguntó por la película como si de verdad le interesaran mis respuestas.

No soy del todo incompetente desde un punto de vista social. Sé interaccionar con los clientes, presentar proyectos, concertar reuniones, estrechar manos y hablar de naderías. No lo hago con una soltura extrema, pero me defiendo bien. Supongo que muchos opinarán que soy distante, ya que no atribuyen mi actitud callada a la falta de confianza, sino a una frialdad deliberada. Sigo siendo la estudiante que se sentaba en los pupitres de delante, lista para responder a todas las preguntas del profesor. Lo que pasa es que perdí la mayor parte de las respuestas en algún punto del camino.

Dan no hizo que tuviera que pensar demasiado. Me condujo sin vacilar por los entresijos de la conversación, con la misma facilidad que si me hubiera tomado de la mano para impedir que tropezara en una grieta del suelo. Habló bastante de sí mismo, pero sin llegar a parecer pesado. Me gustó oír sus anécdotas sobre partidos de fútbol en el instituto y fiestas universitarias. Yo no tenía anécdotas así, historias normales, así que me fascinaba oír las de los demás. No sentía amargura ni envidia, para mí era como oír un cuento de hadas.

Cualquiera que haya pasado el rato con alguien que escucha embobado cada una de tus palabras sabe lo embriagador que puede llegar a ser. Sus ojos observaban el movimiento de mis labios, me escuchaba y me daba conversación, me sorprendía al sacarme respuestas completamente honestas. Le hablé de mi casa y de mi trabajo, le dije cuál era mi programa de televisión preferido, y le conté que me encanta cualquier cosa con chocolate pero que no me gusta el toffee.

Sí, le conté todo eso, por el simple hecho de que me escuchaba. ¿Necesitaba tanto que me prestaran atención, que sus buenos modales me parecían algo más? No, no era eso. Era él, Dan, en su conjunto, y el hecho de que me escuchaba para saber más sobre mí, no para que yo supiera más sobre él.

Estaba diciéndole algo, cuando de repente se inclinó y me besó. El contacto me sobresaltó, porque no me lo esperaba. No tuve tiempo de girar la cara. Sus labios eran carnosos y cálidos, y sabían a la sal de las palomitas. Alzó la mano, y me acarició la cara.

No podía hacerlo, no podía besarlo en la boca. Era algo más íntimo que dejar que su miembro me penetrara. Giré la cara para interrumpir el beso.

—¿No? —me susurró al oído.

—No.

—¿Y esto? —deslizó la mano hacia abajo, y la posó sobre mi pecho.

Lo miré a los ojos, y le dije:

—Sí.

Alcancé a ver que algo relampagueaba en sus ojos, su mirada se endureció un poco. Alzó la mano hasta mi nuca, y hundió los dedos en mi pelo. Tiró con suavidad para echar mi cabeza hacia atrás y dejar mi cuello al descubierto.

—¿Y esto? —posó los labios en el punto exacto donde mi pulso latía acelerado.

—Sí —le dije jadeante, al sentir que me rozaba con los dientes.

Su boca descendió hasta mi clavícula mientras sus dedos se tensaban en mi pelo, y solté un jadeo ante la mezcla de placer y dolor. Succionó mi piel entre los labios, y la chupó con la punta de la lengua. Cubrió mi seno con la otra mano, y empezó a acariciarme con el pulgar. Cuando el pezón se endureció, la bajó hasta posarla en mi entrepierna.

—Y esto.

—Sí... —alcancé a decir, con voz trémula.

—Ponte de pie —cuando obedecí, añadió—: Desnúdate.

Me desabroché la camisa con dedos temblorosos. A veces, el miedo y el deseo son casi idénticos. Me quité la camisa y dejé que cayera al suelo, aunque era algo que jamás habría hecho si hubiera estado sola.

Quería ver cómo sus ojos se llenaban de deseo, oírle contener el aliento al verme. Al ver que me observaba con una expresión imperturbable, sentí que me sonrojaba. Tuve ganas de llevarme las manos a la cara para enfriar un poco mis mejillas acaloradas, pero empecé a desabrocharme la falda y la dejé caer al suelo.

La ropa interior que llevaba era muy bonita. Eran prendas de encaje negro, y el corte me favorecía. El sujetador me juntaba los pechos y creaba un buen escote, las bragas me quedaban por debajo de las caderas y tenían un corte alto por detrás que revelaba la curva de mi trasero. El color negro parecía más oscuro en contraste con mi piel pálida, y era consciente de que él podía ver mi triángulo de vello púbico.

Permanecí delante de él mientras intentaba mantener la compostura, a pesar de que tenía las manos temblorosas y empezaban a flaquearme las piernas. No era la primera vez que estaba desnuda delante de un hombre. Había dejado que vieran mi cuerpo, que lo juzgaran, que lo elogiaran o que encontraran defectos en la curva de mi vientre, en la prominencia de mis caderas, en el volumen y la forma de mis pechos. Para ellos, había lucido mi cuerpo igual que la ropa, como algo práctico que se usaba con un propósito, con una función.

Pero delante de Dan me había convertido en algo más que unas caderas, unos muslos y un coño. Él sabía cómo me llamaba de verdad, cómo me gustaba el té, cómo sonaba mi risa. Mi desnudez venía dada a partir de lo que él sabía de mí, lo que yo había permitido que supiera, todas esas pequeñas e irrevocables intimidades que jamás compartía con nadie.

—Quítatelo todo.

Su voz enronquecida reveló lo excitado que estaba, y me sentí envalentonada.

Sentí que pisaba terreno conocido, sabía que un hombre podía enloquecer al vislumbrar un poco de piel desnuda. Todas las mujeres tenemos las mismas partes corporales, pero todos los hombres con los que he estado me han mirado como si nunca antes hubieran visto a una mujer desnuda. Nuestros cuerpos tienen un poder del que ellos carecen, poseen rincones secretos y escondidos que ansían explorar una y otra vez. Los cuerpos femeninos no solo proporcionan placer, también encierran el misterio de la sangre y la vida.

Me llevé las manos a la espalda para desabrocharme el sujetador, y el movimiento echó mis senos hacia delante. Vi cómo me contemplaba mientras me bajaba los tirantes por los brazos, mientras dejaba que la prenda cayera y dejara mi piel al descubierto.

Él se reclinó contra el sofá, y vi el bulto de su erección contra la tela de sus pantalones. No era la única que se había ruborizado. Él tenía las mejillas teñidas de rojo, y se humedeció los labios sin apartar la mirada de mí.

—Las bragas, Elle.

Metí los pulgares por debajo del elástico, y empecé a bajar la prenda. Lo hice poco a poco, disfrutando de la expresión de su rostro. Abrí un poco las piernas, ladeé la cadera, fui deslizando las bragas por mi trasero, por los muslos, y dejé que me cayeran a los pies. Di un paso a un lado para acabar de quitármelas, y me quedé de pie delante de él completamente desnuda.

—Dios... —murmuró, mientras se pasaba una mano por el pelo—. Da una vuelta completa —cuando lo hice, añadió—: Tócate.

Su petición me sorprendió, pero obedecí de inmediato. Me llevé las manos a los pechos, y mis pezones reaccionaron como si se tratara de las suyas. Después de juguetear con ellos durante unos segundos, bajé las manos por mis costados, por encima de mi vientre, por mis muslos. Posé una en mi entrepierna, y presioné el talón contra mi clítoris.

—Joder, eres increíble.

Me ruboricé aún más al oír aquellas palabras. Su cumplido calmó un poco el miedo que siempre se siente al estar desnudo delante de otra persona.

—Dime que quieres que te folle, Elle.

Me parece que jamás en mi vida había deseado

Dentro y fuera de la cama

tanto algo. Nunca olvidaré lo que sentí al estar desnuda delante de él aquella primera vez. No miraba mi cuerpo como una suma de piezas, sino en conjunto, unido por todos aquellos pequeños detalles que le había revelado sobre mí.

Se levantó sin vacilar, me agarró de las caderas, y me acercó a su cuerpo mientras me besaba el cuello. Su boca descendió hasta mi hombro, y entonces dobló un poco las rodillas para poder besarme los senos. Sus manos se deslizaron por mi piel, me cubrieron las nalgas, se posaron en la base de mi espalda, trazaron el contorno de mis omóplatos.

—Rodéame con los brazos.

Lo hice, y él puso las manos bajo mis muslos y me levantó. El movimiento fue tan súbito, que me tomó desprevenida. No soy una mujer pequeña y él no es un hombre corpulento, pero dio igual. Lo rodeé con las piernas, y solté un gemido de placer cuando la tela de su camisa me rozó el clítoris.

Me llevó al dormitorio, y logró cerrar la puerta de una patada. No sé cómo lo hizo, yo estaba centrada en agarrarme a él y en rezar para que no acabáramos cayéndonos al suelo. No me dejó caer, y me tumbó en la cama con fluidez. Me cubrió con su cuerpo, y empezó a besarme por todas partes... menos en la boca, porque yo le había dicho que no.

Desabrochamos juntos su camisa, aunque con bastante menos elegancia de la que yo había hecho gala antes con la mía. Uno de los botones salió despedido y chocó contra la pared, otro se negó a cooperar y rasgó el ojal hasta que salió por fin. Su piel era tersa, y el vello hirsuto que la cubría se extendía sobre sus músculos, que se movieron bajo mis dedos mientras él sacaba los brazos de las mangas de la camisa. Sus manos empezaron a deslizarse de nuevo por mi cuerpo mientras las mías se posaban sobre la hebilla de su cinturón. Me ayudó a desabrochárselo, e hincó los dientes en mi hombro cuando metí la mano en sus pantalones y aferré con suavidad su erección.

Jadeé al notar el mordisco, y lo agarré con más fuerza sin querer. Él jadeó también, y soltó una imprecación ahogada. Se sentó para poder bajarse los pantalones y los calzoncillos, se tumbó de espaldas, y se los bajó hasta los pies. Acabó de quitárselos con dos tirones, y quedó desnudo ante mí.

Podría decir que su cuerpo era perfecto, que cada una de sus partes era maravillosa, porque esa era la pura verdad. No es que careciera de defectos, pero lo deseaba con tanta desesperación, que a mis ojos no tenía ninguno.

Se puso encima de mí, piel contra piel. Donde él era duro, yo era blanda; donde él era áspero, yo era tersa; donde él era recto, yo tenía curvas. Hombre y mujer, piezas de un rompecabezas destinado a encajar.

Cuando tomó mi pezón entre los labios, me arqueé hacia él. Lo bañó con la lengua antes de empezar a succionar con suavidad, y mi sexo se contrajo. Su mano se deslizó entre mis piernas, y su dedo empezó a acariciarme el clítoris. Hundió los dedos entre mis pliegues, y aprovechó mis fluidos para lubricar sus caricias.

Posé una mano en su cabeza. Tenía el pelo suave, y lo bastante largo como para que consiguiera agarrarlo. Tiré con demasiada fuerza sin querer, y al sentir que él gemía contra mi pecho, lo solté un poco pero no aparté la mano. Él cubrió el otro pezón con la boca, y lo sometió al mismo tratamiento. Cada vez que succionaba mi pezón, mi coño se contraía. Mi clítoris fue hinchándose bajo sus caricias y sentí cómo iba creciendo, cómo iba fluyendo la sangre hacia aquel pequeño manojo de nervios. Floté en aquel mar de placer, me rendí ante él, acepté sin vacilar el olvido que me proporcionaba el éxtasis.

Su boca me rozó las costillas, y su lengua bañó mi piel. Murmuró algo contra mí mientras me saboreaba. No entendí lo que decía, pero no me hizo falta.

Su erección presionaba contra mi muslo. La froté contra mi piel, y él empezó a mover las caderas lentamente. Gemí al recordar lo que había sentido al tenerlo en mi interior.

—Dios, qué voz más sexy tienes —me dijo.

Bajé la mirada hacia él. No sabía si sería capaz de articular una frase coherente, pero alcancé a decir:

—Anda ya.

Él me miró sonriente, mientras su mano seguía moviéndose entre mis piernas.

—Es la pura verdad, Elle.

Me da vergüenza que me hagan cumplidos, así que negué con la cabeza. Mi pelo se extendió a mi alrededor.

Él volvió a mirarme con aquella extraña expresión de vacilación y aceptación, la expresión de un hombre que había recibido un regalo que no sabía si se merecía, pero que lo aceptaba sin dudarlo.

—Esta vez voy a mirarte a la cara, y voy a estar dentro de ti. ¿Es eso lo que quieres?

Asentí, y mis dedos temblaron en su pelo.
—Sí.

Se apartó de mí por un momento, y abrió el cajón de la mesita de noche. Me sentí aliviada al ver que no iba a tener que insistir, y que tampoco hacía falta que fuera a buscar mi bolso a la sala de estar. Alargué la mano para agarrar el condón, pero él negó con la cabeza y me dijo:

—Tengo que hacerlo yo —debió de leer la pregunta en mis ojos, porque añadió—: No quiero acabar antes de empezar.

Tuve ganas de ser igual de sincera con él, de darle algo real; sin embargo, ya le había dado bastante con pequeñas revelaciones, a pesar de que él no fuera consciente de lo privilegiado que era.

Me apoyé sobre un codo, y aproveché para observarlo a placer. Como todo en él, su miembro era casi perfecto, casi bonito. Era normal en cuanto a longitud, grosor y color, pero me parecía precioso. Después de ponerse el condón, me miró a los ojos y se inclinó hacia delante.

Se colocó encima de mí, y se apoyó en los brazos para evitar aplastarme. Cuando abrí las piernas y alcé un poco las caderas, frotó el glande contra mi sexo. Empujó un poco, bajó la mano para guiarse, y me penetró hasta el fondo.

Los dos gemimos de placer. Se detuvo al llegar al cuello del útero. Yo tenía una mano apoyada sobre su bíceps, y noté cómo se estremecía. Apoyó la frente contra la mía, y cerró los ojos por un instante antes de volver a abrirlos. Sin apartar la mirada de la mía, empezó a moverse.

Había dicho que quería follarme, pero esa palabra puede significar muchas cosas. Se movió en mi interior con una lentitud deliberada, con envites fluidos. Le rodeé el cuello con los brazos para hacer que bajara la cabeza, y él obedeció y empezó a besarme el cuello. Ladeé la cabeza para darle más, y él aceptó el ofrecimiento. Colocó los dientes sobre el lugar donde me había mordido antes, pero en esa ocasión recorrió la zona con la lengua.

Deslizó las manos hasta mi trasero, y me alzó un poco para cambiar de ángulo. Su pelvis chocaba contra mi clítoris con cada embestida, y aquel placer intermitente me acercó aún más al orgasmo y contribuyó a que estuviera más húmeda. La fricción era deliciosa, no hacía falta ninguna lubricación, nuestros cuerpos se movían al unísono.

Piel contra piel, su polla dentro de mi coño, un ajuste perfecto. Él se movía, yo también. Él daba, yo recibía. Rodeé sus muslos con las piernas, y lo insté a que se apretara más contra mí.

Murmuró mi nombre, y respondí susurrando el suyo. Estábamos conectando, y ni siquiera en medio del olvido que me daba el placer se me olvidaba con quién estaba. No quería olvidarlo. Me importaba qué boca me besaba, de quién eran las manos que me acariciaban, a quién pertenecía el pene que me llenaba.

De repente, me importaba que fuera aquel hombre en concreto, y el hecho de que me importara me dejó helada. Mi corazón acelerado dio un vuelco.

El orgasmo de una mujer es algo muy frágil, que depende tanto de su mente como de su clítoris. El éxtasis que estaba a punto de alcanzar retrocedió de golpe mientras en mi mente se arremolinaban los pensamientos. Acababa de darme cuenta de que había dejado entrar a aquel hombre.

Por supuesto, era imposible que él supiera que el sexo iba a convertirse en algo tan complicado por el mero hecho de que le había dicho mi verdadero nombre y le había confesado cómo me gusta el té; al fin y al cabo, había permitido que me follara en un servicio público. Él no sabía que yo tenía relaciones sexuales, pero que no aceptaba ningún tipo de intimidad. Dan no sabía todo aquello, pero en ese momento me miró a los ojos como si lo supiera.

—No pasa nada —me dijo, con tanta seguridad como cuando había pedido la comida por mí—. No pasa nada, Elle.

Rodó con tanto cuidado que no nos separamos, y se tumbó debajo de mí. Después de colocarme bien las piernas, me agarró las manos y las posó sobre su pecho. Mientras mis dedos se curvaban contra su piel, colocó una de sus manos sobre mi cadera. Bajó la otra entre nuestros cuerpos, y presionó el pulgar contra mi clítoris.

—Muévete, muévete como quieras —susurró.

Lo obedecí a pesar de mi vacilación previa, a pesar de que había estado a punto de perder aquel momento por miedo. Empecé a moverme hasta que encontré un ritmo que me satisfacía, y que me llevó de nuevo al borde del éxtasis.

Él me ayudó moviéndose acompasadamente conmigo, suavizando sus envites cuando yo cambiaba de ángulo. Movió las caderas al ritmo que le marqué, incluso cuando su respiración se volvió entrecortada.

Cuando eché la cabeza hacia atrás, mi pelo me cayó por la espalda y me acarició las nalgas. Quería

Dentro y fuera de la cama

volver a perder la cabeza, rendirme ante aquel dulce vacío, pero no podía alcanzarlo a pesar del placer que me inundaba el cuerpo.

—Córrete por mí —me susurró, mientras me acariciaba el clítoris y me ayudaba a moverme—. Quiero ver cómo te corres.

Me estremecí y abrí los ojos. Mi cuerpo era más listo que mi cerebro. Nuestras miradas se encontraron, y le di lo que me pedía.

Todo se tensó más y más, y de repente se liberó. Clavé los dedos en su piel. Su pulgar dejó de moverse, se quedó quieto contra mi clítoris, y la presión bastó para darme el último impulso. Él me agarró las caderas mientras me penetraba con más fuerza, con mayor rapidez, y gimió cuando se corrió poco después que yo. Nuestros orgasmos habían sido casi simultáneos.

Después permanecimos tumbados en silencio, sin tocarnos. El sudor me refrescaba el cuerpo, y era una sensación agradable. Me sentía en la gloria, hasta que empecé a calcular cuánto tiempo tendría que esperar antes de poder irme de allí. Oí que su respiración se hacía más profunda, y me dije que quizá podría escabullirme si se quedaba dormido.

Cuando soltó un pequeño y adorable ronquido, me levanté y fui al cuarto de baño adyacente. Usé el retrete y el lavabo. Las toallas eran gruesas, mullidas y azules, y conjuntaban con el color de las paredes y la cortina de la bañera. Utilicé su pasta de dientes, olí su colonia, admiré lo limpio que estaba todo. Me quedé mirando embobada el patito de goma que tenía en la bañera, y que era otra muestra de su lado juguetón.

Salí desnuda del cuarto de baño, y vi que se había despertado.

—Eres la primera mujer con la que estoy que se comporta como si estuviera deseando largarse.

—¿Ah, sí? Pues yo he estado con un montón de hombres que se comportan así —le dije desde la puerta.

Fui a la sala de estar a por mis cosas, y empecé a vestirme. Cuando acababa de ponerme las bragas y estaba abrochándome el sujetador, él apareció en la puerta y me preguntó:

—¿Por qué no te gusta tener relaciones? —se había puesto unos calzoncillos. Al ver el estampado de grageas andantes, me acordé del día en que lo había conocido en la confitería.

—Porque complica las cosas —metí los brazos en las mangas de la camisa. Después de abrochármela, me puse la falda y pasé las manos por la tela para alisarla.

—¿En qué sentido?

—Tener una relación implica que las dos personas creen o intenten crear cierto nivel de conexión emocional.

—¿Y qué? —me dijo, mientras se cruzaba de brazos.

—Que no tengo tiempo para eso.

—Querrás decir que no quieres tener tiempo, ¿no?

—Es cuestión de semántica.

Miré a mi alrededor para intentar localizar mi bolso. Él se limitó a observarme sin ayudarme a buscarlo.

—Me dijiste que tenías citas de vez en cuando.

—Sí, es verdad, pero hacía bastante que no tenía una. Y tener una cita no implica tener una relación.

—Claro, y las relaciones llevan a la corrupción emocional.

—Conexión... —alcé la mirada, y me di cuenta de que estaba bromeando—. Sí, también llevan a eso.

—¿Cuánto hace desde tu última cita?

—¿Sin contar la nuestra?

—Quedamos en que no era una cita, sino una reunión.

—Sí, es verdad. Algo más de cuatro años —le dije sin vacilar.

Encontré el bolso en medio del silencio que se había creado. Busqué dentro para comprobar que tenía las llaves de mi coche y dinero suficiente para un taxi, y cuando volví a alzar la mirada, me di cuenta de que Dan estaba observándome.

—¿Cuánto hacía desde la última vez que habías tenido relaciones sexuales?

—Tres años, más o menos.

—¿Contando desde hoy, o desde lo del servicio público?

—Desde lo de la pista de baile —cerré mi bolso, y me lo eché al hombro—. Porque aquello también fue sexo.

Me observó mientras me preparaba para marcharme, pero no supe leer en su expresión si estaba sorprendido, enfadado, o admirado. Al final, se pasó una mano por el pelo y después se la pasó por la boca.

—Buenas noches, Dan.

—Quieres volver a verme, estoy seguro.

Sus palabras me detuvieron justo cuando tenía la mano en el pomo de la puerta. Me volví hacia él, y le dije:

—¿Más de una vez?

—Ya me has visto más de una vez.

—En ese caso, debería decir que no.

No quería decir que no. El sexo había sido fantástico, pero, además, me había sentido muy cómoda estando con él. Demasiado.

—No tengo relaciones, Dan.

—Concertaremos otra reunión.

—¿Por qué? Ya has visto cómo me corría contigo dentro, ¿qué queda por hacer?

Me parece que aquellas palabras le impactaron de verdad; en cualquier caso, esa era mi intención. Quería asustarlo para que se apartara de mí.

Él echó una mirada hacia el dormitorio, y entonces vino hacia mí. Era más alto que yo, pero no lo bastante como para que tuviera que estirar el cuello para poder mirarlo a los ojos. Su rostro se había endurecido. No debería admitirlo, pero la súbita sensación de peligro, el hecho de no saber si me había excedido, lograron que me excitara un poco.

—Estás sonriendo —me dijo, muy serio—. ¿Qué pasa, Elle? ¿Es que te gusta andarte con jueguecitos?

A algunos hombres les gusta usar su tamaño o sus puños para intimidar a las mujeres. Dan parecía enfadado, pero no me tocó. Yo permanecí inmóvil, no me amilané. Él colocó una mano en la puerta, cerca de mi cabeza.

—¿Es que no te he dado suficiente placer?

—No es eso, has estado muy bien.

Mi cumplido no pareció hacerle demasiada gracia.

—Pero no lo suficiente como para ganarme otra ronda, ¿no?

—No me has preguntado si quería follar contigo

otra vez, sino si quería volver a verte —le dije con naturalidad.

—No podemos hacer lo uno sin lo otro, Elle.

Era rápido y listo, y no se vanagloriaba de ello. Era algo que me gustaba, él me gustaba.

—Si quieres follar...

—¿Es eso lo que quieres?, ¿un polvo rápido?

—No, a veces me gusta que sean lentos —le dije con calma.

Posó la otra mano en mi cadera, y fue acercándome paso a paso.

—Puedo darte lo que quieras.

Estaba excitado de nuevo, noté su erección contra mi vientre. Le rodeé el cuello con los brazos, y dejé que me apretara contra su cuerpo.

—¿Ah, sí?

Él asintió con expresión solemne, me cubrió el trasero con las manos, y me frotó contra su erección.

—Ya te lo dije, lo que quieras.

—No funcionará, nunca funciona. La gente se encariña...

—No me encariñaré —me dijo, con una carcajada.

No pude evitar sonreír, y saboreé el contacto de su piel cálida bajo mis dedos.

—Nadie cree que pueda llegar a encariñarse, pero es lo que pasa siempre.

—Y por eso no tienes relaciones.

—Exacto.

—Porque los hombres se encariñan contigo —me dijo, mientras me mecía lentamente contra su cuerpo.

—Sí, algunos.

—¿Y a ti no te pasa?

Abrí los dedos sobre sus hombros, y empecé a acariciarle la clavícula con el pulgar.

—Me pasó una vez —admití al fin.

Bajó un poco la cabeza, y recorrió mi cuello con los labios.

—Pero al margen de esa única vez, has roto el corazón de montones de pobres desgraciados que se encariñaron contigo.

—No, he intentado evitarlo.

—¿Por qué?, ¿no te pones cachonda al pensar en todos los corazones rotos que has ido dejando a tu paso?

—No.

—Porque te sentirías culpable, ¿verdad?

—Sí —susurré, mientras me acariciaba con la lengua.

—Y por eso no tienes relaciones.

—¿No habíamos zanjado ya ese tema? —lo aparté un poco para poder mirarlo a la cara.

—No te preocupes, no me encariñaré demasiado contigo —me dijo, antes de volver a apretarme contra su cuerpo.

¿Cómo puedo explicar con exactitud cómo me sentía con él? Incluso ahora, pensando en ello, recuerdo cada detalle de aquel momento... la sensación de sus manos sobre mi piel, cómo olía a sexo y a colonia, la forma en que se curvaban las comisuras de su boca, y la sombra de la barba incipiente en sus mejillas. En mi mente guardo una imagen suya perfecta: Dan en aquel momento, el momento en que me convenció de que me quedara.

Capítulo 5

Al día siguiente, mientras salía del taxi delante de mi casa llevando la ropa que me había puesto la noche anterior, tuve tiempo de arrepentirme. Me había duchado, me había lavado los dientes y la cara, pero se veía a la legua que mi ropa tenía la clase de arrugas que quedan cuando una tira las prendas al suelo con dejadez porque está a punto de follar como una loca.

—Hola, señorita Kavanagh —Gavin estaba esperándome en los escalones de su porche, que estaban a escasos centímetros del mío—. He pensado que a lo mejor quería que la ayudara con el comedor.

Lo que quería era tumbarme en la cama y volver a dormirme. Miré a Gavin con una pequeña sonrisa mientras metía la llave en la cerradura. Él ya estaba detrás de mí.

—Es muy pronto, ¿no te apetece ir a hacer otra cosa? Es sábado, y hace muy buen día.

—No, prefiero ayudarla —vio cómo forcejeaba con el cerrojo, que a veces se quedaba atascado en los días húmedos, y al final me dijo—: ¿Lo intento yo?

—No, ya casi está —no era cierto, pero estaba cansada y empezaba a ponerme de los nervios tenerlo mirando por encima de mi hombro.

—¡Gavin!

Nos volvimos de inmediato, y vimos a la señora Ossley saliendo al porche. Tenía las manos en las caderas, y una expresión ceñuda que restaba encanto a un rostro que podría resultar atractivo. Se detuvo al verme con su hijo, y me recorrió con la mirada de pies a cabeza. Por ridículo que pareciera, me sentí como si le debiera una explicación por el estado de mi ropa y mi regreso a casa a aquellas horas de la mañana.

Su ceño dio paso a una sonrisa muy poco sincera, y dijo con una voz lo bastante edulcorada como para cariar una dentadura entera:

—Gavin, deja tranquila a la señorita Kavanagh. Tienes que prepararte para salir.

Gavin se apartó un paso de mí, pero no regresó a su casa.

—No quiero ir.

—No me importa lo que quieras o dejes de querer, Dennis lleva toda la semana hablando de lo de hoy.

Gavin no fue hacia ella, aunque su cuerpo entero pareció encogerse.

—No aguanto la Guerra de Secesión, y no quiero ir al museo. Seguro que es muy aburrido —se volvió hacia mí, y añadió—: Además, le prometí a la señorita Kavanagh que la ayudaría a pintar el comedor.

—La señorita Kavanagh es perfectamente capaz de pintar sola su comedor —masculló su madre.

—Tiene razón, Gavin —dije, sin apartar la mirada de ella—. Deberías hacerle caso, ya me ayudarás esta semana cuando vuelva del trabajo. Voy a tener que proteger las molduras.

Él bajó a regañadientes los dos escalones de mi porche, y subió de un salto los de su casa. Pasó junto a su madre sin decir palabra, y ella ni lo miró.

Las dos nos miramos desde nuestros respectivos porches. A pesar de que tenía un hijo de quince años, no parecía mucho mayor que yo. Como seguía sonriéndome, al final cedí y sonreí a mi vez con la misma sinceridad.

—Espero que se lo pasen bien en el museo —le dije. Volví a meter la llave en la cerradura, y conseguí abrir la puerta por fin.

—Seguro que es muy interesante. Nos lleva Dennis, mi novio.

Su novio no me interesaba lo más mínimo, pero asentí y empecé a entrar en casa.

—Gavin pasa mucho tiempo con usted —me dijo.

Me volví a mirarla mientras sacaba la llave de la cerradura y me la metía en el bolso.

—Le gusta que le preste mis libros, y me ha ayudado mucho con los arreglos de mi casa.

Miró hacia el interior de su casa antes de volverse de nuevo hacia mí, y comentó:

—Trabajo muchas horas al día, a veces no puedo pasar demasiado tiempo con él.

No supe si estaba dándome explicaciones porque se sentía culpable, o para advertirme que me mantuviera alejada de su hijo.

—Gavin puede venir a mi casa siempre que quiera. Agradezco su ayuda.

—No lo dudo —dijo, mientras volvía a mirarme de pies a cabeza.

Esperé a que añadiera algo, y al ver que permanecía callada, le dije de nuevo que esperaba que se lo pasaran bien en el museo y entré en casa. Después de cerrar la puerta tras de mí, me apoyé en ella durante unos segundos. Hasta ese momento, solo habíamos intercambiado algún que otro saludo al cruzarnos la una con la otra, a pesar de que hacía cinco años que éramos vecinas. Nuestra primera conversación podría haber sido mejor, y también peor.

No le di demasiadas vueltas al asunto. Estaba deseando acostarme, así que fui a dormir un par de horas antes de seguir con el resto de la jornada.

Al llegar el lunes, no pude ocultarle a Marcy lo que había pasado. En cuanto me vio, gritó como si le hubieran clavado un pincho.

—¡Lo has hecho!

Mantuve los ojos en el espejo mientras me ponía brillo en los labios y me empolvaba la nariz.

—¿El qué?

Marcy también estaba retocándose el maquillaje, aunque ella había llevado al servicio un neceser entero. Tenía todos los colores de sombra de ojos del mundo, algunos que parecían sacados de otro planeta, delineadores de ojos y pintalabios a juego, base y colorete. Había sacado tantos pintalabios, que el lavabo parecía un arrecife de coral lleno de gusanos tubícolas.

Dentro y fuera de la cama

—Has conseguido un hombre.

—¿Disculpa? —sus palabras me habían tomado por sorpresa.

—Un hombre, ricura. No lo niegues, tienes el BRF.

—¿Qué es el BRF? —le pregunté, con una carcajada.

—El Brillo de la Recién Follada, cielo —había bajado la voz en deferencia a la acústica del servicio, pero volvió a alzarla un poco al añadir—: Venga, desembucha.

—No hay nada que desembuchar —después de pasarme la esponjita de la polvera por la nariz y las mejillas, la guardé junto al brillo de labios en el pequeño estuche de emergencia que solía llevar en el bolso.

—Venga, yo te conté lo de Wayne.

Tenía razón, los vínculos de la amistad femenina requerirían reciprocidad; además, lo cierto era que quería hablar de Dan con alguien. Es triste admitirlo, pero Marcy era mi única amiga.

—Se llama Dan Stewart, y es abogado. Lo conocí en el Blue Swan.

—¡Lo sabía! —no pareció importarle que antes no hubiera sido sincera con ella.

Marcy tenía más pinceles que Picasso, los tenía de todos los tamaños y los guardaba en un estuche de cuero. Sacó uno, y lo usó para retocarse el pintalabios. La observé fascinada mientras se pintaba con un cuidado milimétrico.

—Así que tiene un buen trabajo, ¿no? Perfecto. ¿Qué me dices de su polla?, ¿la tiene grande?

Tosí un poco y me ruboricé, aunque no sé por qué.

Había oído cosas peores... de hecho, yo misma había dicho cosas peores.

—Es... adecuada.

—Vaya —me lanzó una mirada de conmiseración, y dijo—: ¿La tiene pequeña?

—¡No! ¡Por el amor de Dios, Marcy!

—Venga, Elle, no me digas que es adecuada —se volvió hacia mí—. ¿Está circuncidado o no? ¿La tiene larga o pequeña?, ¿corta o larga?

—Dios, Marcy, ¿quién presta tanta atención a esas cosas? —le dije, mientras me inclinaba para lavarme las manos.

—¿Y quién no? —empezó a guardar el maquillaje.

—Tiene un pene más que aceptable, agradable desde un punto de vista estético, y plenamente funcional.

—Venga ya, estás comportándote como si no pasara nada.

Salí del servicio, y eché a andar hacia mi despacho. Me siguió pisándome los talones y no se contentó con quedarse en la puerta, entró y se acomodó a sus anchas.

—Siéntate, ¿te apetece beber algo? —le dije con ironía.

—Sí, uno de esos refrescos *light* que sé que guardas en esa neverita.

Después de darle una lata de refresco, me senté en mi silla y le dije:

—¿No tienes trabajo?

—Sí —abrió la lata y tomó un trago. No pareció importarle estar estropeando los labios que acababa de pintarse con tanto esmero.

—¿No sería mejor que fueras a cumplir con tus obligaciones, y dejaras de interrogarme sobre mi vida sexual?

—No estoy interrogándote, me limito a preguntarte.

Me eché a reír, y le dije:

—Nos acostamos juntos, Marcy. No hay para tanto.

—Eso suena patético, cielo. Tendría que ser todo un acontecimiento; si no, ¿para qué tomarse tantas molestias?

En eso tenía razón; de hecho, yo misma me había dicho algo parecido cuando había decidido permanecer célibe.

—Vale, la verdad es que mereció la pena que me tomara tantas molestias.

—Así que estuvo bien, ¿verdad?

—¡Sí, estuvo bien! ¡Marcy, eres una bruja entrometida!

Se llevó una mano al corazón, y me miró con expresión dolida.

—Lo dices como si fuera algo malo, Elle.

Suspiré con resignación, y le dije:

—Me llevó al cine, y después fuimos a su casa.

No mencioné la pista de baile ni el servicio del restaurante, pero Marcy reaccionó con entusiasmo. Se inclinó hacia delante, y me preguntó:

—¿Intentó acostarse contigo enseguida, o fingió que quería enseñarte su colección de latas de bebida?

—Me parece que los dos sabíamos por qué fui a su casa. Y que yo sepa, no colecciona latas.

—Menos mal, es un pasatiempo de lo más aburrido.

—Lo tendré en cuenta —le dije, con una carcajada.

Marcy tomó un trago, dejó la lata sobre mi mesa, y dijo:

—Elle, supongo que no te molestará que te diga una cosa...

—¿Te la callarías si te dijera que sí que me molesta?

—Claro que no.

—En ese caso, continúa.

—Creo que sería bueno que salieras.

—Gracias, Marcy —le dije, con una sonrisa sincera.

Ella asintió, me guiñó el ojo, y dijo:

—Volverás a verlo, ¿no?

Mi sonrisa se desvaneció ligeramente.

—Sí.

—Vaya, no pareces entusiasmada. ¿Qué pasa?, ¿come con la boca abierta?

Me encogí de hombros, y fijé la mirada en las carpetas de trabajo pendiente que tenía sobre la mesa.

—No, tiene muy buenos modales.

—¿Buenos modales?, ¿un pene agradable desde un punto de vista estético? Anda, dime que folla de maravilla y que es muy simpático.

A aquellas alturas, ya sabía que era imposible resistirse a Marcy. Pero no cedí porque fuera una bruja insistente y metomentodo, sino porque me habría resultado imposible admitir lo que sentía en voz alta si ella no me hubiera presionado.

—Me cae muy bien.

—Entonces, ¿cuál es el problema? Es bueno que te caiga bien.

Dentro y fuera de la cama

Volví a encogerme de hombros. Tenía mis razones para no querer que Dan me cayera bien, para evitar tener relaciones. Eran unas razones bastante patéticas, pero existían.

—No hace falta que te cases con él, Elle.

—Por Dios, claro que no —me sobresalté solo con pensarlo.

—Tranquila, solo ha sido un comentario. ¿Qué tiene de malo salir, pasarlo bien, acostarse con alguien?

—No tiene nada de malo, lo que pasa es que... no es lo que suelo hacer.

—Pues quizá deberías replantearte lo que sueles hacer, porque me parece que no te sienta demasiado bien.

—Gracias por el consejo.

—El sarcasmo es la defensa de los culpables, Elle.

Se fue sin más, y dejó en mi despacho un fuerte olor a perfume y una lata húmeda manchándome la mesa.

Mientras volvía a casa en autobús, tuve tiempo para pensar en lo que Dan me había prometido... nada de ataduras. Era una idea atrayente, pero ridícula. La gente no puede follar sin más, es imposible. Uno de los dos acaba siendo víctima de las emociones, y alguien acaba herido. Se supone que no hay que separar el sexo del amor, el hecho de que las dos situaciones provoquen euforia se debe a que ambas se nutren mutuamente. Podría argumentarse que es el mecanismo que tiene la humanidad para establecer grupos familiares y garantizar la creación de nuevas generaciones, pero hay algo indiscutible: cuantas más veces se acuesten juntas dos personas, más posibilidades hay de que una de ellas acabe enamorándose.

Mientras veía pasar las farolas por la ventana del autobús, me pregunté cuántas veces harían falta en mi caso. Los números eran inmutables, y estaba acostumbrada a usarlos para definir mi vida. ¿Cuántas veces tenía que acostarme con Dan para que en uno de los dos apareciera ese primer chispazo de emoción?

¿Sería capaz de apagarlo si aparecía dentro de mí?

No es que jamás hubiera tenido novio; de hecho, había estado enamorada en una ocasión, mucho tiempo atrás. Me había enamorado como una loca, apasionadamente, devastadoramente. Creía que el chico en cuestión podía ser mi caballero de brillante armadura, pero lo que pasa con las armaduras es que suelen perder el lustre con bastante rapidez.

Para cuando llegué a casa, estaba decidida a no volver a verlo. Me dije que no tenía sentido que lo hiciera, que quedar con él solo me proporcionaba una satisfacción corporal que acabaría conduciéndome a la frustración mental. Decidí que no lo llamaría, que no volvería a verlo. No, no iba a hacerlo. Claro que no. Ni hablar...

Al comprobar el contestador, vi que mi madre me había llamado tres veces. Me había dejado unos mensajes tan largos, que habían llenado toda la cinta. Era incapaz de odiarla, ni siquiera podía ignorarla. Después de escuchar su perorata, la llamé.

—¿Quién es?, ¿Ella?

Parecía quejosa, avejentada. Tuve que recordarme que solo tenía sesenta y tantos años, y que no era ninguna inválida.

—Mamá, por favor, me llamo Elle.

—Siempre te hemos llamado Ella.

Empezó de nuevo a sermonearme, así que no me molesté en volver a corregirla.

—¿Estás escuchándome?

—Sí, mamá.

—¿Cuándo vas a venir a visitarme?

—Ya sabes que tengo mucho trabajo, te lo dije.

Seguí escuchándola sin prestar demasiada atención mientras sacaba algo de comida de la nevera. Puse un plato, un vaso, y un tenedor en la mesa. Era lo bastante grande como para que se sentaran cuatro personas, pero jamás tenía invitados.

—Quiero que me lleves al cementerio, Ella. Tu padre no puede hacerlo, es incapaz de conducir.

Dejé de golpe el tenedor en el plato y dije con firmeza:

—Mamá, ya te he dicho que no.

Se produjo un largo silencio en el que solo oí el sonido de su respiración, y al final me dijo:

—Elspeth Kavanagh, lo mínimo que puedes hacer es dejar una rosa sobre su tumba de vez en cuando. Era tu hermano, tu actitud debería darte vergüenza. Era tu hermano, y te quería.

La tetera empezó a pitar, y detuvo el grito que estaba a punto de salir de mi garganta. Cerré el gas con manos temblorosas, y empecé a verter el agua en una taza. Cuando me cayó un poco en la mano, solté una exclamación de dolor.

—¿Qué pasa? —me preguntó mi madre.

—Me he quemado con un poco de agua caliente.

Se puso a parlotear de nuevo. Me dijo cómo había que curar una quemadura, que tendría que tener a alguien que se asegurara de que lo hacía bien, alguien que se ocupara de mí, porque era obvio que era incapaz de cuidar de mí misma. Colgué en cuanto pude. Me quedé mirando el té, la comida, el único plato que había sobre la mesa, y dije en medio de la habitación vacía:

—Sé quién era mi hermano.

Dan abrió la puerta con el pelo alborotado y expresión somnolienta, pero abrió los ojos como platos al verme. Supongo que su reacción se debía a la gabardina negra y a los zapatos de tacón, al pintalabios rojo y al perfilador de ojos negro. Era consciente de que mi aspecto parecía sacado de las fantasías lúbricas de un adolescente.

—Hola —le dije, mientras cerraba la puerta a mi espalda.

—Qué sorpresa —me dijo, sonriente.

Ver que un hombre se excita con solo verte produce gran satisfacción. Los pantalones de su pijama de franela se alzaron como una tienda de campaña cuando abrí la gabardina y dejé al descubierto lo poco que llevaba encima.

—¿Te gusta?

Su mirada me recorrió lentamente... ascendió de pies a muslos, a caderas, a pechos, a cuello, a boca, hasta llegar por fin a mis ojos. Me observó en silencio, y contuve el aliento. Mi osadía era puro teatro, y por un instante creí que él iba a fallarme, que me pediría que me sentara y me ofrecería una copa. Pero mis dudas se desvanecieron de inmediato, porque me dio justo lo que necesitaba.

—Quítatela.

Dejé que la gabardina cayera al suelo. Debajo llevaba unas medias negras que me llegaban a la altura del muslo, y que conjuntaban con el sujetador y las bragas. Hacía mucho tiempo que no me ponía aquellas prendas. Hacían que me sintiera poderosa, sexy, y funcionaron a la perfección. Al ver cómo me miraba, se me endurecieron los pezones.

—Arrodíllate.

Cuando obedecí, posó una mano en mi cabeza con suavidad. Arqueó un poco las caderas para acercarme más su polla, y empecé a acariciarla a través de la suave tela de los pantalones. Su suspiro de placer provocó una descarga de deseo en mi entrepierna.

—Chúpamela.

Hacía que me resultara muy fácil obedecerlo, y eso era algo que yo anhelaba con todas mis fuerzas. Así no era yo la que tenía que decidir. Lo recompensé con mi aquiescencia. Él asumía la responsabilidad, así que me estremecí con una alegría deliciosa e ilícita. No tener que elegir da una libertad enorme.

Metí los dedos bajo la cintura de su pantalón y le bajé la prenda hasta los tobillos poco a poco. Le acaricié la sensible piel de sus corvas mientras observaba su piel, su vello, su pene erguido.

Hay mujeres que consideran que arrodillarse delante de un hombre es degradante, que hacer una mamada es algo sucio y desagradable que hay que tolerar si no queda más remedio, que se trata de un acto que no se disfruta, sino que se aguanta. En algunos casos, puedo llegar a entenderlas, pero la verdad es que me dan pena. No entienden el poder que tienen en sus manos mientras están a los pies de su pareja, cuánto pueden ganar por darle placer. Alcé la mirada para decirle algo, pero me quedé callada al ver la expresión de su rostro.

Entrelazó una mano en mi pelo, y me dijo:

—¿Sabes lo hermosa que eres?

No me gusta ese adjetivo. Se usa tanto para describir a seres humanos como para hablar de jarrones, caballos, casas, o flores. «Hermoso» es una mentira halagadora.

—Shh... —dije, mientras hacía un gesto de negación.

Deslizó la mano desde mi cabeza hasta mi mejilla, y me preguntó:

—¿Qué quieres que te diga?

—Que quieres que te chupe la polla —le dije, mientras posaba la mejilla en su muslo.

—Elle... —dijo, con un gemido gutural.

Sonreí y le besé la pierna. El vello que lo cubría era más suave en la parte interior del muslo. Cuando le rocé los testículos con la boca, soltó otro gemido.

—Dilo.

—Quiero que me chupes la polla.

Me aferré a sus muslos, y me lo metí en la boca milímetro a milímetro. Me sentí recompensada por su gemido, por la forma en que se echó hacia delante para penetrar un poco más en la calidez de mi boca, por cómo susurró mi nombre y acarició mi pelo. Me lo metí hasta el fondo, y cuando rocé su estómago con los labios, retrocedí y empecé a succionarle el glande. Volví a echarme hacia delante poco a poco, mientras respiraba por la nariz y me concentraba en descubrir todos los recovecos de su miembro.

Quería saborearlo, oír su respiración acelerada, sentir el temblor de sus muslos bajo mis dedos mientras él arqueaba las caderas y entraba hasta el fondo. Lo deseaba porque así solo podía pensar en aquello... en una polla, unos testículos, unos muslos, un estómago, gemidos, embestidas, en el sabor salado del semen que sentía en mi lengua mientras su placer iba acrecentándose.

—Elle... para, cielo. Voy a correrme.

No me detuve. Le saqué otro gemido al empezar a chuparle la parte inferior del glande, coloqué la mano en la base del pene, y empecé a moverla al mismo tiempo que la boca para que no le faltara estimulación en ningún momento. Puse la otra mano bajo sus testículos, y empecé a acariciárselos con el pulgar.

Empujó contra mí con tanta fuerza, que me habría atragantado si no hubiera estado agarrándolo con firmeza. Saboreé su semen, y su orgasmo palpitó contra mi lengua. Soltó un grito de placer mientras yo tragaba todo lo que tenía para darme, y esperé durante un par de segundos después de que acabara antes de apartarme con una última succión.

Me puse de pie. Gracias a los tacones, podía mirarlo directamente a los ojos. Él parpadeó mientras intentaba recuperarse, y me aferró el brazo como si tuviera miedo de desplomarse.

—Increíble —dijo al fin.

Me limpié los labios con el pulgar, y le pregunté:
—¿Puedo beber un poco de agua?
—Sí, claro —me dijo, antes de indicarme con un gesto que fuera a la cocina.

Mientras atravesaba la sala de estar, era consciente de que su mirada estaba fija en el contoneo de mis caderas. El agua del grifo estaba fresca, y alivió mi sed. Me giré después de humedecerme las mejillas, y casi me topo con él.

—Gracias por el agua.
—De nada —se había subido los pantalones, aunque los llevaba bastante bajos y dejaban entrever un poco de vello púbico.
—Será mejor que me vaya.

Había cumplido mi misión. Había conseguido dejar de pensar en la conversación que había mantenido con mi madre, al menos durante un rato, así que iba a resultarme más fácil apartarla de mi mente. No iba a poder olvidarla, eso sería imposible, pero podía relegarla a un rincón apartado y fácil de ignorar.

Él me agarró del brazo cuando intenté pasar por su lado, y me preguntó:
—¿Te marchas ya?

Bajé la mirada hasta la mano que me agarraba, y volví a alzarla hasta su rostro.
—Sí.
—¿Por qué?
—Porque ya he acabado —le dije, con una sonrisa.

Él sonrió también, pero su rostro se había endurecido. Tenía la misma expresión que la última vez que había intentado marcharme.

Dentro y fuera de la cama

—¿Y qué pasa si yo no he acabado?
—Yo diría que has quedado satisfecho —comenté, mientras lanzaba una mirada elocuente hacia su ingle.
—Pero tú no.
—No he venido para eso, Dan.
—No te has corrido —dijo, mientras tiraba poco a poco de mí.
—A mí me da igual, ¿qué más te da a ti? —dejé que me apretara contra su cuerpo, y empezó a acariciarme las nalgas.
—¿Has venido para hacerme una mamada?
—Sí.

Sus manos se detuvieron sobre mis nalgas, y me observó con atención antes de decir:
—¿Lo dices en serio?
Me limité a asentir.
Parecía sorprendido, así que aproveché para apartarme de él y volver a la sala de estar a por mi gabardina.
—Espera, Elle.
Ya tenía un brazo en la manga. Me volví a mirarlo, y él se me acercó.
—No quiero que te vayas, quédate un rato conmigo.
—No estoy vestida como para jugar al parchís —acabé de ponerme la gabardina, y empecé a abrochármela.
—Lo dices en serio, vas a marcharte.
—Sí.
—No.
—A la mayoría de los hombres les encantaría que una mujer medio desnuda apareciera en medio de la

noche, les hiciera una mamada espectacular, y se largara sin esperar nada.

—No soy como la mayoría.

—¿No te ha gustado? —tosí un poco para disimular la inseguridad que se había reflejado en mi voz, y aparté la mirada. Estaba roja como un tomate, me sentía como una tonta sin el escudo que me había proporcionado mi papel de seductora.

Él se me acercó por la espalda, me puso una mano en el hombro, y me atrajo hacia su pecho.

—Me ha encantado, pero no quiero que te vayas todavía —me susurró al oído.

Me estremecí al sentir la caricia de su aliento, y me mordí el labio cuando su boca me rozó. Ansiaba sentir el contacto de sus manos en mi piel.

Nunca me he inventado excusas por el hecho de que me guste follar, no he permitido que lo que sucedió en el pasado me impida aceptar el placer que puede proporcionarme mi cuerpo. No he dejado que me arrebaten eso, a pesar de todas las cosas que me han robado.

—No quieres marcharte, ¿verdad?

Sus manos se deslizaron hacia delante, y me cubrieron los senos. Solo podía sentir su peso, porque la tela de la gabardina impedía una estimulación más delicada, pero él desabrochó la prenda de inmediato. Noté de nuevo la caricia del aire en mi piel, que ya estaba sudorosa.

Sus dedos se deslizaron por mi cuerpo, y cuando me cubrieron los pechos, el roce del sujetador hizo que mis pezones se tensaran. Me recosté contra él mientras me besaba el cuello. Su pecho era ancho, y su piel cálida. Sus manos se movían por mi piel sin prisa. Cuando deslizó los dedos por encima de mis bragas, mis caderas se arquearon como por voluntad propia.

—Hueles tan bien...

Suspiré y giré la cabeza. Él me besó el cuello mientras trazaba pequeños círculos sobre mi sexo, metió la otra mano por debajo del sujetador y empezó a juguetear con el pezón. La doble estimulación hizo que me estremeciera, y él debió de notar mi reacción, porque bajó la boca hasta mi hombro y me dio un pequeño mordisco que me hizo gemir.

—Me encanta ese sonido —susurró, antes de besar la marca que había dejado—. Tienes la voz más sexy del mundo. Todo lo que sale de tu boca suena tan bien, que debe de estar delicioso.

Giré la cabeza para mirarlo y le pregunté, perpleja:

—¿Qué?

—Estaba comprobando si me escuchabas —me dijo, sonriente.

No supe qué contestar. Los cumplidos suelen desconcertarme. Conozco mis puntos fuertes, y doy por hecho que los demás también. Todo lo demás es adulación o falta de sinceridad.

—No te gusta, ¿verdad? —me dijo, sin dejar de acariciarme la entrepierna.

Posé la mano sobre la suya para detenerla. Quería apartarme de él, pero fui incapaz de hacerlo.

—No hace falta que lo hagas.

—¿El qué?, ¿esto? —me dijo, mientras recorría mi pecho con el pulgar.

—No, decir esa clase de cosas. No hace falta.

Él me miró con expresión pensativa, y me giró

un poco para que no tuviéramos que seguir estirando tanto el cuello.

—Quiero decírtelas.

—¿Por qué? Ya estoy aquí, tendrás lo que quieres.

Él frunció el ceño y me soltó. Se cruzó de brazos, y me dijo:

—¿Crees que solo te diría un cumplido para intentar acostarme contigo?

Nos miramos ceñudos. Me puse bien el tirante del sujetador, que se me había bajado. Me ardieron las mejillas al ver que él me recorría con la mirada. Al final me miró a los ojos, y me dijo:

—Si no te gusta que te diga esas cosas, supongo que voy a tener que callármelas. Pero te parece bien que te pida que me chupes la polla, ¿no?

—Sí.

—Igual que puedo follarte en un servicio público, pero no tener una relación contigo.

—Exacto.

Se pasó una mano por el pelo. Lo dejó revuelto, y me entraron ganas de alisárselo. Respiró hondo, y me miró de nuevo.

—Y puedes venir a mi casa cuando te dé la gana, vestida así, y hacerme una mamada sin dejar que te devuelva el favor.

—Sí —mi sonrisa se ensanchó, y me llevé las manos a las caderas—. Aunque aún no me he marchado.

Él me observó durante un largo momento, y al final me dijo:

—Ven aquí.

Obedecí de inmediato mientras se me aceleraba

el corazón. Me puso una mano en la nuca, me sujetó con firmeza, me echó la cabeza hacia atrás, y deslizó un dedo por mi cuello hasta llegar a la clavícula.

—Te gusta que te diga lo que tienes que hacer.

Le dije que sí en voz baja. Su dedo fue descendiendo, recorrió mis senos y siguió bajando. Me rozó el ombligo, y entonces hundió la mano en mi entrepierna. Mi excitación se había esfumado mientras hablábamos, pero empezaba a resurgir.

—¿Por qué?

—Porque siempre estoy pensando, y a veces necesito dejar de hacerlo. A veces me gusta... hacer algo sin más.

—O que te digan lo que tienes que hacer.

—Sí.

Sus dedos se deslizaron por encima de las bragas, entre mis piernas, y empezaron a acariciarme el clítoris. Su otra mano me mantenía quieta mientras él me observaba. Su expresión era tan intensa, que tuve ganas de apartar la mirada.

—¿Es cierto que hacía tres años que no follabas con nadie?

Su pregunta me dolió, así que me zafé de sus manos y retrocedí un poco.

—Sí. ¿Por qué iba a mentirte?

—¿Por qué miente la gente? —me dijo, sin intentar acercarse a mí.

—Sí, hacía tres años desde la última vez.

—Ven aquí.

Estuve a punto de desobedecerlo, pero acabé cediendo. Di dos pasos hacia él, y cuando me agarró con un poco más de fuerza, di un respingo a pesar de que no estaba haciéndome daño. Me acercó a su cuerpo, y volvió a meterme una mano entre las piernas.

—¿Vas a decirme lo que te gusta, o voy a tener que adivinarlo? —me preguntó, sin dejar de acariciarme—. ¿Te gusta que te aten o que te azoten?, ¿te van las pinzas para pezones y la cera caliente?

—¿Cera caliente? —intenté apartarme de nuevo, pero me lo impidió mientras seguía acariciándome sin descanso. Sus dedos crearon una calidez que fue extendiéndose por mi cuerpo.

—¿No te gusta la cera caliente?

—No... no me... —la verdad es que estaba resultándome bastante difícil expresarme. Cuanto más me acariciaba, más me costaba articular palabra.

Le puse una mano en el hombro para apoyarme mientras su mano se movía con mayor rapidez. Daba en los lugares exactos con la presión perfecta y el ritmo justo. Nunca había estado con un hombre que podía masturbarme tan bien como yo misma.

—Te gusta que te diga lo que tienes que hacer.

—Sí.

Se inclinó y me mordisqueó el cuello. Al notar el roce de sus dientes en mi piel, alcé las caderas contra su mano y me aferré con más fuerza a su hombro.

—Me gusta darte órdenes, así que los dos salimos ganando.

Me llevó al dormitorio, y me dio un pequeño empujón para que me tumbara en la cama. Fue un gesto firme, pero sin llegar a ser rudo. Estaba tan excitada, que me dio igual.

—Tócate.

Aquello me tomó por sorpresa.

—¿Qué?

—Ya me has oído —permaneció de pie junto a la cama, y me miró con una expresión implacable—. Quiero ver cómo te masturbas.

—Si quisiera masturbarme, podría volver a mi casa —le dije, mientras me apoyaba en un codo.

—Vete si quieres —me contestó, con aparente indiferencia.

Vacilé por un segundo mientras le daba vueltas al asunto.

—Quieres que... me masturbe.

—Sí.

Jamás lo había hecho delante de alguien, ni siquiera formaba parte de mi repertorio de fantasías. Pero lo hice de todas formas, porque él me lo había pedido. Me sobé los pechos, y me acaricié los pezones con los pulgares. No era lo mismo que cuando lo había hecho él. Me bajé el sujetador hasta dejar mis senos al descubierto, me chupé los dedos, y los deslicé por mis pezones. La sensación era tan placentera, que solté un jadeo.

Sus ojos seguían cada uno de mis movimientos. Al ver el bulto que empezaba a alzarse por debajo de sus pantalones, me excité aún más. Metí la otra mano por debajo de las bragas, y empecé a acariciarme el clítoris y el pezón a la vez.

—¿Te gusta?, ¿es eso lo que te excita? —me preguntó, con voz ronca.

—Sí.

—¿Puedes correrte así?

—Sí —moví la mano más rápido, me metí un dedo para humedecerlo y lubricar un poco más el clítoris, y me estremecí de placer.

—Quítate las bragas, quiero verte.

Lo obedecí sin apartar la mirada de su rostro. Cuando me bajé la prenda por los muslos, sus ojos se centraron en mi sexo, y sentí el peso de su mirada como algo tangible. Empecé a acariciarme de nuevo mientras él me observaba.

Al ver que se tumbaba a mi lado creí que iba a tomar las riendas de la situación, pero se limitó a mirarme con expresión intensa. Vacilé un poco al verlo tan centrado en mí, pero no me detuve. Mantuve un ritmo estable, intenté hundirme en el placer que sentía.

—¿Te resulta difícil? —me preguntó, mientras posaba una mano sobre mi vientre.

Tuve que humedecerme los labios antes de poder hablar.

—A veces.

—¿Incluso cuando lo haces tú misma?

Solté una pequeña carcajada, y mi mano se detuvo por un momento.

—Es difícil hacerlo contigo mirándome con tanta atención, da la impresión de que crees que después voy a ponerte un examen sobre el tema.

No me había dado cuenta de cuánto ansiaba verlo sonreír hasta que lo hizo, y sentí un alivio enorme. Me dio un beso en el hombro, y otro en el cuello. Bajó la mano hasta cubrir la mía, y empezó a moverlas en el mismo ritmo que yo había establecido antes.

—¿Será un examen tipo test, o uno oral?

Jadeé mientras hablaba, porque acababa de meterme un dedo. Metió otro más, y me ensanchó un poco mientras los movía hacia delante y hacia atrás. La pequeña llama de deseo se reavivó.

Dentro y fuera de la cama

—Eres tan estrecha, tan caliente y húmeda... —susurró contra mi hombro.

Siguió moviendo los dedos mientras hablaba. Era placentero, pero no lo suficiente. Quería más. Alcé las caderas contra su mano, y me froté el clítoris con más fuerza.

—¿Quieres que te folle? —me preguntó al oído.

—Sí.

—¿Sí, qué?

—Sí, Dan, quiero... —las palabras quedaron atoradas en mi garganta, el deseo era demasiado grande—. Quiero que...

—Di «fóllame».

—Fóllame.

Sacó un condón de la mesita de noche, se lo puso, y me penetró de inmediato. Llegó hasta el fondo de golpe, y grité de placer. Me folló con embestidas duras y rápidas, sin preocuparse apenas por mi comodidad, y fue fantástico.

El orgasmo me golpeó de lleno, como un relámpago seguido del sonido distante del trueno. Él se corrió un segundo después mientras se apoyaba en las manos.

Se quedó mirándome con la respiración entrecortada. Una gota de sudor le bajó por el rostro, y cuando me cayó en los labios, la chupé sin pensarlo. Se apartó de mí, se deshizo del condón, y entonces se tumbó de lado y se me acercó hasta que su pecho quedó contra mi espalda.

—¿Te ha gustado que te diga que te toques?

Me dije que se merecía una respuesta sincera, así que pensé en ello antes de contestar.

—No me ha disgustado.

—¿Qué significa eso? —me preguntó, mientras su mano se deslizaba por mi cadera y mi cintura.

—Que me ha gustado que me digas que lo haga. No lo habría hecho si no me lo hubieras ordenado.

—¿Estás dispuesta a hacer todo lo que te pida?

—De momento lo he hecho, ¿no?

—¿Hasta dónde estás dispuesta a llegar? —me preguntó, al cabo de un momento.

No me volví a mirarlo.

—Hasta donde quieras llevarme.

Permaneció en silencio durante unos segundos, y al final comentó:

—Eres capaz de hacerlo, ¿verdad? Puedes separar una cosa de la otra.

El sexo me había dejado adormilada. Coloqué la mano sobre la suya, que estaba posada sobre mi vientre, y le dije:

—Sí.

—¿Siempre? —me preguntó, después de besarme en el hombro.

—Sí, Dan. Siempre.

Esperé a que dijera algo más, pero permaneció en silencio. Escuché el sonido de su respiración, hasta que parpadeé y me di cuenta de que la habitación estaba a oscuras y él me había cubierto con una manta.

Estaba roncando suavemente a mi lado, y seguía tocándome con una mano como para asegurarse de que no me iba. Lo escuché durante un rato. El roce de sus dedos era un anclaje que me gustaba más de lo que esperaba.

Al final, me levanté de la cama y me puse uno de sus pantalones y una camisa. Había cometido la locura de cruzar la ciudad en ropa interior cuando acababa de anochecer, pero no iba a volver a tentar a la suerte.

Ni siquiera en aquel entonces carecía del todo de corazón. Me esforzaba al máximo por ocultarlo, pero estaba allí. Me volví a mirar a Dan una última vez antes de marcharme.

Capítulo 6

Cuando te preguntan en qué estás pensando, muchas veces se responde que en nada, a pesar de que es mentira. Nadie deja de pensar, la mente humana no se detiene ni se queda en blanco. Siempre está dándole vueltas a algún problema o a alguna idea, incluso cuando parece estar quieta.

Nunca dejo de pensar. Puedo evadirme hasta cierto punto cuando estoy contando, jodiendo, o bebiendo, pero el resto del tiempo mis pensamientos son como un hámster en una rueda, dan vueltas sin parar sin llegar a ningún sitio.

Chad me conoce mejor que nadie, y entiende lo que me pasa. Por eso me envía paquetes llenos de cómics y de bombones caros, y postales que contienen frases edificantes. Sabe que sus regalos no van a cambiarme, pero me los envía porque así se siente mejor.

Nunca he protestado, me gustan los cómics di-

Dentro y fuera de la cama

vertidos y los bombones caros. Yo le envío cestas de fruta, loción corporal, y vales para restaurantes. Es nuestra forma de cuidar el uno del otro, teniendo en cuenta que no vivimos lo bastante cerca como para hacerlo en persona.

—Le han traído un paquete —Gavin debía de estar esperando a que llegara de trabajar, porque abrió la puerta de su casa en cuanto yo puse un pie en los escalones de mi porche—. He firmado por usted, espero que no le importe.

—Claro que no, gracias. Anda, tráelo.

Cuando entramos en mi casa, colgué el abrigo y el bolso en el perchero. El paquete que me había enviado Chad era pequeño y cuadrado. Lo dejé sobre la mesa de la cocina, y fui a cambiarme de ropa.

Gavin ya había empezado a abrir las latas de pintura que yo había colocado a lo largo de la pared. Había optado por el color blanco, no quería nada extremado. El guardasilla iba a ser de caoba, para que conjuntara con los muebles que había comprado en una subasta. Empecé a abrir el paquete, y le pregunté:

—¿Qué tal te fue en el museo?
—Fatal.

No le pregunté nada más. Desenvolví la caja, y la sacudí un poco; al ver que no sonaba nada, supuse que contenía revistas. Chad solía acumular revistas del corazón, y me las enviaba con anotaciones suyas en los márgenes.

En el interior de la caja había una libreta. La tapa dura en blanco y negro estaba desgastada y un poco doblada, pero al margen de eso, parecía estar en buen estado. La acaricié con la punta de los dedos.

Coloqué la libreta sobre la palma de mi mano, y vi cómo se sacudía bajo el temblor que me atenazaba.

Las aventuras de la princesa Armonía.
Érase una vez una princesa llamada Armonía. Tenía el pelo rubio, largo y rizado, y unos ojos tan azules, que el cielo le tenía envidia. La princesa Armonía vivía en un castillo con su mascota, el unicornio Único.

La princesa Armonía... hacía años que no me acordaba de ella, pero allí estaba, en mis manos, aunque el paso del tiempo había nublado el recuerdo de su historia en mi mente.

Gavin entró en la cocina para beber un poco de agua, y al verme con la libreta en las manos me preguntó:

—¿Qué le han enviado?

—*Las aventuras de la princesa Armonía*. Es una historia que escribimos mis hermanos y yo cuando éramos pequeños.

—¿Escribían historias?

No supe si sentirme ofendida al ver su expresión de incredulidad.

—Sí, esta.

—Qué pasada. Es genial, señorita Kavanagh —parecía impresionado.

Recorrí la tapa con la punta de un dedo.

—La princesa Armonía tiene un montón de aventuras junto a su mascota, el unicornio Único. Y nunca esperó a que la rescatara un príncipe.

—Tenía mala leche, ¿no?

Alcé la mirada, y vi que estaba esbozando una de sus escasas sonrisas.

Dentro y fuera de la cama

—Y que lo digas.
—¿Por qué dejaron de escribir sobre ella?
—Porque crecimos.
Cuando dejé la libreta sobre la mesa, la agarró y empezó a hojearla.
—¿Puedo echarle un vistazo?
—No es *El principito*, pero... claro, como quieras.
—Gracias. Yo también escribo a veces.
—Podrías traerme algo tuyo para que lo lea —miré en la caja para ver si había una nota o una tarjeta, pero Chad solo me había mandado la libreta.
—Sí, a lo mejor... ¡anda, también hay dibujos!
Me enseñó una página en la que aparecían pintados con colorines la valerosa princesa y Único, que parecía una mula con un bulto en la cabeza. Se me formó un nudo en la garganta al ver aquel dibujo que había sido creado tanto tiempo atrás por unas manos infantiles.
—«La princesa Armonía y el monstruo de la basura» —fue leyendo Gavin, mientras pasaba las páginas—. «La princesa Armonía y la torre de cristal...» —la princesa había salido de la torre en cuestión gracias a un martillo—. «La princesa Armonía y el caballero negro».
Aquella aventura en concreto había quedado un poco desvaída en mi mente gracias al paso del tiempo, pero no la había olvidado por completo. Agarré la libreta, y le dije a Gavin:
—Será mejor que nos pongamos a pintar, Gavin. Mañana tienes clase, y yo tengo que ir a trabajar.
Metí la libreta en la caja sin mirarlo a la cara. Sabía que mi brusquedad le había sobresaltado, que quizá incluso le había herido los sentimientos, pero

no me disculpé. Guardé en un cajón la caja en la que estaba cautiva la princesa, y fui al comedor.

Más tarde, cuando Gavin se marchó y me duché para quitarme la pintura de las manos, volví a sacar la libreta. Aquella princesa rubia de ojos azules había sido valiente y fuerte. Había escapado de la torre de cristal, había vencido al monstruo de la basura, había visitado el reino del arco iris y había liberado a sus habitantes de la malvada bruja Blanquinegra. Era una princesa llena de color, alegría y confianza en sí misma... hasta el final, hasta que había conocido al caballero negro, y este le había robado la sonrisa.

¿Por qué había tenido que convertirse en aquella muchacha descolorida, triste, insegura y temerosa? Aunque esa no era la verdadera pregunta.

La pregunta de verdad era: ¿por qué me había convertido en alguien así?

Cuando el teléfono empezó a sonar, no me levanté de inmediato. Me interesaban más la película que estaban poniendo en la tele y las palomitas que tenía en el regazo, mi madre podía hablar hasta hartarse con el contestador automático.

Cuando saltó el contestador y oí una voz masculina, me levanté de un salto y agarré el teléfono a toda prisa. Me di cuenta de que estaba comportándome como una chica que ha estado esperando la llamada de ese chico especial que le gusta... y lo cierto es que la descripción encajaba a la perfección.

—¿Diga? —intenté hablar con normalidad a pesar de lo nerviosa que estaba.

Había pasado una semana desde que me había presentado en su casa en ropa interior, una semana desde que me había marchado mientras él dormía.

Dentro y fuera de la cama

No había intentado ponerse en contacto conmigo, y yo tampoco lo había llamado a pesar de que había marcado su número un montón de veces y había colgado de inmediato como una quinceañera.

—¿Qué llevas puesto?

Bajé la mirada hacia mi pijama de franela. Lo había lavado tantas veces, que había ido destiñéndose y el estampado había quedado grisáceo.

—¿Qué te gustaría que llevara?

—Nada —su tono había cambiado un poco, así que me lo imaginé sonriendo.

Solo estábamos flirteando un poco, pero de repente sentí que los pulmones se me llenaban de aire. No me había dado cuenta de que había estado conteniendo el aliento.

—Estoy desnuda.

—¿Sueles pasearte por tu casa desnuda?

—¿Sueles llamar a mujeres para preguntarles lo que llevan puesto sin identificarte siquiera?

—No —oí un ligero movimiento, como si estuviera pasándose el auricular a la otra oreja—. Pero sabías quién era, ¿verdad?

—Vaya, ¿no eres Brad Pitt? Qué decepción.

—¿Estás desnuda de verdad, Elle?

Me eché a reír, y al final admití:

—No, ¿por qué?

—¿Por qué te marchaste sin despedirte?

Mi risa se desvaneció, y fijé la mirada en las palomitas que habían quedado esparcidas por el suelo.

—Me pareció lo más fácil.

—Para ti.

—Sí, Dan. Para mí.

Permaneció en silencio durante unos segundos,

pero no colgó. Yo tampoco lo hice, habría sido una grosería. Me di cuenta de lo irónica que era aquella situación: había sido capaz de marcharme de su casa sin despedirme, pero me resultaba imposible colgarle el teléfono sin más.

—Quiero que vengas conmigo a un sitio, necesito una acompañante —me dijo al fin.

—¿Es una emergencia?

—Sí, más o menos.

Empecé a recoger las palomitas mientras seguía hablando con él.

—¿Crees que daré la talla?

—Serás perfecta, Elle.

—Las zalamerías no van a servirte de nada.

—Pero son un buen comienzo.

Se movió un poco más, y me pregunté qué estaría haciendo. No me costó imaginármelo pasándose una mano por el pelo. A pesar de que apenas lo conocía, ya estaba familiarizada con sus hábitos.

—Quieres hacerlo por mí, Elle.

—¿Ah, sí?

—Sí, me parece que sí —me dijo, con voz más suave y ronca.

—¿Y qué es lo que se supone que quiero hacer?

—Ponerte algo espectacular, y salir conmigo mañana por la noche.

—¿Adónde? —no tenía ropa espectacular, ni planes para la noche en cuestión.

—A un sitio al que tengo que ir. Será una cena formal.

—¿Y quieres que vaya contigo? Y con algo espectacular... ¿qué es espectacular para ti?, no tengo ropa de gala.

—Te la mandaré al despacho. Te pondrás lo que yo elija para ti, y vendrás conmigo a esa cena.

Él se haría cargo de la ropa y de la cena, y yo solo tenía que aportar mi compañía. Tenía que haber alguna trampa.

—¿Qué gano si lo hago? —no lo pregunté porque quisiera algo más, sino porque parecía la pregunta lógica.

—Si lo haces, volveré a follar contigo.

A pesar de su grosería, se me aceleró el corazón y se me escapó una pequeña exclamación ahogada.

—Estás muy seguro de ti mismo.

—Me dijiste que estabas dispuesta a llegar hasta donde quisiera llevarte, ¿has cambiado de idea?

—No.

—Al ver que te habías marchado sin despedirte, no supe qué pensar.

—Es que... no creía que...

—¿Qué es lo que no creías, Elle? ¿Que te daría lo que quieres?, ¿que te llevaría adonde quieres ir?, ¿creíste que renunciaría a ti después de aquella noche, solo porque te empeñas en ponérmelo muy difícil?

—No sé —estaba siendo sincera. No sabía lo que quería de él, solo lo que no quería... lo que no podía querer.

—¿Cuántas veces te has masturbado esta semana pensando en mí?

Sentí que me ruborizaba, así que me alegré de que fuera una conversación telefónica y no cara a cara.

—Cada noche.

—Entonces, está claro que has pensado en mí —era obvio que estaba sonriendo.

—Sí, he pensado en ti —admití a regañadientes, mientras seguía recogiendo palomitas.

—No frunzas el ceño, estás más guapa cuando sonríes.

—No puedes verme la cara, ¿cómo sabes que estoy frunciendo el ceño?

—Puedo oírlo en tu voz. No eres tan enigmática como te gustaría, Elle.

Aquello me molestó, y me levanté de golpe para ir a tirar a la basura la bolsa de palomitas.

—¿Siempre eres tan arrogante?

—Sí. Mañana te enviaré la ropa.

—A lo mejor no quiero salir a cenar contigo.

—Sí que quieres —me dijo, antes de colgar.

Cuando llegó el paquete a mi despacho al día siguiente, lo puse sobre la mesa y no lo abrí en toda la mañana. Era incapaz de centrarme en el trabajo, porque no podía dejar de mirarlo. Calculé la longitud, la anchura, el grosor y el volumen, pasé los dedos por el papel que lo envolvía, pero no lo abrí.

—¿Qué hay ahí dentro? —como siempre, Marcy tenía que meter las narices en mis asuntos.

—Un vestido... al menos, eso creo.

—¿No estás segura? —me preguntó, mientras se sentaba en el borde de mi mesa.

—Es un vestido, Marcy. ¿No tienes trabajo?

—Sí, pero he venido a ver tu vestido.

—Ni siquiera sabías lo que era.

—Pero sabía que te había llegado un paquete —echó a un lado los papeles, y me lo puso delante—. Venga, ábrelo.

Dentro y fuera de la cama

—¿Te metes en los asuntos de todo el mundo, o solo en los míos? —empecé a juguetear con el borde del papel de embalar. El paquete había llegado por mensajería. Estaba dirigido a mí, y no tenía remite ni nada que indicara de dónde había venido.

—Qué pregunta tan tonta.

—Es verdad, eres una cotilla.

—¿Dónde lo has comprado? —agarró unas tijeras que había encima de la mesa y me las pasó con solemnidad, como si estuviéramos a punto de cortar el lazo de una ceremonia de inauguración.

—No lo he comprado yo, es... un regalo —le dije, mientras cortaba el papel con cuidado.

Me quedé boquiabierta al ver la marca que ponía en la caja, y Marcy soltó un pequeño silbido. Kellerman's es una tienda muy cara y exclusiva. Había mirado el escaparate un montón de veces, pero nunca había entrado. Es uno de esos sitios en los que venden un vestido para cada ocasión... vestidos de día, de noche, de gala... ropa con propósitos tan específicos, que hace falta una guía para saber cuándo tienes que ponértela.

—Madre mía, no está nada mal —Marcy parecía casi enmudecida. No del todo, pero le faltaba poco.

Recorrí con los dedos las letras en relieve, pero vacilé antes de abrir la caja. ¿Cómo había adivinado mi talla?, ¿cómo sabía lo que me gustaba y lo que no? Si el vestido era rojo, no pensaba ponérmelo, porque no soportaba ese color. A lo mejor tenía unas enormes mangas abullonadas como las de los vestidos que solían llevarse a las fiestas de fin de curso de los ochenta, y hacía que mi trasero pareciera enorme.

—Ábrelo, quiero verlo —me dijo Marcy impaciente.

Quité la tapa, y la dejé a un lado. Aparté la primera capa de papel de seda, y encontré más papel.

—Envuelven la ropa como momias. Venga, sácalo de una vez.

Saqué el vestido de la caja, y lo alcé un poco. Era negro, largo, y sin tirantes... una maravilla.

Tanto el ajustado corpiño como la falda estaban salpicados de pequeñas cuentas relucientes. La falda llegaba a los pies, parecía de esas que se arremolinan alrededor de los tobillos al bailar, y tenía una raja que iba desde abajo del todo hasta la parte superior del muslo.

—Es precioso, pero no se parece en nada a lo que sueles llevar. ¿Por qué lo elegiste?

—No lo he elegido yo —acaricié vacilante la tela. ¿Cómo iba a poder ponerme algo tan hermoso y revelador?

Claro, como si una gabardina negra sobre ropa interior de encaje no fuera demasiado reveladora.

Jamás he negado mi dicotomía. Soy consciente del cisma que hay en mí, y de cuál es su causa. Sé por qué no soporto que me digan lo que tengo que hacer, pero también ansío la libertad que se siente cuando te quitan la responsabilidad de las manos.

Miré mi ropa de trabajo... camisa blanca y falda negra, muy pulcras y recatadas... y volví a mirar el vestido, que rezumaba sexualidad incluso en la percha.

—Te va a quedar fabuloso, cielo. Venga, pruébatelo.

—¿Aquí?, ¿ahora? No, tengo que trabajar. No puedo...

—No sigas, está claro que tú no has comprado este vestido. ¿Quieres que adivine quién ha sido?, seguro que tu ligue del Blue Swan.

—Se llama Dan.

—¿Por qué te lo ha comprado?, ¿por diversión?

—No. Quiere que me lo ponga esta noche, me ha invitado a cenar.

—Qué detalle —a juzgar por su expresión, era obvio que estaba más impresionada de lo que quería admitir.

Volví a tocar la tela, y me imaginé luciendo una prenda así en público... peor aún, durante una cita.

—Mira, también te ha comprado unos zapatos... ¡y un chal! También hay un bolso... este tipo tiene buen gusto, y salta a la vista que tiene dinero —sacó de la caja algo minúsculo de encaje y un liguero, y añadió—: Está claro que sabe lo que le gusta.

—Guarda eso, ni siquiera sé si voy a ponerme algo de todo esto.

Me miró con una ceja enarcada, y me dijo:

—Claro que vas a ponértelo, y estarás impresionante.

Sacudí un poco el vestido, pero me resistí a volver a guardarlo en la caja.

—Es muy...

—Sexy.

—Sí.

—¿Crees que no puedes ser sexy, Elle?

Esa no era la cuestión, sabía que podía ser sexy. Podía pintarme los labios de rojo, soltarme el pelo, ponerme un sujetador de encaje y unos pantalones ajustados.

—Creo que no me hace falta todo esto para serlo. Esto es... una parodia.

—A lo mejor es lo que él quiere.

Me pregunté si Marcy tenía razón. Sabía que no podía culpar a Dan por querer algo así, porque yo misma había escenificado ante él aquel tópico. Acaricié aquella tela suave y contemplé los zapatos de tacón alto. Eran dignos de una ramera.

—¿Adónde va a llevarte?

—No lo sé.

Marcy se echó a reír, y comentó:

—Espero que no sea a un funeral. Hasta un muerto se levantaría de la tumba al verte vestida así.

Cuando se marchó, no pude dejar de darle vueltas al asunto. Estaba segura de que no íbamos a ir a un funeral, pero no tenía ni idea de adónde iba a llevarme.

La princesa Armonía no habría tenido miedo, se habría puesto aquel vestido y habría salido al encuentro del apuesto príncipe. Volví a mirar los zapatos, el chal, y la ropa interior. Dan se había gastado mucho dinero, había optado por el color negro, y había acertado con mi talla. Era un príncipe que prestaba atención a los detalles.

Sonreí mientras volvía a guardarlo todo. Dan tenía razón, quería salir a cenar con él. Me daba igual adónde me llevara.

Habíamos quedado en el vestíbulo de un hotel del centro. El suelo era de mármol y había árboles de verdad, una fuente que aportaba el tintineo musical del

agua, y relucientes lámparas de araña colgadas del techo. Busqué a Dan con la mirada, pero no lo vi.
—Elle.
Me volví al oír su voz. Estaba muy guapo. El esmoquin le quedaba como si estuviera hecho a medida, como si fuera comprado y no alquilado. Me tomó de la mano para acercarme a su cuerpo, y posó las dos manos en mi cintura.
—Qué vestido tan bonito.
—Sí, no está mal —bajé la mirada hacia el vestido antes de volver a mirarlo a los ojos.
—Te sienta a la perfección —me besó la mejilla, y sus labios se deslizaron hasta mi cuello—. Y hueles de maravilla.
El contacto de su boca hizo que me estremeciera, y mis pezones se tensaron. Me sentí un poco incómoda ante aquel despliegue de afecto, pero no me aparté. Me besó en el hombro antes de tomarme la mano, y me dijo:
—¿Vamos?
—¿Adónde? —le pregunté, mientras me conducía por el vestíbulo hacia uno de los salones de baile del fondo.
—A la reunión de mi clase.
Me paré de forma tan brusca, que él dio dos pasos más y nuestros brazos se estiraron.
—¿Vas a llevarme a una reunión de exalumnos?
Saludó con una inclinación de cabeza a una pareja vestida de gala que se dirigía hacia el mismo salón, y me dijo:
—Sí.
No estaba segura de lo que esperaba de aquella velada, pero aquello me había tomado por sorpresa.

—¿Por qué?

Después de saludar a otra pareja, me llevó hasta un pequeño apartado. Había unas sillas alrededor de una chimenea de gas, que estaba encendida a pesar de que estábamos a mediados de mayo. Miró por encima del hombro, y esbozó una sonrisa un poco forzada mientras se explicaba.

—No pensaba venir, pero Jerry... es un amigo mío, está especializado en arbitrajes... me dijo que Ceci Gold estaría aquí.

—Y Ceci Gold es...

—La jefa de las animadoras, la reina del baile de fin de curso, la delegada de la clase, la ramera que me rompió el corazón.

—Ya veo —miré a mi alrededor, y le pregunté—: ¿Fuisteis novios en el instituto?

—No. Solía masturbarme viendo su foto en el anuario, como el resto de los chicos de la clase, pero jamás me prestó la más mínima atención. Hace tres años, coincidimos una noche en el bar Hardware. Ella estaba celebrando su divorcio a base de chupitos.

—Entiendo.

Dan estaba mirando por encima de mi hombro hacia las otras parejas que se dirigían al salón. Sonreía, asentía y saludaba, y su expresión relajada no dejaba entrever el contenido de la conversación que estábamos manteniendo.

—Aquella noche me invitó a ir a su casa. Intentó seducirme, pero estaba tan borracha, que me sentí demasiado culpable y no me la tiré. Pasé la noche en su sofá, y se sintió tan agradecida al ver que me había comportado... cito textualmente: «como un perfecto caballero», que me invitó a cenar. Estuvimos saliendo durante tres meses hasta que me dejó tirado por un tipo al que conoció en el mismo bar, una noche en que no estaba demasiado borracha para follar.

—Lo... siento.

—No lo sientas —se centró en mí, y su sonrisa se suavizó por un momento—. Era una zorra vanidosa, exigente y frígida, igual que en el instituto. No me dio más que dolores de cabeza y frustración durante los tres meses que desperdicié con ella.

—Ya veo —ladeé la cabeza, y le dije—: Creía que te había roto el corazón.

—Lo que hizo fue tomarme el pelo.

—Te enfadaste con ella.

—Sí. Me hizo perder el tiempo, y encima me mintió. No hacía falta que lo hiciera, no teníamos una relación seria. No estábamos enamorados, no tenía por qué engañarme.

—A nadie le gusta que le mientan —me resultó interesante que siguiera tan indignado después de tres años.

—Jerry me dijo que ella iba a venir esta noche.

Empecé a entender por qué me había comprado un vestido así.

—¿Quieres ponerla celosa?

—Sí —me tomó de la cintura, y me atrajo hacia su cuerpo.

—¿Conmigo?

Soy consciente de mi aspecto. El espejo me muestra unas facciones que muchos describirían como «atractivas». Tengo el pelo largo y oscuro, los ojos azules, y piel de porcelana. Me esfuerzo por mantenerme en forma, pero he sido bendecida con una figura curvilínea que los hombres suelen considerar atrayente. Sé que atraería más atención masculina si me cuidara con más esmero, pero me visto como me visto y no soy demasiado sociable porque quiero recibir atención cuando me apetezca y como me apetezca. De modo que sí, sé que soy atractiva, pero normalmente prefiero ser normalita.

Dan me dio un beso en la mejilla, y me dijo:

—Claro que sí.

—No sé si estaré a la altura de una antigua reina del baile —le dije con indecisión.

Él me acarició el pelo, que llevaba recogido en un moño flojo. Tiró con suavidad de un mechón que me quedaba suelto junto a la cara, y me dijo:

—Vas a dejarla fuera de combate.

Nos miramos a los ojos durante unos segundos, y al final le pregunté con pragmatismo:

—¿Por qué crees que se pondrá celosa al verte conmigo? Por lo que dices, da la impresión de que no le importabas demasiado.

—Claro que se pondrá celosa. Aunque no le importo, es de esas mujeres que creen que ningún hombre que haya estado con ellas puede olvidarlas. Además, vas a volverla loca.

—¿Por qué?

—Porque estás impresionante, y no te comportas como una mujer despampanante.

—¿En serio? —no pude ocultar mi cinismo—. ¿Cómo me comporto?

—Como un ángel —me susurró al oído, y sentí que un estremecimiento me bajaba por la espalda—. Pero follas como un demonio.

Dentro y fuera de la cama

No era ni ángel ni demonio, pero quizá para él era ambas cosas.

—De verdad quieres que lo haga, ¿no?

—Sí —esbozó una sonrisa, y añadió—: Venga, será divertido. Una buena cena, bebida, baile...

—De acuerdo —lo dije en voz baja, como si estuviéramos hablando de un secreto compartido.

Se inclinó hacia mí, apoyó la frente en la mía, y susurró:

—Tú sígueme la corriente.

Quizá debería haberme enfadado con él por lo que estaba pidiéndome, por dar por sentado que yo accedería, pero no me expuso la situación como si fuera algo negociable, sino como un asunto zanjado. Se comportaba como si yo tuviera que hacer lo que él quería por el simple hecho de que estaba pidiéndomelo, pero no accedí por eso. Lo hice porque él estaba convencido de que yo era capaz de hacerlo.

Capítulo 7

No hizo falta que Dan me dijera quién era Ceci, porque ya la conocía. Bueno, no la conocía a ella en concreto, pero reconocí la tipología de mujer a la que pertenecía.

Era alta, rubia, y tenía el cuerpo de... en fin, de la reina del baile. Al ver que llevaba un vestido rojo y los labios pintados a juego, mis labios se curvaron en una pequeña mueca de desagrado que me apresuré a disimular.

No nos tocó en la misma mesa que ella por suerte, sino porque Dan cambió las tarjetas con los nombres. Soltó una carcajada tan siniestra al hacerlo, que retrocedí un paso y me quedé mirándolo.

—¿Qué pasa? —me preguntó.
—No sabía que podías ser tan... malo.
—¿Te sorprende?
—No, casi todo el mundo puede serlo.
—¿Estás diciendo que antes creías que era un

buen chico, pero que has cambiado de opinión? —me tomó del brazo, y me llevó hacia nuestra mesa.

—No, ya sabía que no eras un buen chico.

—Oye, claro que lo soy.

Enarqué la ceja, y lo miré con incredulidad. Nos miramos en silencio durante unos segundos, sin prestar atención a la gente que pasaba junto a nosotros ni al hecho de que estábamos bloqueando el paso.

—Estás bromeando, ¿verdad? —me dijo con incertidumbre.

—Sí, Dan, estoy bromeando.

—Eres maquiavélica —dijo, con una carcajada.

—A veces.

—No, no me lo creo —me dio un beso en la mejilla, pero tan cerca de los labios, que cualquiera que estuviera mirándonos creería que me había besado en la boca.

Se apartó un poco y me miró con una admiración que me halagó. Intercambiamos una sonrisa. Él no sabía lo poco acostumbrada que estaba a aquel tipo de entendimiento cálido y juguetón.

—¿Dan?

Me volví al oír aquella voz femenina. Allí estaba la reina del baile, la zorra rubia.

Nos miramos cara a cara, como dos damas de hielo. No dejé de sonreír, pero noté que mi expresión pasaba de la curiosidad a la evaluación calculadora, tal y como solemos hacer las mujeres de forma automática al conocer a nuestras rivales. Ella estaba mirándome de la misma forma.

Me catalogó con eficiencia y sin disimular. Su mirada recorrió mi pelo, mi rostro, mi cuerpo, mi vestido, y no se le pasó por alto la forma en que el brazo de Dan me rodeaba la cintura con actitud posesiva.

—Hola, Ceci.

Lo miró con una sonrisa tan falsa como la que había usado conmigo, pero puso más empeño. Intentó que yo me volviera invisible, y su táctica habría funcionado de no ser por un pequeño detalle: Dan quería que me comportara como una mujer sexy.

—Te presento a Elle Kavanagh —le dijo él con educación—. Elle, te presento a Ceci Gold. Era la delegada de mi clase.

Alargué la mano, pero fue como si le hubiera ofrecido un pez muerto, porque apenas me estrechó las puntas de los dedos.

—Encantada de conocerte —me dijo.

Sabía que ella esperaba que yo hiciera lo propio, pero me limité a sonreír y la miré de arriba abajo tal y como ella había hecho conmigo.

Como ya nos habíamos tomado la medida, era hora de que cada una delimitara su territorio. Ella miró sonriente al hombre que se puso a su lado. Era un tipo alto y moreno, llevaba un traje caro, y no se parecía demasiado a Dan. Lo miré con una sonrisa.

—Dan, te presento a mi prometido, Steve Collins —dijo ella, con voz melosa.

—Encantado de conocerte, Steve —le dijo él, mientras se estrechaban la mano.

No sé si fue porque era un buen tipo de verdad o porque tenía mucha confianza en sí mismo, pero la verdad es que Steve no se puso en plan competitivo. Aunque lo más seguro es que no supiera que su futura esposa había ligado con Dan en un bar y lo había invitado a ir a su casa; en cualquier caso, los hombres se estrecharon la mano de una forma mucho más sincera que nosotras dos.

—Me parece que nos ha tocado en la misma mesa —comentó Dan. Se volvió hacia mí, y me dijo—: ¿Nos sentamos?

Nos colocamos como en el cole... chico, chica, chico, chica, así que acabé entre los dos hombres. Las dos sillas restantes quedaron vacías. Nos pasamos la cesta de los panecillos, e hicimos conjeturas sobre lo que iban a servirnos para cenar.

Ceci parloteó sobre su trabajo (era coordinadora de eventos), su casa (que era nueva), su próxima boda (ostentosa), y la luna de miel en el Caribe que había planeado (maliciosa). No le quitó la mano de encima a Steve... se la puso en el hombro, en la mano, y probablemente también en el muslo, como si no supiéramos lo que estaba haciendo cuando la metía por debajo de la mesa. Estaba reclamándolo, demostrando que era suyo, porque así podía flirtear con Dan delante de mí y de él; al fin y al cabo, estaba claro que no tenía mala intención cuando miraba a Dan con expresión seductora, ni cuando fruncía los labios, ni cuando decía alguna ocurrencia con doble sentido y se echaba a reír como una tonta. Seguro que no se habría reído tanto si supiera que se le formaban arrugas en la frente.

No dije gran cosa, y creo que mi actitud callada la tomó por sorpresa. Fanfarronear implica ciertas reglas que se dan por supuestas. Cuanto más callada estaba yo, más parloteaba ella.

—¿A qué te dedicas, Elle? —me preguntó Steve, que al parecer era un buen tipo de verdad.

Ceci había abierto la boca para soltar más chorradas, pero al oír la pregunta de su prometido, me atravesó con la mirada y me dijo:

—Sí, Elle, ¿a qué te dedicas?

—Soy vicepresidenta de contabilidad administrativa y finanzas en Smith, Smith, Smith, y Brown —le dije a él—. En otras palabras: soy una contable con un cargo que tiene un nombre muy largo.

Ceci parecía encantada. Todo el mundo sabe que las coordinadoras de eventos son mucho más interesantes que las contables.

—No le hagáis caso —dijo Dan, mientras me acariciaba la nuca—. Elle tiene un puesto fantástico en Smith, Smith, Smith, y Brown.

Me volví a mirarlo, y le dije:

—¿Ah, sí?

Él sonrió, y se me acercó un poco más.

—Sí, lo he comprobado. Tienes hasta ayudante.

Eso era cierto, pero no quería decir nada. Me pregunté qué era lo que había comprobado, pero no tuve tiempo de preguntárselo, porque Ceci eligió ese momento para aportar un comentario a la conversación.

—¿Es guapo tu ayudante? —era obvio que estaba intentando ser ingeniosa.

—Se llama Taffy, y es adorable —le dije.

—Supongo que la contabilidad debe de ser un buen negocio —vaciló por un instante, como si quisiera añadir algo más pero no se le ocurriera nada.

—Sí, está bastante bien. Es un trabajo estable, y con un buen sueldo. No es tan glamuroso como la astrofísica, pero el sueldo es mejor.

Aquello los dejó atónitos a todos.

—¿Astrofísica? —Dan deslizó la mano por mi espalda desnuda, por el borde del corpiño, y la detuvo con la palma abierta sobre mi piel.

—Tengo un máster en astronomía, con especialización en mecánica celeste —dije con naturalidad. Al ver sus miradas de desconcierto, añadí—: Es la ciencia que estudia el movimiento de los cuerpos celestes bajo la influencia de fuerzas gravitacionales —era consciente de que lo más probable era que tampoco entendieran la explicación.

No suelo hablar de mis ambiciosos comienzos, de mi intento de alcanzar la gloria, pero me encanta ver la cara que pone la gente cuando hablo del tema.

—Caray, qué impresionante —dijo Steve.

Dan se volvió un poco hacia mí mientras su mano me acariciaba la espalda. No le había hablado de mis titulaciones ni de los empleos que había tenido antes de entrar en Triple Smith y Brown, pero en ese momento los dos hombres parecían tan intrigados como si estuviera contándoles mis prácticas sexuales. Ceci no parecía demasiado entusiasmada. La astronomía no es más sexy que la coordinación de eventos, pero denota mucha más inteligencia.

—Astronomía... tiene que ver con lo de los horóscopos, ¿no? —frunció un poco el ceño, y aparecieron unas pequeñas arrugas en su frente perfecta. Al ver que los dos se volvían a mirarla, dijo—: ¿Qué?

—Eso es la astrología —le dijo Steve.

—Bueno, es más o menos lo mismo —contestó ella como si nada.

—En ambos casos se estudian las estrellas, pero la astronomía tiene muchas más aplicaciones prácticas —apostillé.

—¿Por qué decidiste dejarlo para dedicarte a la contabilidad? —Steve se inclinó un poco hacia mí.

Seguramente fue un movimiento inconsciente, pero noté el lenguaje corporal. Ceci también lo notó, y frunció el ceño de nuevo.

—Hay miles de millones de estrellas, pero no hay tantos puestos de trabajo.

—Supongo que eras la cerebrito de la clase, ¿no? —me dijo Ceci, con una risita muy poco sincera.

—Exacto. Y tengo entendido que tú fuiste la reina del baile de fin de curso, y la delegada de la clase.

—Y además, me eligieron como la más popular —ni siquiera se molestó en aparentar modestia.

—Es una suerte que ya haya pasado tanto tiempo desde los años de instituto —le dije, sin molestarme en aparentar sinceridad.

Para ellos habían pasado más años que para mí. No me había dado cuenta de que Dan ya tenía treinta y tantos años. Yo iba camino de los veintinueve. Mi madre solía decir que el tiempo pasa antes de que nos demos cuenta, y para Ceci parecía estar pasando a toda velocidad.

Se hizo un silencio bastante incómodo. Ceci estaba esforzándose tanto por sonreír, que parecía una chalada. Sus ojos pasaban de Steve a mi rostro una y otra vez, y sentí lástima por ella. Estaba tan obsesionada por conseguir que la adoraran, que su autoestima dependía de la admiración de los demás. Pero como estaba claro que era una arpía, y además había estado flirteando con Dan para sentirse superior a mí, mi compasión por ella se esfumó de inmediato.

—Ceci, seguro que a Steve no le importará que te rapte por unos minutos para bailar. ¿Verdad, Steve?

—Claro que no, adelante.

Era obvio que Dan era un tipo listo. Agaché la cabeza para disimular una sonrisa, pero mi mirada se encontró con la de Ceci por un segundo. Su expresión no tenía precio. Era obvio que quería bailar con Dan para demostrar que no la había olvidado, pero que no le hacía ninguna gracia dejar a Steve discutiendo los misterios del universo conmigo.

Al final, se puso de pie y me dijo:

—No te preocupes, Elle. Lo cuidaré bien.

Sonreí mientras mis ojos se encontraban con los de Dan. No era mi novio, no teníamos ninguna atadura. Aquella mujer no era una amenaza para mí.

—No tengo de qué preocuparme —le dije, antes de volverme de nuevo hacia Steve.

—¿Hace mucho que conoces a Dan? —me preguntó él.

—No —hacía tres meses... toda una vida, y al mismo tiempo un momento.

—Hacéis buena pareja.

A lo mejor estaba intentando ser cordial, o quizá estaba empleando la táctica que algunos utilizan cuando están a punto de intentar ligar con alguien. Actúan como si no pasara nada, para poder fingir que no estaban tanteando el terreno en caso de ser rechazados. Esbozó una sonrisa, y se me acercó un poco más.

—La verdad es que no somos pareja —le dije.

—¿En serio? —parecía sorprendido, pero alcancé a ver el brillo de interés que relampagueó en sus ojos; al fin y al cabo, don Perfecto era un hombre—. Lo siento.

—No tienes por qué.

Nos miramos en silencio, y sus ojos se desviaron hacia la pista de baile. No me volví a mirar, pero lo que vio no debió de hacerle demasiada gracia, porque frunció el ceño.

—¿Te apetece bailar? —me preguntó, sin mirarme.

Me volví y seguí la dirección de su mirada. Ceci estaba apretada contra Dan. La música que sonaba era animada, pero daba la impresión de que ella estaba bailando un tango sensual y romántico. Por su parte, él parecía estar pasándoselo muy bien, y se las ingeniaba para dar la impresión de que estaba tocándola por todas partes a pesar de que tenía las manos completamente inmóviles. Era un hombre con mucho talento.

—Sí, claro.

Dejé que me agarrara la mano, y para cuando llegamos a la pista de baile, la música había cambiado.

—A lo mejor os acordáis de esta canción, tengo entendido que la pusieron en vuestra fiesta de fin de curso —dijo el disc-jockey.

—Dios —murmuré, cuando empezó a sonar una balada de finales de los ochenta—. Cuidado, creo que voy a echarme a llorar.

Steve se echó a reír, y me agarró para empezar a bailar. Me sujetó más cerca de su cuerpo de lo que cabría esperar en dos desconocidos, pero su actitud era mucho más sutil que la de su prometida con Dan. Bailamos en silencio durante unos segundos. Las luces de colores le bañaban el rostro, y creaban sombras extrañas. Al notar que su mano descendía un poco hasta llegar a la parte superior de mi trasero, bajé la mirada hasta su brazo. Cuando volví a mirarlo a la cara, vi que estaba sonriendo.

Miré hacia Dan, que me lanzó una gran sonrisa por encima del hombro de Ceci. Ella no parecía demasiado contenta. Ya sé que lo de «si las miradas mataran» está bastante manido, pero es cierto; al parecer, ella podía hacer lo que le diera la gana con mi pareja, pero no le hacía ninguna gracia lo que yo estaba haciendo con la suya... mejor dicho, lo que él estaba haciendo conmigo, porque yo estaba limitándome a permitírselo.

Cuando empezó otra balada, Steve me acercó un poco más. Noté el olor de su colonia, pero no pude identificarla.

—Las mujeres inteligentes son muy sexis —me susurró al oído.

Era un hombre alto que tenía unos hombros anchos, una dentadura blanca, y unas facciones atractivas. Olía bien, sabía bailar, y sus manos eran lo bastante grandes como para abarcar todo mi trasero.

Pero no quería bailar con él.

Miré a Dan, que no estaba prestándole ninguna atención a la mujer que tenía en sus brazos. Nuestros ojos se encontraron. Cuando la canción terminó, dejó a Ceci plantada en medio de la pista de baile y se acercó a nosotros. Apartó mi mano de la de Steve, y dijo sin apartar la mirada de mí:

—Me parece que me toca a mí.

Me tomó entre sus brazos sin añadir nada más, sin apartar la mirada de mí, y me sujetó contra su cuerpo. Mi cabeza encajaba a la perfección en su hombro, y una de sus manos se detuvo en la base de mi espalda mientras la otra sujetaba la mía. Posó los labios sobre mi pelo.

—Mía —susurró.

Seguimos bailando, pero cuando la música cambió de nuevo y pusieron una canción marchosa, me tomó de la mano y me llevó hacia la puerta. Steve estaba en la barra del bar, bebiendo ceñudo una copa, y Ceci estaba a su lado, con los brazos cruzados y una expresión enfurruñada.

Cuando salimos del salón, Dan me condujo por el pasillo, abrió una puerta, y me metió en lo que resultó ser el guardarropa.

No me dio tiempo de preguntarle lo que quería, aunque tampoco hacía falta. Como estábamos en mayo, no había abrigos que amortiguaran el leve impacto cuando me empujó hacia atrás. Las perchas entrechocaron, y solté una exclamación ahogada cuando me metió una mano por debajo del vestido y la posó sobre mi sexo húmedo.

—Steve te deseaba —apretó la boca contra mi cuello, justo en la curvatura del hombro—. Ese tipo estaba loco de deseo por ti, Elle.

Me acarició el clítoris con el pulgar a través de las bragas, y de repente metió la mano por debajo de la tela. Su palma presionó contra mi piel desnuda mientras sus dedos jugaban con mis pliegues húmedos. Cuando me metió un dedo, me cubrí la boca para sofocar un gemido; en ese momento, me daba igual que se me corriera el pintalabios.

—¿Te gustaría haberte ido con él? —me preguntó al oído.

Giré la cabeza para mirarlo, y le pregunté:

—¿Esta noche?

—Sí, si él te lo hubiera pedido.
—No.
Me acarició el clítoris con la punta del dedo una y otra vez, y arqueé las caderas hacia él.
—¿En serio?
—En serio —hinqué las uñas en los hombros de su esmoquin.
—¿Por qué no? —su otra mano empezó a acariciarme un seno.
Me aparté un poco para poder mirarlo a la cara, y dije:
—Porque esta noche estoy contigo.
Me miró a los ojos, y su mano se detuvo por un momento antes de empezar a moverse de nuevo.
—Estás lista para mí, ¿verdad? Siempre lo estás.
Era un comentario arrogante, pero lo dijo como si yo le hubiera dado un regalo. Me agarró una mano, y la colocó sobre su brageta.
—Yo también estoy listo para ti —me dijo, sonriente, mientras movía mi mano para que le frotara el pene por encima de la tela.
Miré hacia la puerta, ya que sabía que podía abrirse en cualquier momento.
—Te excita follar en sitios públicos, ¿verdad? —le pregunté.
—En cualquier sitio.
A pesar de que había sido bastante indiscriminada a la hora de escoger a mis parejas antes de conocerlo a él, la verdad es que nunca antes había tenido relaciones sexuales en un sitio público. Aquella era la tercera vez que hacíamos algo así... y a la tercera va la vencida, era posible que aquella vez nos pillaran in fraganti.

No habría sabido decir si aquella posibilidad me excitaba o no, pero lo que estaba claro que me excitaba eran sus caricias, su boca y sus manos, la forma en que me miraba, y cómo decía mi nombre.

—Te deseo, Elle —me dijo, mientras su mano seguía enloqueciéndome.

—Mi bolso...

Me dio un mordisquito en el cuello, y me miró al decir:

—Siempre vas preparada, ¿no?

—Me gusta ser cuidadosa.

Sacudió un poco la cabeza, como si mi respuesta le hubiera hecho gracia, pero solo tardó un instante en ponerse el condón y en bajarme las bragas.

—Levanta las manos, agárrate a la barra.

Obedecí de inmediato. Mis dedos la abarcaron con facilidad, y las puntas de las uñas me rozaron las palmas de las manos.

Me penetró con un movimiento fluido. Se le escapó un pequeño gemido, y me agarró las caderas antes de alzarme una pierna para que me enganchara a su cintura. Me aferré con más fuerza a la barra. Las uñas se me hincaron en la piel, pero apenas me di cuenta. Solo era consciente del placer que sentía al tener su polla dentro de mí. Colocó las manos debajo de mi trasero para sujetarme mientras se movía.

Supongo que la postura debía de parecer bastante rara, pero no tenía dónde mirarme. No había espejos que reflejaran cómo estaba follándome, no había nada que mostrara la imagen de nuestros rostros rígidos por el placer. Nos miramos a los ojos, y dio una fuerte embestida que sacudió mi cuerpo entero.

Dentro y fuera de la cama

No podía aferrarme a él. Si soltaba la barra, los dos acabaríamos en el suelo. Mi posición era tan precaria, que apenas podía moverme. Era Dan el que llevaba las riendas, y su ceño se frunció en un gesto de concentración mientras se movía.

Ya he dicho antes que ni soy una mujer pequeña ni él un hombre corpulento, pero eso no parecía importar en ese momento. Se movía en mi interior con facilidad, y como su hueso púbico me daba en el sitio justo, no tenía que acariciarme con la mano.

Mi orgasmo me sorprendió más a mí que a él. No estaba segura de si podría correrme estando así, con la falda levantada, las manos entumecidas por estar aferradas a una fría barra de acero, el corazón acelerado por la posibilidad de que alguien abriera la puerta y nos pillara.

Me corrí con un pequeño grito ahogado y la mirada fija en su rostro, y él sonrió. En cuanto el placer remitió, cerré los ojos y giré la cara, pero mi actitud no le hizo ninguna gracia.

—No apartes la mirada de mí —susurró. Tenía la voz ronca y la respiración entrecortada—. Me encanta mirarte a los ojos.

Quiero dejar claro que no tenía por qué obedecerlo, ni en ese momento ni en ninguna otra ocasión. Siempre tuve la posibilidad de negarme a hacer lo que me pedía, fuera lo que fuese. Lo que pasa es que decidí acceder.

Tenía la posibilidad de negarme, y no lo hice.

Abrí los ojos y lo miré. Sus ojos relucían de pasión. Es una frase bastante graciosa, ¿verdad? ¿Los ojos relucen de pasión?, ¿pueden hacerlo?

Sí, sí que pueden. No sé quién dijo que los ojos

son el espejo del alma, pero creo que es verdad. Vi pasión en sus ojos, placer. Y también vi aquella incredulidad de siempre, como si le costara creer lo que estaba haciendo.

Su reacción me resultaba comprensible.

Empezó a follarme con más fuerza, así que me agarré mejor a la barra. El anillo que llevaba en la mano derecha tintineó contra el metal, las perchas se movieron. Nuestra respiración parecía muy ruidosa.

El ritmo de sus embestidas se volvió irregular, y la frente se le cubrió de sudor. Se mordió el labio, me movió un poco, y se hundió en mi cuerpo una última vez con un gemido ronco que me hizo sonreír. Resultaría agradable ser elegante y elocuente en el momento del orgasmo, pero la mayoría no lo somos. Sus ojos se entrecerraron, y tragó con dificultad antes de apoyar el rostro sobre la parte superior de mi pecho, que quedaba desnuda gracias al escote bajo del corpiño.

—Tengo que bajarte. ¿Estás lista?

Nos separamos sin demasiados problemas, pero como me temblaban las piernas, seguí aferrada a la barra. La falda me cubrió las piernas de nuevo.

Dan agarró un par de pañuelos de papel de la caja que había en un estante, envolvió el condón con ellos, lo tiró a la pequeña papelera que había junto a la puerta, y se abrochó los pantalones. Cuando me miró con una sonrisa, le pregunté:

—¿Cómo es posible que todo sea tan fácil contigo?

Mis propias palabras me sorprendieron tanto como el orgasmo que acababa de tener. Me parece que él también se sorprendió, porque acarició un mechón de pelo que me caía sobre el hombro y me dijo:

—¿Qué quieres decir?

Sentí que me ruborizaba, noté el acaloramiento que me subió por el vientre y el cuello hasta teñirme las mejillas. El revelador vestido me impedía ocultar mi reacción, y fui incapaz de mirarlo a los ojos.

Estoy muy familiarizada con la vergüenza. Puedo relegarla a un rincón y fingir que no está, negar su existencia. Muchas veces, incluso consigo convencerme a mí misma de que no tengo de qué avergonzarme, pero en aquella ocasión no lo conseguí. La vergüenza me golpeó de lleno. Los oídos empezaron a pitarme, y mi visión se oscureció. Me he desmayado una o dos veces a lo largo de mi vida por anemia y una tensión sanguínea baja, o por estar demasiado tiempo al sol sin hidratarme lo suficiente, así que reconocí aquella sensación. Agaché la cabeza, y seguí aferrada a la barra por miedo a caerme.

—¿Estás bien, Elle?

La preocupación que se reflejaba en su voz fue la gota que colmó el vaso. Salí al pasillo a toda prisa, y me cubrí las mejillas con las manos. Tenía que salir de allí cuanto antes, y mis pies fueron como por voluntad propia hacia la puerta del fondo del pasillo en la que ponía: *Salida*.

Salí a una oscura terraza llena de colillas. Inhalé profundamente el fresco aire nocturno mientras la puerta se cerraba a mi espalda. La pared de ladrillos del hotel aún conservaba el calor diurno, y me apoyé en ella durante unos segundos mientras respiraba hondo.

Al menos no estaba llorando, pero eso no era ninguna novedad, porque las lágrimas eran una liberación que me había abandonado mucho tiempo atrás.

El sexo no es algo malo, no es sucio. Ni siquiera el sexo en un lugar público con un hombre al que apenas conoces. No, no lo es. El sexo es un regalo, un mecanismo innato que tenemos los humanos para experimentar placer, es algo que hay que valorar y utilizar. El sexo rejuvenece y renueva. Los orgasmos son una función milagrosa más que tiene nuestro cuerpo y no hay que avergonzarse de ellos, al igual que no hay que avergonzarse por un estornudo o por el latido del corazón. El sexo no es obsceno, ni siquiera en lugares públicos con alguien al que apenas conoces. No soy una persona sucia ni impúdica por el mero hecho de que me gusten el sexo, las caricias de un hombre, correrme con él, o dejar que me penetre.

No hacía frío, pero había pasado de estar acalorada a sentirme helada en cuestión de minutos. Tenía la carne de gallina, y empecé a frotarme los brazos con fuerza. Estaba furiosa conmigo misma.

El sexo no es algo sucio, yo no soy sucia. No, no lo soy.

La puerta se abrió a mi espalda, y Dan salió a la terraza. Me incorporé de inmediato, y dejé de frotarme los brazos.

—Elle, ¿estás bien? ¿Has bebido demasiado?
—No.

Se puso a mi lado, pero no me tocó. Mantuve la mirada fija hacia delante. Además de avergonzada, me sentía abochornada.

Se sacó un paquete de cigarros del bolsillo, y me

ofreció uno. Lo acepté a pesar de que no suelo fumar, y él lo encendió antes de encenderse el suyo. Permanecimos en silencio mientras el resplandor rojo de los cigarros destacaba en la oscuridad.

—¿Estás enfadada conmigo? —me preguntó, al cabo de un rato.

—No.

—Vale.

Tiró la colilla al suelo, pero no la pisó. Me quedé mirándola mientras acababa de apagarse, y entonces tiré la mía también.

—Lo siento —le dije.

Se volvió a mirarme, pero la oscuridad me impedía ver su rostro con claridad.

—Y yo siento que te arrepientas de lo que hemos hecho —me dijo.

—En cualquier caso, la velada está a punto de terminar.

—Elle.

Solo era una palabra, mi nombre, pero me inmovilizó con tanta firmeza como si me hubiera agarrado el brazo.

—No quiero que lo lamentes jamás, Elle. Yo no lo hago.

No pretendía reírme, pero eso fue lo que me salió: una carcajada seca y llena de cinismo.

—No esperaba que lo lamentaras, Dan.

—Crees que soy uno de esos tipos que ligan con desconocidas y se las tiran donde sea, ¿verdad?

—¡No te conozco!

—Pues conóceme, te prometo que no soy una persona complicada.

—Yo sí.

—Qué sorpresa —su tono de voz reflejaba una sonrisa.

—¿Crees que soy una de esas mujeres que dejan que un desconocido ligue con ellas y se las tire donde sea?

—¿Lo eres?

—Eso parece —dije con resignación.

Me rodeó la cintura con un brazo y me acercó a su cuerpo. Dio un paso, y la luz de seguridad le iluminó la cara. Sus ojos parecían más azules que nunca.

—¿Y qué tiene eso de malo?

Me quedé mirándolo sin saber cómo reaccionar. Esbozó una sonrisa, pero fui incapaz de devolvérsela. Deslizó los dedos por la suave tela del vestido que me había comprado.

—No creo que seas de esas mujeres que ligan con desconocidos y se los tiran donde sea, da igual con cuántos hombres hayas estado.

—Setenta y ocho —la respuesta salió de mis labios como por voluntad propia.

Él vaciló por un segundo, y al final me preguntó:

—¿Has estado con setenta y ocho hombres?

—Sí.

Esperé a ver rechazo o censura en su rostro, pero él se limitó a acariciar un mechón de pelo que se me había escapado del moño.

—Son bastantes.

—¿Te molesta?

Me miró con expresión pensativa, y me dijo:

—¿Te molesta a ti?

—La verdad es que me incomoda —admití, al cabo de un segundo.

—Antes de conocerte, salí con otras mujeres. ¿Te molesta?

—No —aquello era diferente. Salir con mujeres no era lo mismo que ligar con desconocidos, llevármelos a casa, y tirármelos para demostrar que podía hacerlo.

Se me acercó un poco más, y me rodeó la cintura con el otro brazo. Olía a sexo y a colonia, y tenía la camisa un poco arrugada.

—Me da igual lo que hicieras antes, Elle. Lo único que me importa es lo que hagas ahora —me limité a negar con la cabeza en silencio, así que añadió—: Si quisieras palabras bonitas, te las diría, pero me parece que no te las creerías.

—Puede ser —admití, con una pequeña sonrisa.

Me giró para que me quedara de espaldas a él, me rodeó con los brazos, y entrelazó sus manos con las mías. Su abrazo hizo que la piel de gallina se desvaneciera. Apoyó la barbilla en mi hombro, y señaló hacia el cielo con nuestras manos unidas.

—¿Qué estrellas son esas?

—Es la constelación de la Osa Mayor.

Siguió abrazándome, dándome calor.

—¿Por qué decidiste estudiar astronomía?

Me recosté contra él mientras miraba hacia los puntos de luz que salpicaban el cielo nocturno.

—Creía que podía llegar a contarlas todas.

—¿Las estrellas?

—Sí. Creía que podía llegar a contarlas todas, o al menos aprender todo lo posible sobre ellas... averiguar cómo es posible que estén colgadas del cielo sin caerse, encontrar la manera de llegar hasta ellas, descubrir si había vida allí arriba...

Él se echó a reír con suavidad, y su aliento cálido me rozó la piel.

—¿Te interesaban los ovnis?

—Los ovnis son un campo de investigación legítimo, pero nunca me dediqué a estudiarlos.

—Solo las estrellas.

—Aún queda muchísimo por saber sobre ellas, te lo aseguro.

Permanecimos en silencio durante unos segundos. Sus pulgares trazaban líneas sobre la tela que me cubría el estómago, y sus labios estaban posados en mi hombro desnudo.

—¿Lo echas de menos? —me preguntó al fin.

—Cada vez que miro las estrellas.

—¿Llegaste a contarlas todas?

Volví la cabeza para poder mirarlo, y le dije:

—No. Nadie puede contarlas, son infinitas.

—¿Te rendiste?

Fruncí el ceño, y me aparté un poco de él antes de contestar.

—Abandonar una tarea inútil y carente de sentido no es rendirse.

—Ya lo sé —me dijo, mientras volvía a atraerme hacia su cuerpo.

—Entonces, ¿por qué has dicho eso?

Noté cómo se encogía de hombros, y que sus labios se curvaban sobre mi hombro cuando sonrió.

—Quería ver lo que decías —al ver que permanecía en silencio, añadió—: ¿Cuánto tardaste en decidir que era una tarea inútil y carente de sentido?

Me aparté de nuevo para mirarlo, y le dije:

—¿Quién dice que lo he hecho?

Nos miramos bajo la luz de las estrellas, y entonces alcé la mirada hacia el cielo. Dan también lo hizo mientras me tomaba de la mano, y contemplamos juntos la noche.

—No me rendí —dije, al cabo de un momento.

—Me alegro —me dijo él, mientras me daba un pequeño apretón en la mano.

—Yo también —le contesté, antes de devolverle el apretón.

Capítulo 8

—¿Has engordado, Ella?

Como siempre, la voz de mi madre hizo que me pusiera tensa. Había tenido que elegir entre quedar a comer con ella en un lugar neutral, que ella viniera a mi casa, o ir a la suya. Como era una hija responsable, había elegido la primera opción. Las dos sabíamos por qué, pero ninguna sacó el tema.

—Puede que sí, mamá.

—Ningún hombre va a interesarse por una mujer que no se cuida.

Añadí un poco más de mantequilla al panecillo que estaba a punto de comerme, y la miré con una sonrisa de lo más falsa.

—Eso no me preocupa, mamá.

Soltó un resoplido, y bebió un poco de agua. Debería explicar que mi madre no es vieja ni está enferma. Su salud no está deteriorándose, aunque a ella le gustaría que el mundo entero le tuviera lástima. Mi madre es una mujer atractiva de sesenta y pocos años que se conserva bien, y que se gasta más dinero en su visita semanal al salón de belleza que yo en comida. Tuvo un accidente de coche hace más de quince años, y el resultado fue una cicatriz casi invisible en la pierna izquierda y la incapacidad total de conducir, debido a los «nervios». Nunca hablamos del problema que mi padre tiene con la bebida, pero no es tan necia como para pretender que él la lleve a algún sitio; la verdad, yo preferiría superar mis supuestos nervios antes que permanecer atrapada en casa con un hombre al que no soporto, y tener que depender de que los demás tengan el detalle de acceder a hacer de chóferes... aunque lo cierto es que yo también tengo mis propias rarezas, y quizá me parezca más a mi madre en cuanto a lo del complejo de mártir de lo que me gustaría admitir.

Cuando el camarero llegó para tomarnos nota, mi madre pidió una ensalada, como siempre. Yo pedí una hamburguesa con queso, patatas fritas, y un batido de chocolate.

—¡Elspeth!

A juzgar por su expresión de horror, cualquiera diría que acababa de pedir un bebé asado aderezado con un cachorrillo. No sé qué era lo que le ofendía más, la comida en sí o el hecho de que hubiera pedido algo tan plebeyo como una hamburguesa en un restaurante tan elegante como Giardino's.

—Mamá —lo dije con calma, porque sabía que así la enfurecería más.

—Lo haces para enfadarme, ¿verdad?

—Tengo hambre, mamá.

—Al menos, el negro estiliza.

Bajé la mirada hacia mi jersey negro y mi falda ajustada del mismo color. Supongo que no hay ni una mujer en el mundo que no se pregunte si sus muslos podrían ser más delgados o su trasero más plano, pero yo estoy bastante contenta con mi cuerpo.

—Conseguiste adelgazar, pero vas a volver a engordar.

Había engordado a modo de autodefensa, y había adelgazado debido a las circunstancias. No me apetecía volver a pasar por una dieta así.

—Me gusta mi aspecto, mamá. Deja el tema, por favor.

—Ninguna mujer está satisfecha del todo con su aspecto, Ella. Es nuestra maldición. Estamos condenadas a querer ser más delgadas, a querer tener unos pechos más grandes y unas piernas más largas.

—Soy algo más que unas tetas y un trasero, también tengo un cerebro.

Frunció el ceño al ver que utilizaba un vocabulario tan ordinario, y me dijo:

—Nadie puede ver tu cerebro.

Tal y como le había dicho a Dan, abandonar una tarea inútil y carente de sentido no es rendirse... es ser inteligente. No me molesté en discutir con ella, hacía años que me sermoneaba con aquel tema. Bebí un poco de agua, y me metí un cubito en la boca para contener las ganas de chasquear con la lengua.

Por una vez, no insistió. Empezó a hablarme con todo lujo de detalles de la hija de su amiga Debbie Miller, que acababa de dar a luz. Era un tema que al menos no tenía nada que ver conmigo, con mi peso, ni con mi cerebro.

—... y el niño se llama Atticus —dijo, mientras

sacudía la cabeza. Era obvio lo que pensaba de aquel nombre.

—Es un nombre bonito, habría sido peor que le pusiera Adolfo.

—Eres una listilla, además de inteligente.

—Perdona.

Es curioso que la relación que tenemos con nuestros padres se mantiene igual cuando nos hacemos adultos. Sabía que no iba a darme una bofetada, pero parte de mí reaccionó como si creyera que iba a hacerlo.

El camarero nos trajo la comida. Aunque había perdido el apetito, bebí un poco de batido para no dar pie a que mi madre hiciera algún comentario.

Al cabo de un rato, suspiró, apartó a un lado su plato de ensalada a medio terminar, y me dijo:

—Quiero hablar contigo de tu padre, Ella.

—Vale.

Dejé a un lado el tenedor, y me limpié la boca con la servilleta. Apenas hablaba con mi padre. Intercambiábamos algunas palabras si él contestaba al teléfono en las contadas ocasiones en que yo llamaba a su casa. Mi madre solía referirse a él con frases como «tu padre y yo vimos aquel programa sobre mascotas con poderes paranormales», o «tu padre y yo estamos pensando en redecorar la cocina», pero lo cierto era que él se pasaba el día delante de la televisión con un gin-tonic en una mano y el mando a distancia en la otra.

—¿De qué quieres hablar, mamá?

He visto a mi madre vertiendo suficientes lágrimas como para llenar una piscina. Lo hace con tanta pericia, que el maquillaje nunca se le estropea, así que me alarmé un poco al ver que el rímel empezaba a corrérsele.

—Tu padre no está bien.

—¿Qué le pasa?

Me alarmé aún más al ver que se limitaba a hacer un pequeño gesto con la mano. Mi madre solía comportarse como una mártir, pero casi nunca se quedaba sin palabras. Cuando abrió la boca y fue incapaz de articular ni una palabra, tuve que entrelazar las manos sobre mi regazo para impedir que empezaran a temblar.

—¿Qué le pasa, mamá?

Miró a su alrededor antes de contestar, como si al resto de comensales les importara lo que iba a decir.

—Cirrosis —su voz fue apenas un susurro, y se llevó la mano a la boca como si la palabra se le hubiera escapado sin querer.

La noticia no me tomó por sorpresa, porque mi padre llevaba casi toda la vida bebiendo en exceso.

—¿Ha ido al médico?, ¿cómo está?

—Está tan cansado, que le cuesta levantarse de la silla; además, ha perdido peso. Apenas come.

—Pero no deja de beber.

Alzó la barbilla, y me dijo con firmeza:

—Tu padre se merece relajarse un poco por la tarde, ha trabajado muy duro durante todos estos años para mantenernos.

—¿Van a ingresarlo en el hospital?

—No se lo he dicho a nadie —susurró. Se secó los ojos, y el breve momento de sinceridad que acabábamos de compartir se desintegró.

—Claro, sería horrible que los vecinos se enteraran.

—Por supuesto. Los trapos sucios se lavan de puertas para adentro.

Los trapos sucios se lavan de puertas para adentro... ¿cuántas veces había oído aquella frase de pequeña?

Nos miramos en silencio.

Cualquiera que nos viera habría dicho que nos parecíamos mucho. Yo tenía su misma boca carnosa, y aunque mis ojos eran más grisáceos y los suyos más azulados, eran iguales en cuanto a forma y a tamaño, y tenían una anchura que nos daba una apariencia de falsa inocencia.

—¿Es que no vas a perdonarme nunca? Maldita sea, mamá... ¿vas a echármelo en cara durante el resto de mi vida? —no pude evitar que me temblara la voz, y aferré con fuerza la servilleta.

Mi madre se limitó a hacer una mueca despectiva. Era como si ni siquiera me mereciera una respuesta, como si hubiera dejado de ser Elle y hubiera vuelto a ser Ella, y me sentí fatal.

A pesar de todo, no negó mi pregunta ni fingió que no sabía de qué estaba hablándole. Bajé la mirada, y la fijé en mi hamburguesa a medio comer mientras intentaba aclararme las ideas. Estuve a punto de añadir algo más, pero el camarero me salvó cuando se acercó y me preguntó si quería llevarme lo que me había sobrado.

—No, gracias.

—¡No hay que desperdiciar nada! —me dijo mi madre.

—Voy a pagar yo, así que no te preocupes.

—No es eso. No puedes darte el lujo de ir derrochando el dinero, Ella.

—Porque no tengo un hombre que se ocupe de mí. Sí, ya lo sé. Tráiganos la cuenta, por favor.

El camarero, que se había quedado atrapado entre nosotras como un delfín en una red para atunes, se apresuró a alejarse. Mi madre me echó una mirada furibunda, pero no me quedaban fuerzas para devolvérsela.

—El camarero ni siquiera te conoce, y le da igual lo que digas.

—Esa no es la cuestión —me dijo, ceñuda.

No podía seguir discutiendo, la comida me pesaba en el estómago como una losa. Después de limpiarme la boca y las manos, cubrí con la servilleta el plato casi lleno, para ocultar la evidencia de mi falta de apetito.

—Tendrías que venir a casa algún día, Ella... antes de que sea demasiado tarde.

El verdadero objetivo de aquella comida acababa de salir a la luz.

—Tengo mucho trabajo, mamá.

Alargó la mano hacia mí con una rapidez pasmosa, teniendo en cuenta que siempre decía que no podía limpiar la casa por culpa de la fibromialgia. Abrió el botón superior de mi camisa, y frunció el ceño al ver la piel que había quedado al descubierto.

—Trabajo... ¿así lo llamas?

Me llevé la mano al cuello de forma automática, y me abroché la camisa para cubrir la pequeña marca amoratada.

—Tengo un empleo...

—¿Eres una ramera?, ¿a eso te dedicas? A lo

mejor no es el trabajo lo que te tiene tan ocupada, lo que impide que te comportes como una buena hija. A lo mejor es otra cosa, puede que estés demasiado ocupada haciendo cosas... sucias.

Es imposible saber cómo es la expresión de tu propio rostro a menos que tengas un espejo delante, pero sentí que la mía se volvía impávida y gélida. Supongo que mi reacción fue patente, porque mi madre esbozó aquella pequeña sonrisa típica en ella que indicaba que había triunfado, que había conseguido afectarme. Es curioso que nos dé por participar en juegos así, aunque sepamos que no podemos ganar.

—¿Estás tirándote a tu jefe, Ella? ¿Fue él quien te dejó esa marca en el cuello?

—¿No te preocupaba que no encontrara un hombre? —le pregunté, con el mismo tono edulcorado que ella acababa de utilizar.

El pelo y los ojos no es lo único que tenemos en común. Mi madre y yo tenemos la misma vena vengativa. Ella es una experta a la hora de guardar rencor, pero yo no me quedo atrás. Sabía que las palabras pueden llegar a hacer más daño que un cuchillo, lo había aprendido de la mejor.

—Estoy avergonzada de ti, Ella.

No le dije nada, ni una palabra, así que gané. Mi madre no soportaba el silencio. Necesitaba algo que le diera pie a seguir con su diatriba, pero yo me mordí la lengua y no le di carnaza.

Se puso de pie, agarró su elegante bolso y me dijo:

—No te molestes en acompañarme a la puerta, yo misma buscaré un taxi. Tendrías que venir a casa, Ella. Si no lo haces por mí, hazlo al menos por tu padre.

—¿Y por los vecinos?

En ese momento, perdí la partida por haber sido incapaz de quedarme callada.

A mi madre le daba igual tener la última palabra. Como sabía que un suspiro lleno de exasperación podía ser mucho más efectivo, soltó uno antes de marcharse envuelta en una nube de indignación.

Después de pagar la cuenta, y como era hija de mi padre a pesar de todos mis esfuerzos, fui a un bar y me senté en un rincón del fondo donde no tuviera que hablar con nadie.

La redecoración del comedor progresaba a paso de tortuga. Me sentía culpable cada vez que veía las latas de pintura y los pinceles que tenía en el lavadero, pero cerrando la puerta resolvía el problema con facilidad. La culpa de todo la tenía Dan. Había pasado una semana desde la fiesta de antiguos alumnos, y me había llamado casi cada noche. Teníamos unas agendas de trabajo tan apretadas, que solo habíamos podido hablar por teléfono. Cuando llegaba a casa estaba tan agotada, que solo tenía ganas de recalentar algo de comida en el microondas, darme una ducha, y meterme en la cama. Al ver que Dan se mostraba muy comprensivo y que no insistía en que volviéramos a vernos, me había sentido un poco decepcionada.

Todo aquello no ayudaba en nada a que avanzara con lo de la pintura. Adoro mi casa, es lo primero que tuve que fuera mío de verdad. La compré incluso antes que mi primer coche y es mi guarida, mi refugio.

Dentro y fuera de la cama

El problema radicaba en que no me gustaba nada el comedor. Mi insatisfacción no se debía a que tuviera una forma irregular que complicaba las cosas a la hora de colocar unas sillas, una mesa y una vitrina, ni al hecho de que careciera de ventanas. Detestaba el comedor porque estaba sin arreglar, y porque cada vez que lo veía pensaba en las pocas ganas que tenía de acabar lo que había empezado.

Cuando la había comprado, era una decrépita casa adosada en una zona que, según el alcalde, era «desfavorecida». El vecindario no era ninguna joya, pero estaba mejorando. El ayuntamiento había decidido revitalizar la zona del centro de Harrisburg, y había invertido una buena suma de dinero en varios proyectos. Era agradable tener vecinos que conducían deportivos en vez de robarlos.

Había optado por restaurar la casa en vez de remodelarla. Había conservado intactas las habitaciones, a pesar de que habían surgido varios inconvenientes con los armarios y los cuartos de baño. Había ido habitación por habitación, según me lo permitían el tiempo y el dinero. Había contratado a profesionales para que se ocuparan de los desperfectos causados por el tiempo y el abandono, pero me había encargado de todos los arreglos superficiales.

No puede decirse que fuera demasiado imaginativa a la hora de decorar; de hecho, me decantaba hacia lo simple y neutro, igual que en el tema de la ropa. Paredes blancas, y muebles sólidos y resistentes. Casi todos los había comprado en subastas o en tiendas de segunda mano, porque me gustaban las antigüedades. Tenía unas cuantas fotos artísticas en blanco y negro, varios candelabros, y unos cuantos jarrones que me habían regalado. También tenía estanterías empotradas llenas de libros, y una chimenea junto a la que podía leer.

Aquella noche, Gavin vino a casa. Apenas lo había visto durante la última semana, pero en varias ocasiones había oído el sonido apagado de gritos procedente de su casa. Estaba esperándome sentado en el porche, con un libro en las manos. No hacía frío, pero llevaba una enorme sudadera negra y tenía la capucha puesta. Se parecía tanto a Anakin Skywalker cuando iba camino de convertirse en Darth Vader, que no pude evitar decirle:

—Es muy difícil resistirse al lado oscuro de la fuerza, ¿verdad?

—¿Qué?

—El lado oscuro... da igual —no quise preguntarle si había visto las pelis de *Star Wars*. Abrí la puerta, y entró tras de mí—. ¿Has venido a ayudarme a pintar?

—Sí.

Nunca había sido un chico demasiado hablador, pero estaba excesivamente callado. Le lancé una rápida mirada mientras dejaba el correo y el bolso sobre la mesa. Él fue hacia el comedor, se quitó la sudadera y la dejó sobre una silla. Debajo llevaba una sencilla camiseta gris. Cuando se agachó para abrir una lata de pintura, la tela se le salió de debajo de los vaqueros, y dejó al descubierto las protuberancias de su columna vertebral. Parecía más delgado. Hacía días que no veía el coche de su madre, pero eso solo indicaba que ella estaba fuera cuando yo estaba en casa. A lo mejor no había tenido tiempo de prepararle la cena a su hijo.

—¿Te apetece cenar algo?

Dentro y fuera de la cama

Me miró por encima del hombro, y me dijo:
—Sí, gracias.

Después de meter un par de pizzas congeladas en el horno, subí a cambiarme de ropa. Para cuando bajé, Gavin ya tenía listos los pinceles, los rodillos, y la pintura. Al oír que sonaba el temporizador del horno, se levantó y se volvió hacia mí.

Me quedé de piedra al verle los brazos. Una de las mangas se le había levantado un poco, y había dejado al aire piel que solía llevar cubierta. Tenía tres o cuatro líneas rojas, y me di cuenta de que eran cortes.

—¿Qué te ha pasado en el brazo?

Se bajó la manga de inmediato para ocultar los cortes, y me dijo:

—Mi gato me arañó.

Aproveché que tenía que sacar las pizzas del horno como excusa para no tener que contestar. Era posible que su gato lo hubiera arañado, quizá me había dicho la verdad. No volví a mencionar el tema.

Solía comerse cuatro porciones de pizza, pero aquel día solo se comió dos. No hice ningún comentario al respecto, pero envolví lo que había sobrado y lo dejé sobre la encimera.

—Llévate esto cuando te vayas, no voy a comérmelo.

—Vale —me dijo, con una pequeña sonrisa.

Contuve las ganas de alargar la mano y alborotarle el pelo. No era más que un crío, pero no era mío; además, tenía quince años, y tengo bastante claro que a los quinceañeros no les gusta que les alboroten el pelo.

Empezamos a pintar. Al cabo de un rato me preguntó si podía poner un poco de música, y pareció sorprenderse al ver mi colección de CDs.

—Tiene música bastante guay, señorita Kavanagh —comentó, mientras agarraba el último trabajo de un grupo de rock alternativo.

Solo le faltó añadir «a pesar de lo vieja que es», pero intenté no ofenderme.

—Gracias. Ponlo, si quieres.

Puso el CD, y seguimos pintando. A veces trabajábamos uno al lado del otro, y a veces en distintas secciones. Como durante los últimos meses había dado un estirón y ya era un poco más alto que yo, dejé que fuera él quien se subiera a un taburete para pintar la parte superior de la pared.

—No hace falta que me llames señorita Kavanagh, Gavin. Puedes tutearme, llámame Elle.

—Mi madre me dijo que tengo que ser respetuoso con la gente.

—Claro que sí, pero el hecho de que me tutees no me parece una falta de respeto —acabé con un rincón, así que me levanté y dejé el rodillo en el bote—. Te doy permiso.

Él siguió pintando durante unos segundos, y al final me dijo:

—Vale.

El comedor tenía buena pinta, aunque aún le faltaba una última capa de pintura. Empecé a limpiar, y Gavin me ayudó. Como el lavadero era pequeño, topamos varias veces y maniobramos como pudimos entre sonrisas forzadas. Me eché un poco hacia atrás para dejarle espacio cuando él intentó meter un rodillo en el fregadero, pero me golpeé contra la estantería donde tenía el detergente y varias perchas.

Algunas de las perchas empezaron a caerse, y Gavin intentó agarrarlas.

Fue una situación completamente inocente. Ni siquiera me rozó, solo se había inclinado un poco para evitar que las perchas se cayeran. Los dos nos echamos a reír, y en ese instante alcé la mirada y vi un rostro que nos observaba desde la ventana que había junto a la puerta trasera.

Solté un grito, y al cabo de un segundo me di cuenta de que se trababa de la señora Ossley. Con el corazón latiéndome acelerado, pasé junto a Gavin y abrí la puerta.

—Hola, me ha asustado.

—He llamado a la puerta principal, pero no contestaba nadie —esbozó una sonrisa tensa, y le dijo a su hijo—: Ya es hora de que vengas a casa, Gavin.

—Quiero ayudar a Elle a terminar de limpiar...

—Te vienes ya —su tono era inflexible.

—No te preocupes, Gavin, ya casi he terminado.

—Voy a por mi sudadera.

La señora Ossley y yo nos quedamos esperándolo en el lavadero, y se creó un silencio bastante incómodo. Ella no parecía tener ningún interés en hablar conmigo, y yo no tenía nada que decirle. Gavin nos salvó al aparecer al cabo de un momento con la sudadera puesta.

Cuando se fueron, cerré la puerta mientras me preguntaba qué había hecho para ganarme la antipatía de aquella mujer.

No era inusual que Chad se pasara semanas sin contactar conmigo. Nos manteníamos en contacto mediante mensajes de correo electrónico y postales, y nos llamábamos por teléfono cuando uno de los dos se daba cuenta de que hacía mucho que no hablábamos, o cuando alguno estaba pasando una crisis. No me preocupó que no contestara al mensaje que le dejé agradeciéndole que me enviara las aventuras de la princesa Armonía, pero conforme fueron pasando los días y vi que ni siquiera contestaba a mis mensajes de correo electrónico, me di cuenta de que le pasaba algo.

Se me formó un nudo en el estómago al oír su voz. Era como si tuviera la boca llena de sirope, y le costara hablar con claridad.

—¿Diga?

Se animó un poco al oír mi voz, pero no había ni rastro del parlanchín efusivo de siempre. Me dijo que había estado bastante ocupado con el trabajo y el grupo de teatro amateur en el que estaba, y que la hermana de Luke acababa de dar a luz; en definitiva, me habló de cosas intrascendentes que llenaron el espacio que nos separaba, pero que no revelaban nada.

—Chaddie, dime lo que te pasa —le dije, después de escucharlo.

Permaneció en silencio durante tanto rato, que habría pensado que había colgado si no hubiera oído el sonido de su respiración.

—No pasa nada, Elle. Estoy un poco bajo de moral.

—Oh, Chad... —no podía decirle nada más. Las palabras no podían sustituir a un abrazo, por muy sinceras que fueran—. ¿Qué vas a hacer al respecto?

—Lo de siempre, ahogar mis penas comiendo helados —me dijo, con una pequeña carcajada.

Los helados eran mejores que el alcohol. Chad nunca bebía.

—¿Qué dice Luke?

Tardó unos segundos en contestar.

—No dice nada, porque no se lo he contado.

—Seguro que lo sabe. Vivís juntos, es imposible que no se dé cuenta —le dije con voz suave.

—No hablamos del tema. Luke siempre está feliz, y no quiero amargarle la vida... ni a ti tampoco, Elle. Tengo que superarlo, ya está.

—No hace falta que lo hagas solo.

—Perdona si no hago demasiado caso a tus consejos, doña Solitaria. Dime, hermanita, ¿cuándo fue la última vez que lloraste en el hombro de alguien?

Los dos nos quedamos callados. Esperé a que se disculpara, y al ver que no lo hacía, le dije adiós con voz indignada y colgué. A veces, a pesar de que sabes que alguien está diciendo la verdad, es más fácil enfadarte que admitir que tiene razón.

No era la primera vez que me invitaban a una reunión informativa para venderme algo... velas, instrumentos de cocina, joyas... Jamás asistía, pero tenía el detalle de comprar algo del catálogo. El hecho de que no me gustara perder el tiempo sentada en la sala de estar de alguna desconocida, viendo productos que no me interesaban, no implicaba que ignorara cómo funcionan ese tipo de cosas. Ayudarlas con las reuniones fomentaba el buen rollo, y normalmente acababa con algo que podía regalarle a mi madre en Navidad o en su cumpleaños.

Marcy no me había invitado para que comprara

cucharas ni pendientes, y tampoco había permitido que me limitara a hojear un catálogo y a escribirle un cheque. Había insistido en que asistiera a la reunión que había organizado en su casa, y no se me había ocurrido ninguna excusa para poder escaquearme.

Como no sabía lo que se estilaba en aquellas ocasiones, me pasé un minuto entero en el recibidor, preguntándome si debía llamar o intentar abrir sin más; afortunadamente, llegaron dos mujeres más y no tuve que tomar una decisión.

—Hola, ¿también vienes a la reunión? —me dijo la más alta de las dos, con una risita.

Marcy abrió la puerta y soltó un chillido de entusiasmo. Las dos mujeres chillaron a su vez. Dejé que tiraran de mí, que me abrazaran, que me gritaran al oído, que me pusieran una copa de vino en la mano, y que me sentaran en una silla. Marcy sacó aperitivos mientras todo el mundo charlaba. Yo me limité a beber un poco de vino sin decir gran cosa. Solo conocía a Marcy, y no tenía nada que decir.

No me he pasado la vida enclaustrada, sé lo que son los juguetes sexuales a pesar de que nunca me he comprado uno. Aunque suele gustarme la lencería sencilla y me inclino más hacia los ligueros y las bragas de encaje que hacia los tangas de leopardo y las medias con agujeros, he visto prendas así en las tiendas.

Creía que estaba preparada para aquella reunión, tenía el boli en la mano y la hoja de pedido delante de mí; sin embargo, poco después de que la vendedora empezara a hablar, me di cuenta de que estaba metida en un buen lío. Para cuando la mujer nos pasó capuchas para los bolis con forma de pene, solo me quedaba la esperanza de salir de allí sin quedar como una tonta.

No hacía falta que me preocupara. A pesar de lo franca que solía ser en cuestiones de sexo, Marcy soltó una exclamación y se cubrió la cara con las manos cuando la vendedora sacó el primer objeto, y muchas de las demás se ruborizaron o miraron a través de los dedos. Estaba claro que no estaban acostumbradas a ver algo como el King Dong con bala vibradora desmontable, así que me relajé al darme cuenta de que no estaba tan desfasada como pensaba.

—¡Ha llegado el momento de las Veinte Preguntas Picantes! —nos dijo la vendedora, mientras nos daba una hoja de color rosa a cada una—. ¡Tened en cuenta que voy a dar premios!

Nos echamos a reír y empezamos a responder el cuestionario, en el que se nos preguntaba cuántas parejas teníamos, cuál era el lugar más raro en el que habíamos hecho el amor, o si nos habíamos acostado con más de un hombre a la vez. Teníamos que decir qué famosos nos atraían más, si habíamos sido infieles alguna vez, cuál era nuestra postura sexual preferida, y un montón de cosas más.

Fui respondiendo a todas las preguntas de la hoja. No fui demasiado sincera, porque a pesar de que la vendedora nos había pedido que fuéramos honestas, había ciertas cosas que no estaba dispuesta a admitir ante un montón de desconocidas, ni siquiera a cambio de unas esposas forradas.

Después de enseñarnos cómo funcionaban los productos y de mostrarnos la lencería, la vendedora fue a sentarse a la mesa de la cocina para ir anotando los pedidos mientras las demás nos servíamos más vino y examinábamos entre risitas los penes de plástico de color rosa.

Tenía un trozo de queso en una mano y mi vaso de vino en la otra cuando Marcy me arrinconó y me dijo:

—¿Qué vas a comprar?

Le enseñé mi hoja de pedido, pero ella la agarró y anotó algo más. Intenté protestar, pero como tenía las dos manos ocupadas, no pude quitársela.

—¿Qué estás haciendo?

—¡Venga ya, Elle, si solo habías pedido un picardías... y en blanco! ¿No quieres algo en rojo, por lo menos?

—Ni hablar —acabé de comerme el queso, y le quité la hoja—. No, Marcy.

—Yo voy a pedir el Conejito Rodney Deluxe —soltó una risita, y añadió—: Te he anotado el Castor Entusiasta.

—Marcy... —empecé a decir, mientras le echaba un vistazo a mi hoja.

—Venga, toda mujer debería tener un buen vibrador. Ya te lo compro yo si no quieres pagarlo. Será un regalo. Considéralo mi granito de arena para que tengas una buena salud.

No quería echarme a reír, de verdad que no, pero Marcy era irresistible.

—Gracias, pero puedo cuidar de mi salud yo solita. No me hace falta el Castor Entusiasta, no quiero acostarme con un animal salvaje.

Agarró el catálogo, y dijo:

—¿Qué te parece la Bala de Plata?

—¿Es que hay algún hombre lobo por aquí? —el vino me había soltado la lengua.

—La Sirenita también está bien, y es resistente al agua —me dijo, con una sonrisa.

Miré la foto del catálogo, y le dije con firmeza:

—No quiero nada que tenga una cara pintada.

La sirenita del dibujo era muy mona, tenía una cola de aspecto suave y una larga melena de pelo. Marcy pasó la página, soltó un grito triunfal, y señaló con el dedo.

—¡Este es perfecto para ti!

—¿El Blackjack?

—Gritarás de placer con el Blackjack. Está hecho de suave silicona, y dispone de nuestro sistema de vibración patentado. El Blackjack da de lleno en todos los puntos clave. Es silencioso, discreto, y puedes disfrutarlo sola o con tu pareja —soltó una risita cuando acabó de leer el anuncio.

—Parece discreto, y bastante práctico —otros vibradores tenían un diseño más chillón, pero aquel medía unos siete centímetros y medio de largo, tenía forma de cigarro, y era negro.

Marcy se echó a reír, y me dio un pequeño codazo.

—Venga, pídete uno.

—Marcy, no... —empecé a decir, vacilante.

—Vamos, Elle, pruébalo al menos.

Miré a mi alrededor. Las demás estaban charlando entre risas, examinando picardías minúsculos, y sacándose las chequeras.

Volví a mirar la foto del Blackjack, y me volví de nuevo hacia Marcy.

—Si alguien de la oficina se entera de esto...

—Nadie lo sabrá, te lo juro.

Suspiré con resignación. Marcy me había convencido, no pude resistirme. Ella soltó un gritito de entusiasmo, y me salpicó la camisa de vino al darme un abrazo.

—Brindo por mi buena salud —le dije, mientras ella saltaba sin parar.

Cuando empezó a sonar mi móvil, me dio un último abrazo y se alejó para que pudiera contestar tranquila.

—Kavanagh.

—Hola, Kavanagh. Soy Stewart.

Dan. Estrujé la hoja de pedidos como si él pudiera verla, y se me escapó una risita ahogada.

—¿Estás bien, Elle?

—Sí —le dije, mientras alisaba el papel.

—Te he llamado a tu casa, pero como no contestabas, he decidido probar suerte con el móvil. ¿Qué estás haciendo?

Dos de las mujeres habían agarrado un enorme vibrador doble, y estaban intentando bailar el reggaeton con él. Como apenas podía oír por culpa de las risas y el jaleo, fui por el pasillo hacia el dormitorio de Marcy, y me apoyé contra la pared antes de contestar. Era más que consciente de la hoja de papel que tenía en la mano.

—Marcy me ha invitado a una reunión informativa.

—¿Ah, sí? —parecía muy complacido—. ¿Qué quieren venderos?, ¿instrumentos de cocina?

—Eh... no.

—Lástima, me hace falta una parrilla de piedra nueva.

Sabía que el vino no tenía la culpa de la sensación de irrealidad y atontamiento que me invadía.

—¿Usas de eso? —le pregunté.

Él se echó a reír, pero no contestó.

—¿Falta mucho para que acabe la reunión?, ¿puedes venir a mi casa cuando salgas?

—Mañana tengo que ir a trabajar, Dan.

—Solo son las ocho de la tarde, Elle.

—Estás volviéndote muy mandón —le dije, con una carcajada.

—Sí, ya lo sé —parecía orgulloso de sí mismo—. Ven a mi casa, sabes que quieres hacerlo.

La forma en que lo dijo hizo que se me acelerara el corazón, y cerré los ojos por un segundo. Sentí el frescor de la pared contra mi mejilla, y deslicé la hoja de pedidos entre los dedos.

Al final accedí, porque Dan tenía razón. Quería ir a su casa, sabía que sería bueno para mi salud.

Capítulo 9

Dan se echó a reír cuando le conté dónde había estado. El brillo de sus ojos me animó a que le describiera la reunión. Nunca había sido demasiado buena a la hora de contar historias, pero a él se le daba tan bien escuchar, que hablé y hablé hasta que me di cuenta de que llevaba veinte minutos hablando de juguetes sexuales y medias abiertas.

—Parece que has pasado un buen rato —comentó—. Veinte Preguntas Picantes.

El vino de Dan era mejor que el de Marcy, y tomé otro trago antes de contestar. El alcohol me soltaba la lengua. Me recliné contra los cojines del sofá, y le dije:

—Me parece que la sociedad en general está tan centrada en el sexo y en ser sexy, que se ha convertido en una especie de carrera. Todo el mundo corre sin parar mientras intenta alcanzar a los demás, y al final todos creemos que nos merecemos el premio

—al ver que él se echaba a reír, lo miré ceñuda y le pregunté—: ¿Estás riéndote de mí?

—No. Eres tan sincera, que me resulta imposible reírme de ti.

—Estás haciéndolo —le dije, mientras dejaba el vaso encima de la mesa.

—No —se acercó un poco más a mí, y posó las manos en mis brazos—. Es que me hace gracia, estás un poco borracha.

Aquello era cierto, pero también estaba indignada.

—¿Te hace gracia que esté borracha?

Él empezó a frotarme los brazos, y me dijo:

—No, lo que me hace gracia es que te ofenda tanto que la sociedad nos convierta en una especie de maníacos sexuales. Y también que relaciones los juegos eróticos con algo sacado de *Alicia en el país de las maravillas*.

Intenté indignarme aún más, pero me resultaba muy difícil seguir enfadada teniéndolo tan cerca.

—¿Lo has leído?

—Sí, ¿te extraña?

Si le decía que sí, a lo mejor se molestaba. Recorrí la sala de estar con la mirada, y al ver las estanterías, le pregunté:

—¿Te gusta leer?

Me levanté antes de que contestara, y me acerqué a leer los títulos. Ver los libros de alguien puede ser tan íntimo como echarle un vistazo a su botiquín. Dan tenía varios estantes con libros encuadernados en piel sobre derecho y otros temas de lo más aburridos, pero debajo había novelas policíacas en rústica y ediciones en tapa dura de algunos clásicos que reconocí. Lo miré por encima del hombro y le pregunté sonriente:

—¿Te apuntaste al Club de los Clásicos Mensuales?

—Sí.

—¿Los has leído todos?

El corazón es un cazador solitario, *Jayne Eyre*, *Cumbres borrascosas*, *Drácula*, *Fiesta*... pasé el dedo por los lomos, y saqué uno. El olor de un buen libro tiene un olor especial.

—Sí —se acercó a mí, y me abrazó por la cintura desde detrás.

Dejé el libro en su sitio, y seguí leyendo los títulos. Mis dedos se detuvieron de nuevo, y me volví para mirarlo.

—¿Tienes *El principito*?

—Sí —admitió, con una pequeña carcajada.

Lo saqué de la estantería. Aquella edición era más reciente que la mía, la tapa estaba casi nueva, y las páginas no estaban dobladas. Alguien con bastante mala letra había escrito *Para Dan, con amor*. Cuando le enseñé la inscripción, se encogió de hombros y me dijo:

—Me lo regaló una antigua novia.

—¿Lo has leído?

—No, ¿debería hacerlo?

—No soy quién para decirte lo que tienes que hacer —lo dije con altanería, mientras volvía a poner el libro en su sitio.

—Tú sí que lo has leído, ¿verdad?

Me limité a sonreír. Al notar que sus manos me agarraban de las caderas con suavidad, di un paso hacia un lado mientras me giraba un poco, para que no pareciera que estaba huyendo de su abrazo. Me apoyé en la estantería, y le dije:

—Sí, es uno de mis libros preferidos.

—¿Ah, sí? —miró hacia el libro antes de volver a mirarme a los ojos—. En ese caso, voy a tener que leerlo.

—No hace falta —sentí un poco de vergüenza. *El principito* era un libro para niños... bueno, más o menos. Pero al admitir que era mi libro preferido acababa de revelar algo sobre mí misma.

—Ya sé que no hace falta —se me acercó un poco, y añadió—: A lo mejor quiero hacerlo.

Pasé por debajo de su brazo, y fui hacia el sofá.

—A lo mejor no te gusta, Dan.

—Y a lo mejor sí. ¿Quieres más vino?

Intenté lanzarle una mirada severa, pero a juzgar por su sonrisa, no lo logré.

—Me parece que quieres emborracharme.

—Pues claro.

—Para poder aprovecharte de mí.

—Me has pillado.

Conseguí a duras penas contener una sonrisa.

—Para poder hacer todo tipo de cosas depravadas conmigo.

—Exacto.

Lo miré a los ojos cuando se sentó a mi lado, y le dije:

—He sido la que ha sacado menos puntuación en el cuestionario, la verdad es que me he sentido como una inútil.

—¿Por eso has empezado a despotricar antes?

Me dio unas palmaditas tranquilizadoras en la cabeza cuando asentí, y los dos nos echamos a reír.

—Pobrecita, ¿qué es lo que no has hecho y las demás sí?

—Todo.

Había tenido relaciones sexuales con un montón de hombres, pero en gran parte habían sido encuentros aburridos e inútiles, diez minutos de preliminares rápidos seguidos por un minuto y medio de embestidas frenéticas. La gente no tiene tanta imaginación como en las películas. A lo mejor había tenido la suerte de no haber topado nunca con un fetichista ni con un asesino en serie, o quizá había tenido la precaución de elegir a tipos que no me habían impresionado con su imaginación... hasta que había conocido a Dan.

—Sé que has hecho algunas cosas, Elle.

—Nada fuera de lo normal —dejé que me acercara más, y me pasó un brazo por los hombros.

—¿Eso crees? —empezó a besarme la oreja, y añadió—: Yo diría que dejar que te follara en un servicio público se salió bastante de lo normal.

—Esa no era una de las preguntas —bueno, no era una de las que había contestado con sinceridad. Me estremecí al sentir su boca sobre mi piel. Me incliné para poder sacar la hoja de mi bolso, que estaba a mis pies, y se la di—. Aquí tienes las Veinte Preguntas Picantes, descubre los secretos de mi tristemente aburrido pasado.

Dan desdobló el papel, y empezamos a leerlo. Después de echarle un vistazo, me miró a la cara y posó una mano sobre mi mejilla. Me acarició con suavidad, y trazó mis labios con el pulgar.

—¿Perdiste la virginidad a los dieciséis?

—Sí, ¿y tú?

Dentro y fuera de la cama

—Cuando tenía más de dieciséis —volvió a mirar la hoja, y me preguntó—: ¿Solo has tenido un novio?

—Sí —me miró con expresión penetrante, pero fui incapaz de adivinar lo que estaba pensando—. ¿Y tú?

—Ninguno.

—¿Y novias?

—Cuatro o cinco en serio —cuando empecé a hacerle cosquillas, se echó a reír y se apartó un poco—. ¡Estate quieta!

Volvimos a recostarnos en el sofá. Se volvió a mirarme después de dejar la hoja sobre la mesa, y me tensé al verlo tan serio.

—Has estado con setenta y ocho hombres, pero solo has tenido un novio.

—Sí.

Creía que me preguntaría por qué, pero él se limitó a apoyar la cabeza contra la mía y no dijo nada. El silencio podría haber sido incómodo, pero no lo fue. Había vuelto a pasarme un brazo por los hombros, y empezó a trazar pequeños círculos sobre mi brazo con la punta de los dedos. Entrelazó la otra mano con la mía, y las colocó sobre mi muslo.

—¿Has estado alguna vez con dos hombres?

—¿Has estado alguna vez con dos mujeres?

—Sí. ¿Te excitaría estar con una? —lo dijo con total naturalidad, como si estuviera hablando del tiempo.

—No lo sé, no lo he intentado nunca.

—Pero te gustaría estar con dos hombres.

Asentí mientras me humedecía el labio inferior con la lengua, y admití:

—Sí, me parece que sí —al ver que no decía nada,

me di cuenta de que estaba esperando a que añadiera algo más, así que respiré hondo y le dije—: He tenido muchas relaciones sexuales, pero sin demasiada... variedad.

—Puede ser divertido tener variedad, Elle.

—En ese caso, no me he divertido demasiado.

Ladeó la cabeza para mirarme, y asintió antes de decir:

—Me gustaría hacer algo al respecto.

—No sé si...

—¿Preferirías no saberlo de antemano, que se presentara la oportunidad sin más?

No supe qué contestar. Las sorpresas nunca me han gustado demasiado. Mi vida se rige a partir de cálculos, estadísticas, números, planes, reglas, líneas, cuadrículas. Todo lo que hacía tenía un orden, una estructura, un control... hasta que conocí a Dan.

—Soy un poco rígida... no, la verdad es que soy muy rígida, y soy una obsesa del control.

Era algo que me parecía obvio, pero Dan negó con la cabeza y me dijo:

—A mí no me lo parece.

—¿En serio? —me aparté un poco de él. El efecto del vino empezaba a desvanecerse—. Dime, ¿qué es lo que ves?

Él sonrió mientras me miraba de arriba abajo, y al final me dijo:

—Veo una mujer muy inteligente y sexy —se echó a reír al ver mi expresión—. Lo digo en serio, Elle. Sí, es obvio que eres un poco... reservada, pero no eres rígida, sobre todo después de beber un par de vasos de vino.

Tardé unos segundos en contestar.

Dentro y fuera de la cama

—¿Alguna vez has escuchado un sonido durante tanto tiempo, que al final te has olvidado de que estaba allí hasta que ha parado?

—Sí, el año que hubo tantas cigarras. Hacían tanto ruido, que parecía que una nave espacial estaba aterrizando, pero al cabo de un rato el sonido pasó a un segundo plano hasta que anocheció y me di cuenta de que habían dejado de zumbar.

—Ruido blanco. Pues eso es lo que hay continuamente dentro de mi cabeza. Siempre estoy pensando en algo, mi mente sigue y sigue todo el rato.

Lo miré con atención para intentar ver su reacción, pero mi pequeña rareza no pareció importarle.

—Bueno, casi todo el rato —admití.

—¿Qué es lo que consigue que se pare?

—La bebida —contemplé nuestras manos entrelazadas, y añadí—: Y el sexo.

—¿El sexo hace que dejes de pensar tanto?

Y también que dejara de contar. Me limité a asentir, y le dije:

—Tenía que haber alguna razón que explicara lo de los setenta y ocho hombres, ¿no?

Él permaneció en silencio mientras yo seguía observando nuestras manos. No quería mirarlo a la cara, porque tenía miedo de que aquellos ojos que me habían animado a hablar estuvieran llenos de desprecio.

—Ven conmigo —se puso de pie, y tiró de mí.

El corazón se me aceleró, pero lo seguí hacia el dormitorio sin protestar.

—Siéntate.

Volví a obedecerlo, me senté en el borde de la cama.

Fue a su armario, sacó un pañuelo, lo dobló una,

dos, tres veces, me lo puso sobre los ojos, y me lo ató detrás de la cabeza. Oscuridad total, con un pequeño resquicio de luz debajo. Solté una risita nerviosa, pero él permaneció en silencio.

Me limité a esperar, pero no pasó nada. Oí que se movía por la habitación, un sonido suave que podría ser él quitándose la ropa, el golpeteo ahogado de un cajón al cerrarse... no dijo ni una palabra.

Noté que la boca se me secaba por la ansiedad, pero permanecí quieta. Mi vida entera se centraba en el control... excepto allí, en aquel lugar, en aquel momento, con aquel hombre.

Sentí que sus manos me levantaban la falda por encima de las rodillas, y que la cama se hundía un poco cuando se sentó a mi lado. Enderecé la espalda, pero él me puso una mano en el hombro para que no me moviera. Su otra mano se deslizó por mi muslo hasta mi entrepierna, y sus dedos me rozaron las bragas. Entonces se quedó quieto.

Como no podía ver, mis otros sentidos se aguzaron. Podía oler su colonia y el vino que había bebido, oía su respiración y la notaba en el cuello. Permanecí rígida y tensa.

—¿Dan?

—Shhh...

Tragué con dificultad. La mano que estaba en mi entrepierna ascendió por mi cuerpo, me desabrochó la blusa y me la quitó. Al notar la caricia del aire en la piel, los pezones se me endurecieron. Me quitó el sujetador, y tomó mis senos en sus manos. Sus pulgares empezaron a acariciarme los pezones, y poco después solté un grito del placer al notar la calidez y la humedad de su boca.

Dentro y fuera de la cama

Me chupó un pezón mientras seguía acariciándome el otro pecho con la mano. Mientras yo respiraba jadeante, su boca recorrió la curva de mi pecho y empezó a chuparme el otro pezón.

Sus manos empezaron a deslizarse por mi piel. Después de desabrocharme la falda, me alzó un poco para poder quitármela. Sentí que se colocaba entre mis piernas mientras sus manos se posaban en mis muslos y su boca me succionaba el pezón. Me tensé cuando hizo que abriera más las piernas.

—¿Sigues pensando, Elle?

—Sí —le dije, con voz ronca.

—A ver si puedo echarte una mano.

Su tono de voz travieso contribuyó a que me relajara. Me estremecí cuando sus dedos ascendieron por la parte interior de mis muslos, cerré los ojos tras el pañuelo, y eché la cabeza hacia atrás mientras me apoyaba en las manos.

Cuando me tocó por fin entre las piernas, di un pequeño respingo. Me acarició a través del encaje antes de quitarme las bragas, y sentí el contacto sedoso y fresco de la colcha bajo mi piel.

—¿Tienes frío?

Negué con la cabeza. Sus manos empezaron a deslizarse por mi cuerpo de nuevo, fueron subiendo por mis muslos y mis caderas, por mi vientre y mis senos. Llegaron a mis hombros, y me rodearon el cuello con una suave presión.

—Estás temblando, Elle.

Tuve que humedecerme los labios antes de poder contestar.

—Es... es por cómo me tocas...

Su aliento me acarició la piel y al cabo de un momento su boca se posó sobre mi cuello, justo sobre mi pulso. Eché la cabeza un poco más hacia atrás mientras él me chupaba y me mordisqueaba. Bajó la mano hasta mi entrepierna, y gemí cuando me metió los dedos.

—Me encantan los ruidos que haces cuando estás excitada —me susurró al oído, mientras sus dedos me arrancaban otro gemido—. Me encanta que te pongas tan húmeda por mí, y con tanta rapidez. Ninguna mujer ha respondido a mis caricias como tú.

Sus dedos siguieron moviéndose dentro de mí, y en cuestión de segundos estuve al borde del orgasmo. Dan me atormentó con un ritmo lento mientras su boca trazaba eróticos dibujos sobre mi piel, pero de repente se apartó y me quedé jadeante. Cuando empezó a acariciarme con la punta de un dedo, alternando pequeños roces con movimientos circulares más firmes, mi espalda se arqueó.

Se apartó de nuevo, pero volvió al cabo de un instante. Sus manos presionaron contra la parte interna de mis muslos para que los abriera más, y entonces noté su aliento sobre el estómago.

Me tensé de pies a cabeza, y me senté de golpe.
—No.
Él me frotó con suavidad las piernas, y me dijo:
—Relájate, no pasa nada.
—No, Dan. Necesito saber que te pararás si te digo que no, tengo que estar segura.

Intenté apartarme de él mientras intentaba quitarme el pañuelo, pero él puso una mano sobre la mía para detenerme. Permanecimos así durante unos segundos, hasta que bajé la mano de nuevo. Estaba temblando. Su sombra se movió delante de mi rostro, y el pequeño resquicio de claridad se desvaneció.

—Te prometo que jamás haré nada que tú no quieras, Elle.

Asentí y él empezó a acariciarme de nuevo, pero me costó un poco volver a relajarme. Él se tomó su tiempo, se movió sin prisa. Me susurró al oído palabras llenas de dulzura mientras avivaba mi excitación con las manos y la boca. Su lengua trazó palabras sobre mi clavícula, y consiguió arrancarme un suspiro trémulo.

Todo se desvaneció a mi alrededor, solo existía él. Aquello era glorioso, era felicidad pura, era placer, era el olvido, era el infinito. Era sexo, aunque también había algo aterrador que solía evitar, pero que en ese momento fui incapaz de rechazar: intimidad.

Grité su nombre cuando me corrí, y volví a decirlo mientras respiraba jadeante. Él apretó la mano contra mi sexo, y me abrazó mientras el orgasmo me recorría.

—¿Qué me está pasando?, no puedo saciarme de ti —me susurró al oído, mientras mi cuerpo seguía convulsionándose.

Fui incapaz de responderle, de darle una explicación. Yo misma tampoco lo entendía. Me daba un poco de miedo, pero lo mismo puede decirse de las montañas rusas, y me subo en ellas a pesar de todo.

Es difícil romper los viejos hábitos, pero resulta fácil adaptarse a los nuevos. Dan fue convirtiéndose en un hábito poco a poco, paso a paso. Si no podíamos vernos en persona, hablábamos por teléfono.

Me enviaba mensajes graciosos por el móvil o por correo electrónico, y cuando chateábamos hasta tarde me escribía ocurrencias subidas de tono que me hacían reír y suspirar a la vez.

El sexo era fantástico, variado, apasionado, excitante... resultaba cada vez más familiar, y eso era algo que anhelaba con todas mis fuerzas pero que también me daba miedo. Le había dicho que estaba dispuesta a llegar hasta donde él quisiera llevarme, y quizá había sido una afirmación bastante bravucona. Dan me llevaba a lugares en los que nunca había estado, a los que nunca me había permitido ir, y dejaba que me llevara hasta allí sencillamente porque él hacía que quisiera permitírselo. Le había dicho cómo me llamaba y le había entregado mi cuerpo, pero era incapaz de entregarme por completo. Me contenía hasta cierto punto, pero no sé si él notaba que le ocultaba secretos y que había cosas que no le había contado, porque no sacó el tema en ningún momento.

Siempre era yo la que iba a su casa, jamás lo invitaba a que viniera a la mía. No quería tener que explicarle a qué se debían el mobiliario austero, la falta de color, o la ausencia de fotos de familia. No quería arriesgarme a que oyera por casualidad alguno de los mensajes de mi madre, no quería revelarme por entero ante él.

Él no me presionó, y yo no intenté apartarme. Seguimos así, con aquella rutina cómoda, y yo intenté restarle importancia al asunto. Pasaron tres semanas más o menos así, mientras él iba penetrando en mi vida con tanta fluidez, que deseé poder olvidar cómo había sido mi vida antes de conocerlo.

Dentro y fuera de la cama

Pero no podía olvidarlo. Había algunos días en los que pensaba que el pasado había sido mejor de lo que recordaba, y otros en los que admitía que había sido peor, pero cada vez que me planteaba dejar de devolverle las llamadas, él hacía o decía algo que me ayudaba a darme cuenta de que sería una tonta si dejaba de verme con él.

La primavera fue dando paso al verano, así que cuando volvía a casa aún no había anochecido. Por eso no me costó ver las bolsas de basura que había tiradas por el porche de al lado. Justo cuando acababa de meter la llave en la cerradura, la puerta de los Ossley se abrió de golpe y Gavin salió a trompicones.

Llevaba los vaqueros negros y la camiseta gris de siempre, pero no tenía puesta la enorme sudadera con capucha. Se agachó con actitud defensiva junto a una de las bolsas, y el flequillo le cayó sobre la frente.

No tenía intención de quedarme mirando, no quería hacerlo. Fuera lo que fuese lo que estaba pasando en casa de mis vecinos, no era asunto mío, pero mi llave y el testarudo cerrojo parecían empeñados en no dejarme entrar en casa.

—¡Te dije que limpiaras tu mierda si no querías que lo tirara todo a la basura! —gritó la señora Ossley, desde la puerta de su casa—. ¡Me paso todo el día trabajando, no tengo por qué encontrarme una pocilga al llegar a casa!

—¡Pues no entres en mi habitación!

Al otro lado del pequeño callejón que separaba nuestras casas, la señora Pease entreabrió su puerta y se asomó. Era una mujer que llevaba unos cuarenta años en aquel vecindario. Mantenía su casa limpia y en buenas condiciones, sacaba el cubo de basura los días en que pasaba el camión, y tenía un gato que a veces miraba por la ventana. Eso era todo lo que sabía sobre ella. Nuestras miradas se encontraron por un instante.

La señora Ossley me vio, y se volvió de nuevo hacia Gavin. Supuse que a lo mejor se sentía un poco avergonzada al ver que la habían pillado comportándose con tanta beligerancia, pero me di cuenta de que estaba equivocada cuando tomó un trago del vaso que tenía en la mano y dijo como si yo no existiera:

—Dennis va a venir esta noche, y no quiero que tus trastos estén por medio. Limpia tu mierda, Gavin.

Me sentía cada vez más incómoda. Gavin se puso de pie, se apartó el pelo de la cara, y gritó con voz aguda y temblorosa:

—¡No quiero que entres en mi habitación!

—¡Tu habitación está en mi casa!

La llave entró por fin en el cerrojo, y me prometí que lo engrasaría cuanto antes para que no volviera a pasarme algo así. Cerré la puerta a mi espalda. Tenía un nudo en el estómago, aunque sabía que mi reacción era exagerada; al fin y al cabo, los adolescentes se pelean a menudo con sus padres por la limpieza de sus habitaciones. Que yo supiera, la señora Ossley no había golpeado a su hijo.

No tenía por qué entrometerme, las manos no tenían por qué temblarme después de la escena que acababa de presenciar... pero ella tenía un vaso en la mano, y arrastraba un poco las palabras. Y Gavin se había encogido al salir a trompicones de la casa, y se había agachado en actitud defensiva junto a una de sus bolsas.

Que una persona beba no significa que sea alcohólica, y lo mismo puede decirse de alguien que se emborracha una vez y trata a gritos a sus hijos. Algunas personas serían unas impresentables si el alcohol no lubricara un poco sus lenguas viperinas, y era posible que la señora Ossley formara parte de ese grupo.

Al fin y al cabo, ¿acaso importaba? No era asunto mío. Aquella mujer estaba en su derecho de querer tener la casa limpia. Los adolescentes son expertos a la hora de ensuciar. Era su hijo, tenía derecho a exigirle que la obedeciera.

Pero no podía dejar de pensar en el vaso, y en cómo se había acobardado Gavin a pesar de que debía de ser unos siete centímetros más alto que ella.

No era asunto mío, no tenía por qué preocuparme. Estaba casi convencida de que ella no lo golpeaba, y aunque supiera a ciencia cierta que lo de los arañazos del gato era mentira, era poco probable que su madre le hubiera hecho aquellas heridas. Las madres no agarran los brazos de sus hijos para empezar a hacerles cortes perfectamente alineados, eso es algo que se hacen ellos mismos.

Pero no era asunto mío.

Gavin era un buen chico, pero no era mi hijo.

Subí a cambiarme de ropa, y al ver lo lleno que estaba el cesto de la ropa sucia, me di cuenta de lo desorganizada que se había vuelto mi rutina. Hacía días que no me acordaba de hacer la colada, y que no pasaba la aspiradora. Como mucho, había metido la vajilla sucia en el lavaplatos. Era obvio que Dan estaba abarcando gran parte de mi tiempo.

Me di una ducha larga y caliente pensando en él. Disfruté del vapor que me rodeaba, y del olor del jabón especial de lavanda que mi madre habría criticado porque no tenía lo que fuera que ella utilizaba para evitar que se le arrugara la piel. Me lavé el pelo, que me llegaba hasta la base de la espalda. Lo tenía más largo que nunca y solía llevarlo recogido, así que me sorprendí un poco al sentir su peso sobre los hombros y a lo largo de la espalda.

Era como si estuviera despertando después de haber estado durmiendo durante muchas horas, o como si estuviera hundiéndome en un sueño delicioso y surrealista. La caricia del agua, el calor, el olor del jabón, la sensación de mis manos deslizándose por mi piel... eran cosas que ya había experimentado antes, pero que en ese momento me parecían nuevas. Yo misma me sentía nueva.

Jamás he sido demasiado romántica, los hechos y las cifras siempre han tenido más sentido para mí que las flores y las fantasías. No me gustan los cuentos de hadas porque crea que puedan ser ciertos, sino porque los temas que promueven son tan ridículos, que demuestran por sí mismos que tengo razón al no creer en ellos. ¿Una princesa encerrada en una torre de cristal, que espera a que llegue el príncipe? El cristal se rompe; además, ¿qué clase de princesa esperaría a que la salvara un príncipe? Una estúpida y carente de recursos. La princesa Armonía nunca esperó a que un hombre la rescatara, lo hizo ella misma.

Pero eso no implica que fuera inmune al encanto

del romanticismo. Era incapaz de convencerme a mí misma de que existía de verdad, pero eso no significaba que no quisiera creer en él.

No sabría decir por qué fue Dan en concreto, por qué lo quería a él después de pasar tanto tiempo sin querer a ningún hombre. Algunos creen en el destino o en el karma, otros en el deseo a primera vista, y hay quien cree que existe una persona en el universo para cada uno de nosotros, un amor verdadero al que reconocemos en cuanto lo vemos.

Yo creo en las cifras y en la lógica, en los cálculos que pueden demostrarse, en resultados que no están basados en la suerte, sino en los hechos. Creo que el espacio no tolera el vacío, y que todos estamos esperando que nos llenen.

Creo que Dan y yo nos sentimos atraídos el uno hacia el otro, como estrellas que van acercándose debido a la gravedad y que acaban fusionándose y creando un sol. Creo que estaba vacía y a la espera de que me llenaran, y que Dan estaba allí y lo hizo. Y también creo que podría haber sido otro, que no estamos predestinados a estar con una persona en concreto, que otro hombre podría haber acabado llenándome también. Pero me alegro de que fuera Dan quien lo hiciera. Él me había abierto los ojos, pero porque estaban listos para abrirse.

Me quedé en la ducha hasta que el agua empezó a enfriarse. La suavidad del albornoz y de la toalla en la que me envolví el pelo contribuyeron a la sensación onírica que me envolvía, al igual que el vaho que cubría el espejo. Lo limpié para mirarme, y contemplé mi reflejo mientras intentaba encontrar algún signo externo que revelara mi cambio interno.

No vi ninguno. Los ojos no habían empezado a brillarme con una nueva luz, las líneas de expresión no habían desaparecido, mi boca no había empezado a curvarse hacia arriba como por voluntad propia.

Me senté desnuda en la cama mientras me peinaba. Fui deshaciendo los nudos hasta que pude pasar el peine con fluidez desde la raíz hasta las puntas, y el movimiento rítmico y casi hipnótico fue relajándome. La tersura de la colcha bajo mi piel, la calidez de la brisa nocturna que entraba por las ventanas abiertas, el susurro del peine... estaba envuelta en una burbuja de sensualidad.

Después de ponerme la loción hidratante, me puse un pijama y me dejé el pelo suelto. Estaba lánguida y relajada. Me tumbé en la cama y me quedé mirando las grietas del techo, pero en aquella ocasión no las conté y me dediqué a crear con ellas formas imaginarias... un pájaro, el perfil de una mujer, un reloj.

Había algo en mi interior que había cambiado, aunque no habría sabido describirlo. Por primera vez en años, no me sentía como si estuviera tras una puerta cerrada, esperando aterrada a que se abriera. Había llegado el momento de que las cosas cambiaran.

A pesar de que mi mente y mi cuerpo parecían dispuestos a seguir pensando en aquel nuevo rumbo, mi estómago protestó al cabo de un rato, así que no tuve más remedio que bajar a cenar. Hacía horas que había llegado a casa, y ya era de noche.

Mientras metía comida precocinada en el microondas, oí gritos ahogados a través de la pared de la cocina. Había estado en la casa de los Ossley antes de comprar la mía, cuando aún estaba a la venta. La estructura era idéntica, pero había elegido la mía porque el interior estaba en mejores condiciones. Al ver por dentro una y después la otra había sentido una sensación de *déjà vu*, como si hubiera atravesado un espejo.

El temporizador del microondas sonó, y los gritos de la casa de al lado ganaron intensidad. Algo golpeó contra la pared con tanta fuerza, que el cuadro que tenía colgado encima de la mesa se movió; al cabo de un momento, vi movimiento a través de la ventana que daba a mi minúsculo jardín, y fui hacia allí sin pensarlo.

La puerta trasera de la casa de los Ossley estaba abierta, y un rectángulo de luz iluminaba su jardín. Vi que algo salía volando y caía sobre la hierba. Gavin salió de inmediato y fue hacia el objeto.

—¡Ya te lo he advertido! —le gritó su madre, desde el porche trasero—. ¡Como no limpies tu mierda, tus cosas acabarán en la basura! ¡Dennis va a llegar dentro de un cuarto de hora, y no quiero ver tu mierda por toda la jodida casa!

Me sentí incómoda al oír aquel lenguaje tan soez, y de repente me di cuenta de que estaba comportándome como la típica vecina cotilla a la que no soportaba. Me aparté de la ventana, pero aún podía ver lo que pasaba y seguía oyendo los gritos de la señora Ossley. Se oyeron golpes y más golpes mientras las cosas seguían saliendo volando de la casa, y entonces me di cuenta de que eran libros.

Aquella bruja estaba tirando libros. Uno de ellos golpeó a Gavin en el hombro, y cayó abierto sobre la hierba. Él se agachó a recogerlo, aunque ya tenía los brazos llenos. Cuando su madre tiró otro, me di cuenta de que no estaba haciéndolo al azar, sino que estaba lanzándolos contra él. Aquel en concreto era bastante grueso, y tenía la tapa dura. Le dio en la cadera con tanta fuerza, que Gavin retrocedió un paso.

Dicen que, en condiciones extremas, las personas somos capaces de hacer cosas como levantar coches o entrar corriendo en un edificio en llamas. Aquella situación no era tan extrema, pero reaccioné con rapidez, sin pensar, y salí sin tener tiempo a planteármelo siquiera.

Nuestros patios traseros están separados por una valla metálica que llega a la altura de la cintura; la había instalado yo misma al mudarme allí para preservar un poco mi privacidad. Había servido para evitar que mis vecinos entraran en mi propiedad, pero en ese momento impidió que yo entrara en la suya.

—¿Estás bien, Gavin?

Él pareció sobresaltarse, a pesar de que debía de haberme visto salir de la cocina como una exhalación. Abrió la boca para decir algo, pero su madre se le adelantó.

—Entra en casa, Gavin.

Me volví a mirarla. Estaba silueteada por la luz de la casa, así que no era más que una sombra, pero pude ver con claridad el vaso que aún tenía en la mano; al parecer, no lo había soltado ni para lanzar los libros.

Cuando Gavin empezó a agacharse para recoger los libros que quedaban en el suelo, le dijo:

—Deja eso y entra ahora mismo.

Dentro y fuera de la cama

—¿Pasa algo, señora Ossley? —mi tono de voz sonó más frío de lo que pretendía, y supongo que la enfadé aún más.

—No, señorita Kavanagh. ¿Por qué no se mete en su casa y en sus propios asuntos? —soltó las palabras como si supieran a vómito.

—¿Estás bien, Gavin? —le pregunté con voz suave.

Él asintió y echó a andar hacia su casa, pero se detuvo para recoger un libro que había aterrizado abierto en un charco. El lomo se había roto, y varias de las hojas cayeron al suelo cuando lo levantó. Las demás estaban manchadas de barro.

Era mi copia de *El principito*, la que me había regalado mi vecina de la infancia, la señora Cooper. Gavin me lo dio por encima de la valla, y fue incapaz de mirarme a los ojos.

—Lo siento —susurró.

No tenía nada que decirle. Agarré el libro, y permanecí inmóvil mientras lo veía entrar en su casa. Su madre se apartó para dejarlo entrar, y cerró la puerta de golpe. Me quedé allí, en pijama, con un libro destrozado en la mano.

Capítulo 10

—Aquí fue donde me trajiste el día en que nos conocimos, el Cordero Devorado —miré el letrero, en el que había dibujado un lobo mordiendo a un cordero.

—Eres muy observadora. Anda, vamos a sentarnos —me dijo, mientras sujetaba la puerta para dejarme pasar.

—Me costaría olvidar un sitio con un nombre así. ¿También sirven comida?

—Sí, y muy buena.

—Perfecto, estoy hambrienta.

Nos sentamos a una mesa del fondo del local. Me sonrió al darme el menú, que incluía platos como pescado rebozado con patatas fritas y empanada de carne.

—Yo también, menos mal que comes —comentó, mientras examinaba el listado de cervezas.

—Claro que como —le dije, con una carcajada.

—No, me refiero a que comes de verdad. He salido con algunas mujeres que solo picoteaban.

—Ah —fijé la mirada en mi menú mientras intentaba no ruborizarme—. Supongo que tengo buen apetito.

—Oye, que es algo que me encanta.

—¿En serio? —él tenía la costumbre de contestar a sus propias preguntas, y yo solía preguntar cosas que no necesitaban respuesta.

—Sí, en serio —me dijo, sonriente.

Siempre me siento un poco incómoda cuando me hacen un cumplido, a menos que tenga que ver con mi inteligencia. No es que crea que la persona que lo hace está mintiendo, sino que nunca sé si se supone que debo devolvérselo.

—Genial —alcé la mirada cuando se nos acercó el camarero, y le dije—: Quiero el pescado rebozado con patatas fritas, por favor, con vinagre de malta y salsa tártara. Y para beber... una Guinness.

—Lo mismo para mí —dijo Dan.

El camarero, que debía de tener veintipocos años, sonrió y dijo:

—Vaya, una chica que bebe cerveza de verdad. Impresionante, casi todas las clientas me piden cerveza baja en calorías.

Dan me miró antes de volverse de nuevo hacia el joven, y comentó:

—Esta chica es especial.

—Sí, ya lo veo.

Eran dos hombres muy diferentes. Dan iba arreglado sin llegar a ser pijo, y solía llevar trajes caros o pantalones más informales, camisas de diseño con corbatas de fantasía. Aquel día llevaba unos vaqueros oscuros de corte recto, una camiseta blanca, y un jersey negro de cuello redondo de una tela fina. Iba informal, sin parecer descuidado.

El camarero llevaba los vaqueros sujetos con un cinturón de cuero negro tachonado de pequeños pinchos. Su pelo oscuro parecía muy suave. Lo llevaba corto por detrás, pero por delante le caía sobre un ojo. Tenía los brazos cubiertos de tatuajes, y llevaba piercings en las orejas, en la ceja... y en los pezones, se le transparentaban a través de la ajustada camisa blanca que llevaba. Tenía los ojos de un intenso tono azul, y una voz profunda que revelaba que era fumador. Cuando me miró con una sonrisa deslumbrante, entendí por qué las chicas que estaban sentadas en una esquina no paraban de cuchichear entre risitas.

—¿Cómo te llamas? —le preguntó Dan, mientras se sacaba un paquete de tabaco del bolsillo.

Acepté el cigarro que me ofreció. Era bastante fuerte, no de esos de mentol. Cuando me lo encendió, inhalé profundamente, contuve el humo un poco para impresionarlos, y después lo solté poco a poco en una serie de anillos.

—Lo haces muy bien —me dijo el camarero—. Me llamo Jack.

—Jennifer —le di el nombre falso sin vacilar.

—Encantado de conocerte, Jennifer —me tomó la mano, y me besó los nudillos.

Miré a Dan, que me sonrió a través del humo del tabaco. Volví a mirar a Jack. No sabía si estaba flirteando conmigo, o si estaba bromeando. Seguro que yo no era su tipo... era demasiado mayor para él, y vestía de forma demasiado conservadora.

Dentro y fuera de la cama

—Enseguida vuelvo, llamadme si necesitáis algo.

La mirada que me lanzó no dejaba lugar a dudas: estaba flirteando conmigo. Lo seguí con la mirada mientras se dirigía hacia la barra, y las chicas se echaron a reír otra vez al verlo pasar. Me miró por encima del hombro, y volvió a lanzarme aquella sonrisa demoledora.

—Le pareces sexy —me dijo Dan, antes de darle una calada a su cigarro.

Yo dejé el mío en el cenicero, a pesar de que estaba casi entero.

—¿Ah, sí?

—Sí.

—¿Te molesta?

No había razón alguna por la que debiera molestarle, se lo pregunté por mera curiosidad. Él esbozó una sonrisa, y me dijo:

—No, no me molesta. ¿Por qué le has dado un nombre falso?

—No me gusta que cualquiera sepa cómo me llamo.

—Así que sueles dar un nombre falso, ¿no?

—Sí —cerré los menús, y los coloqué en su soporte.

—Mentir sobre tu nombre puede darte problemas después, si quieres conocer mejor a la persona y se entera de que iniciaste la relación con una mentira.

—A ti te dije la verdad, ¿qué más te da lo que les diga a los demás?

—Supongo que debería darme igual —miró hacia Jack, que estaba llenando nuestras jarras de Guinness en la barra—. ¿Te parece atractivo?

—Es bastante joven.
—No has contestado a mi pregunta.
—Es mono, parece sacado de un grupo punk.
—¿Te irías a casa con él si no estuvieras conmigo? —me preguntó, mientras encendía otro cigarro.

No contesté de inmediato, porque Jack llegó en ese momento con las cervezas. Después de dejarlas sobre la mesa, me sonrió de nuevo y nos dijo que la comida estaría enseguida. Tuve la impresión de que se decepcionaba un poco cuando le dijimos que no necesitábamos nada más.

—Puede que sí —dije, cuando se fue a servir otra mesa—. Lo dudo, pero puede que sí.

—¿Quieres que me vaya para poder ligar con él?

Creo que estaba intentando escandalizarme, pero me limité a agarrar mi cigarro y a hacer varios anillos de humo. Se recostó en la silla, y tomó un trago de cerveza sin quitarme la mirada de encima.

—¿Quieres irte para que pueda hacerlo? —le pregunté.

Él miró de nuevo a Jack, y entonces se inclinó hacia mí y me dijo:

—Quiero verte con él.

El cigarrillo se detuvo a medio camino de mis labios. El rostro de Dan estaba muy cerca de mi mejilla. Ladeé un poco la cabeza, y le pregunté:

—¿Lo dices en serio?

Él asintió, y me rozó la parte inferior de la oreja con la boca antes de susurrar:

—Sí.

Apagué el cigarro en el cenicero, y me aparté de él para poder beber un trago de cerveza. Se me aceleró el corazón, y me recorrió una oleada de calor. Cerré el cuello de mi chaqueta de punto, y posé los dedos sobre las cuentas que ribeteaban el borde. Las froté con suavidad antes de colocar la palma de la mano sobre la mesa.

—¿Solo quieres mirar? —tomé otro trago, y esperé a que respondiera.

—¿Tienes otra cosa en mente? —me preguntó, mientras miraba de nuevo hacia Jack.

Yo también me volví hacia la barra, y el joven me saludó con una pequeña inclinación de cabeza al pillarnos observándolo. Miré de nuevo a Dan, pero las palabras se negaban a salir de mi boca. ¿Qué le dices al hombre al que estás tirándote cuando te pregunta si te gustaría follar con otro?

—Quieres follar con los dos a la vez.

Siempre sabía cómo decir las cosas.

Asentí en silencio. Era incapaz de decir que sí en voz alta, a pesar de que la mera idea bastaba para excitarme.

—¿Eso te haría feliz? —me preguntó, mientras me miraba con expresión pensativa.

Solté una carcajada, y le dije:

—No sé si me haría feliz, pero... me parece que me gustaría. ¿Estás seguro de que no prefieres algo así?

Le indiqué con un gesto las chicas de la esquina. Una de ellas estaba bailando seductoramente con una de sus amigas, mientras los chicos de la mesa de al lado las contemplaban embobados y aplaudían.

—Chica con chica, la bisexualidad está de moda —dije, en voz baja.

Dan se inclinó de nuevo hacia mí, y me soltó el

pelo. Me lo alisó alrededor de los hombros, y hundió la mano entre los mechones al agarrarme con suavidad de la nuca.

—¿Te tirarías a otra mujer si yo te lo pidiera? —me susurró al oído.

Tenía la garganta seca, y tuve que tragar saliva antes de poder contestar.

—Sí.

—Joder... Dios, Elle, eres tan... no puedo...

Me tomó por sorpresa al abrazarme. Apoyó la cara contra mi cuello mientras inhalaba mi aroma, y posó las manos en mi espalda. Yo me quedé quieta, sin saber si había cometido algún error o si había tenido un gran acierto.

Él se apartó al fin, y me miró a los ojos antes de decir:

—Sabes que eres maravillosa, ¿verdad?

—No digas eso, Dan. No me gusta.

Enmarcó mi cara entre sus manos, y trazó mis labios con el pulgar.

—¿Te gusta que te diga que tienes la boca más sexy del mundo?

—Tengo una bocaza —no pude evitar sonreír.

—¿Quién te ha dicho eso? —volvió a pasar los dedos por mi pelo. Era una caricia mimosa que me incomodó un poco, pero que al mismo tiempo me encantó.

—Mi madre y mi hermano.

—¿Y ellos qué saben?

No le contesté. Cuando empezó a trazar una de mis cejas me sentí un poco tonta, pero no protesté.

—Si te pidiera que te acostaras con otra mujer, sería pensando en mí, no en ti.

Me encogí de hombros. Su razonamiento estaba dejándome bastante perpleja.

—Sí, supongo que eso es verdad.

Apartó las manos de mi cara, y miró hacia Jack por encima del hombro antes de decir:

—Pero esta experiencia sería pensando en ti.

Me quedé sin palabras por un momento, y al final solo conseguí decir:

—Dan... —en aquella ocasión, fui yo la que se inclinó para tocarlo. Coloqué las manos sobre sus hombros, y lo miré a los ojos—. ¿Qué está pasando?, ¿por qué estamos haciendo esto?

Deslizó las manos a lo largo de mis brazos, recorrió mis muñecas, y entrelazó sus dedos con los míos.

—No tengo ni idea, pero no quiero parar.

No sé la pinta que debíamos de tener mirándonos a los ojos con tanta intensidad y con las manos entrelazadas. En ese momento, me daba igual. Aquel contacto tan simple me excitaba, pero también me anclaba. Estaba excitada sin llegar a estar ansiosa.

Mientras estaba allí sentada, con Dan agarrándome las manos y preguntándome si quería acostarme con Jack y con él a la vez, los números desaparecieron. Era como si aquel hombre hubiera apagado un interruptor de mi cerebro a la vez que encendía uno entre mis piernas. El deseo hacía que olvidara los cálculos, pero era Dan el que hacía que me sintiera lo bastante cómoda como para relajarme por completo.

—¿Crees que estaría dispuesto a hacerlo? —le pregunté, mientras lanzaba otra mirada hacia Jack.

—Creo que estaría dispuesto a dar su testículo izquierdo con tal de meterte mano.

—Qué sutileza, qué elegancia.

Dan se echó a reír, y me besó el cuello antes de decir:

—Sí, Elle, creo que a Jack le encantaría acostarse contigo.

Me metió la mano por debajo de la falda mientras hablaba, y me estremecí cuando sus dedos me acariciaron por encima de las bragas de encaje. Me mordisqueó el lóbulo de la oreja, y se apartó mientras yo intentaba recobrar el aliento.

Cuando llegó la comida ya me había bebido media jarra de cerveza, pero me sentía tan mareada como si me hubiera tomado tres jarras enteras. Jack colocó los platos y los cubiertos, y yo mantuve la mirada fija en la mesa mientras Dan charlaba con él.

Cuando se fue, empezamos a comer. La comida estaba deliciosa, y saborearla era un placer sensual que se avivó cuando Dan empezó a darme trocitos de pescado con los dedos. Era un gesto tonto que le pringaba los dedos de aceite, pero me parecía muy sexy.

Cuando terminó, soltó un suspiro y apartó el plato vacío. Después de limpiarse los dedos, se dio unas palmaditas en el estómago y comentó:

—Estaba buenísimo.

No había conseguido comérmelo todo, pero no había dejado gran cosa. Jack se nos acercó, y me preguntó:

—¿Quieres que te envuelva lo que te ha sobrado?
—No, gracias.

Volvió a mirarme con aquella sonrisa que transformaba su rostro, y que seguro que había levantado un montón de faldas.

—¿Os apetece algo más?, ¿queréis una copa?

Negué con la cabeza. Dan se recostó en su silla, pero pasó el brazo por el respaldo de la mía en un gesto posesivo.

—La verdad es que estábamos preguntándonos a qué hora sales de aquí, Jack —le dijo.

—Dentro de media hora, más o menos —le contestó con naturalidad.

Era incapaz de apartar la mirada de él. Llevaba un piercing en la lengua, y me pregunté lo que sentiría al tenerlo contra mi piel. Supuse que estaría caliente y húmedo, como su boca, y noté que se me endurecían los pezones.

—En ese caso, tomaremos otra ronda de Guinness... si te parece bien que te esperemos, claro —le dijo Dan.

Jack recogió los platos mientras contestaba, pero me miró a mí.

—Genial.

Así de fácil. Vi cómo se alejaba, pero en aquella ocasión no se volvió a mirarme por encima del hombro. Nos trajo las cervezas al cabo de unos minutos, y Dan pagó la cuenta. Bebimos mientras él iba charlando sobre varios temas, y me sentí aliviada al ver que no esperaba que yo mantuviera una conversación fluida. Me sentía incapaz de hablar, no podía dejar de pensar en lo que iba a pasar.

Dan eligió el motel, y Jack nos siguió en su moto. Me quedé en el coche, viendo cómo fumaba un cigarro, mientras Dan se encargaba de pedir una habitación. Al notar que me dolían las palmas de las manos, bajé la mirada y me di cuenta de que estaba clavándome las uñas. Las froté para intentar borrar las marcas.

Dan cerró la puerta cuando los tres entramos en la habitación, y Jack dejó su casco y su chaqueta de cuero en la silla que había junto a la ventana. Me sentía un poco insegura, solo era consciente de que tenía el cuerpo tenso, a la expectativa, y de que todos mis sentidos estaban aguzados.

Los dos se esforzaron por facilitarme las cosas. Jack se me acercó y me abrazó. Como era un poco más alto que Dan, al principio me sentí un poco rara al tener que alzar más la cabeza para poder mirarlo a la cara. Me apreté contra su cuerpo y empezó a besarme la mejilla, el cuello y la mandíbula, como si supiera que no estaba dispuesta a entregarle mis labios.

Dan se me acercó por la espalda, y me apartó el pelo para poder besarme la nuca. Su cuerpo se apretó contra el mío, me agarró de las caderas, y presionó mi trasero contra su entrepierna. Jack se me acercó más por delante, y presionó su erección contra mi vientre.

A veces, mientras me masturbaba, me había imaginado algo así... sentirme rodeada, tener un hombre delante y otro detrás, sentir que unos brazos fuertes me rodeaban mientras dos bocas dejaban marcas húmedas en mi piel. Al estar atrapada entre los dos ni siquiera tenía que preocuparme por mantenerme de pie, porque ellos impedían que me cayera.

Dos bocas, cuatro manos, dos erecciones. Aún nos separaba la barrera de la ropa, pero era imposible ignorar aquellas dos pollas contra mi cuerpo. Dan deslizó las manos por mis muslos mientras me subía la falda, y metió los dedos por debajo de la prenda para poder acariciarme la piel. Jack me sacó la camisa de la cinturilla, y empezó a desabrocharme los botones con rapidez. Me besaron en el cuello, en los hombros, en la espalda, por encima y por debajo de la ropa, y no se dejaron ni una zona de mi cuerpo mientras me desnudaban con tanta naturalidad como si lo hubieran ensayado.

Cuando me quedé en ropa interior y con los zapatos todavía puestos, Jack miró por encima de mi hombro, y asintió a algo que Dan hizo. Parecían tener un lenguaje propio que yo no entendía. Dan me mordisqueó el hombro, y Jack se arrodilló delante de mí en un movimiento tan súbito, que me sobresaltó. Su cabeza quedaba a la altura de mi cintura. Retrocedí un paso de forma instintiva, pero topé con Dan y noté la suavidad de su jersey contra la piel.

—He...
—Shhh... —me susurró al oído. Posó una mano sobre mi tórax, justo debajo del pecho, y me sujetó con la otra.

Jack me agarró de las caderas, se inclinó hacia delante, y me besó en la barriga. Di un respingo, pero las manos de ambos me mantuvieron inmóvil. Cuando sus labios rozaron el borde de mis bragas, justo por debajo del ombligo, me tensé un poco más.

Hasta ese momento, la excitación le había ganado la partida a la ansiedad, pero esta empezaba a resurgir. La boca de Jack estaba demasiado cerca de mi entrepierna. No quería que lo hiciera... era algo que no me gustaba, pero no podía moverme.

—Shhh... —me susurró Dan.
Después de besarme la cadera y el muslo, los labios

de Jack se deslizaron hasta mi... rodilla. Se me escapó una risita mientras sus manos se posaban en mi pantorrilla y bajaban para quitarme un zapato. Cuando me quitó el otro, me miró con aquella sonrisa suya.

—Vamos a cuidarte muy bien, Elle —me dijo Dan.

—Claro que sí. ¿Tienes miedo? —me preguntó Jack.

—No —era cierto, no lo tenía.

—Perfecto —me dijo Jack, con una sonrisa de oreja a oreja. Me besó la otra rodilla, se puso de pie, y me tomó de la mano.

Dan apartó la colcha, me tomó también de la mano, y juntos hicieron que me tumbara en la cama y que apoyara la cabeza en la almohada.

—Mírala... es una belleza, ¿verdad? —dijo Dan.

—Sí, está buenísima.

Dan se quitó el jersey y la camiseta mientras Jack hacía lo mismo. No me quitaron la mirada de encima mientras se desabrochaban sus respectivos cinturones, se bajaban los pantalones, y se quitaban los calzoncillos y los calcetines. Sentí envidia al ver lo cómodos que parecían con su propia desnudez; ninguno de los dos parecía preocupado por la musculatura ni por el tamaño del pene del otro. Se limitaron a permanecer desnudos delante de mí, como esperando a que les diera el visto bueno.

Los dos obtuvieron mi aprobación. Con Dan ya estaba familiarizada. Era un poco más bajo, pero estaba más musculoso y tenía más pelo en el pecho; por su parte, Jack era más alto, tenía tatuajes y los piercings en los pezones que yo ya había entrevisto, y apenas tenía vello corporal... pero tenía algo más.

—Oh, Dios mío...
Se echó a reír y bajó la mirada hacia su pene... que también tenía un piercing. El aro era lo bastante grande como para resultarme amenazador, y descansaba a un lado del glande.

—Por el amor de Dios, ¿por qué te has puesto eso? —le dijo Dan.

Jack se echó a reír de nuevo, y empezó a acariciarse el miembro antes de decir:

—Dejaré que ella lo averigüe por sí sola.

—Ven aquí —le ordené, fascinada.

Él obedeció de inmediato. Subió a la cama, y se arrodilló a mi lado. Yo me puse de rodillas para poder verlo mejor, y cuando lo toqué, soltó un pequeño gemido de placer. Empecé a acariciarlo hacia arriba y hacia abajo, tal y como él acababa de hacer, y sentí el roce del aro contra mi palma.

Él suspiró, cubrió mi mano con la suya, y me instó a que acelerara el ritmo.

—Eso es... —susurró.

Dan subió también a la cama. Se arrodilló junto a mí, al otro lado, me quitó el sujetador, y empezó a sobarme los pechos con suavidad. Jugueteó con los pezones hasta que se endurecieron, mientras me chupaba y me mordisqueaba el omóplato.

Metió una mano por dentro de mis bragas, y empezó a frotarme con movimientos circulares mientras yo seguía acariciando a Jack. Gemí al sentir sus dedos sobre mi clítoris, que ya estaba tenso de deseo. Con la otra mano, me movió un poco hasta que estuve sentada entre sus piernas, de espaldas a él, mientras sus dedos seguían acariciándome los pechos y el coño y su boca me chupaba el cuello.

Al darme cuenta de que Jack respiraba jadeante, lo miré y vi que seguía sonriendo, aunque su mirada estaba un poco vidriosa y tenía la piel sudorosa. Sus caderas se movían al ritmo de mi mano. Cuando posó una mano en mi pelo y me dio un pequeño tirón, solté una exclamación y me arqueé contra Dan, que tenía el pene apretado contra mi espalda. Mientras él bajaba un poco más un dedo y volvía a alzarlo para seguir frotándome el clítoris, Jack me agarró la mano para detenerla.

—No tan rápido —susurró.

—Voy a tumbarte —me dijo Dan.

Cuando lo hizo, me colocó la almohada debajo de la cabeza para asegurarse de que estuviera cómoda. Los dos intercambiaron una mirada, y empezaron a bajarme juntos las bragas. Levanté un poco el trasero para ayudarlos. Después de lanzar la prenda al suelo, Jack se arrodilló delante de mí y me dobló la rodilla para que apoyara el pie sobre su muslo. Dan me acarició la otra pierna, la cadera y la barriga, mientras me miraba con una sonrisa tranquilizadora.

Solté otra risita trémula cuando Jack volvió a besarme la rodilla. Se movió un poco para poder besarme la pantorrilla, y deslizó los labios por mi tobillo. Me masajeó el pie durante unos segundos, y cuando me besó el empeine, mi cuerpo entero se sacudió; afortunadamente, me sujetaba el tobillo con las manos, así que consiguió evitar que le diera una patada accidental.

Aquel beso me había hecho cosquillas, pero también me había provocado una descarga de placer enorme. Mis muslos se separaron, y mis caderas se arquearon como por voluntad propia. Mi mano golpeó contra la nariz de Dan, y él hizo una mueca de dolor. Era obvio que para practicar sexo espectacular había que tener una coordinación excelente.

—Avísame la próxima vez que vayas a hacer algo así —dijo.

Jack se echó a reír con los ojos fijos en los míos, y comentó:

—Me parece que a ella le ha gustado.

A lo mejor tendría que haberme molestado que hablaran de mí como si no pudiera contestar, pero la verdad es que me resultaba sexy oír a dos hombres hablando de mí tal y como debían de hablar sobre las mujeres cuando creían que no podíamos oírlos. Si hubieran suavizado sus palabras, si hubieran intentado aparentar romanticismo para seducirme, la situación me habría parecido ridícula.

—Tiene unos pies muy bonitos —Jack volvió a besarme el empeine, y gemí de nuevo—. ¿Ves cómo se retuerce?

Dan asintió mientras bajaba la palma de la mano desde mis pechos hasta mi barriga, y comentó:

—Está muy húmeda, tócala.

Después de bajar mi pie con cuidado, Jack se inclinó hacia delante y me acarició. Cuando se humedeció los labios, volví a ver el piercing que tenía en la lengua.

—Seguro que tiene un sabor muy dulce.

Dan me miró a la cara cuando Jack hizo aquel comentario. Debió de notar que empezaba a tensarme de nuevo, porque me apartó el pelo de la cara y posó una mano en mi mejilla.

—No, eso no es para ti.

Por encima de su hombro vi que Jack asentía,

como si se hubiera esperado una respuesta así. Dan me miró a los ojos y me besó en la comisura de la boca. El gesto demostraba que respetaba sin protestar la distancia que yo había impuesto, aunque en ese momento me sentí un poco ridícula por negarle mis labios. Coloqué una mano en su nuca, y lo sujeté por un momento mientras lo miraba a los ojos.

No sé lo que vio en mi mirada, pero pareció satisfacerle, porque sonrió y me besó la punta de la nariz. Apartó mi mano de su nuca, depositó un beso en la palma, y se sentó.

—Chúpale los pezones, le encanta —le dijo a Jack.

Jack asintió, subió por mi cuerpo, y tomó uno de mis pezones entre sus labios antes de que me diera tiempo a tomar aire. Había acertado en lo del piercing de la lengua; al igual que el del pene, el roce del metal era cálido y suave, y jadeé al sentirlo contra mi piel.

Cuando Dan empezó a chuparme el otro pecho, bajé la mirada y contemplé aquellas dos cabezas, una morena y la otra rubia, que estaban centradas en mí. Me pregunté si iban a besarse o a acariciarse, y la mera idea me arrancó un jadeo que hizo que Dan alzara la mirada hacia mí.

Me humedecí los labios, y él sonrió y miró a Jack, que también había alzado la cabeza. Intercambiaron una mirada, y se echaron a reír. Yo tampoco pude contener la risa.

—Tiene una risa muy sexy, ¿verdad? —comentó Dan.

—Todo en ella es sexy —Jack empezó a chuparme el pezón de nuevo, y deslizó una mano entre mis piernas.

Sus caricias eran diferentes de las de Dan, menos seguras, pero la ligera vacilación de sus dedos sobre el clítoris me resultó increíblemente excitante. Mi cuerpo entero había empezado a tensarse, a contraerse, y me costó recordar que tenía que respirar.

Dan también metió la mano entre mis piernas. Durante unos segundos se limitó a sujetarme mientras Jack seguía con su ritmo irregular, pero gemí al notar que me metía un dedo y después otro.

—Joder, vamos a ver si podemos hacer que vuelva a gemir así —dijo Jack.

No hacía falta que yo contestara, no esperaban que hablara ni que les devolviera las caricias. Se centraron en darme placer. Dan daba consejos de vez en cuando a Jack, que los aceptaba sin protestar.

Cuando abrí los ojos, vi que tenían la mirada fija en mí, pero no en mi rostro. Si me hubieran quedado fuerzas, me habría echado a reír al verlos tan concentrados. Estaban contemplando mi coño como si creyeran que iban a encontrar en él las respuestas de los secretos del universo. Dan estaba follándome con los dedos mientras Jack me acariciaba el clítoris, pero los dos parecían fascinados por mi cuerpo y mis reacciones.

Tendría que haberme sentido un poco incómoda, pero estaba demasiado cerca del orgasmo como para preocuparme por si les gustaba cómo me había depilado el vello púbico. Arqueé las caderas hacia ellos, pero solté una protesta ahogada cuando Dan me miró y apartó la mano.

—Siéntate, cielo —me dijo con ternura, mientras me ayudaba.

Me colocaron en el borde de la cama, con los pies en el suelo. Dan se puso detrás de mí, con las piernas a ambos lados de mi cuerpo, y apretó su pecho contra mi espalda. Jack se puso un condón, se colocó entre mis piernas, y me agarró las caderas.

—¿No se rasga con el piercing? —le pregunté.

—No —me dijo, sonriente.

Sentí que se me aceleraba el corazón, pero dejé que Dan me atrajera contra su cuerpo. Apoyé la cabeza en su hombro mientras él posaba sus labios en mi cuello y me agarraba las costillas, justo debajo de los senos.

—¿Estás lista?

Fue un detalle por parte de Jack preguntármelo, pero a pesar de que me habría gustado responderle, tenía la garganta seca y solo pude asentir. Él se movió un poco, agarró la base de su polla y la guio hacia mi sexo, pero no me penetró de inmediato.

—Shhh... —me susurró Dan al oído, mientras me apartaba un poco el pelo para poder besarme el cuello—. Relájate.

Jack empezó a penetrarme poco a poco. Creía que el piercing iba a hacerme algo de daño, así que no pude evitar tensarme un poco, pero solo sentí un placer diferente. Era más largo que Dan, y solté una exclamación ahogada cuando entró hasta el fondo. Alzó la mirada, y comentó:

—Dios, qué estrecha es.

La polla de Dan, que seguía presionada contra mi espalda, se hinchó un poco más ante aquellas palabras.

—Ya lo sé —dijo él.

Dentro y fuera de la cama

Jack se apartó el pelo de los ojos, y apoyó una mano en mi hombro. Me miró a los ojos, y me preguntó:

—¿Estás bien?

Me sentí halagada y excitada al ver el cuidado que tenían conmigo. Podrían haber hecho que aquella fuera una experiencia desagradable para mí, pero estaban esforzándose al máximo por darme placer.

Asentí de nuevo, y Jack sonrió. Dan me besó el cuello, y dijo:

—Fóllatela.

Jack asintió, y me miró para que le diera permiso. Me humedecí los labios, y le dije:

—Sí, Jack, fóllame.

Dan se estremeció al oír mi voz enronquecida de deseo. Jack parecía palpitar en mi interior, y empezó a moverse con una concentración deliberada.

No tenía que preocuparme por si me caía, porque Dan estaba detrás de mí y me sujetaba. Mi placer se acrecentaba con la estimulación combinada de la boca de Dan en mi piel y la polla de Jack en mi interior.

Después de follarme con embestidas lentas durante unos segundos, Jack colocó las manos bajo mis rodillas y me las dobló. La postura me apretó con más fuerza contra Dan, y profundizó el ángulo de penetración.

Solté una exclamación, y a pesar de que Jack no se detuvo, murmuró:

—¿Estás bien?

—Sí... oh, sí... —conseguí decir.

El pene duro y cálido de Dan me frotaba la espalda con cada envite de Jack. La respiración de

Dan se volvió jadeante junto a mi oído. Deslizó una mano hasta mi sexo, y empezó a acariciarme el clítoris mientras Jack seguía penetrándome rítmicamente, y me aferré a las sábanas ante aquel doble placer.

Me había imaginado distintas formas de follar con dos hombres a la vez... uno en mi boca y el otro en mi coño, uno en cada mano, uno penetrándome por detrás mientras yo le hacía una mamada al otro... pero jamás me había imaginado a uno sujetándome contra su pecho desde atrás mientras los dos se esforzaban por satisfacer todos mis deseos.

Miré hacia un lado y vi el espejo del tocador, que nos enmarcaba como un cuadro. Tres personas, una mujer atrapada entre dos hombres que la sujetaban como si fuera un objeto de un valor incalculable. Tuve que parpadear para asegurarme de que se trataba de mí.

El sudor que cubría la frente de Jack empezó a gotearme en el vientre. A pesar de que su rostro se contorsionó, siguió con un ritmo estable y consiguió mantener a raya el orgasmo. Los tres nos movíamos a la vez. Dan dejó de acariciarme el clítoris, y puso la mano delante de mi boca.

—Escupe.

Obedecí de inmediato, y él deslizó la mano entre los dos. Al notar que agarraba su polla y la lubricaba con mi saliva, me excité aún más. Al cabo de un instante, volvió a apretarme contra su cuerpo y siguió acariciándome el clítoris, pero su pene se frotaba contra mi piel con más fluidez. Encajaba contra mi columna vertebral tan bien como el de Jack dentro de mi sexo, y al pensar en la forma en que mi cuerpo

Dentro y fuera de la cama

estaba dándoles placer a los dos, mi coño se contrajo en un primer espasmo orgásmico.

Jack soltó un gemido, y hundió los dedos en mis corvas. Sus embestidas fueron ganando intensidad, y me empujaron contra Dan con más fuerza. Tanto Jack como yo estábamos a punto de corrernos, pero aquello no me parecía justo para Dan.

—¿Dan?

—Shhh... tranquila, cielo, estoy a punto —murmuró, mientras seguía acariciándome el clítoris.

Supongo que seguimos así durante unos segundos más, pero perdí la noción del tiempo. Todo se centró en el placer que crecía entre mis piernas, en las imágenes, en los sonidos, en los olores, en el sexo.

Nos movimos con más fuerza, más rápido, mientras piel se restregaba contra piel. Alguien gimió, yo solté un grito ahogado. Alguien dijo mi nombre, mi nombre de verdad, pero estaba inmersa en lo que estaba sucediendo y no me importó.

—Voy a correrme... —dijo Jack, jadeante. Me penetró con más fuerza, cerró los ojos, y echó la cabeza hacia atrás. Contemplé como hechizada la línea de su cuello.

—Córrete con nosotros, Elle. Vamos, déjate llevar —me dijo Dan.

Lo habría hecho de todos modos, pero oírlo hablar me dio el último empujón. Por un instante, el universo se convirtió en un puño gigante que se cerró de golpe, y cuando se abrió y lanzó las estrellas y las lunas, los planetas y los cometas, me uní a la vorágine y sentí que el cosmos me rodeaba. Me inundó un placer tan avasallador, que arqueé la espalda y oí mi propio grito ronco.

Sentí un líquido cálido en la espalda, y la mano que Dan tenía en mi cadera me apretó con fuerza. Oí su gemido, y noté cómo se frotaba contra mí.

Jack gritó de placer mientras daba una nueva embestida, y se detuvo mientras su cuerpo entero temblaba. Al cabo de un segundo volvió a moverse una vez, otra más, y entonces se paró de nuevo con la cabeza gacha. Se sacudió de pies a cabeza, y entonces me soltó las rodillas y me bajó las piernas con cuidado.

Permanecimos así durante un largo momento, éramos la viva imagen de la satisfacción. Me dolían los músculos de las piernas y de la espalda, pero no demasiado. Dan me dio un beso en la sien, y deslizó las manos por mis costados hasta colocarlas sobre mis senos. Jack salió de mi interior al cabo de un segundo, y me dejó en brazos de Dan.

Cuando recuperé el habla, no supe qué decir. Después de deshacerse del condón con naturalidad, Jack se volvió a mirarme y me sonrió.

—¿Os importa si me ducho?

Yo me limité a negar con la cabeza, y Dan le dijo:

—¿Puedes pasarme una toalla?

—Claro.

Jack entró en el cuarto de baño, se asomó para lanzarle una toalla a Dan y volvió a meterse; al cabo de unos segundos, se oyó el ruido del agua. Me incorporé un poco para sentarme mejor, y Dan usó la toalla para limpiarme la espalda con movimientos pausados.

Me volví a mirarlo, y vi que había dejado la toalla sobre su regazo.

—Hola —me dijo, sonriente.

—Hola.
—¿Estás bien? —me preguntó, mientras me apartaba el pelo de la cara.

Sí, estaba bien, pero esperé por un segundo a que aparecieran la culpa o la ansiedad. Me sorprendí al darme cuenta de que no había ni rastro de ellas. Estaba muy relajada, y también un poco maravillada por lo que acababa de pasar.

—Sí —le dije.
—Perfecto —me puso la mano en la nuca, y tiró de mí hasta que me incliné hacia él y pudo rozarme la mejilla con los labios—. ¿Ha sido lo que esperabas?

—No —admití, con una carcajada.
—¿No? ¿No te ha gustado? —me preguntó, ceñudo.

—Ha sido mejor de lo que esperaba —alcé una mano, y me permití el lujo de acariciarle la cara por un segundo.

—Genial —comentó, con una sonrisa de oreja a oreja.

Me mordisqueé el labio inferior, y al final le dije:
—Si quieres, la próxima vez podemos hacerlo con otra mujer.

Se echó a reír, y me dio un abrazo que toleré pero que no devolví. Sentí que sus manos me recorrían la espalda, y que inhalaba contra mi pelo; al cabo de unos segundos, me soltó y me dijo:

—Ya veremos.

En ese momento, Jack salió del cuarto de baño. Tenía una toalla alrededor de la cintura, y el pelo peinado hacia atrás. Recogió su ropa del suelo, y la sacudió un poco. Se quitó la toalla, y después de acabar de secarse, la tiró al suelo y se puso los calzoncillos.

—¿Te vas ya? —le preguntó Dan, sin apartar la mano de mi cuello.

De repente, deseé tener algo con lo que poder cubrirme. Me levanté para ir a darme una ducha, pero cuando Jack me miró con una de sus sonrisas, me sentí menos desnuda y con más ganas de volver a tirármelo. Aquel chico tenía mucho talento.

—Sí —le dijo a Dan. Soltó una carcajada, y añadió—: Tenías razón, es una mujer increíble. Llamadme cuando queráis, ¿vale?

Miré a Dan, que ni siquiera se molestó en aparentar que se sentía avergonzado. No supe cómo reaccionar, y me quedé donde estaba mientras Jack acababa de vestirse y se marchaba. Entonces entré en el cuarto de baño, que aún estaba lleno de vaho, y abrí el grifo de la ducha.

—¿Estás enfadada? —me dijo Dan, cuando aparté la cortina y me metí dentro.

No contesté, y me limité a dejar que el agua cayera sobre mi cuerpo. Vi que su silueta se acercaba, y apartó a un lado la cortina sin prestar atención al agua que caía fuera.

—Dime algo, Elle.

Agarré la pastilla de jabón, y le di vueltas en mis manos hasta crear espuma. Jack había utilizado aquel mismo jabón, y había follado conmigo porque Dan se lo había pedido.

—¿Debería enfadarme? —le pregunté al fin, sin mirarlo. Empecé a enjabonarme el cuerpo, y fui reemplazando el olor a sexo con el de una pastilla de jabón barata.

Dentro y fuera de la cama

—Me dijiste que nunca habías experimentado demasiado, así que pensé que te gustaría. Tú misma has admitido que has disfrutado —no estaba haciendo ninguna acusación, y tampoco estaba intentando defenderse.

—¿Cómo sabías que me gustaría?

—Si no hubieras estado interesada, habrías dicho que no y nos habríamos ido a casa sin él. No habría pasado nada.

Alcé la cara hacia el chorro de agua, mientras intentaba decidir si debería enfadarme.

—¿Tenías también una chica preparada, por si acaso?

Las palabras sonaron más ásperas de lo que esperaba. Abrí la boca para llenarla de agua, para limpiar el sabor de los dos. A pesar del ruido de la ducha, oí su respuesta.

—No.

No contesté. Era incapaz de olvidar lo que había sentido al tener a Jack delante y a Dan detrás, cómo me habían sujetado entre los dos y me habían dado placer sin pedirme nada a cambio, y cómo mi placer había avivado el suyo. Dan lo había hecho porque quería complacerme.

No protesté cuando se metió en la ducha conmigo, aunque me mantuve de espaldas a él y no intenté apartarme un poco para que compartiéramos el agua. Él me rodeó con un brazo, me metió una mano entre las piernas, y empezó a limpiarme con suavidad. Después de abrir mi sexo para que el agua me diera de lleno, me frotó con un dedo y mi clítoris se endureció de inmediato.

Como la ducha era bastante pequeña, el agua

cayó sobre los dos cuando me apretó contra la pared. La piel se me estaba enrojeciendo debido al calor, y él tenía el rostro acalorado. Estábamos rodeados de vapor, y el ruido del agua ahogaba el sonido de nuestra respiración.

Volvió a excitarme con la mano entre mis piernas y la boca en mi cuello. Teníamos la piel resbaladiza por el agua y el jabón, y nuestros cuerpos se frotaron el uno contra el otro. Empecé a acariciarle la polla, y sentí una satisfacción enorme al ver que se ponía dura de inmediato. Me encantaba poder excitarlo con tanta facilidad.

—¿Te ha gustado ver cómo me follaba? —le pregunté, mientras lo miraba a los ojos.

Él asintió mientras sus caderas se movían rítmicamente contra mi puño.

—Sí, pero prefiero ser yo quien esté dentro de ti.

No teníamos condones a mano, y por primera vez mi deseo por él superó a mi necesidad de ser cuidadosa. Aquello me aterró, y él debió de ver mi reacción en mi mirada, porque me abrazó y me mantuvo apretada contra su cuerpo durante unos segundos antes de volver a apartarse un poco. Ninguno de los dos había dejado de mover la mano.

Cuando me sonrió, no pude evitar devolverle el gesto. Con él, todo parecía muy fácil.

—Estás tan mojada... dime que es por mí.

—Estoy mojada por ti —le dije, obediente.

—Dime: «Dan, me pones cachonda».

Solté una carcajada antes de decir:

—Dan, me pones cachonda.

Me acarició con más fuerza, y el ritmo de sus caderas se aceleró.

—Di: «Dan, me encanta que me folles».
—Dan... —su nombre se convirtió en un gemido mientras me acercaba cada vez más al orgasmo—. Me...
—Me encanta que me folles.
—Me encanta que me folles —murmuré.
—Dime que vas a correrte.
—Sí... joder, sí... voy a correrme.

El estallido de placer fue menos potente que el que había experimentado cuando estaba con los dos, pero a pesar de todo, fue fantástico. Le apreté con más fuerza el pene, y doblé un poco la muñeca mientras bombeaba con más fuerza.

Él masculló una imprecación, y apoyó una mano en la pared. El agua le caía por el pelo y la nuca, le bajaba como un río por la espalda y la raja del trasero. Lo acaricié con más fuerza, más rápido. Gritó mientras arqueaba las caderas contra mí, y olí el aroma almizclado del semen antes de que el agua se lo llevara.

—Me parece que tengo que sentarme —susurró, mientras temblaba contra mí.

—¿Estás bien? —le pregunté, un poco alarmada, antes de girar un poco el grifo para que el agua no saliera tan caliente.

Él soltó una carcajada, y me dijo:
—Dios, Elle, eres increíble.

No me sentía increíble, sino... exhausta. También necesitaba sentarme, pero la ducha no era el lugar adecuado. Después de cerrar el grifo, agarré dos toallas, le di una a él, y me envolví en la mía antes de salir.

—Ten cuidado, Dan. Según el Consejo de Seguridad Nacional, el ochenta por ciento de los accidentes domésticos suceden en el cuarto de baño.

Él salió de la ducha, bajó la tapa del inodoro para poder sentarse, y empezó a frotarse el pelo con la toalla.

—¿Podrías darme un vaso de agua fresca?
—Claro.

Le quité la tapa de papel a uno de los vasos, lo llené con agua, y se lo di antes de llenarme otro para mí.

—Gracias —apuró el vaso, y entonces lo dejó encima del lavabo y se levantó. Después de secarse, dejó caer la toalla al suelo, levantó la tapa del inodoro, y se puso a orinar.

Aquel acto tan íntimo hizo que saliera a toda prisa del cuarto de baño. Estaba roja como un tomate, y tenía el corazón acelerado. No sé por qué me daba vergüenza verle hacer pis después de haberle hecho una paja, puede que mi reacción se debiera a la naturalidad con la que se comportaba. Me di cuenta de que estaba actuando como una tonta, pero me dio igual. Hay gente que tiene algunas manías, y yo tenía bastantes.

Dan salió del cuarto de baño al cabo de un momento, se me acercó, y me rodeó con los brazos. Se lo permití, al igual que las veces anteriores, pero me tensé un poco. Él me besó el hombro, y me preguntó:

—¿Por qué no te gusta que te abracen?

Solté una pequeña carcajada, y sacudí la cabeza. Usé aquel movimiento como excusa para apartarme de él, y empecé a recoger mi ropa.

—¿Quién dice que no me gusta?
—Tú misma.
—Nunca te lo he dicho —falda, bragas, sujetador, camisa... lo encontré todo.

—Lo dice tu cuerpo.

No parecía tener prisa por vestirse ni por marcharse. Se sentó en la cama, y se apoyó en los codos. Se comportaba como si se sintiera de lo más cómodo estando desnudo, pero yo ya me había puesto las bragas y estaba abrochándome el sujetador.

—Hay personas más... táctiles que otras.

—¿Crees que tú no lo eres? —me dijo, mientras yo me ponía la falda.

Me encogí de hombros, y fingí que aquel tema no me interesaba. Cuando me puse la camisa y empecé a abrochármela, Dan se me acercó de nuevo por la espalda y posó las manos en mis hombros. Alcé la mirada, y vi que en aquel espejo que antes había mostrado nuestro trío ya solo estábamos los dos. Nuestros ojos se encontraron en el reflejo. Bajó las manos por mis brazos, y al llegar a los codos volvió a subir hasta los hombros.

—Te tensas cuando te toco así.

—¿En serio? —era un viejo truco, hacer una pregunta para evitar dar una respuesta.

—Sí.

Me encogí de hombros otra vez. Él se me acercó aún más, se apretó contra mi espalda, me rodeó con los brazos a la altura de las costillas y agarró sus propios antebrazos. Colocó la barbilla en la curva de mi hombro y mi cuello, y comentó:

—No te has tensado cuando estábamos en la cama y te tenía abrazada.

No contesté. Él me miró durante un largo momento, y al final suspiró y me soltó. Acabé de abrocharme la camisa, y me la remetí en la falda. Después de alisar un poco las arrugas, saqué un peine de mi bolso y empecé a desenredar los nudos que se me habían formado en el pelo mojado.

Dan se vistió con rapidez y en silencio. Me sentía culpable por la tensión que acababa de crearse entre nosotros. Era consciente de que él quería algo de mí, pero no sabía cómo dárselo. Me molestaba que no pudiera aceptar sin más lo que había pasado, que quisiera más.

Me peiné con tanta fuerza, que los ojos se me llenaron de lágrimas. Al topar con un nudo especialmente difícil, masculló una imprecación.

Sin decir nada, Dan me quitó el peine de las manos. Me quedé inmóvil, me sentía incapaz de moverme mientras él iba desenredando aquel nudo poco a poco. Lo hizo con paciencia, con suavidad, sin forzar el nudo, instándolo a que fuera abriéndose. Cuando acabó y el peine se deslizó desde la raíz hasta las puntas, me lo devolvió y me dijo:

—Estaré en el coche.

Se fue y me quedé sola, con la mirada fija en aquel espejo en el que antes había tres y que ya solo reflejaba a una.

Capítulo 11

No había vuelto a saber nada de Gavin desde la noche en que su madre le había lanzado los libros en el jardín. Miraba hacia su casa cada noche al volver del trabajo, y aguzaba el oído para ver si oía signos de violencia, pero todo parecía en calma. Algunas mañanas veía a su madre cuando esta se marchaba a trabajar, pero no me dirigía la palabra; de hecho, su mirada ceñuda era de lo más elocuente. Había un coche nuevo aparcado en la calle, que sin duda pertenecía al famoso Dennis; al parecer, se había ido a vivir allí de forma permanente, pero no sabía si su presencia mejoraba o empeoraba la situación que había entre Gavin y su madre. Me planteé en varias ocasiones ir a preguntarle si quería ayudarme a terminar de arreglar el comedor, pero decidí no hacerlo.

No me gustan las confrontaciones. Me resultaba más fácil dejarlo pasar, quitármelo de la cabeza, hacer caso omiso de la inquietud que había sentido tanto la noche de lo del jardín como cuando había visto los cortes que Gavin tenía en el brazo.

Y también me había resultado más fácil evitar hablar con Chad sobre la discusión; por suerte, mi hermano pequeño no es tan cobarde desde un punto de vista emocional como yo, y no teme dar el primer paso.

Fue muy listo, porque me envió el regalo al despacho para asegurarse de que lo recibía. Era un jarrón lleno de piedrecitas ornamentales con tallos de bambú, atado con un lazo rojo. Mucho mejor que unas flores.

No llevaba en casa ni cinco minutos cuando empezó a sonar el teléfono. Era Chad, que llamaba para asegurarse de que había recibido el envío.

—Hola, cielo. ¿Hacemos las paces? —me dijo, antes de que yo pudiera articular palabra.

—Vale —puse el jarrón en medio de la mesa de la cocina—. Eres el mejor hermano del mundo.

—Lo intento.

Charlamos sobre nuestros respectivos trabajos, sobre Luke, sobre los libros que estábamos leyendo y las series de televisión que nos gustaban. No mencionamos a nuestros padres.

—¿Alguna novedad más, cielo?

Sabía que Chad esperaba que le dijera que no, y vacilé por un segundo antes de admitir:

—Pues la verdad es que sí.

—¿En serio? Venga, suéltalo.

—Estoy viéndome con alguien.

—¿Qué? Digo... ¡genial!

Me eché a reír. Me sentí un poco avergonzada al oír su reacción, a pesar de que me la esperaba.

—No hace falta que te portes como si fuera un milagro, Chad.

—Como no he oído que el Mar Rojo vaya a abrirse otra vez, ni que alguien haya caminado sobre el agua, supongo que esto es lo más parecido a un milagro que voy a ver.

Sus bromas no contribuyeron a que me sintiera mejor.

—Ya está bien, Chad.

—Sabes que me alegro mucho por ti, cielo.

—Sí, pero es que... —fui incapaz de acabar la frase, no supe qué decir.

—Ya lo sé, Ella. Ya lo sé.

No le pedí que no me llamara así.

—Se llama Dan, y es muy agradable.

—Qué bien.

—Es abogado.

—Genial.

Me sentí agradecida al ver que contenía las ganas de bombardearme con preguntas.

—Lleva corbatas divertidas.

—¿Cuánto llevas saliendo con él?

—Unos cuatro meses.

Se quedó callado durante unos segundos, y al final dijo:

—Qué pasada.

—Déjalo. Por favor, no lo hagas.

—¿El qué? —parecía un poco a la defensiva.

—No me digas que es el primer hombre en años al que veo más de una vez... desde lo de Matthew.

—Cariño, el nombre de Matthew ni siquiera debería salir de tus labios.

—A lo mejor no se me da tan bien guardar rencor

como a ti, Chaddie —acaricié uno de los tallos de bambú antes de añadir—: Además, no es que no superara lo de Matthew. Él no tiene la culpa de que no haya tenido ninguna relación en años.

Chad soltó una carcajada seca. Era obvio que no me creía, pero no insistió en el tema.

—¿Te va bien con ese tal Dan?

Me mordisqueé el labio antes de contestar.

—Sí, al menos de momento.

—Te gusta, ¿verdad?

—Sí.

—Me alegro por ti, cielo —parecía tan sincero, que no tuve el valor de decirle que aún tenía mis dudas sobre el puesto que Dan ocupaba en mi vida.

—No es nada serio. Nos vemos cuando nos apetece, pero podemos salir con otras personas.

—¿Has quedado con alguien más desde que estás con él?

Siempre sabía cómo provocarme, es una de las desventajas de tener hermanos.

—No.

—¿Y él?

—No lo sé.

—Supongo que usáis condones, ¿no?

—No hace falta que me des una charla sobre sexo seguro, pero sí, usamos condones.

—¿Cómo es posible que no sepas si está viéndose con alguien más?

—Porque no se lo he preguntado —me sentí molesta por sus preguntas, pero no solo por el hecho de que fueran indiscretas, sino porque yo misma había pensado en plantearlas y al final no lo había hecho—. La verdad es que no quiero saberlo.

—¿Cómo puedes decir algo así?, ¡ese tipo podría estar tirándose a media ciudad! —parecía muy indignado. Agradecí en el alma que se preocupara tanto por mí, pero su reacción avivó mi malestar.

—Que se tire a quien quiera, ¿qué más da? ¡No es mi novio! No soy su novia, Chad. Nos vemos de vez en cuando, y nos acostamos juntos cuando nos apetece. Es un arreglo muy conveniente, nada más.

—Ni hablar, Elle. No me trago que hayas estado viéndote con él durante cuatro meses por pura conveniencia, te conozco a la perfección.

—No eres omnisciente, Chad. Es un arreglo que nos va bien a los dos, y punto.

—Vale, como quieras, pero recuerda que hasta la princesa Armonía acabó encontrando a su príncipe.

Aparté el auricular de mi oído y lo fulminé con la mirada. Era un gesto inútil, pero gratificante.

—La princesa Armonía es un personaje inventado, no es real. Es pura ficción, y de la mala.

—¡Oye, que la princesa Armonía es genial! No puedo creer que hayas dicho algo así sobre ella.

No supe si estaba bromeando o no.

—Era una sabelotodo.

—Pero al menos supo admitir cuándo había llegado el momento de dejar de luchar contra dragones y de empezar a salvar a los príncipes —me dijo.

Como no quería seguir escuchando, colgué el teléfono.

No pude sacarme de la cabeza lo que me había dicho Chad. Había estado negando lo que sentía por Dan y había intentado convencerme de que solo era sexo, de que lo que nos unía era pasajero y carente de ataduras. Pero no podía seguir fingiendo que no estaba convirtiéndose en mucho más que eso.

El edificio de oficinas donde él trabajaba era elegante y grande. Había montones de ventanas con vistas a la calle, y plantas de aspecto lozano. Dan tenía una secretaria de pelo canoso que llevaba las gafas sujetas con una cadena, y su despacho, al igual que el mío, tenía una puerta y una placa con el nombre correspondiente.

—El señor Stewart dice que pase —me miró con una sonrisa, y su expresión no reveló en ningún momento que sabía que yo no estaba allí por trabajo. Me indicó con un gesto la puerta cerrada.

Mientras mi mano se cerraba sobre el frío pomo de metal, conté para mis adentros. Lo hice tan rápido, que nadie habría podido adivinar lo que estaba haciendo. De pequeña solo sabía hacerlo en voz alta y poco a poco, así que no había forma de ocultarlo. Multipliqué el número de letras de su nombre por el número de letras del mío, y dividí el resultado entre dos. No obtuve ningún resultado significativo, pero el mero hecho de calcular me calmó un poco y pude entrar en el despacho con una sonrisa que no parecía forzada.

Dan estaba hablando por teléfono. Alzó un dedo para indicarme que solo iba a tardar un minuto, así que me entretuve mirando a mi alrededor. A juzgar por los diplomas enmarcados que tenía colgados en las paredes, había ido a centros de prestigio. También tenía varias fotos enmarcadas, en las que estaba con gente a la que no reconocí; teniendo en cuenta el parecido físico, algunos de ellos debían de

Dentro y fuera de la cama

ser parientes suyos, pero en otros casos seguramente se trataba de clientes o colegas, porque estaban la persona en cuestión y él estrechándose las manos, mirando a cámara con sonrisas un poco forzadas, mientras de fondo se veía gente paseando por un campo de golf o charlando en un salón de baile.

Tenía una mesa robusta y amplia. El ordenador estaba en una mesa auxiliar a su espalda, de modo que podía girar la silla para trabajar con él mientras dejaba la mesa principal libre para el papeleo. Yo solía tener montones de carpetas y de papeles sobre la mía, pero en la suya solo había unos cuantos documentos. Me pareció divertido ver aquella faceta de su personalidad... cómo tenía colocados el cubilete con los bolis y los lápices, el bloc de notas, la cajita de clips, la grapadora... el calendario estaba intacto, pero la agenda que tenía abierta sobre la mesa estaba repleta de anotaciones.

Dejé el bolso encima de la mesa, me acerqué a él, y miré por encima de su hombro para ver lo que había escrito en la agenda. Me asombré al ver mi nombre anotado varias veces. No ponía ninguna aclaración, solo mi nombre en tinta negra.

Era obvio que había anotado los días en que me había visto. Me volví a mirarlo, pero seguía centrado en su concentración. Me pregunté qué significaba el hecho de que mi nombre figurara en su agenda junto a otros asuntos de aparente importancia, como *Reunión con John* o *Entrega de los informes del segundo cuatrimestre*. Comprobé el apartado de aquel día, y vi mi nombre apuntado. Quizá lo había anotado después de que yo lo llamara.

Él había llevado la cuenta de nuestros encuentros

y yo no. Me pregunté si debería sentirme culpable, si lo que estábamos haciendo era más importante para él que para mí. Me dije que a lo mejor anotaba los nombres de todas las mujeres con las que salía, y eso me recordó que no sabía si estaba viéndose con otras. Eché una hojeada rápida, pero a pesar de que había varios nombres femeninos, todos tenían al lado anotaciones relacionadas con el trabajo. El mío siempre aparecía solo, sin explicación alguna al lado, así que contenía un significado que solo él entendía.

—Perdona —en cuanto colgó el teléfono, me agarró la muñeca, tiró de mí, y me sentó en su regazo antes de que tuviera tiempo de apartarme. Su silla giró un poco, así que tuve que aferrarme a él para conservar el equilibrio—. Has llegado un poco pronto.

No era cierto, había llegado justo a la hora en que habíamos quedado, pero no quise discutir.

—Tu secretaria me ha dicho que entrara.

—Tiene órdenes estrictas de dejar pasar a las mujeres guapas de inmediato, sin hacerlas esperar —lo dijo en tono de broma, y alzó un poco la cara para mirarme. Su mano se posó en mi cadera con naturalidad, y noté la calidez de sus dedos a través de mi falda de lino.

—¿Ah, sí? ¿Vienen a verte muchas mujeres guapas? —lo miré con indignación fingida.

—Hoy no, solo ha venido una.

—En ese caso, será mejor que me vaya para que puedas verla —fingí que intentaba levantarme, y él se echó a reír y me dio un pequeño apretón.

—¿Tienes hambre? He pensado que podríamos comprar unos bocadillos y dar un paseo por el parque del río. Hace muy buen día, ¿cuánto tiempo tienes?

Dentro y fuera de la cama

—Todo el que quiera. Una de las ventajas de ser uno de los peces gordos es que puedo tomarme el tiempo que me dé la gana para comer.

—Qué casualidad. No tengo nada programado para esta tarde, así que yo también puedo tomarme todo el tiempo que quiera.

Nos miramos sonrientes. Al ver el brillo de pasión que brillaba en sus ojos, sentí una oleada de deseo.

—La puerta no está cerrada —me dijo.

—¿Estás esperando a alguien?

—No.

Su mano se deslizó entre mis rodillas, y empezó a ascender. Cuando llegó a la piel desnuda de mis muslos que quedaba por encima de las medias, soltó un pequeño gemido y me dijo:

—Estás matándome, Elle. Vas a acabar conmigo.

—Qué pena, no era esa mi intención.

Me movió un poco, y noté su erección en el muslo.

—¿Ves lo que me haces?

—Impresionante —dije, mientras me reclinaba hacia él.

Levantó la mano un poco más, y le dio un tirón a mis bragas.

—¿Por qué te molestas en ponértelas cuando vienes a verme?, sabes que voy a quitártelas cuanto antes.

—La próxima vez, lo tendré en cuenta.

Se echó a reír. Juntos desabrochamos sus pantalones, bajamos mis bragas y pusimos el condón. Los brazos de la silla estaban tan separados, que pude sentarme a horcajadas sobre él.

Me folló con embestidas duras y rápidas, pero llevaba toda la mañana pensando en él y me bastó acariciarme un poco para estar al borde del orgasmo. Bajó la mirada, y al ver cómo me masturbaba con la falda subida hasta las caderas se humedeció los labios antes de volver a mirarme a los ojos.

—Me encanta que hagas eso —murmuró.

—¿El qué?, ¿esto? —me froté el clítoris con pequeñas caricias circulares mientras me movía hacia arriba y hacia abajo, y mi respiración se volvió jadeante.

—Sí, y que no esperes a que yo adivine lo que quieres, sino que lo hagas... oh, Dios, Elle...

Nos corrimos a la vez, y me apretó contra su cuerpo mientras yo lo rodeaba con los brazos. Nos quedamos así durante un largo momento con la respiración acelerada, y finalmente me aparté y saqué de mi bolso un paquete de toallitas húmedas para limpiarme.

—Piensas en todo, ¿sabías lo que íbamos a hacer cuando me dijiste que nos veríamos aquí? —me preguntó, en tono de broma.

—No, no lo sabía.

—Pero siempre estás preparada.

Lo miré sonriente, y le dije:

—Venga, Dan, ¿para qué si no íbamos a vernos? ¿No debería dar por hecho que va a pasar algo así cada vez que quedamos?

En cuanto las palabras salieron de mi boca, supe que había cometido un error. Aunque realmente creyera que lo que acababa de decir estaba justificado, no estaba bien que lo admitiera en voz alta. La sonrisa de Dan se desvaneció, sus ojos se volvieron impenetrables, y apartó la mirada.

—Sí, supongo que tienes razón.

Era consciente de que lo había herido, pero no sabía cómo arreglar las cosas sin admitir que me había equivocado. Era mucho más fácil ignorar la situación, y eso fue lo que hice.

Estuvo más callado que de costumbre mientras íbamos hacia el parque que bordeaba el río. Después de comprar unos bocadillos y un par de refrescos, cruzamos Front Street. Había mucha gente que había tenido la misma idea que nosotros, aprovechar el buen día para comer al aire libre, así que tuvimos que caminar un rato hasta que encontramos un banco libre. Seguíamos callados, y fingí que el silencio era de lo más normal.

Para cuando nos sentamos, no tenía demasiado apetito, pero desenvolví la comida. Sacudí un poco la bolsita de mostaza antes de abrirla y de echarla por encima del pavo. Dan había pedido un pringoso bocadillo de carne con cebolla y pimientos que se olía desde donde yo estaba.

—Madre mía, alguien que yo me sé va a necesitar un chicle —le dije, para intentar aligerar el ambiente.

Él me miró sin sonreír, y me contestó:

—¿Por qué?, ¿es que piensas besarme?

Supongo que tendría que haber dado por supuesto que acabaría hartándose de mí, pero cuando sucedió, sentí como si hubiera agarrado un pellizco de mi piel de alguna zona sensible y lo hubiera retorcido. Me apresuré a bajar la mirada, dejé a un lado la bolsita vacía de mostaza y volví a juntar las dos mitades del bocadillo, pero no le di ni un bocado.

Dan fijó la mirada en el agua. El puente de Market Street era un hervidero de coches, y los árboles habían reverdecido. En un agradable día de verano como aquel, el tiovivo y el trenecito de los niños debían de estar a tope. A lo mejor aquella noche había partido de baloncesto en el estadio... pensé en pedirle que me acompañara. Podríamos comer helado, y subir al tiovivo.

Al final no se lo pedí. Podría haberlo hecho, la verdad es que quería hacerlo, pero... al final, no lo hice.

Dan siguió comiéndose su bocadillo, bebiéndose su refresco, limpiándose las manos y la boca con la servilleta. Comió sin mancharse la ropa, y yo lo observé admirada con disimulo. Estaba costándome bastante evitar que la falda se me manchara de mostaza, y ya me había salpicado la camisa al beber.

No era la primera vez que nos limitábamos a estar el uno junto al otro sin hablar, pero los silencios siempre habían sido relajados, carentes de tensión. Había llegado a sentirme muy cómoda con Dan, pero acabábamos de convertirnos en desconocidos. Habíamos pasado a ser dos personas que habían estado a punto de llegar a ser amigos.

Me bebí el refresco, pero fui incapaz de comerme el bocadillo. Hice añicos la servilleta. Cuando los jirones me cayeron sobre la falda, me limité a echarlos a un lado.

—Respecto a lo de antes... no lo he dicho en serio —dije al fin.

—Sí, claro que lo has dicho en serio. Además, es la pura verdad, ¿no?

Debería ser la verdad, pero no lo era.

—Lo siento, Dan.

Dentro y fuera de la cama

Él se encogió de hombros mientras seguía con la mirada fija en el río. El Susquehanna era ancho y no muy hondo, y su superficie de color verde grisáceo ondulaba con suavidad bajo la brisa.

Después de envolver lo que le quedó del bocadillo, apuró su bebida, lo metió todo en la bolsa, y fue a tirarla a la papelera que había junto al banco.

—¿Lista para marcharte?

A pesar de que solo había dado un par de mordiscos a mi bocadillo, asentí y lo metí todo en mi bolsa. La papelera era de reja metálica, y las intersecciones del metal formaban octógonos entrelazados. Conté ciento veintitrés antes de volver junto a Dan.

—Lista.

Se había metido las manos en los bolsillos, y se había desabrochado la chaqueta del traje. La brisa le apartó el flequillo de la frente, y el árbol que tenía a su espalda proyectaba sombras sobre su cara, que de perfil era muy distinta de cuando estaba de frente. Alcancé a ver pequeñas líneas en las comisuras de sus ojos que no había notado antes.

No sabía cuándo era su cumpleaños, ni si tenía hermanos, ni dónde había crecido. No sabía cuál era su color preferido, ni si practicaba algún deporte. Sabía cuál era el sabor de su piel y cómo olía, sabía la longitud y el grosor de su pene, cómo era la curva de su trasero, cuántas pecas tenía en el hombro, y cuántos pelos le rodeaban los pezones. Sabía que le gustaba reír, que podía ser amable y exigente, que podía comportarse con una exigencia amable, o con una amabilidad exigente.

—El helado que más me gusta es el de mora —al

decírselo, me pareció que sentía el sabor en la boca—. No es fácil encontrarlo, pero lo tienen en aquel puesto de allí, en City Island. Y también tienen cucuruchos con barquillo de chocolate.

Me miró por encima del hombro con una ceja enarcada, y me dijo:

—¿Ah, sí?

—Sí.

No me merecía que cediera ni un milímetro, y no lo hizo. Lo respeté aún más al ver que no me seguía como un cachorrillo ansioso. Cuando se volvió a mirar hacia City Island, la brisa le sacudió la corbata, que tenía un estampado de Bob Esponja.

—A lo mejor podríamos ir un día de estos a comprar un helado —le dije.

Volvió a mirarme, y supe por su expresión que no iba a dar su brazo a torcer. Me gustó que no se dejara pisotear, que no permitiera que lo utilizara, que estuviera dispuesto a presionarme.

—A lo mejor —me dijo.

Esbocé una sonrisa vacilante. Acababa de dar un paso hacia delante. Él no sabía cuánto me había costado, pero lo cierto era que no quería que lo supiera.

Nos quedamos así durante unos segundos, hasta que al final sacó las manos de los bolsillos. La sonrisa con la que me miró no era tan radiante como de costumbre, pero parecía sincera.

—Tengo que volver.

Asentí mientras sentía una mezcla de desilusión y de alivio al ver que no quería pasear y charlar. Necesitaba tiempo para pensar en todo aquello, para plantearme hacia dónde se dirigía y hacia dónde quería que se dirigiera.

Dentro y fuera de la cama

—¿Quieres que te consiga un taxi?

Volví a asentir. Mi despacho estaba a una distancia considerable, y no iba vestida para dar una larga caminata.

—Gracias por la comida —le dije. Antes de entrar en el taxi, vacilé por un momento al ver a una pareja que se despedía de forma mucho más apasionada que nosotros.

No aparté la mirada de él mientras el taxi se alejaba. Aquel hombre trajeado que no era demasiado alto y cuya corbata ondeaba bajo la brisa me dijo adiós con la mano, y yo le devolví el gesto.

Tenía la mejor de las intenciones cuando me subí a mi coche y me puse en marcha. La casa donde me había criado no estaba lejos de la ciudad, se tardaban unos cuarenta minutos en llegar con el tráfico típico de los sábados. Estaba demasiado cerca, y demasiado lejos a la vez.

El pueblo de mi niñez no había cambiado demasiado. Seguía teniendo las mismas calles anchas y bordeadas de árboles, las mismas casas con más de cincuenta años de antigüedad que en algunos casos se habían convertido en tiendas. Había más gasolineras y restaurantes, pero al margen de eso, yo misma podría haber estado circulando en bici por aquellas calles, con el pelo recogido en dos coletas, camino de la biblioteca o de la piscina.

Pero no iba en bici, sino en mi coche. Al doblar la esquina y enfilar por la calle hacia el vecindario de mis padres, vi las mismas casas pintadas con los mismos colores. Los árboles habían crecido, se habían añadido algunos porches, y algunos caminos de entrada se habían pavimentado. En un solar habían construido un bloque de pisos que parecía bastante fuera de lugar.

Tenía la intención de visitar a mi padre, lo digo de verdad. A pesar de que mi madre se comportaba como una mártir y una teatrera, el hecho de que hubiera admitido que estaba enfermo significaba que la situación era preocupante. Era posible que mi padre estuviera muriéndose, y sabía que debería hablar con él antes de que eso sucediera. Conocía de primera mano la sensación de vacío que queda cuando un ser querido muere sin que te haya dado tiempo de hacer las paces con él.

Pero cuando llegó el momento de la verdad, no enfilé por el camino de entrada de la casa. Detuve el coche al otro lado de la calle, y contemplé la casa en la que había crecido. Se me formó un nudo en el estómago y sentí una fuerte acidez, como si hubiera bebido demasiado café.

La última vez que había estado en aquella casa había sido el día en que me había marchado para ir a una universidad que no le gustaba a mi madre. Ella me había dicho que no volviera nunca, y yo había obedecido encantada. Ella había cambiado de opinión, pero yo no. Odiaba aquella casa, las cosas que habían sucedido en su interior. No podía volver a poner un pie en ella, ni siquiera para ver a mi padre, que quizá estaba moribundo. Me alejé de allí, giré al llegar al final de la calle, y regresé a la ciudad que consideraba mi verdadero hogar.

Marcy pareció sorprenderse al verme cuando abrió la puerta. Era comprensible, porque ya había anochecido y no la había avisado de que iba. Se apartó a un lado para dejarme pasar, y al entrar vi a Wayne sentado a la mesa.

—Perdonad, os he interrumpido.

Di media vuelta para marcharme, pero ella me cerró el paso y me dijo:

—No seas tonta, estábamos cenando un poco. Venga, entra. Vamos, Elle... ¿te apetece tomar algo?

Ya había bebido varios vasos de vodka en un bar cercano, pero asentí y contesté:

—Vale, lo que te vaya bien.

Intercambiaron una mirada que habría podido interpretar si no hubiera estado medio borracha. Wayne se levantó, y sacó de una vitrina varios vasos de chupito y una botella de vodka con sabor a limón. Marcy sacó un par de limones de la nevera, y agarró el azucarero.

—¿Te apetece un chupito de vodka? —me preguntó.

—Sí. Perdonad que me haya presentado así en un sábado por la noche, seguro que tenéis planes.

—Estamos esperando a unos amigos, vamos a sacar juegos de mesa.

—¿Juegos de mesa? —la miré con perplejidad. Aquello no parecía encajar con la Marcy a la que conocía.

—Sí. Qué noche de sábado más loca, ¿verdad? —comentó Wayne, con una carcajada.

Pasó el brazo por los hombros de Marcy, y la besó en la sien mientras ella le daba una palmadita. Se miraron sonrientes, con expresión de complicidad, y yo me sentí como una intrusa.

—Será mejor que me vaya.

—No, Elle, quédate. Será divertido, te lo prometo —Marcy me tomó la mano, e insistió—: Quédate.

Al final me quedé. Tomamos los chupitos de vodka, llegaron los invitados, y Marcy sacó los juegos de mesa... el Monopoly, el Cluedo, el Pictionary, y el Trivial Pursuit. Nos dividimos en equipos, los chicos contra las chicas, y bebimos chupitos mientras picábamos nachos y frutos secos. Las chicas ganamos por tres a dos, pero ellos no se molestaron. Yo era la única sin pareja, pero a nadie pareció importarle; en todo caso, no oí ningún comentario al respecto, y si alguien me miró con pena, al menos no me di cuenta.

Hacía mucho que no participaba así en un grupo... riendo, jugando; de hecho, tuve que plantearme si alguna vez había formado parte de un grupo. En el instituto siempre había sido bastante reservada, la típica empollona. Mi mejor amiga, Susan Dietz, se había mudado cuando aún íbamos al colegio, y después... las cosas habían cambiado. En la universidad había tenido algunos amigos. Matthew me había integrado en su grupo y solíamos quedarnos hasta tarde riendo, bebiendo y jugando, besándonos y haciendo más cosas debajo de las sábanas mientras veíamos pelis de miedo. Por lo menos había tenido un año de amigos, fiestas y amor, hasta que eso también había cambiado.

Aquellos recuerdos no me ponían melancólica. Formaban parte de mi pasado, eran la realidad. No todos los recuerdos eran malos.

La fiesta terminó a eso de la una de la madrugada. Casi todos se despidieron de mí con abrazos y muestras de afecto, ya que los amigos de Marcy parecían tan efusivos como ella. No me importó demasiado, aunque nunca he sido muy entusiasta a la hora de dar abrazos.

—Me alegro de que vinieras —me dijo Marcy, mientras me rodeaba con los brazos.

Le di una palmadita vacilante, y cuando me besó en la mejilla, me aparté con una carcajada y le dije:

—Gracias por dejar que me quedara.

—¿Vas a poder llegar a casa?, Wayne puede llevarte.

Estaba despatarrado en una silla, pero alzó la mirada y me dijo:

—Claro, no hay problema.

—Gracias, pero puedo volver en taxi. No os preocupéis.

Estaba borracha, pero no tanto como para meterme en un coche con Wayne, que no había dejado de beber en toda la velada. Él dijo adiós con la mano, me lanzó una sonrisa tontorrona, y volvió a centrarse en la televisión. Marcy me acompañó hasta la puerta, pero me detuvo en el rellano y la entrecerró a nuestra espalda.

—Me alegro de que vinieras esta noche, ¿estás bien?

—Sí. Se me ocurrió pasarme por aquí, perdona si te he fastidiado la fiesta.

—No has fastidiado nada —miró por encima del hombro antes de volverse de nuevo hacia mí—. ¿Te lo has pasado bien?

—Sí, hacía una eternidad que no participaba en un juego de mesa.

—Me gustaría que vinieras otro día —vaciló por un instante antes de añadir—: Tráete a Dan.

Hice una mueca antes de poder contenerme, y me esforcé por aparentar tranquilidad.

—Vale, ya quedaremos.

—No habéis dejado de veros, ¿verdad? —se cruzó de brazos, y se apoyó en el marco de la puerta.

En ese momento, me di cuenta de que Marcy apenas había bebido. Sabía que iba a resultarme muy difícil contrarrestar las preguntas de alguien que estaba mucho más sobrio que yo.

—No, seguimos viéndonos.

—Genial —me dijo, con una sonrisa.

No contesté. Volvió a abrazarme, y en esa ocasión le devolví el gesto, aunque solo fuera para que me soltara cuanto antes.

—¿Estás bien, Elle?

Su pregunta me detuvo cuando estaba a punto de entrar en el ascensor. Me volví a mirarla, y le dije:

—Sí.

—¿Estás segura?, pareces un poco depre.

Estuve a punto de contarle lo de mi padre, pero no era algo que podía soltarse sin más en medio de un pasillo a la una de la mañana, sobre todo después de beber tanto alcohol. De modo que hice lo que se me daba mejor: mentir.

—Es que estoy cansada —la miré sonriente, y me despedí con un gesto antes de entrar en el ascensor. Me miró con expresión de preocupación hasta que la puerta se cerró.

De nuevo tenía la mejor de las intenciones. Montones de taxis pasaban por aquella calle llena de bares y de clubes abarrotados de gente. A aquella sección de Second Street la llamaban la calle del li-

Dentro y fuera de la cama

goteo, debido a la cantidad de solteros que iban de local en local. Seguro que la policía la llamaba de otra forma. Había coches patrulla a lo largo de toda la calle, y los agentes patrullaban en parejas o en tríos para mantener a raya a los más alborotadores. Eché a andar hacia la parada del autobús, pero al final no llegué.

Tres años atrás, había sido una de las asiduas de la calle del ligoteo, y había permitido que completos desconocidos me invitaran a una copa a cambio de un baile o de un poco de magreo. A veces, muchas veces, les había hecho una paja, o había acabado tirándomelos. Como no me vestía como una buscona ni solía bailar, mis ligues no eran conquistas, sino secretos... mis secretillos.

A pesar de que aquella noche no iba vestida para ir de marcha, entré en uno de los locales. El portero le echó un vistazo a mi permiso de conducir, y agarró sin sonreír los diez dólares que le di. El recibimiento fue mucho mejor cuando entré. A aquella hora, se respiraba en el ambiente una especie de desesperación. El local cerraba en menos de una hora, así que cada vez quedaba menos tiempo para poder ligar con alguien. Mientras me abría paso entre el gentío que había alrededor de la puerta y me dirigía hacia la barra, varias cabezas se giraron. Acababa de llegar carne fresca.

Las chicas me miraron de arriba abajo, observaron mi ropa, y se volvieron a cuchichear con sus amigas. Los chicos se quedaron mirándome, jarra de cerveza en ristre. Y yo me metí en mi antiguo papel con la misma facilidad con la que un par de vaqueros gastados se ajustan al trasero.

No me paré a pensar en por qué estaba haciéndolo, por qué había ido a un bar para comprobar hasta dónde podía hacerme llegar un desconocido, a pesar de que tenía a Dan.

Avancé entre la gente sin establecer contacto visual con nadie, hasta que pedí una copa. Entonces me giré, y recorrí el gentío con la mirada mientras tomaba un trago.

Las camisas a rayas debían de estar de moda, porque dos de cada tres hombres las llevaban. Los demás llevaban camisetas estampadas con frases como *Bésame, soy un pirata*. Pero lo que yo buscaba no era un pirata.

El grupo de chicas que tenía delante se había apiñado alrededor de tres chicos que parecían estar disfrutando con tanta atención. Se contoneaban y se frotaban contra ellas entre risas, y era obvio que estaban bastante borrachas. Estaban montando todo un espectáculo.

El hombre que estaba a mi lado señaló con su botella de cerveza, y comentó:

—Hay cinco chicas y tres chicos, alguien va a quedarse fuera —era alto, moreno, y parecía un poco mayor que yo.

Tuvo que acercarse a mí para que pudiera oírlo, y no me molesté en seguir buscando. Me volví hacia él con una sonrisa, y alcé mi cerveza en un brindis silencioso.

—Parece que se lo están pasando bien —comenté.

Él asintió. La música era inconsistente, pasaba de una canción de hip-hop que alababa los traseros femeninos a una balada roquera llena de angustia y aflicción. En ese momento, todo el mundo estaba dando saltos al ritmo de una canción pop.

Era atractivo, así que me acerqué un poco más. Olía bien, a pesar de que se había pasado horas sudando en aquel ambiente tan cargado. Me eché un poco hacia atrás, y nuestros ojos se encontraron. Dejé que me condujera hasta el aparcamiento, me metí en el asiento trasero de su coche, y él me metió la mano por debajo de la falda.

No le pregunté cómo se llamaba, y él no me lo dijo. Cuando le dije que me llamaba Jennifer y que tenía veintidós años, pareció creerme. Luchó por meterme la mano por debajo de las bragas mientras se desabrochaba los pantalones y colocaba su erección en mi mano.

Era obvio que conocía el comportamiento propio de la calle del ligoteo, porque no intentó convencerme de que follara con él. Intentó al menos que me corriera, y no fue culpa suya que no lo consiguiera. Solté los ruidos de rigor y me retorcí debajo de él, aunque estaba a años luz de conseguir llegar al orgasmo.

Tardó cinco minutos en correrse. Hacía cuatro que había perdido el interés en él, pero por lo menos la muñeca aún no había empezado a dolerme. Gritó mientras eyaculaba en mi puño, y se desplomó sobre mí como si se hubiera desmayado. Nos quedamos así durante uno o dos minutos, y al final lo empujé para que se incorporara.

Nos miramos en silencio por un momento. Cuando me limpié la mano en su camisa, hizo una mueca y bajó la mirada hacia la prenda, pero no protestó. Me incorporé en el asiento, y me puse bien la ropa.

—¿Quieres que te lleve a casa? —al menos ganó unos puntos por su caballerosidad.

—No, gracias —lo miré con una sonrisa. No era culpa suya que hubiera querido utilizarlo a modo de distracción.

—¿Estás segura?, porque...

Me bajé del coche antes de que pudiera acabar la frase. Me sentía totalmente sobria. Aquella vez, fui en busca de un taxi y regresé a casa.

Capítulo 12

Aunque no me había metido en el papel de hija abnegada hasta el punto de ir a casa de mis padres, cuando mi madre me llamó para invitarme a cenar, no se me ocurrió ninguna excusa para poder negarme, sobre todo cuando me dijo que mi padre también iba a ir. La mera idea de que mi padre fuera a un restaurante me parecía risible, y me daba ardores.

Tuve que cancelar la cita que tenía con Dan. Él no protestó cuando le dije que no podía cenar con él, pero no me costó imaginarme su expresión ceñuda.

—No conozco a tus padres —me dijo al fin.

Los dos nos quedamos callados. Deseé tener uno de esos teléfonos antiguos para poder retorcer el cable entre los dedos, y tuve que conformarme con retorcer un mechón de pelo.

—No te gustaría conocerlos, te lo aseguro —le dije al fin, cuando no pude seguir soportando el silencio.

—De acuerdo, llámame cuando estés libre.

Esperé durante unos segundos que se me hicieron eternos antes de admitir:

—No quiero que los conozcas.

—¿Por qué?

Era normal que pareciera tan indignado.

—Porque ni siquiera yo quiero ir a cenar con ellos, Dan. No puedo someterte a ese suplicio, y además, me resultaría muy estresante tenerte allí.

Estaba siendo honesta, pero mis palabras no parecieron aplacarlo.

—Todas las familias son estresantes, Elle. Si no quieres que me conozcan...

—Lo que no quiero es que tú los conozcas a ellos, no es lo mismo.

—¿Crees que dejarás de gustarme si llego a conocerlos? —lo dijo en tono de broma, pero al ver que no me reía, añadió—: ¿Elle?

—Se trata de mi madre, no lo entenderías.

—Como no la conozco... No, supongo que no lo entiendo.

Tuve la sensación de que estaba esperando a que lo invitara a cenar, pero la idea bastó para que me estremeciera.

—Créeme, no te gustaría conocerlos.

—Yo opino lo contrario.

—Te lo digo en serio, Dan.

—Si no quieres que conozca a tu familia, me parece perfecto. Que disfrutes de la cena.

No quería discutir con él, pero era incapaz de imaginarme presentándoselo a mis padres.

—Es complicado, Dan.

—Tengo la impresión de que casi todo lo que tiene que ver contigo es complicado, Elle.

Colgó sin más, y me quedé mirando el auricular hasta que lo dejé en su sitio. Aquella vez, no volví a llamarlo.

Cuando llegué al restaurante, mi madre estaba esperándome en la mesa.
—Papá no ha podido venir.
—¿Por qué no?
—Porque estaba ocupado, Ella. ¿Qué más da? —me dijo, mientras echaba un poco de sacarina en su taza de té.
—Me dijiste que iba a venir.
—¿Es que no tienes bastante conmigo?
—No es eso.
—Si estás preocupada por él, podrías pasarte por casa.
Nos miramos sin hablar hasta que el camarero llegó a tomar nota. Ella pidió por las dos comida que no me apetecía, pero como no tenía ganas de darle vueltas a la cabeza, no protesté. Empezó a hablar sin parar de la boda de mi prima, a la que yo no había asistido. El tema no me interesaba en lo más mínimo, pero intercalé algún que otro comentario suelto sin llegar a mantener una conversación.

Dejé que pagara la cena. La acompañé al aparcamiento, y entonces me di cuenta de que no le había preguntado cómo había llegado al restaurante.

—En coche —me dijo, mientras se sacaba del bolso el paquete de tabaco y el mechero. Encendió un cigarro con la práctica de una fumadora asidua, y añadió—: Voy a tener que acostumbrarme a volver a conducir.

Para cuando mi padre ya no estuviera. No hizo falta que lo dijera, las palabras estaban implícitas. Aquella sencilla admisión reveló más sobre la gravedad de mi padre que cualquier otra cosa que pudiera haber dicho, pero fui incapaz de responder.

—¿Vendrás a vernos alguna vez, Ella?

Miré hacia el coche de mis padres, que tenía más de quince años, antes de volverme a mirarla.

—No, mamá. No lo creo.

—Eres muy egoísta. No te entiendo, tu padre está enfermo...

—Eso no es culpa mía.

—¿Sabes qué?, me parece que ya es hora de que lo superes. ¿Qué te parece la idea? Supéralo y ya está, Ella. ¡Han pasado diez años, no puedo seguir agachando la cabeza para pedirte perdón por cosas del pasado!

La miré desconcertada, y al final le dije:

—No es por ti, mamá.

—Entonces, ¿por qué? Dímelo, por favor, porque me interesa mucho saberlo —teniendo en cuenta su tono de voz, me costó creerla—. Me gustaría que me dejaras claro que no es por mí. Sé que me odias, pero al menos deberías ir a ver a tu padre. No está bien.

—Eso no es culpa mía —le dije, con voz más firme de lo que esperaba—. Tienes razón, a lo mejor debería superarlo de una vez, pero no puedo.

Dio una fuerte calada al cigarro, y me dijo:

—Si sigues aferrándote así al pasado, jamás tendrás un futuro.

—Me parece un consejo interesante, teniendo en cuenta quién me lo da —le dije, sin alterarme.

Ella me fulminó con la mirada, y me espetó:

Dentro y fuera de la cama

—No sé por qué me molesto en intentarlo, cuando lo único que haces es martirizarme. A lo mejor debería rendirme y dejarte en paz de una vez, quizá tendría que dejar de intentar establecer algún tipo de relación contigo. Es imposible comunicarse contigo, Ella. Lo único que haces es escucharte a ti misma.

Era probable que tuviera razón, pero no quise admitirlo.

—Sí, a lo mejor deberías rendirte y dejarme en paz... como hiciste con Chad.

Frunció el ceño, y le surcaron la cara profundas arrugas.

—Ni me lo menciones.

—A lo mejor deberíamos hablar de Chad —dije su nombre a propósito, para obligarla a oírlo—. Y me parece que también tendríamos que hablar de Andrew, de lo que pasó. Nunca hablamos del tema...

—No hay nada de qué hablar —su expresión ceñuda se esfumó como por arte de magia, y soltó un poco de humo por la nariz.

Me había pasado años intentando olvidar, sin hablar de ello, pero de repente me invadió la necesidad de dejar de esconderme del pasado. No pude seguir fingiendo que no afectaba a mi futuro.

—Mamá, por favor... —le dije en voz baja—, necesito hablar de lo que pasó. No puedo seguir callando, está corroyéndome por dentro.

—¡Supéralo de una vez! ¡Está muerto!, ¡ya no está aquí!

—¡Eso tampoco es culpa mía!

—¡Sí, claro que lo es! —tomó otra calada, como si el humo del tabaco le resultara más vital que el oxígeno.

Me quedé petrificada, viendo en silencio cómo aplastaba la colilla con el pie y encendía otro cigarro. Fumar es un hábito sucio, es malo para los dientes y la piel, por no hablar de los pulmones. Yo no era fumadora habitual, aunque fumaba algún que otro cigarro de vez en cuando. Siempre me había parecido sorprendente que mi madre hubiera adquirido aquel hábito, teniendo en cuenta que el tabaco causaba estragos tanto en la ropa como en la cara.

—No tengo la culpa de que muriera —intenté creerlo, luché por hablar con voz firme—. Andrew se suicidó, yo no tuve nada que ver.

—Tú lo empujaste a que lo hiciera. Estaba bien hasta que empezaste a influenciarlo.

—No lo dirás en serio, ¿verdad? —a pesar de todo, no me sorprendió que creyera algo así.

El humo del tabaco flotaba en el aire entre nosotras. Hacía que me escocieran los ojos y el cuello, y deseé poder llorar para que las lágrimas me limpiaran los ojos.

—No deberías haber parado cuando lo intentaste. Él estaría vivo, y tú...

—¡Calla!, ¡no te atrevas a decirlo!

Me miró con una mezcla de furia y de dolor, y me dijo:

—Tanto Chad como tú habéis sido una decepción tras otra para tu padre y para mí. No entiendo cómo pudo pasar aquello, Andrew era un hijo perfecto.

—No lo dirás en serio, ¿verdad? ¿Cómo puedes decir algo así? —tuve ganas de agarrarla de los hombros, de zarandearla hasta que regresara a la realidad—. ¡No era perfecto, mamá! Nadie lo es, pero él... tenía muchos defectos.

—Muérdete la lengua, Ella.

—¿Estás diciéndome que Chad y yo sobrábamos? Se supone que unos padres no deben tener favoritos.

—No seas necia, claro que los tenemos.

Después de aplastar la segunda colilla con el pie, se metió en su coche y se fue.

—Deberías venir a verme, te echo de menos —le dije a Chad, cuando me llamó de nuevo por teléfono.

—Yo también te echo de menos. Ven a verme a California, hace muy buen tiempo.

—Mamá dice que papá está bastante mal.

—¿Has ido a verlo, cielo?

Mi hermano siempre sabe cómo hacerme sentir culpable, se parece más a mi madre de lo que cree. Pero como tenía razón, sonreí y le dije:

—No. Ven a casa, iremos a visitarlo juntos.

—¿Te has enterado de algún secreto oculto?, ¿es que papá nos ha puesto como beneficiarios de algún seguro de vida millonario? Sabes que la palmaría en cuanto me viera entrar por la puerta.

—Está muriéndose, Chad. ¿No quieres verlo por última vez?

—No empieces, Ella. Me echaron a patadas, me dijeron que no volviera a poner un pie en su casa, y me insultaron.

—No fue él —abrí una lata de refresco, y tomé un trago.

—No impidió que ella lo hiciera, así que es igual de culpable. El hecho de que estuviera demasiado borracho para levantarse de la silla no es excusa. La verdad, me sorprende que seas tú precisamente quien me venga con todo esto, Ella.

—¿Podrías dejar de llamarme así?

—Elle... cariño, cielo, te adoro.

—Yo también te adoro, Chaddie.

—No me pidas que vuelva a casa, sabes que no puedo.

—Sí, ya lo sé —solté un suspiro, y me froté la frente al notar un dolor de cabeza incipiente—. Ya lo sé, pero es que ella no deja de llamarme.

No mencioné la conversación del aparcamiento.

—Dile que se vaya a la mierda. Esa zorra nunca hizo nada por nosotros, ni siquiera cuando la necesitabas. Deja que recoja lo que ha sembrado.

—¿Alguna vez...? ¿Alguna vez te planteas la posibilidad de perdonarla?

—¿Te planteas tú la posibilidad de perdonarlo a él?

Era una pregunta dura, pero yo misma había estado planteándomela seriamente.

—Andrew está muerto, ¿de qué me serviría perdonarlo a estas alturas?

—Dímelo tú, cielo.

Su tono de voz era suave, consolador. No bastaba para sustituir a un abrazo pero, desde luego, era mejor que nada.

—¿Por qué somos tan jodidamente desastrosos? —solté una pequeña carcajada, y añadí—: ¿Por qué no podemos superarlo de una vez?

—No lo sé, cielo. Ojalá lo supiera.

—Deberíamos hacerlo, ¡no es justo que no podamos tener una vida por culpa del pasado! —estaba enfadada, pero por suerte había cerrado la puerta del despacho.

Él se echó a reír y me dijo:

—Recuerda con quién estás hablando, cielo.

—Han pasado años, Chad. Estoy cansada de aferrarme al dolor. Ya no me sirve, pero no sé cómo soltarlo.

—Oh, cielo...

Mi hermano y yo estábamos separados por la distancia, pero en ese momento nos unía nuestro dolor compartido.

—Estoy viendo a alguien, y la verdad es que está ayudándome un montón —me dijo él de repente.

—¿Qué ha pasado con Luke?

Se echó a reír, y me dijo:

—No es eso, cielo. Aún sigo con Luke. Me refería a que he empezado a ir al psiquiatra.

—Ah —como no supe qué decir, me limité a añadir—: Me alegro por ti.

—Podrías planteártelo, es bueno hablar con alguien.

Negué con la cabeza a pesar de que no podía verme, y le dije:

—Ya hablo contigo.

—¿Y con Dan?

—No.

—Pues a lo mejor deberías hacerlo.

—Oye, ¿desde cuándo me das consejos sobre mi vida amorosa?

—Desde que por fin tienes una.

—Es un buen tipo —admití a regañadientes.

—Entonces, ¿cuál es el problema?

—No lo sé, es que... no quiero que vuelvan a hacerme daño.

—Es normal, cielo, pero no puedes pasarte la

vida preocupada por lo que pueda pasar —hizo una pequeña pausa antes de añadir—: ¿Vas a permitir que Andrew tenga ese poder sobre ti?

—No quiero permitirlo.

—Pues no lo hagas, Elle.

—¿De verdad que te ayuda lo de ir al psiquiatra?

Saqué una hoja de papel cuadriculado del cajón y tracé con el lápiz todos los cuadrados.

—Sí. Hablar de ello me ayuda a ver las cosas con objetividad, y me he dado cuenta de que no estoy loco. Los jodidamente desastrosos no somos nosotros, sino nuestros padres.

—Eso ya lo sé sin necesidad de ir al psiquiatra —solté una carcajada, y añadí—: Los loqueros hacen que ser disfuncional parezca divertido.

Chad se echó a reír.

—Ya sabes que siempre estoy dispuesto a escucharte, cielo, pero creo que deberías plantearte hablar con alguien más. Seguro que te ayudaría un montón.

—¿Pensarás en lo de venir a casa? —al ver que no respondía, insistí—: ¿Por favor?

—Vale, me lo pensaré.

Le eché una ojeada al reloj y me di cuenta de que se me había hecho tarde.

—Mierda, tengo que colgar. Ya te llamaré, ¿vale? Por cierto... gracias.

—Estoy a tu entera disposición, cielo. ¿Cuántos?

—¿Cuántos qué?

—Lo que sea que estés contando.

—Estoy centrada en una hoja de papel cuadriculada —admití, con una carcajada.

—Sigue contando, cariño.

Dentro y fuera de la cama

—Lo haré. Te quiero, Chad. Adiós.

Me quedé mirando la hoja de papel durante unos segundos después de colgar, y al final la aparté a un lado. Chad tenía un novio y un psiquiatra, y yo no tenía ninguna de las dos cosas. Tenía que decidir si quería una de ellas, o las dos. Lo único que sabía era que necesitaba algo, pero saber lo que necesitas no implica que sepas cómo conseguirlo. Había pasado mucho tiempo encerrada en mi cueva, y a pesar de cuánto anhelaba salir al exterior, sabía que la luz me haría daño en los ojos.

Era una tonta, pero lo bastante lista como para saber que era la artífice de mi propia debacle, y que era hora de dejar atrás el pasado. Había llegado la hora de que dejara de comportarme como si mis problemas no existieran.

Cuando llegué a casa después de pasarme por la tienda de decoración, descubrí que el coche de Dennis me había quitado mi plaza de aparcamiento habitual, pero el hecho de tener que dejar el coche al otro lado de la calle no empañó el entusiasmo que sentía por mi nuevo proyecto. Entré en casa cargada con botes de pintura, rodillos y bandejas, y cubrí el suelo del comedor con la lona protectora.

Empecé a pintar, pero aquella vez no iba a usar el color blanco. Para aquella habitación de la casa que me había dado tantos problemas iba a usar un profundo tono azul.

Cuando di la primera pasada sobre el blanco de la pared, tuve que retroceder un paso y dejar a un lado el rodillo. Fui a la cocina, y me bebí un vaso de agua. Después de respirar hondo varias veces, me dije que estaba siendo ridícula, y regresé al comedor con el corazón acelerado.

La segunda pasada del rodillo me resultó más fácil, y la siguiente aún más. Al cabo de diez minutos, la habitación ya había cambiado. Pinté sin descanso durante una hora, y entonces retrocedí un poco y contemplé lo que había hecho.

Soy consciente de que soy una contradicción de clichés. Siempre he sabido que mi preferencia por el blanco y el negro crea una vida sobria y sin grises que la nublen. Mientras miraba mi pared azul, no decidí de pronto desprenderme de todo lo que me rodeaba, ni renunciar a las cosas que me reconfortaban. Mi pared azul era una elección que había hecho, la necesidad de dar un paso hacia el cambio. Aunque aún no había acabado de pintarla, al mirarla me dieron ganas de sonreír.

Al oír que llamaban a la puerta, fui a abrir. Tenía las manos y la mejilla manchadas de pintura.

—Hola, Gavin.
—Hola.

Parecía incluso más delgado que la última vez que lo había visto, aunque quizá era por la ropa negra que llevaba. Y quizá el color oscuro también era la razón de que pareciera más pálido.

—Te he traído algo —me dijo, mientras me ofrecía una bolsa de una librería.

Acepté la bolsa, y saqué una copia nueva de *El principito*.

—No hacía falta, Gavin.
—Claro que sí. La que me dejaste quedó hecha polvo por mi culpa.

Esperé a que me mirara a los ojos antes de contestar.

—No fue culpa tuya.

—Sí, sí que lo fue. La puse furiosa, tendría que haberle hecho caso y haber limpiado mi cuarto.

No hice ningún comentario. La señora Ossley tenía derecho a pedirle que limpiara el cuarto, pero eso no justificaba que le hubiera lanzado los libros.

—He pensado que... a lo mejor...

Al verlo tan vacilante, decidí ahorrarle las explicaciones.

—Estoy pintando otra vez el comedor, me vendría bien que me echaras una mano.

Cuando me siguió hasta el comedor, me detuve delante de la pared azul y él la miró de arriba abajo con la cabeza ladeada, como un cachorrillo curioso; al cabo de un segundo, sonrió también y me dijo con aprobación:

—Me gusta.

—Sí, a mí también. Quiero pintar las demás del mismo color, y las molduras en dorado. Y también he comprado esto —le enseñé una plantilla con forma de estrella, y añadí—: Voy a pintar estrellas por toda la pared.

—Caray, seguro que queda genial. Qué locura.

—Bueno, es que a lo mejor estoy un poco loca... o quizá un poco menos loca. Supongo que ya lo veremos.

Su expresión reflejó una tristeza tan grande de repente, que mi sonrisa se esfumó. Él agachó la cabeza, se quitó la sudadera, y echó un poco de pintura en una de las bandejas. Lo observé en silencio, y al verlo agacharse encorvado, me dije que era normal que una persona a la que le tiraban libros a la cabeza tuviera tendencia a ser esquiva.

Pusimos música y empezamos a pintar; al cabo de un rato, empezamos a hacer un poco el tonto. Cuando usé un pincel a modo de micrófono para fingir que cantaba, los dos nos echamos a reír. Cada pasada del rodillo dejaba a su paso más pintura, y mi buen humor se acrecentaba.

Preparé sopa de tomate y unos bocadillos calientes de queso para cenar. Era comida que me reconfortaba, y que hacía mucho que no preparaba. Gavin devoró todo lo que tenía en el plato, y aunque se mostró comedido cuando le pregunté si quería más, me levanté y le preparé otro bocadillo. Tenía las muñecas tan delgadas, que daba la impresión de que podían romperse con una mirada.

—¿Es que tu madre no te da de comer? —se lo dije en tono de broma, pero la pregunta iba en serio. Estaba junto a la encimera, preparándole el bocadillo, y no me volví hacia él. Es más fácil hacer una confesión cuando no te observan.

—Está muy ocupada con Dennis, así que no le queda demasiado tiempo para cocinar... bueno, y también pasa muchas horas en el trabajo —añadió aquello como si admitir que su madre pasaba mucho tiempo con su nuevo amante fuera algo de lo que había que sentirse avergonzado.

Pero no era Gavin el que debería sentirse avergonzado. Le puse delante el segundo bocadillo y le eché en el plato la sopa que había quedado. Tomé un trago de mi lata de refresco mientras él comía, y al final le dije:

—Dennis está viviendo con vosotros, ¿verdad?

—al ver que asentía con la cabeza gacha, añadí—: ¿Te cae bien?

—No es un mal tipo —me dijo, sin levantar la cabeza.

Bebí otro trago. Lo que pasara en casa de los vecinos no era asunto mío. Un quinceañero era capaz de prepararse un bocadillo, no le hacía falta que su madre le cocinara tres veces al día; además, sabía que no les faltaba comida, porque veía sus cubos de basura llenos hasta los topes cada semana.

—¿Cómo estás? —se lo pregunté con voz suave, pero me di cuenta de que sus hombros se tensaban—. Apenas te he visto el pelo últimamente.

—He estado bastante ocupado, voy a clases de verano.

Empezó a desmenuzar lo que le quedaba de bocadillo. No quería presionarlo; al fin y al cabo, Gavin era mi vecino, un chico agradable, nada más. Pero a pesar de todo, las preguntas siguieron saliendo de mi boca.

—¿Has leído mucho últimamente?
—Sí.

Al menos, aquello le había sacado otra pequeña sonrisa.

—¿Qué has estado leyendo?

Empezó a enumerar una lista impresionante de novelas de ciencia-ficción y de fantasía. Algunos de los títulos me sonaban, y otros no los había oído en mi vida. Empezó a comer de nuevo, y cuando terminó, me ayudó a meter los platos en el lavavajillas. Entonces fuimos al comedor, pusimos música, y seguimos pintando.

Mi casa es bastante vieja, y aún no he instalado

el aire acondicionado. El comedor no tiene ventanas, y pintar es un trabajo duro que requiere esfuerzo físico. Vi las marcas que Gavin tenía en la tripa cuando se levantó un poco la camiseta para secarse el sudor de la cara.

Cuatro, cinco, seis... seis líneas rectas, y la piel que las bordeaba estaba hinchada e irritada. No eran arañazos de gato, a menos que el animal en cuestión tuviera dedos extra y muy buena puntería.

No pude seguir ignorándolo, porque había habido una época de mi vida en la que había necesitado que alguien me presionara hasta sacarme las respuestas que me daba miedo dar, y nadie lo había hecho. Aunque la princesa Armonía había sido capaz de derrotar al Caballero Negro por sí sola, yo había necesitado ayuda y nadie me la había dado.

—Ven aquí, Gavin.

Se giró a mirarme sin soltar el rodillo lleno de pintura que tenía en la mano. Supongo que vio algo en mi expresión que le puso nervioso, porque palideció un poco. Dejó el rodillo en la bandeja, y me preguntó:

—¿Qué pasa?

—Ven aquí.

Obedeció a regañadientes. Parecía cauto, sombrío. Se cruzó de brazos, y nos miramos en silencio durante unos segundos. Apagué la música, y quedamos sumidos en un silencio estridente.

—Levántate la camiseta, Gavin.

Al ver que negaba con la cabeza, le puse una mano en el brazo. Se me partió el corazón al ver que se tensaba. No se apartó, pero sentí la rigidez de sus músculos.

—Solo quiero verlo, Gavin.

Volvió a negar con la cabeza, así que estábamos en un punto muerto. Él no pensaba ceder, y yo no podía obligarlo a que lo hiciera. No volví a pedírselo, pero tampoco le solté el brazo. Se lo sujetaba con suavidad, así que podría haberse apartado si quisiera, pero no lo hizo; al cabo de un largo momento, se levantó la camiseta para mostrarme los cortes.

Mantuve el rostro inexpresivo, y le dije:

—No tienen buena pinta.

—No son muy profundos —le temblaba un poco la voz. Noté que su brazo se tensaba hasta que estuvo duro como una roca.

—¿Te has puesto algo?, podrían infectarse.

—No...

Posé la palma de la mano sobre los cortes durante un segundo, y comenté:

—Tienes la piel bastante caliente, no es una buena señal. ¿Qué usaste?

—Un trozo de vidrio.

Le di un ligero apretón en el brazo, y le dije:

—Vamos arriba, te pondré algo para desinfectarlos.

Fui hacia la escalera sin esperarlo. Estaba casi convencida de que no vendría, creía que iba a marcharse a toda prisa, pero me siguió hasta el cuarto de baño y se sentó obedientemente sobre el inodoro mientras yo sacaba del armario de las medicinas pomada antiséptica, agua oxigenada y gasas.

—Quítate la camiseta, así será más fácil.

Me la dio después de quitársela, y la dejé sobre el lavabo. Tenía el pecho, el estómago y la parte superior de los brazos llenos de finas líneas blanquecinas, pero los únicos cortes recientes eran los de la tripa. Se los limpié con cuidado, y no se apartó cuando le apliqué el agua oxigenada a pesar de que soltó una pequeña exclamación de dolor. Después de aplicar la pomada, cubrí los cortes con las vendas, pero no estaba en mis manos hacer que desaparecieran.

Me senté en el borde de la bañera, delante de él, y le dije:

—¿Quieres que hablemos del tema?

Negó con la cabeza, pero no se levantó ni volvió a ponerse la camiseta. Cerré la botella y el bote, tiré los envoltorios de las vendas y me lavé las manos, pero él siguió donde estaba. Al ver que le temblaban los hombros, supuse que estaba intentando contener el llanto.

No sabía qué hacer, no tenía ni idea de cómo ser una confidente. No sabía cómo conseguir que el dolor de alguien pareciera soportable. En cuanto veía llorar a alguien, me daban ganas de salir huyendo. Le puse una mano en el hombro, y alcancé a decir:

—Gavin...

Se echó a llorar desconsoladamente, como un niñito, y lo rodeé con los brazos. Sentí la calidez de su rostro contra mi cuello. Estaba tan delgado, que los huesos de sus omóplatos se me clavaban en las manos, pero no lo solté.

—Mi madre no me toca nunca —susurró, con una voz que reflejaba vergüenza y odio hacia sí mismo—. Nunca me abraza ni me dice que me quiere, pero a él no puede quitarle las manos de encima.

Le froté la espalda para intentar calmarlo y noté los bultos de su columna vertebral.

—¿Por qué te haces cortes?

Se apartó para sentarse bien y se secó las lágrimas antes de decir:

—Porque al menos siento algo.

—¿Se lo has dicho a tu madre?

Vaciló por un segundo, y negó con la cabeza.

—Lo intenté, pero no me hizo caso.

Le di la camiseta y empezó a ponérsela. Cuando le di un pañuelo de papel, se sonó la nariz y se secó los ojos antes de tirarlo a la basura.

—Dices que tu madre no te abraza... ¿por qué crees que no lo hace?

—Porque me odia, no lo sé.

No se me ocurrió ninguna respuesta adecuada, no era la persona ideal para aconsejarle a alguien sobre cómo arreglar las cosas con su madre. Humedecí una toalla de mano con el agua del grifo y se la di.

—Ten, límpiate la cara.

Me miró con una tímida sonrisa, pero obedeció. Después de limpiarse, dobló la toalla y la colocó en su sitio.

—¿Vas a decírselo a mi madre?

—¿Quieres que lo haga?

—No —me dijo, tras vacilar por un momento.

—Estoy preocupada por ti, Gavin. No quiero que vuelvas a hacerte daño, ¿vale? Hay mejores maneras de lidiar con el estrés y la ansiedad —bajé un poco la cabeza para intentar mirarlo a los ojos, y de repente me sentí muy mayor... además de inútil, porque estaba diciéndole cómo arreglar su vida a pesar de que me resultaba imposible encauzar la mía.

—Sí, ya lo sé... alcohol, hierba... no, gracias. Mi

padre fumaba hierba a todas horas, pero no quiero ser un drogata. Estoy intentando sentir algo, no quiero anestesiarme.

Era una observación muy astuta para un quinceañero.

—Pero tampoco es bueno que te hagas cortes.

Se encogió de hombros y fijó la mirada en el suelo.

—¿Vas a decírselo a mi madre, o no?

—¿Qué crees que hará si se lo digo? —el borde de la bañera se me clavaba en el trasero, pero no me levanté.

—No lo sé... nada, o ponerse a gritar.

—A lo mejor no grita, puede que intente buscarte ayuda.

Alzó la cabeza y me miró con expresión sombría.

—Crees que estoy chalado, ¿verdad?

Hice un gesto de negación con la cabeza y le agarré la mano.

—No, Gavin. De verdad que no. Sé que a veces es más fácil hacer cosas que sabes que no están bien, porque te distraen de las que duelen.

Bajó la mirada hasta su mano, que seguía cubierta por la mía, y me dijo:

—Va a casarse con él, y entonces solo me prestará atención cuando tenga que gritarme.

—Estoy segura de que tu madre te quiere, a pesar de su comportamiento.

Soltó una carcajada seca y apartó su mano de la mía.

—No todas las madres quieren a sus hijos, es una realidad de la vida. Todo el mundo quiere creer que sí, pero no es verdad.

Dentro y fuera de la cama

Yo sabía de primera mano que tenía razón, pero admitirlo en voz alta era demasiado deprimente. Yo era la adulta, la que tenía que decir las palabras mágicas que le hicieran sentir mejor, pero no se me ocurrió nada.

—Será mejor que me vaya, se cabreará de lo lindo si no ordeno el comedor antes de que llegue.

—Sabes que puedes venir a hablar conmigo siempre que lo necesites, ¿verdad? Sobre lo que sea.

—Vale —me dijo, con la cabeza gacha.

Le puse una mano en el hombro, y repetí:

—Sobre lo que sea.

—Gracias —se puso de pie, y se fue.

Me quedé allí sentada. Tenía la esperanza de haber hecho lo suficiente, pero sabía que no era así.

Capítulo 13

Trabajé duro en el comedor, y lo acabé en un par de días. Las molduras doradas brillaban en contraste con las paredes azules, que estaban decoradas con estrellas también doradas. A lo largo de la parte superior, justo debajo de la moldura, dibujé una frase de *El principito*: *La gente tiene estrellas que no son las mismas*.

Me gustaba cómo quedaba. Llamativo, atrevido. El blanco absoluto que había planeado en un principio no habría combinado tan bien con los muebles. Mi habitación más odiada de la casa se había convertido en la preferida.

Aquella habitación azul me dio valor para llamar a Dan, e invitarlo a que viniera con Marcy, Wayne y conmigo a la Feria Anual de Arte del Susquehanna. Era mi forma de disculparme por no haberlo invitado a que viniera a conocer a mi madre. Ninguno de los dos mencionó los días que llevábamos sin hablar. No sabía si aceptaría mi invitación, pero a él pareció gustarle la idea de conocer a mis amigos.

Quedamos en encontrarnos junto a la estatua a escala real del lector de periódico sentado en un banco, pero como el autobús se retrasó y llegué tarde, los vi antes de que ellos me vieran a mí. Marcy y Wayne estaban tomados de las manos, charlando con una familiaridad que me dio envidia.

—¡Elle! —Dan me saludó con la mano, y vino con paso rápido hacia mí—. Estábamos preguntándonos dónde estarías.

No estaba segura de si me abrazaría, pero lo hizo.

—El autobús se ha retrasado por culpa del tráfico. Ya veo que las presentaciones ya están hechas.

Él me rodeó la cintura con el brazo, y me dijo:

—Sí, vi una rubia despampanante y me arriesgué a preguntarle si era Marcy.

Ella se recostó contra Wayne, y comentó:

—Ha intentado convencerme de que tú me habías descrito así, Elle, pero no lo he creído.

No, no había dicho en ningún momento que Marcy fuera despampanante. Sí, era rubia, y también alegre, y no me extrañó ver que llevaba unos zapatos de tacón y una camiseta sin mangas. En comparación con su aspecto informal, me sentía demasiado arreglada y un poco desaliñada a la vez, porque no me había cambiado de ropa por miedo a llegar tarde.

—Hola, Elle. Me alegro de verte —me dijo Wayne, antes de darme un beso en la mejilla.

—Hola.

Dan me tomó la mano, y me dio un pequeño apretón antes de entrelazar sus dedos con los míos. La acción hizo que lo mirara, pero por una vez no parecía estar leyéndome la mente. No me aparté, aunque aquel gesto tan posesivo me puso un poco nerviosa.

—¿Vamos a comer primero?

Tardé un momento en darme cuenta de que Dan estaba preguntándomelo a mí. Marcy y Wayne estaban mirándome, esperando a que respondiera, como si fuera yo la que debía decidir lo que había que hacer, como si fuera yo la que estaba al mando.

—Vale.

—Genial, estoy hambriento —Dan me dio otro apretón en la mano.

Aquel hombre había chupado nata montada de mis pezones, no hacía falta que un psicólogo me dijera que el hecho de que me agarrara la mano en público no debería incomodarme. Marcy y Wayne estaban tomados de la mano, al igual que muchas otras parejas que paseaban por allí.

Pero eran parejas, novios, amantes. Lo que había entre Dan y yo era diferente. Teníamos un hábito, un ritual, un pasatiempo. No éramos una pareja, ni hablar. No teníamos nada que ver con Marcy y Wayne, ni con el chico con rastas y la chica con una camiseta de los Ramones. No éramos una pareja... ¿verdad?

—¿Estás bien, Elle? —me preguntó Dan.

—Sí —le dije, a pesar de que no era verdad.

Empecé a contar a la gente que nos rodeaba, y dividí el resultado entre dos. Parejas... dos por dos, como algo sacado del arca de Noé...

—Estás pálida, Elle. ¿Quieres sentarte?

—No, estoy bien. Vamos a por algo de beber, ¿vale?

Dentro y fuera de la cama

Dan me condujo entre el gentío mientras Wayne y Marcy nos seguían. Ella estaba incluso más parlanchina que en la oficina, y su parloteo incesante me evitó la molestia de tener que hablar. Acepté agradecida la limonada que Dan me compró, y bebí un sorbo mientras él me apartaba el pelo de los hombros y me miraba con cierta preocupación. No había tenido más remedio que soltarme al comprarme la bebida, y yo estaba aferrando la lata con las dos manos a propósito, para que no volviera a agarrarme.

Sabía que era una tonta, una necia. Sabía que mi reacción no era racional, pero el corazón tiene razones que la razón desconoce. Lo había dicho Blaise Pascal, y siempre me había parecido una frase muy acertada.

Había sido yo la que lo había invitado a que viniera, pero además, lo cierto era que quería estar allí con las manos entrelazadas con las suyas, como una pareja. A pesar de que mi pánico era infundado, dejé que me invadiera porque no sabía cómo detenerlo.

—¡Mirad, carillones! ¡Vamos a verlos! —exclamó Marcy.

Wayne y ella fueron hacia un puesto en el que unos carillones hechos a partir de utensilios de cocina tintineaban bajo la brisa procedente del río. Dan se quedó conmigo. Permaneció cerca, sin tocarme, excepto cuando la marea de gente nos acercaba más. Me puso una mano en el codo para ayudarme a pasar por encima de una voluminosa raíz que sobresalía del suelo, pero me soltó de inmediato.

Marcy se acercó con un carillón mientras Wayne se metía en broma con ella por haberlo comprado. Cuando ella me pidió mi opinión, fui sincera y le dije que me gustaba, pero Dan se puso de parte de Wayne, que decía que era horrible. Los tres se echaron a reír. Yo tardé unos segundos, pero finalmente empecé a reír también.

Cuando mi mirada se cruzó con la de Dan, vi en sus ojos una pregunta muda, pero como no era un buen momento para hablar del tema, fingí que no me había dado cuenta.

Después de comer, recorrimos los puestos sin prisa. Jugamos a meter peniques dentro de vasos de cristal para ganar baratijas y participamos en varias tómbolas.

Permanecí bastante callada, pero eso era algo normal en mí; además, Marcy no dejó de parlotear con entusiasmo. Dan y Wayne parecían llevarse muy bien, porque se quedaron charlando sobre deporte y sobre otros temas típicos de los hombres mientras Marcy me arrastraba hasta uno de los puestos donde vendían unas figuritas de payasos de cristal horribles.

—Este de aquí es una mezcla de Bozo y Ronald McDonald, pero criado en un vertedero de residuos tóxicos —me dijo, mientras me indicaba una figurita de lo más triste. Lo más sorprendente era que costaba veintisiete dólares—. Madre mía, ¿qué harías con algo así?

—Se lo regalaría a mi madre.

—¿Le gustan los payasos de cristal?

—No, seguro que le parecería horrible —esbocé la primera sonrisa sincera de la tarde.

—Joder, recuérdame que no te cabree. No sabía que podías llegar a ser tan malvada.

—Puedo ser terrible —intenté decirlo en tono de broma, pero estaba mirando a Dan al responder y las palabras carecieron de inflexión alguna.

Marcy se quedó perpleja. Miró hacia los hombres, y entonces se volvió de nuevo hacia mí y me preguntó:

—¿Qué te pasa?

—Nada.

—Parece un buen tipo.

—Lo es.

Volví a mirarlos de nuevo. Wayne estaba hablando y gesticulando, y Dan estaba riéndose.

—Entonces, ¿qué pasa?

—Nada.

Mi sonrisa debió de convencerla, porque entrelazó el brazo con el mío y soltó una risita.

—Míralos, vaya par.

Dan se echó a reír de nuevo y se giró hacia mí. Su sonrisa se ensanchó y me hizo un gesto de saludo, que le devolví. Se me aceleró el corazón al ver que se humedecía los labios.

—Te gusta mucho, salta a la vista —me dijo Marcy.

—Sí, me gusta.

Marcy era una persona muy expresiva. Me rodeó con un brazo y apoyó la barbilla en mi hombro.

—Entonces, ¿cuál es el problema?

—No hay ningún problema, Marcy.

No insistió en el tema. Wayne la distrajo al señalar hacia otro de los puestos, Dan nos indicó con un gesto que nos acercáramos, y fuimos a comer. Marcy habló sin parar, y yo me dediqué a comerme mi bocadillo sin decir casi nada.

Me encanta la feria de arte. Me gustan los puestos de venta, los artistas, la atmósfera especial, incluso la comida.

Aquel año, había una orquesta junto al río, sobre un escenario flotante. Nos sentamos en los escalones que bajaban hasta la orilla y merendamos mientras disfrutábamos de la música. La orquesta era bastante buena y estaba tocando una selección de temas clásicos que gustaban a casi todo el mundo y no ofendían a nadie. Marcy y Wayne estaban sentados muy juntitos y compartían las patatas fritas y un batido. Dan y yo estábamos un poco más apartados el uno del otro, y no compartimos nada.

Aquella vez, cuando me acompañó hasta la puerta de mi casa, no me costó meter la llave en el cerrojo ni me puse a hablar de naderías. Después de abrir, entré y me aparté un poco para dejarlo pasar. Cuando cerré la puerta, me siguió por el largo pasillo hasta la cocina.

Se paró al ver el comedor, y dijo:

—Madre mía.

—Está recién terminado —le dije con cierta timidez, mientras entrábamos en aquella habitación de configuración tan extraña.

—*El principito* —dijo, al leer lo que ponía en la pared.

—Has reconocido la frase —le dije, sonriente.

Me miró por encima del hombro, y me dijo:

—Me dijiste que debería leerlo, así que te hice caso.

Volví a ponerme nerviosa, de modo que me apresuré a salir de allí y fui a la cocina. Llené la tetera de agua y la puse a calentar. Al cabo de un momento, Dan apareció en la puerta.

—Esto también me gusta —dijo, mientras recorría con la mirada mi existencia en blanco y negro.

—Gracias.

—Qué foto tan bonita.

Se trataba de una foto en blanco y negro que estaba colgada en la pared, junto a la puerta trasera. En ella aparecía una muchacha con la cara medio oculta por una larga melena de pelo negro. Estaba sentada en un muro bajo que rodeaba un estanque y tenía los brazos alrededor de las rodillas. La superficie del agua estaba surcada por pequeñas ondas. La imagen me recordó todas las razones por las que jamás lo había invitado a mi casa, por qué había intentado mantener las distancias con él.

Esperé a que volviera a mirar la foto, a que la observara con más detenimiento. Esperé a que la viera de verdad; al final, me miró de nuevo por encima del hombro y me preguntó:

—¿De dónde la has sacado?

—La hizo mi hermano.

La tetera empezó a pitar, así que me centré en preparar el té... Earl Grey, mi preferido. Dejé que el aromático vapor me bañara la cara antes de tapar la tetera para dejar que reposara un poco antes de servirlo.

—Eres tú.

—Sí.

—¿Cuántos años tenías? —se metió las manos en los bolsillos y se acercó un poco más para verla de cerca.

—Quince.

Coloqué sobre la mesa dos tazas, el azucarero y un cartón de leche. Saqué de uno de los armarios un paquete de galletas de chocolate, a pesar de que me ardía un poco el estómago por culpa de los rábanos picantes que me había comido con el bocadillo de ternera. Para que me cupiera todo sobre la mesa, tuve que quitar el jarrón con los tallos de bambú y fui a ponerlo sobre la encimera.

—¿En qué estabas pensando cuando la hizo? —me dijo, al cabo de unos segundos.

La pregunta me sobresaltó tanto, que dejé caer el jarrón. Como era de plástico, no se rompió, pero el bambú, el agua y las piedrecitas se esparcieron por el suelo.

—¡Mierda!

Me enfadé al ver que Dan se acercaba para ayudarme. Fue una reacción irracional, incluso pueril, pero le indiqué con un gesto que se apartara mientras yo agarraba un paño de cocina y me agachaba para secar el agua.

—Sobrevivirá, Elle. El bambú es resistente.

—Fue un regalo —seguí secando el agua mientras él recogía el bambú y lo colocaba sobre la mesa—. ¡Las raíces se han roto!

—Se recuperarán —me dijo, mientras empezaba a recoger las piedrecitas.

Solté un sonido bastante grosero y me puse de pie para escurrir el paño. Tuve que darle la espalda para evitar decirle algo ofensivo que sin duda no se merecía. ¿El hecho de saber que estás a punto de comportarte como una arpía hace que sea más fácil, más justificable? En aquel entonces, al igual que ahora, pensaba que no, pero como en tantas otras ocasiones a lo largo de mi vida fui incapaz de contenerme.

Fui tensándome al oír el tintineo de las piedrecitas al caer en el jarrón, y al final me volví hacia él y exclamé:

—¡Si lo rompes, se saldrá el agua!

—No voy a romperlo —me dijo, muy serio.

Recorrí con la mirada las piedras que había en el jarrón, las que tenía en la mano, y las que quedaban en el suelo.

—Te has dejado tres.

—¿Dónde? —dijo, mientras miraba a su alrededor.

—No sé dónde —le espeté, cada vez más irritada—. ¡Solo sé que había doscientas ochenta y siete, y que ahora solo hay doscientas ochenta y cuatro!

Empecé a sonrojarme al ver que se quedaba mirándome en silencio, así que me volví de nuevo hacia el fregadero. Oí cómo se movía por la cocina, y que por fin metía las tres piedras que faltaban en el jarrón.

—Elle... —se acercó a mí por la espalda, pero no me tocó.

—Estaba contando... cuando me tomaron la foto, estaba contando los peces del estanque.

Posó las manos sobre mis hombros suavemente. No me aparté, pero tampoco me relajé. Suspiró y se apartó.

—¿Cuántos había?

—Cincuenta y seis.

—Gírate, Elle.

Lo hice, aunque a regañadientes. Quería pelearme

con él; de hecho, quería enfurecerlo hasta conseguir que se alejara de mí por voluntad propia, porque así me evitaría la molestia de tener que alejarlo yo misma.

—¿He hecho algo que te haya molestado?

Sí, lograr gustarme, pero no podía decirle algo así.

—No.

—¿Qué pasa? —se pasó una mano por el pelo, y añadió—: Tengo la impresión de que estás enfadada conmigo.

—No lo estoy —le dije, mientras me cruzaba de brazos.

—Entonces, ¿qué pasa?

—¡No pasa nada!

Nos miramos ceñudos. Cuando el teléfono empezó a sonar, él se volvió a mirarlo y yo me quedé donde estaba, pero al final agarré el auricular y le di al botón del altavoz.

—¿Diga?

—Hola, cielo.

—Hola —dije, mientras le daba la espalda a Dan.

—¿Te pillo en mal momento? —me preguntó Chad.

—Sí. ¿Puedo llamarte luego?

—Claro. ¿Estás bien, cariño?

—Te llamo luego —era inútil intentar mentirle, Chad se había dado cuenta de que me pasaba algo.

—Vale. Hasta luego, cocodrilo.

Cuando colgué, me volví de nuevo hacia Dan, que se había llevado las manos a las caderas. Lo miré a los ojos sin inmutarme, pero cuando él bajó la mirada hacia el teléfono antes de volver a centrarse en mí, no pude contenerme. Esbocé una sonrisa maliciosa y le pregunté:

—¿Qué pasa?

—¿Quieres que me vaya?

No, no quería que se fuera, pero asentí y le dije:

—Sí, me parece que será lo mejor.

Se quedó mirándome durante unos segundos, hasta que al final soltó una exclamación ahogada y alzó las manos.

—A la mierda. Vale, está bien, me largo.

No debió de llegar demasiado lejos... como mucho hasta el quiosco de la esquina, porque tardó menos de diez minutos en regresar. Ni siquiera me había dado tiempo a acabar de limpiar el suelo de la cocina. Al oír que aporreaban la puerta principal estuve a punto de no contestar, pero como no quería causar una escenita delante de los vecinos, abrí de golpe.

—Lo siento —me dijo, mientras me ofrecía un ramo de rosas rojas.

Si mi expresión reflejó la mitad del horror que sentía, Dan supo sin lugar a dudas cuál fue mi reacción. Hice una mueca, y retrocedí un poco. Cuando mi hermano había muerto, había habido rosas en todas partes... a su alrededor, en el funeral, en su tumba... las odio.

—¿Elle?

Me tapé la boca con la mano para evitar olerlas, y dije:

—Quítalas de mi vista.

Después de vacilar por un instante, las tiró en el cubo de basura que había junto a mi porche. Entonces entró en casa y cerró la puerta a su espalda, pero alargué una mano para evitar que se me acercara más.

—¿Cómo es posible que no te gusten las rosas?

Parecía tan perplejo, que me habría echado a reír si no hubiera estado tan consternada.

—Me dan alergia —le dije, a pesar de que no era cierto—. ¡Te he dicho que te vayas!

—No pienso irme hasta que me digas qué te pasa.

Me volví y eché a andar hacia la sala de estar, pero él me agarró del codo y me obligó a que lo mirara.

—Suéltame, Dan.

—¿Hay alguien más? —me dijo, sin soltarme.

—¿Por qué es lo primero que preguntáis los hombres? —le espeté, mientras me zafaba de su mano de un tirón.

—Contéstame.

—Que te jodan, Dan —me dolían el cuello y la cabeza. No quería tener aquella conversación, pero había empezado y no sabía cómo pararla.

—Si eso es lo que quieres... —me dijo, mientras empezaba a desabrocharse la camisa.

—Qué gracioso. Lárgate.

Retrocedí un poco, pero él avanzó hacia mí con la camisa abierta. Jamás lo había visto mirar así, como si en sus ojos estuviera desatándose una tempestad. Estaban oscurecidos, y el brillante azul verdoso de siempre había dado paso al color de un lago antes de una tormenta. Al ver su expresión tensa y decidida, me costó creer que lo había visto sonreír alguna vez.

—No me digas que no es lo que quieres.

Abrí la boca para decírselo, pero las palabras se negaron a salir. Alcancé a balbucear algo negativo, pero él se limitó a curvar la boca en una mueca demasiado escalofriante como para ser una sonrisa.

Al ver que se quitaba la camisa y que empezaba a desabrocharse el cinturón, retrocedí otro paso. El corazón me martilleaba en el pecho y no podía apartar la mirada de su rostro, de su furia, de su determinación.

—Dímelo, Elle.

Tuve que respirar hondo varias veces antes de poder contestar.

—Te lo dije desde el principio, Dan.

—Sí, no tienes relaciones —me miró de arriba abajo antes de añadir—: Dejas que te folle, pero no quieres tener una cita conmigo. No importa cómo lo llamemos, Elle.

—¡A mí sí que me importa! —las lágrimas habrían aliviado un poco el nudo que me obstruía la garganta, pero ni siquiera en aquel momento fui capaz de hacer que brotaran—. No puedo, Dan. No... no quiero... —sacudí la cabeza, y volví a respirar hondo—. No quiero tener novio.

—¿Por qué no? —se abrochó el cinturón con movimientos secos, y empezó a ponerse la camisa—. ¿Soy lo bastante bueno para hacer que te corras, pero no para ser tu novio? ¿Es eso?, ¿te avergüenzas de mí? ¿Estás casada?

—No, no estoy casada.

—Entonces, ¿qué pasa? —me dijo con voz más suave. Acabó de abrocharse la camisa, y echó a andar hacia mí—. Creía que habíamos superado todo esto.

Permití que me tocara por un momento antes de apartarme. Me senté en el sofá, y me abracé a un cojín para crear cierta distancia entre los dos. Se sentó sin esperar a que lo invitara a hacerlo.

—Creía que te gustaba follar conmigo —era un

comentario bastante banal, pero fue lo único que se me ocurrió.

—Claro que sí, pero también me gusta estar contigo sin más. ¿A ti no?, ¿no te gusta que pasemos el rato juntos?

Parecía tan vulnerable, que en ese momento me odié a mí misma... y también a él. Empecé a juguetear con los flecos del cojín mientras intentaba encontrar palabras amables que no fueran hirientes, para poder explicarme.

—No quiero tener novio, Dan. No quiero ese compromiso. Un novio implica flores, agarrarse de la mano, y comprar regalos y postales en días señalados. Un novio es una inversión emocional que no quiero aceptar... ni esperar.

Al oír que hacía un pequeño ruido de asentimiento, tuve ganas de darle una bofetada por comprenderme a pesar de que no estaba siendo demasiado clara.

—No quieres llegar a dar por sentado que yo quiera estar contigo, hacer cosas contigo que no estén relacionadas con el sexo, ¿no?

—No es que nunca haya tenido novio... lo tuve, una vez.

—Y te hizo daño.

—No fue algo tan simple.

—Nunca lo es —se pasó la mano por el pelo y suspiró antes de añadir—: ¿El resto de hombres del mundo tenemos que pagar por sus pecados?

—Sí, algo así —le di la razón, a pesar de que no había acertado.

—Elle... —por una vez, parecía haberse quedado sin palabras—. Llevamos cuatro meses juntos, y siento que sigo sin saber casi nada sobre ti.

—Sabes un montón de cosas sobre mí.
—Sí, cómo hacer que te corras.
—Eso ya es algo, Dan.
—No lo suficiente —me dijo, ceñudo.
—Tiene que serlo.
—¿Por qué?
—¡Porque es todo lo que tengo!
—No me lo creo.
—Créetelo, Dan. Apenas tengo suficiente Elle para mí misma, no me queda para nadie más.
—¿Por culpa de tu ex?
—No, no es por él —se lo dije con más amabilidad de la que me creía capaz.

Se quedó mirándome. Parecía completamente perdido.

—¿Te hizo daño físicamente?
—No, ¿por qué lo preguntas?

Él alargó la mano hacia mí, y yo me aparté un poco.

—Por eso.
—No, nunca me pegó.
—Pero alguien lo hizo.
—Mi madre, pero hace mucho que no me pone la mano encima.

Era obvio que creía que mi admisión era reveladora, pero lo cierto era que el hecho de que mi madre me pegara era la pieza más pequeña del jodido rompecabezas de mi vida. Su expresión se suavizó, como si acabara de entenderlo todo.

—No quiero que te compadezcas de mí —le dije con sequedad.
—No lo hago.
—Dejó de pegarme cuando fui lo bastante mayor

como para defenderme —sentí un placer perverso al revelar aquella verdad.

Secretos de salón... la clase de cosas que la gente les cuenta a perfectos desconocidos mientras están tomando una copa, porque así parecen más abiertos. Siempre me he preguntado qué clase de secretos horribles oculta una persona capaz de contarle a un desconocido que su madre le pegaba o que su padre bebía demasiado. Esperé a que me contara algo sobre su traumática infancia, porque es lo que suele hacerse en esos casos... hablar de las cosas malas que te han pasado para que la otra persona se sienta mejor. Te cuento lo mío si tú me cuentas lo tuyo.

—No me compadezco de ti, siento lo que te pasó.

—Pasan cosas malas todos los días, a todas horas, a mucha gente. Nunca llegó a perseguirme por la casa con un cuchillo de cocina, ni nada así.

—Pero te has apartado cuando he intentado tocarte.

—Estabas enfadado, y eres más corpulento que yo. Hay cosas que se han convertido en un hábito.

—¿Qué hizo tu novio?, ¿te puso los cuernos?

—No.

A medida que íbamos hablando, la necesidad que había sentido de que se marchara iba desvaneciéndose. Dan estaba calmándome, como siempre. No sé si lo hacía deliberadamente, pero yo sabía lo que estaba pasando. Igual que con tantas otras cosas que habíamos hecho, se lo permití.

No quería darle explicaciones ni revivir el pasado, ni revelar a qué se debía mi forma de ser. A pesar de que le había pedido que se marchara, no quería que lo hiciera.

Dentro y fuera de la cama

—Éramos jóvenes, yo tenía diecinueve y él veinte. Nos conocimos en la universidad. Se llamaba Matthew.

Se llamaba Matthew, y la primera vez que me había besado, me había quedado sin aliento.

—¿Estabas enamorada de él?

—Creía que sí, y que él sentía lo mismo. Pero el amor no es más que una palabra.

—También es un sentimiento.

—¿Alguna vez has estado enamorado?

Él tardó unos segundos en responder.

—¿Qué pasó, Elle?

—Que creyó que le había puesto los cuernos. No era verdad, habría sido incapaz de hacer algo así. Pero él insistió, porque había encontrado unas cartas y creía que eran de mi supuesto amante. Me llamó mentirosa, y muchas cosas más... ramera, por ejemplo, aunque lo que más me dolió fue lo de mentirosa. Tendría que haberle mentido y haberle dicho lo que quería oír, pero le dije la verdad.

—¿No te creyó?

—Sí, sí que me creyó.

—Pero, si no estabas poniéndole los cuernos...

—Fue hace mucho tiempo, éramos muy jóvenes.

—Y no vas a decirme nada más —me dijo, ceñudo.

—Exacto.

—Y quieres que me vaya.

Lo miré a los ojos, y admití:

—No, no quiero que te vayas.

Mi respuesta debió de darle ánimos, porque se me acercó un poco más y me puso la mano en el hombro.

—¿Qué es lo que quieres, Elle?

—Que no tengas que conformarte.

—¿Crees que estoy haciéndolo?

—Sé que es lo que harás, porque si quieres algo más de mí, no vas a conseguirlo.

Él permaneció en silencio durante un largo momento, y al final me dijo:

—Cuando leí *El principito*, creí que tú eras la rosa... con tus espinas, convenciéndome de que puedes defenderte sola. Ahora sé que no soportas las rosas, así que debes de ser el zorro. Quizá realmente quieres que te domestique.

Si otro hombre me hubiera dicho algo así, me habría echado a reír. Aunque lo cierto era que muchos hombres no habrían leído el clásico de Saint-Exupéry, ni se habrían molestado en intentar entenderlo.

Tomé su mano entre las mías, y le dije:

—El zorro le dice al principito que es un zorro entre otros cien mil zorros, al igual que la rosa solo era una flor entre otras cien mil flores.

Me apartó un mechón de pelo de la cara y me dijo:

—Pero el zorro le pidió al principito que lo domesticara, porque así serían únicos en el mundo el uno para el otro. Y el principito lo hizo.

—Sí, pero entonces el principito se fue, y dejó al zorro —miré mis manos, que seguían sujetando la suya.

—¿Te pondrías triste si te dejara?

Al principio no supe qué contestar, pero al final la respuesta salió de mis labios en un susurro trémulo.

—Sí.

Me dio un apretón en la mano, y me dijo:

—Entonces, no lo haré.

Capítulo 14

Me pasé por el comedor de la oficina para rellenar mi taza de café antes de la reunión que tenía aquella tarde, pero el sexo volvió a cambiar mis planes.

Bueno, la verdad es que no fue el sexo, sino Marcy, que me miró con expresión pícara y me dijo en voz baja:

—¡Ya lo tengo!

Me indicó que me acercara. Estaba sentada a la mesa del fondo, y supuse que, o acababa de meterse un montón de cocaína, o había vuelto a comer donuts. Al ver las delatoras manchas en la servilleta, busqué con la mirada el envoltorio, pero Marcy era una experta y lo único que podía incriminarla eran unas cuantas migas.

—¿Qué es lo que tienes, aparte de un atracón de azúcar que no has compartido?

—No —lanzó una rápida y elocuente mirada hacia el suelo, y añadió—: Ya sabes.

Tenía una bolsa a los pies. Era marrón y no tenía ninguna marca, era de esas en las que suelen enviarse las revistas porno.

De repente, me di cuenta de que era el Blackjack. Teniendo en cuenta todo lo que he hecho a lo largo de mi vida, debería ser incapaz de ruborizarme, pero, por desgracia, me pongo roja como un tomate a las primeras de cambio. Sentí que el rubor se extendía por mi pecho, mi cuello, y mi rostro.

Marcy se echó a reír, y me dijo:

—Es fantástico, hasta te he comprado pilas nuevas.

—Gracias, pero seguro que podría haber esperado hasta llegar a casa.

—Quería que pudieras utilizarlo cuanto antes. Qué mona, estás roja como un tomate.

—Genial —dejé sobre la mesa las carpetas que llevaba y agarré el paquete, que era más pesado de lo que esperaba. Al igual que la bolsa en la que lo había traído, no tenía ninguna marca identificativa. De repente, se me pasó una idea por la cabeza—. No lo has... probado, ¿verdad?

—¡Claro que no, Elle! ¡Qué asco!

Me eché a reír al ver su cara de repugnancia, y le dije:

—Tenía que preguntártelo, por si acaso.

—¿No vas a abrirlo?

—Aquí no.

—Jo, venga...

Marcy debería ser catalogada como una fuerza de la naturaleza, es imposible resistirse a ella cuando está empeñada en algo. Con solo lanzarme una de sus miradas, consiguió que mis dedos empezaran a abrir el paquete.

—¿Es que sabes usar el truquito Jedi para controlar mentes?

—Mmm... Obi Wan está para comérselo.

—Dios, eres una pervertida —le dije, mientras abría la tapa de la caja.

—Es que Ewan McGregor está muy bueno... ¡venga, sácalo!

Recorrí la sala con la mirada, pero seguía estando vacía. Tampoco se oía a nadie en el pasillo. Bajé la mirada hasta la caja, y acabé de abrirla. El Blackjack estaba envuelto en plástico de burbujas. No parecía demasiado sexy; de hecho, si no hubiera sabido de antemano lo que era, habría pensado que se trataba de una vela grande o algo parecido, en vez de un juguete sexual.

—¡Sácalo!, ¡vamos a verlo! — dijo Marcy, entusiasmada.

—Creía que ya lo habías visto —le dije, mientras apartaba el plástico.

—¡Oh! Es tan elegante, Elle... igual que tú.

—¡Marcy, los vibradores no son elegantes!

—Este sí.

La verdad es que su diseño y su profundo color negro le daban cierto encanto estético. El mango de plástico encajaba a la perfección en la palma de mi mano, y el vibrador en sí era sólido y tenía un peso considerable. Por un instante, mi cerebro imaginó que sería igual de funcional como arma que como instrumento para dar placer.

—¡Enciéndelo!

—¡Ni hablar, Marcy! —apreté el Blackjack contra mi pecho para mantenerlo alejado de sus manos.

Ella se echó a reír y me dijo:

—¡Vamos, Elle, tienes que asegurarte de que funciona! Espera, tengo las pilas en mi bolso.

Rasgó el paquete de pilas con una de sus largas uñas y fue dándomelas una a una. Entraron en el Blackjack como balas en una pistola, y al cabo de un momento el aparato empezó a vibrar contra mi mano.

Las dos nos echamos a reír. Contemplamos el aparato de cerca como dos conspiradoras, mientras Marcy hacía comentarios picantes y yo sacudía la cabeza.

—Perdón...

Apreté el Blackjack contra mi pecho mientras lo apagaba a toda prisa. La voz pertenecía a Lance Smith, uno de los Smith, Smith, Smith, y Brown. Era el más joven, el tercero, además de un tipo agradable con tres hijos y una mujer un poco entrada en carnes que a veces le llevaba la comida, y a la que le gustaban las trufas de Sweet Heaven; además, era mi jefe, así que no quería que me viera con mi nuevo vibrador.

—Hola, Lance. ¿Va a empezar ya la reunión? —le dijo Marcy.

—Sí. Elle, tienes los datos de las fundaciones benéficas, ¿verdad?

—Sí —lo dije con naturalidad, sin volverme a mirarlo.

—Perfecto. Ah, la reunión es en el salón principal, papá va a asistir también. Nos vemos en cinco minutos.

Su padre era Walter, el primer Smith. Se había jubilado dos años atrás, pero le gustaba seguir en activo ocupándose de las obras benéficas de la empresa. Él también era un tipo agradable, y tampoco quería que viera mi juguete sexual.

—Será mejor que vayamos, no hay que hacer esperar a Walt —me dijo Marcy, en tono de broma.

Como no podíamos llegar tarde a la reunión y mi despacho estaba bastante lejos de la sala principal, tenía que encontrar un sitio donde guardar el Blackjack. Miré a mi alrededor, pero meterlo en el armario era demasiado arriesgado; con mi suerte, alguien lo encontraría al ir a por más café.

—Mételo en la caja y llévalo a la reunión, nadie sabrá lo que es —me dijo Marcy.

Volví a meterlo en el plástico de burbujas, pero no conseguí que encajara bien en la caja. Al oír voces procedentes del pasillo, me di cuenta de que mis compañeros iban ya hacia la sala de reuniones. No tenía tiempo de lidiar con el problema del vibrador.

—Quita el plástico —Marcy tiró el plástico de burbujas a la basura, y yo metí el vibrador en la caja—. Ya está.

Después de cerrar la caja, agarré mis carpetas y le dije:

—Lista.

Marcy y yo no solíamos tener demasiada interacción en cuestiones laborales, porque ella trabajaba con cuentas personales y yo me ocupaba de corporaciones. Uno de los proyectos en los que trabajábamos juntas era la participación anual de la empresa en la fiesta de Harrisburg Los Niños Son Nuestro Futuro. Era un evento en el que las empresas de la zona colaboraban con exposiciones, comida gratis, demostraciones y muestras de regalo, y la recaudación se destinaba a asociaciones de ayuda a los niños del condado de Dauphin. Aquel año no solo pedían que las empresas pagaran por poner sus casetas, sino que también pedían que los empleados colaboraran con donaciones individuales.

Después de dejar mis cosas sobre la mesa, charlé con mis compañeros mientras esperábamos a que llegara todo el mundo. Mis ojos se encontraron con los de Lance por un instante, pero él se apresuró a apartar la mirada; al cabo de unos minutos, todos los miembros del comité estábamos allí, así que empezamos la reunión.

Habíamos reservado una caseta en una de las zonas más concurridas del evento, que iba a celebrarse en el centro comercial de Strawberry Square. Se trataba de un lugar lleno de tiendas que tenía una distribución un poco enrevesada, y el año anterior nos había tocado en un rincón. Habíamos vuelto a casa con casi toda la mercancía que habíamos llevado.

Primero se leyeron los informes del hombre que iba a montar y a desmontar la caseta, y de la mujer que iba a encargarse de supervisar la repartición de información, libretas, bolis e imanes con el logo de la empresa. Para los niños teníamos globos, palomitas y también bolsitas llenas de golosinas y de pequeños juguetes de plástico. Marcy iba a encargarse de la máquina de las palomitas, y yo de las contribuciones tanto de los empleados como de la empresa en sí.

—Tu turno, Elle —me dijo Walter Smith, que presidía la mesa.

Aparté a un lado la caja con el Blackjack, y abrí

un dossier. A pesar de que conocía a todos los presentes... bueno, a algunos mejor que a otros... estaba un poco nerviosa al tener que hablar delante de todos ellos. Supongo que era por cómo me miraban, como si mis palabras tuvieran importancia.

—Durante los últimos cuatro años hemos establecido una buena relación con la Fundación por la Sensibilización Ante los Abusos Sexuales. Como no está financiada por el gobierno, necesita nuestra ayuda. El año pasado usaron el dinero que donamos para comprar muñecas anatómicamente correctas, para que los niños puedan simular las situaciones que han vivido en caso de que no puedan articularlas verbalmente.

Me detuve y carraspeé un poco para aclararme la garganta. Deseé haber llevado una botella de agua, en vez de una taza de café que a aquellas alturas ya se habría enfriado.

—También utilizaron el dinero para que sus voluntarios aprendieran a utilizar las muñecas. Barry Lewis, el director de la fundación, me ha dicho que quieren destinar lo que saquen este año a organizar una serie de campamentos de verano en los que se impartan clases de seguridad personal.

—Buena idea —dijo Walter.

—Propongo que la fundación siga siendo nuestra beneficiaria en este evento, ¿alguna objeción? —recorrí la mesa con la mirada. Como cada año, esperaba que alguien se opusiera, pero todos mostraron su aprobación, como siempre. Aquella reacción hizo que recordara que debía tener más fe en mis compañeros de trabajo, que hay gente solidaria.

Se propuso que se podría vender comida para recaudar las donaciones de los empleados. Cocinar se me daba fatal, y vi que Marcy también hacía una mueca; al final, decidimos vender caramelos.

Walter me miró con una sonrisa cálida cuando cerré mi dossier, y me dijo:

—Gracias, Elle. Te agradecemos el trabajo y el empeño que has puesto en este asunto.

Su elogio hizo que me sintiera halagada, y le devolví la sonrisa. Le tocó el turno a Lance. El zumbido empezó cuando se levantó y se puso a hablar de la logística del evento, de quién iba a quedarse en la oficina aquel día y quién estaría en Strawberry Square. Al principio, nadie más se dio cuenta, aunque yo me había puesto rígida en cuanto había empezado el zumbido.

Mantuve la mirada apartada de la caja en la que estaba mi Blackjack, y tampoco fui capaz de mirar a Marcy, que estaba sentada enfrente de mí. Me relajé cuando el zumbido se detuvo al cabo de unos segundos, y Lance siguió hablando mientras repasaba las listas que había en la pizarra.

El zumbido empezó de nuevo, y aquella vez sonó con más fuerza. Marcy empezó a toser para disimular una risita, y yo me tensé de pies a cabeza. Me mordí la lengua con tanta fuerza para intentar contener una exclamación de horror, que creí que me había hecho sangre. Lance nos miró a la una y a la otra con cierta perplejidad, pero siguió hablando.

Marcy estaba intentando llamarme la atención, pero yo estaba muy ocupada intentando mover un poco la caja para ver si el vibrador se paraba por sí solo. Lo único que conseguí fue empeorar aún más la situación.

Marcy empezó a reír en voz baja, y la gente nos

miró con curiosidad. Me mordí el labio, y puse la mano sobre la caja. La vibración se acrecentó, parecía un enjambre de abejas.

El sonido estaba acaparando la atención de todos los presentes. Si me hubiera pasado algo así meses antes, habría sentido pánico, pero en aquella ocasión me cubrí la mano para contener mi risita desesperada mientras intentaba sacudir la caja para que el vibrador se parara.

Lance se calló y se volvió hacia mí de nuevo. Todo el mundo estaba mirándome. Agarré la caja y la sacudí, con lo que el volumen del Blackjack subió aún más.

—Es un regalo que me ha hecho una amiga —dije, sin demasiada convicción, mientras el zumbido continuaba—. Es uno de esos gatos de juguete...

Marcy se echó a reír a carcajadas y dio una palmada en la mesa. Como no era una reacción inesperada en ella, nadie pareció hacerle demasiado caso; por el contrario, creo que ninguno de los presentes me había visto reaccionar de forma tan extrema.

La risa es contagiosa. Las carcajadas de Marcy se mezclaron con las risitas de Brian Smith y de Walter Smith, y con la risa generalizada de todos, incluyéndome a mí. Sacudí la caja de nuevo, y al ver que el ruido seguía ganando intensidad, la golpeé contra la mesa.

El zumbido se detuvo por fin mientras seguíamos riendo. Lo que me hacía más gracia era que ninguno de los demás sabía cuál había sido el detonante de tanta hilaridad. Tardamos unos cinco minutos en ponernos a trabajar de nuevo. Cuando Lance dio por terminada la reunión y todos empezamos a levantarnos, me aseguré de agarrar la caja con mucho cuidado.

—Elle, ¿podemos hablar un momento? —me dijo Lance, mientras los demás iban saliendo.

Vacilé por un segundo. Por acuerdo tácito, él y yo manteníamos las distancias todo lo que podíamos. No hacía falta que él supervisara mi trabajo, pero estaba disponible en las ocasiones esporádicas en que tenía que ir a preguntarle algo; además, se encargaba de elaborar mi evaluación anual, en la que siempre me daba las notas más altas y un aumento de salario por encima de la media. El hecho de que quisiera hablar conmigo después de una reunión tenía que tener algo que ver con el trabajo, o eso creí.

—Claro —le dije, con una sonrisa cauta.

Esperó a que todos los demás salieran de la sala antes de hablar.

—Nunca te había visto reír así.

—Ah. Lo siento. Ha sido inapropiado, discúlpame.

—No, no hace falta que te disculpes. Solo quería decirte que he notado que estás un poco... diferente desde hace unos meses.

—Si hay algún problema con mi trabajo...

—No, Elle. Tu trabajo es excelente. Los clientes te adoran, estamos muy satisfechos contigo.

—Entiendo —a pesar de que asentí, lo cierto es que no estaba segura de adónde quería llegar, y estaba empezando a ponerme un poco nerviosa.

Cuando me miró sonriente, me pareció la viva estampa de su padre.

—Lo que quiero decir es que últimamente pareces más feliz, nada más. Nos gusta que los empleados estén felices.

Agarré mis carpetas para ocuparme con algo, y le dije:

—Siempre me ha gustado trabajar aquí, Lance. Creía que lo sabías. Triple Smith es una gran compañía, y se preocupa por sus empleados.

—Gracias, nos esforzamos por crear un buen ambiente. Pero no solo me refería a eso, Elle.

No hacía falta que dijera nada más. Intercambiamos una mirada, y aunque fue él quien apartó los ojos primero, entendí lo que quería decir.

—Gracias, Lance. Sí, soy muy feliz —le dije, con voz suave.

—Bien, muy bien. Me alegro.

Fue un detalle que se hubiera dado cuenta. No dijimos nada más al respecto, pero tampoco hacía falta. Lo seguí con la mirada mientras salía de la sala. Sí, la gente es solidaria.

Después de sacar mi cubo de basura, me di cuenta de que, por segunda vez en una semana, los de la señora Pease seguían en el pequeño callejón que separaba nuestras casas. Era muy raro que se le olvidara sacarlos, y como cada noche había visto luz en alguna de sus ventanas, estaba claro que no había estado fuera. Miré en uno de los cubos, y al ver que solo había unas cuantas hojas de papel en el fondo, fui a llamar a su puerta. Era algo que solo había hecho una o dos veces antes, cuando el cartero me había entregado por equivocación alguna de sus cartas.

Contestó al cabo de unos segundos. Se tapó mejor el cuello con la bata, como si tuviera frío, a pesar de que la noche era bastante cálida. Solía llevar el pelo rizado, pero en ese momento parecía lacio.

—Hola, señorita Kavanagh —parecía pálida y cansada, pero me miró con una sonrisa—. ¿En qué puedo ayudarla?

—He visto que no ha sacado la basura, así que he decidido pasarme a verla para ver cómo está.

—Qué amable —era obvio que lo dijo con sinceridad—. Últimamente no me encuentro demasiado bien y no me he visto con fuerzas de sacar la basura. Pensé que mi hijo vendría y se encargaría de hacerlo por mí, pero... —se encogió de hombros.

—Yo puedo ayudarla, si quiere.

Volvió a sonreír, y me dijo:

—No hace falta, querida. Seguro que Mark viene un día de estos, él se encargará de sacarla.

—Como quiera, pero para mí no sería ningún problema. Puedo hacerlo en cuestión de minutos. Tenga en cuenta que el camión de la basura va a pasar hoy, después tendrá que esperar una semana entera.

Me miró vacilante, y al final asintió como si estuviera admitiendo algo ante sí misma. Se apartó a un lado y me dijo:

—De acuerdo, si de verdad no le importa... espero que Mark venga, pero no estoy segura de si lo hará.

Nunca había entrado en la casa de la señora Pease, pero todas las de aquella calle tenían una distribución casi idéntica a la mía. Tenía un armario del que yo carecía y la escalera tenía un rellano, pero el resto era bastante parecido. Recorrí con la mirada la pequeña y ordenada sala de estar. La tele estaba encendida, los brazos del sillón estaban decorados con un par de tapetes, y el pañito de punto que había sobre el respaldo del sofá me recordó a uno que mi abuela tenía en su casa; de hecho, allí había muchas cosas que me recordaban a la casa de mi abuela... su calidez, y su ambiente acogedor.

—Pase, pase. La basura de la cocina está por allí... como vivo sola, no hay gran cosa.

Me condujo por el pasillo hacia la cocina, que estaba en la parte posterior de la casa; al contrario que la mía, que estaba equipada con electrodomésticos modernos y tenía tanto el suelo como los armarios nuevos, la de la señora Pease parecía sacada de los años cincuenta.

Me indicó el cubo de basura que había en un rincón, entre la puerta trasera y la nevera, y me dijo:

—Cuando los niños aún vivían aquí, teníamos que sacar la basura cada pocos días, pero de eso ya hace bastante tiempo.

—¿Cuántos hijos tiene? —le dije, mientras me acercaba al cubo. No estaba lleno, pero había que vaciarlo. Después de sacar la bolsa, la até mientras ella venía con una nueva.

—Ahora solo dos. En 1986 perdimos a nuestra hija Jenny en un accidente de tráfico, pero veo a sus hijos de vez en cuando. Van a la universidad, su padre volvió a casarse.

Coloqué la bolsa nueva en el cubo y le pregunté si podía lavarme las manos. Cuando me dijo que sí, me acerqué al fregadero y me las lavé con jabón que olía a manzanas verdes.

—Y tiene un hijo, Mark.

—Sí, mi Mark. Y Kevin.

—¿Viven cerca? —después de secarme las manos con un paño de cocina, me volví a mirarla. Parecía tan triste, que yo también me entristecí.

—Kevin se ha marchado fuera. Mark vive en la ciudad, pero... no lo veo mucho. Está muy ocupado.

Sí, demasiado ocupado para visitar a su madre y encargarse de sacarle la basura, me dije para mis adentros. Me sentí culpable de inmediato, porque al menos la visitaba de vez en cuando; en comparación, yo era una hija horrible.

—Gracias por ayudarme, querida.

—Si necesita algo, recuerde que estoy justo al lado. Estaré encantada de venir a echarle una mano.

Negó con la cabeza. Su suave melena de pelo blanco parecía una nube de algodón alrededor de su cara redondeada.

—No quiero molestarla, señorita Kavanagh.

—No es ninguna molestia, de verdad.

No hay nada como los remordimientos de conciencia para hacer que una le haga espontáneos y ligeramente desesperados ofrecimientos a vecinas de avanzada edad.

Ella se acercó a un armario, sacó un plato de galletas y me preguntó:

—¿Quiere una?

—Sí, gracias —azúcar. La galleta estaba buena, aún no se había endurecido—. La verdad es que apenas sé cocinar.

Se echó a reír y me dijo:

—¡Todas las jóvenes deberían aprender a hacerlo, querida!

—A mi madre nunca le han interesado demasiado las tareas domésticas —comenté, mientras seguía comiéndome la galleta.

A pesar de que no se encontraba bien, la señora Pease seguía siendo tan perceptiva como siempre.

—No la ve demasiado a menudo, ¿verdad?

Me limité a negar con la cabeza. Creí que iba a soltarme un sermón, pero suspiró y añadió:

—Cómase otra, querida. Y tenga en cuenta que nunca es demasiado tarde para aprender a cocinar.

Agarré otra galleta, y ella guardó el plato antes de limpiar con un paño unas cuantas migajas que habían caído sobre la mesa. La segunda galleta estaba tan deliciosa como la primera. Cuando me la comí, agarré la bolsa de la basura y le dije:

—Voy a sacarla, ¿tiene algo más para tirar?

—No. Dentro de una semana habrá que volver a sacarla, le agradecería que se pasara por aquí si le va bien. Prepararé galletas, podrá ver cómo lo hago... si le apetece.

—Será un placer.

Intercambiamos una sonrisa, y saqué su basura. Después de colocarla junto a la mía, me volví hacia ella y le dije adiós con la mano. Me sobresalté al ver que un coche patrulla se detenía a mi lado y me pregunté si había quebrantado alguna ley, pero el policía que se bajó del vehículo se limitó a saludarme con un gesto de cabeza antes de abrir la puerta trasera.

Me quedé atónita al ver que Gavin salía del coche. Al menos no estaba esposado, aunque a juzgar por su expresión, aquello no parecía ser ningún consuelo para él. Nuestros ojos se encontraron, pero se apresuró a apartar la mirada mientras el policía lo agarraba del codo y lo llevaba hacia su casa.

Aquello no era asunto mío, pero me quedé petrificada junto a los cubos de basura mientras la puerta de los Ossley se abría y la madre de Gavin lo metía de un tirón. Oí algunos gritos procedentes del interior, pero el agente mantuvo un tono de voz bajo y firme mientras hablaba con la señora Ossley sin entrar en la casa. Estuvieron hablando durante un minuto más o menos, pero fui incapaz de oír lo que decían; finalmente, el agente regresó hacia el coche patrulla.

—Buenas noches —me dijo.

—Buenas noches.

No podía preguntarle qué era lo que le había pasado a Gavin. Miré de nuevo hacia la casa, y después tapé los cubos de basura. Pensaba ir hacia mi casa, pero mis pies me condujeron hacia la de los vecinos.

La señora Ossley abrió la puerta, y su expresión ceñuda se convirtió en una mueca de furia al verme.

—¿Qué cojones quiere?

No dejé que su hostilidad me amilanara, y le dije:

—He venido a ver si Gavin está bien.

Me miró de pies a cabeza con una expresión cada vez más tensa y dura, como si acabara de morder una manzana y hubiera encontrado medio gusano. A pesar de que llevaba tacones altos, yo seguía siendo unos cinco centímetros más alta que ella, y aquello pareció irritarle aún más. Se cruzó de brazos, y me fulminó con la mirada al decir:

—Está bien, lárguese a su casa.

—No sé qué es lo que he hecho para ofenderla, señora Ossley, pero le aseguro que lo único que me interesa es el bienestar de Gavin.

Dentro y fuera de la cama

Me miró con tanta furia, que no pude evitar retroceder un paso. Se echó a reír, y sacó un cigarrillo del paquete que tenía en la mano. Después de encenderlo, dio una calada y me echó el humo a la cara.

—Sí, claro. Apuesto a que es lo único que le interesa.

Se me formó un nudo en el estómago al ver el odio y la inquina que me tenía, pero el recuerdo de los cortes que se había hecho Gavin impidió que me fuera.

—¿Puedo entrar?

—¡Ni hablar! ¡Métase en sus propios asuntos!

Miré por encima de su hombro, y vi a un hombre en el pasillo... era Dennis. Noté un ligero movimiento en la escalera, y la señora Ossley se giró para ver qué era lo que me había llamado la atención.

—¡Vuelve a tu habitación ahora mismo, Gavin! —se volvió de nuevo hacia mí, y me dijo—: Nosotros nos ocuparemos de él, señorita Kavanagh. Vaya a jugar con el hijo de otra persona.

Intentó cerrarme la puerta en las narices, pero alargué la mano para impedírselo. Sus palabras no me habían hecho ninguna gracia.

—¿Qué ha querido decir con eso? —le pregunté.

—Gavin me lo contó todo.

—¿Ah, sí?

Cuando volvió a mirarme de pies a cabeza, me pregunté qué era lo que veía. Llevaba ropa de trabajo... una falda negra, una sencilla blusa blanca y zapatos de suela baja; desde luego, no iba a ganar ningún concurso de moda en comparación con su extremado top con lentejuelas, su falda corta y sus sandalias de tacón. Pero a pesar de que mi ropa era cómoda y sencilla, no merecía su mirada desdeñosa.

—Sí, claro que sí. Me contó cuánto la ha ayudado a... pintar su comedor.

—Sí, me ha ayudado mucho.

Ella soltó una carcajada llena de ironía; estábamos tan cerca, que podía ver las marcas de acné que tenía en las mejillas. A pesar de que había intentado disimularlas con maquillaje, seguían siendo visibles. No tenía ni idea de cuántos años tenía. Era lo bastante mayor como para tener un hijo de quince años, pero quizá tenía una edad parecida a la mía.

—Sí, mi hijo ha pasado mucho tiempo con usted —me tiró otra bocanada de humo. Tenía las uñas y los labios pintados de rojo—. No hay manera de que limpie su jodida habitación, pero tiene tiempo de sobra para ir a pintarle las paredes.

—Lo siento, le dije a Gavin que tenía que cumplir con sus obligaciones antes de venir a ayudarme.

Tuve ganas de volver a retroceder ante la hostilidad que seguía emanando de ella, pero me aferré a la baranda de su porche para contenerme. Yo lijaba y pintaba la mía cada primavera, pero aquella estaba desconchada y raspaba. Me apresuré a apartar la mano.

—Me alegra mucho saber que está tan preocupada por mi hijo como para encargarle que se ocupe de todo el trabajo sucio por usted, pero el hecho de que le pida que sea un buen chico y que se ocupe de sus tareas no parece servir de gran cosa, ¿verdad?

Seguía sin acabar de entender por qué estaba tan furiosa conmigo. Quizá era porque la había visto lanzándole libros a su propio hijo... Yo en su lugar también me habría sentido avergonzada.

—Siempre he valorado la ayuda de Gavin. Estaba dispuesta a pagarle y le he ofrecido dinero varias veces a cambio de su trabajo, pero él siempre se ha negado a aceptarlo; sin embargo, puedo entender que la ayuda que me ha prestado haya podido causar problemas en su casa...

—Así que puede entenderlo, ¿no? Estoy segura de que estaba dispuesta a pagarle... sí, de eso no hay duda, ¡mi hijo me lo contó todo!

—¿Ah, sí? —la miré con perplejidad. No entendía adónde quería ir a parar, pero supe sin lugar a dudas que aquello no iba a acabar bien—. Señora Ossley, le aseguro que mi única preocupación es el bienestar de Gavin. Hay ciertas cosas que creo que debería saber...

—¡No me diga lo que debería o no debería saber sobre mi propio hijo!

Volví a ver por encima de su hombro un ligero movimiento... a mitad de la escalera había una figura vestida con una sudadera negra con capucha. Cuando la señora Ossley dio un paso hacia mí, retrocedí un poco de inmediato; al bajar varios de los escalones del porche, quedé por debajo de ella, y eso pareció envalentonarla.

—Señora Ossley, su hijo ha estado... —me detuve al ver la cara pálida de Gavin, que seguía medio oculto entre las sombras de la escalera. Aquello no era asunto mío, pero... ¿era responsabilidad mía?—. Gavin ha estado haciéndose cortes —alcé la barbilla, para demostrarle a aquella mujer que no estaba dispuesta a dejar que su malicia me impidiera intentar ayudar a su hijo—. Creo que debe saberlo.

Ella soltó un bufido burlón, y me dijo:

—Sí, Gavin también me habló de eso... me contó que usted le había pedido que se quitara la camiseta.

¿Cómo se le ocurre pedirle a un chico de quince años que se quite la camiseta?, ¿qué pretendía?

La acusación implícita era tan obvia, que bajé el resto de escalones.

—Todas esas tardes que mi hijo pasó en su casa, ayudándola a pintar... ¿cómo le ha pagado, señorita Kavanagh? ¿Le gusta pervertir a quinceañeros?

—No —tuve que tragar con fuerza para conseguir que aquella simple palabra se abriera paso por mi garganta constreñida—. No, claro que no. Está tergiversando las cosas...

—¿Ah, sí? Está un poco crecidita para jugar a los médicos, ¿no? ¿Cómo cree que va a reaccionar un chico de su edad en una situación así?

—Señora Ossley, está muy equivocada...

Al parecer, no le habían enseñado que interrumpir a una persona era de mala educación, porque me espetó:

—¿Está diciendo que mi hijo es un mentiroso?

—¿Gavin le dijo que mi comportamiento había sido... inapropiado?

Inapropiado. Si yo hubiera hecho lo que la señora Ossley estaba insinuando, definir así mi comportamiento habría sido quedarse muy corto. Miré hacia la escalera para intentar verle la cara, pero él había retrocedido varios escalones y estaba fuera de mi campo de visión.

La señora Ossley soltó una carcajada llena de crueldad.

—Me contó que usted quería que lo ayudara con un proyecto especial, que le ofreció una bebida...

Me dio igual que fuera de mala educación, la interrumpí en cuanto oí aquellas palabras.

—¿Le dijo que yo le había ofrecido alcohol?
—¿Le gusta corromper a menores?, ¿le excita emborracharlos y exhibirse delante de ellos? Un quinceañero estaría dispuesto a hacer cualquier cosa con tal de ver una teta, ¿verdad? ¡Apuesto a que estaba encantada con la situación!

Me quedé tan atónita, que fui incapaz de responder. Mi silencio no la detuvo, siguió hablando mientras iba alzando la voz.

—Seguro que pensó que podía manejarlo a su antojo, ¿verdad? Que podía hacer que se quitara la camiseta, que podía emborracharlo... ¡mi hijo era un buen chico hasta que usted empezó a pervertirlo! —sus últimas palabras parecieron resonar en la calle.

—Los trapos sucios se lavan de puertas para adentro —murmuré sin pensar.

Quería pedirle que no siguiera hablando, que se callara, que dejara de avergonzarme. Me imaginé cortinas entreabiertas, y vecinos asomándose y escuchando todas aquellas mentiras.

—¿Qué?, ¿qué es lo que ha dicho? ¡Dé gracias a que no la denuncio! Total, nadie movería ni un dedo... Gavin es un adolescente, es normal que esté dispuesto a tirarse a una mujer que...

—No he hecho nada inapropiado con su hijo, señora Ossley —mis palabras congelaron el aire que había entre nosotras. Aquella mujer estaba tan convencida de lo que decía, que no prestó ni la más mínima atención a mi defensa—. Es cierto que le pedí que se quitara la camiseta, pero lo hice porque me preocupaban los cortes que se había hecho en el estómago. Y sí, también es cierto que hemos pasado bastante tiempo juntos, pero jamás... yo jamás...

Fui incapaz de seguir, y ella aprovechó la oportunidad para señalarme con el dedo. A pesar de que su expresión de furia le afeaba el rostro, me di cuenta de que Gavin y ella se parecían mucho.

—¡Podría denunciarla por darle alcohol a un menor... y por todo lo demás! —se cruzó de brazos, y añadió—: ¡El hecho de que Gavin no se resistiera no la autoriza a aprovecharse de él!

—Nadie se merece algo así.

Parecía estar esperando a que yo añadiera algo más, pero fui incapaz de seguir hablando. Lo que aquella mujer acababa de decirme me repugnaba. Fui hacia mi casa, y ella se giró para seguirme con la mirada mientras encendía otro cigarro.

—¡Manténgase alejada de mi hijo! ¡Si no lo hace, llamaré a la policía!

Me detuve con la mano en la barandilla de mi porche. Las cortinas que había imaginado entreabriéndose permanecieron cerradas a lo largo de toda la calle... bueno, todas menos una, la de una de las ventanas de la segunda planta de la casa de los Ossley. Alcancé a ver una cara muy pálida enmarcada por una capucha negra, pero desapareció en cuanto se dio cuenta de que lo había visto.

—No se preocupe, señora Ossley, no volveré a acercarme a él.

Capítulo 15

No emergí de la crisálida de mi pasado y me convertí de buenas a primeras en una mariposa desinhibida y emocionalmente sana, nada es tan fácil. A veces, la pena es un consuelo que nos permitimos a nosotros mismos porque resulta menos aterrador que intentar alcanzar la felicidad. Nadie quiere admitirlo, todos decimos que nos gustaría ser felices, pero en ese caso, ¿por qué solemos aferrarnos al dolor? ¿Por qué decidimos recordar una y otra vez las ofensas y las angustias del pasado? A lo mejor es porque la felicidad no dura, y la pena sí.

A raíz de la traumática confrontación con la madre de Gavin, había decidido no volver a meter las narices en los asuntos ajenos. En vez de empezar otro proyecto de pintura, me dediqué a aprender a cocinar con la señora Pease, que fue recibiendo las esporádicas visitas de su hijo, y me esforcé de verdad con Dan.

Como hasta el momento solo había aprendido a preparar galletas sencillas, Dan me invitó a cenar a su casa. Me presenté con una buena botella de vino, y cuando me miró sonriente al abrir la puerta, le devolví el gesto. Permanecimos vacilantes por un instante, hasta que tomó la iniciativa y me dio un abrazo lo bastante breve como para parecer informal, pero que a la vez estaba lleno de significado.

Cuando estaba con él sentía unos nervios diferentes, más anticipatorios que de ansiedad. Me daba igual. Lo seguí hasta la cocina, y abrimos la botella de vino mientras charlábamos.

—Pasta al estilo Dan —estaba junto a los fogones, y el vaho de la olla le bañaba el rostro. Se volvió a mirarme sonriente, y añadió—: Es mi propia receta especial.

—Sí, claro —le dije, mientras lanzaba una mirada elocuente hacia el bote de salsa especial para espaguetis que había encima de la encimera.

—¿Dudas de mí?

Alcé las manos, y me senté a la mesa antes de decir:

—Qué va, me conformo con cualquier cosa que no haya cocinado yo.

Se echó a reír, y después de escurrir la pasta, la sirvió en los platos y la cubrió con la salsa. Después de añadir una pizca de perejil, me dio mi plato y se sentó en su sitio con el suyo.

—¿Quieres queso?

—Qué rallador tan chulo —le dije, al verle usar uno de esos tan pequeños que suelen usarse en los restaurantes.

—Es de los del Chef Refinado.

—¿Sueles comprar sus productos?

—Sí, es una marca muy buena —dejó a un lado el rallador y volvió a llenar los vasos de vino.

—Como no cocino, no suelo comprar cosas así. Mi gen de las tareas domésticas debe de ser defectuoso.

—¿En serio?

—En serio —le dije, sonriente.

Me pasó el cestito con el pan de ajo, y me dijo:

—Vaya, y yo que creía que por fin había encontrado a una mujer dispuesta a limpiar y a cocinar para mí.

—Sí, claro.

Enrolló un poco de pasta en el tenedor, sopló para enfriarla, se la metió en la boca, y suspiró con satisfacción. Lo observé en silencio. Era agradable ver a alguien disfrutando tanto de algo tan sencillo. Eso era algo que me impresionaba de él, estaba tan feliz comiendo en su casa como en La Belle Fleur. Me resultaba fascinante y un poco paradójico que el hombre que me había follado contra una pared fuera el mismo que estaba comiendo extasiado unos espaguetis.

—¿No tienes hambre?

Me había pillado observándolo. Bajé la mirada hacia mi plato, y le dije:

—Sí. Por cierto, tiene muy buena pinta.

—Dime algo, Elle.

—¿El qué? —aparté la mirada del pan que estaba desmenuzando y la centré en él.

—Lo que quieras —me dijo, sonriente.

Tomé un sorbo de vino mientras lo observaba pensativa, y al final le dije:

—En un triángulo rectángulo, el cuadrado de la hipotenusa es igual a la suma de los cuadrados de los catetos.

—¿Qué?

—El Teorema de Pitágoras. Me has dicho que te dijera lo que quisiera.

—¿Por qué no me cuentas algo sobre ti?

Volvió a llenar los vasos de vino. Ni siquiera me había dado cuenta de que el mío estaba vacío.

—Uso una talla seis de guantes.

—¿Ah, sí? —me miró la mano, y añadió—: Pues yo habría dicho una ocho.

—¿Sueles intentar adivinar la talla de los guantes de las mujeres?

—Se me da mejor adivinar la talla de los sujetadores —me dijo, con una sonrisa traviesa.

Habría fruncido el ceño si cualquier otro hombre me hubiera dicho algo así, pero Dan consiguió que soltara una risita. Me cubrí la boca con la mano para intentar controlarla, pero el sonido escapó con total libertad.

—He conseguido hacerte reír. Eso es bueno, ¿verdad? —parecía muy satisfecho.

Recorrí mi labio con un dedo, y lo mordí con suavidad antes de bajar la mano.

—Sí, es bueno.

La comida era buena, el vino mejor, y la conversación siguió relajada y fluida. Los platos estaban estampados con formas multicolores sobre un fondo oscuro, y me entretuve contando los puntos entre bocado y bocado.

El muy taimado se aseguró de ir llenando mi vaso, pero no me importó. Era un vino tinto delicioso, aunque no me di cuenta de todo lo que había bebido hasta que me levanté y tuve que agarrarme al respaldo de la silla.

Dentro y fuera de la cama

—¡Uy! Es el vino... —dije, con una carcajada.

—Trae, ya me ocupo yo —me quitó de las manos el plato y los cubiertos, y lo metió todo en el lavaplatos. Agarró mi vaso y me tomó de la mano—. Vamos a la sala de estar.

—Siempre haces lo mismo —le dije, a pesar de que lo seguí sin protestar.

—¿El qué? —dejó mi vaso sobre la mesa y apartó a un lado los cojines del sofá para que pudiera sentarme.

—Decirme lo que tengo que hacer.

Cuando me senté, me miró sonriente y se inclinó hacia mí, pero sin llegar a besarme.

—Te gusta que lo haga, Elle.

—¿Lo ves?, también me dices siempre lo que me gusta.

—¿Me he equivocado alguna vez?

Giré un poco la cara, y esbocé una sonrisa antes de admitir:

—De momento, me parece que no.

—Pero tú me lo dirías si lo hiciera, seguro —me dijo, mientras empezaba a besarme y a mordisquearme el lóbulo de la oreja.

—Por supuesto —giré más la cara, pero para animarlo a que siguiera con sus caricias.

Dan había colocado las manos en el respaldo del sofá, una a cada lado de mí. Me rozó el cuello con los labios, y fue bajando hasta llegar a mi clavícula. Cuando empezó a chuparla, me recorrió un estremecimiento.

—No hace falta que te diga lo que te gusta, ¿verdad?

—No.

—Porque ya lo sabes.

—Exacto —no pude contener una sonrisa.

Se apartó un poco, y me puso un dedo en la barbilla para hacer que me volviera a mirarlo.

—A lo mejor lo que pasa es que sabes qué es lo que no te gusta —me dijo.

—Eso también —admití, mientras lo miraba a los ojos.

—Eso no tiene nada de malo, Elle.

Volvió a besarme el cuello y se sentó a mi lado. Cuando me humedecí los labios, siguió con la mirada el movimiento de mi lengua antes de volver a mirarme a los ojos. Estiró el brazo a lo largo del respaldo del sofá y dejó los dedos a milímetros de mi hombro. Tuve ganas de acercarme más a él, pero me controlé... hasta que al final me rendí, y lo hice.

Nos miramos en silencio durante unos segundos, y al final le dije:

—Gracias por la cena, estaba buenísima.

—Sí, ya sé que soy un gran cocinero —me dijo en tono de broma, mientras se frotaba las uñas en la camisa.

Agarré mi vaso y tomé un sorbo de vino. Estaba un poco mareada, pero a diferencia de las veces en que bebía para intentar olvidarme de todo, aquella vez lo que quería no era emborracharme más, sino saborearlo.

Nos miramos en silencio durante un largo momento. Se convirtió en un juego, como ese en el que hay que ver quién aguanta más sin pestañear. Apoyó una mano sobre mi hombro, y sentí pequeños escalofríos que me bajaban por el cuello cuando empezó a juguetear con mi pelo.

—Elle...

—Dan —me gustaba pronunciar su nombre, sabía a vino y a ajo.

—Quiero besarte.

Tengo la manía de morderme el labio inferior, no puedo evitarlo. Sus ojos volvieron a centrarse en mi boca. Me sentí un poco incómoda bajo su intensa mirada, pero pasé la lengua por la zona que acababa de morderme yo misma.

Se acercó más a mí mientras me ponía la mano en el cuello y posaba el pulgar en el lugar exacto donde latía mi pulso. Se inclinó hacia delante poco a poco, con una precisión total.

Giré un poco la cara en el último segundo, y su beso cayó sobre la comisura de mi boca. Sentí la calidez de su aliento, y la suavidad de sus labios.

—¿No? —murmuró, sin apartarse.

Quise darle una respuesta ocurrente y desenfadada, pero lo que más deseaba era girar la cara y dejar que me besara en la boca, sentir su lengua contra la mía, abrirme a él. Sí, anhelaba con todas mis fuerzas abrirme a él, pero fui incapaz de hacerlo, así que me limité a hacer un pequeño gesto de negación con la cabeza.

Me besó la mandíbula, descendió por mi cuello hasta llegar al punto que me había acariciado con el pulgar. El corazón se me aceleró aún más, y me pregunté si notaba bajo sus labios el torrente de sangre que me corría por las venas.

Suspiré de placer al sentir que su mano bajaba desde mi cuello hasta mi seno, y tuve que inhalar con fuerza cuando me acarició el pezón con el pulgar. Después de pellizcarlo un poco por encima de la ropa, posó la palma abierta sobre él. Tenía una mano sobre mi corazón y la boca sobre el pulso que latía en mi cuello, así que podía sentir en dos lugares cómo me corría la sangre por las venas.

Su otra mano se posó en mi nuca, y sus dedos me tiraron un poco del pelo. Empezó a chuparme mientras su pulgar me excitaba el pezón, y sentí que mi cuerpo vibraba bajo sus caricias. Me acercó aún más mientras iba bajando la mano desde mi pecho hasta el borde de mi falda, y me alzó la prenda por encima de los muslos. Di un respingo cuando me acarició la rodilla con las puntas de los dedos.

—¿Tienes cosquillas? —me preguntó al oído.
—Sí.
Deslizo los dedos hacia arriba mientras iba trazando círculos sobre mi piel y me preguntó:
—¿Y ahora?
—Sí —le dije, con una risita jadeante.
—¿Quieres que pare? —sus dedos siguieron subiendo.
—No.
—¿Y ahora? —me preguntó, cuando sus dedos llegaron al borde de mis bragas.
—No.
Solté un gemido cuando me acarició por fin entre las piernas. Me mordió el cuello mientras me metía un dedo, y con la otra mano me apretó la espalda mientras me arqueaba hacia él.

—Dime lo que quieres que te haga, Elle. Quiero oírte.

Sentí que me ruborizaba, pero le di lo que me pedía.

—Quiero que me acaricies.

—¿Dónde?
—Ahí, donde estás...
—¿Aquí? —me dijo, mientras movía la mano.
Asentí en silencio, y tuve que tragar saliva antes de poder añadir:
—Sí.
—¿Te gusta?
Se apartó un poco para poder mirarme a la cara. Parpadeé y lo miré en silencio. Era más que consciente de que tenía un dedo dentro de mí, de que aún estábamos completamente vestidos. Apartó la mano, pero poco a poco, de modo que no sentí que estuviera abandonándome, sino que estaba tomándose su tiempo para poder complacerme al máximo.
—¿Siempre llevas falda? —me preguntó, mientras subía y bajaba el borde de la prenda por mi muslo.
Me recliné contra los cojines sin apartar la mano de su hombro. El cuello de su camisa se interponía entre mis dedos y su cuello.
—Casi siempre.
—Me gusta —alzó la falda hasta dejar al aire mi muslo, y me acarició la piel—. No te depilas esta zona.
—Eh... no.
Se agachó con tanta rapidez, que no me dio tiempo a reaccionar. Me dio un beso en el muslo, justo por encima de la rodilla, y me preguntó:
—¿Por qué?
—Porque el vello es rubio y muy fino, no merece la pena que me depile ahí —fue una respuesta sincera, pero la verdad es que me costó verbalizarla, porque él seguía besándome la pierna.

—Me encanta —me dijo, mientras deslizaba los dedos por mi pierna.

Me eché a reír y me aparté un poco, porque la posición en la que estábamos empezaba a ponerme nerviosa.

—¿En serio?

Me miró y asintió. El pelo alborotado y la sonrisa traviesa le daban un aspecto muy juvenil. Posó las dos manos sobre mi pierna, y pasó un pulgar por la rodilla.

—¿Qué te pasó aquí?

—Me caí —al ver que besaba la cicatriz, fruncí el ceño y le dije—: No, Dan.

Alzó la mirada hacia mí, y me preguntó:

—¿Por qué no?

—Porque es fea.

—¿El qué?, ¿la cicatriz? Claro que no, forma parte de ti —me dijo, mientras la frotaba suavemente con la punta de un dedo.

—Me echó a perder la rodilla.

—¿Cómo te caíste?

—Estaba corriendo, y tropecé. El suelo era de grava, me rasgó la piel. Después, cuando la herida estaba curándose, volvió a abrirse cuando me golpeé contra una mesa baja.

Inclinó la cabeza, y besó la cicatriz antes de decir:

—Debió de dolerte.

—Sí.

Me besó un poco más arriba, en la rótula, y entonces subió un poco más, y más, mientras rozaba con los labios el vello fino y rubio que no me depilaba. Contuve el aliento y tuve ganas de apartarme, pero seguí con la mirada fija en él. Fue ascendiendo por mi piel con los ojos cerrados, llegó a la parte interior de mis muslos, y me subió la falda hasta que dejó al descubierto mis bragas.

—¡Para!

Puse la mano sobre su cabeza y se detuvo con la boca a meros milímetros del lunar que nadie solía ver. Alzó la mirada hacia mí, y besó el lunar de forma deliberada.

—Te he dicho que pares, Dan —me aparté de él, aunque los cojines impidieron que me alejara demasiado. Me bajé la falda, hice que me quitara las manos de encima y lo aparté de mí.

Él se sentó y nos miramos en silencio. El corazón me dio un vuelco, y me crucé de brazos para evitar que me temblaran las manos.

—¿Qué pasa, Elle?

—No... no me gusta eso.

—¿No te gusta que te bese el lunar? —ladeó la cabeza y me apartó un mechón de pelo de la cara.

—No. Prefiero que no lo hagas, Dan.

—¿Porque crees que es feo?

No, no era por eso, pero le mentí y le dije:

—Sí.

Me observó con atención y posó la mano en mi mejilla antes de bajarla hasta mi hombro. Esperé a que se riera, a que se burlara de mí, a que insistiera en salirse con la suya; al fin y al cabo, a los hombres no les gusta que les digan que no.

Se echó hacia atrás, se quitó la camisa y la echó sobre la silla que había junto al sofá. Conocía a la perfección su cuerpo, su aroma, su sabor, la suavidad de su piel. Tenía el pecho un poco menos bronceado que los brazos, y las pecas de sus hombros eran más oscuras que las que le salpicaban la nariz. No tenía unos abdominales de atleta, pero estaba en buena forma. El vello de su pecho era un poco más oscuro que el pelo de su cabeza y le rodeaba los pezones, bajaba hasta su vientre y se volvía más denso justo antes de desaparecer bajo los pantalones.

Dobló el brazo y me enseñó el codo.

—Jugando al fútbol en el colegio —la cicatriz apenas era visible entre las líneas del codo—. Me golpeé con una roca cuando me lancé para intentar recuperar la pelota.

Alzó el brazo y lo giró para que viera el pequeño hoyuelo marcado por líneas claramente apreciables.

—Me quitaron un lunar, pero el médico no hizo bien la incisión y tuvieron que darme algún punto más.

Se volvió para enseñarme su otro costado, y me indicó un punto justo por encima del pantalón. Tenía una lunar más grande que los demás.

—Me dijeron que estuviera al tanto con este, pero de momento no me ha dado problemas.

—¿Por qué estás enseñándome esto? —estaba fascinada ante aquel recorrido por sus pequeñas imperfecciones.

Me indicó que le mirara el cuello, y al fijarme bien, me di cuenta de que tenía una cicatriz.

—Un accidente en una fogata. Mi hermano y yo estábamos batiéndonos a duelo con unas ramas, y me clavó la suya.

—Dios mío —me llevé la mano al cuello en un gesto involuntario.

—Me dolió muchísimo. Fue una suerte que no me diera en la yugular, o habría muerto desangrado —su voz no reflejaba ningún rencor hacia su hermano.

Dentro y fuera de la cama

Me acerqué un poco y le rocé la cicatriz con la punta de los dedos.

—Tuviste mucha suerte.

Me agarró la muñeca y apoyó la palma de mi mano contra su pecho.

—Las cicatrices son la prueba de que podemos sobrevivir, Elle.

Sentí el latido constante y fuerte de su corazón contra la palma de mi mano. Lo miré a los ojos y entonces aparté la mano y me quité la camisa. Me llevé las manos a la espalda y adopté la incómoda postura tipo alitas de pollo que afrontamos las mujeres al desabrocharnos el sujetador. Después de quitármelo, me quedé mirándolo en silencio.

Posó las manos en mis hombros y empezó a acariciarme la clavícula con el pulgar. Sus dedos se curvaron para tocarme la espalda. Su mirada me recorrió centímetro a centímetro, y alzó una mano para tocar la marca que había justo encima de mi pecho izquierdo.

—Tenacillas para el pelo, me despisté.

Recorrió la cicatriz con la punta de un dedo, y entonces se inclinó y la besó. Respiré hondo, pero aquella vez no me aparté. Bajó el dedo entre mis senos y al llegar a mi vientre apretó la palma contra otra cicatriz.

—¿Apéndice? —me preguntó.

Asentí, y él sonrió antes de inclinarse para rozar la cicatriz con los labios. Después de quitarme la falda, la dobló con cuidado y la colocó encima de mi camisa y mi sujetador. Se echó un poco hacia atrás para poder quitarse los pantalones y los calzoncillos, y yo contuve el aliento al quitarme las bragas a pesar de que habíamos estado juntos muchas veces.

Me indicó una línea curva y delgada que tenía en la parte superior del muslo, cerca de la entrepierna, y me dijo:

—Espino.

—Qué dolor.

Sonrió de oreja a oreja al admitir:

—Estaba bañándome desnudo en el estanque del vecino, y de repente lo vi llegar con una escopeta. No me di cuenta de que me había dejado atrás un poco de piel hasta el día siguiente.

Le acaricié la cicatriz y su pene medio erecto se endureció aún más.

—No estabas solo en el estanque, ¿verdad?

—No, estaba con la hija del vecino.

Me eché a reír, y le dije:

—No me extraña que te persiguiera con una escopeta.

—Para colmo, me metí entre unas matas de ortigas. No me hizo ninguna gracia.

—Te rozaron en...

—Sí.

—Qué picor.

—Y que lo digas. Aunque aprendí a apreciar los efectos lubricantes de la loción de calamina —cerró un poco el puño y lo movió hacia arriba y hacia abajo.

—No lo dudo —le dije, con una carcajada.

Me indicó otra línea que tenía en la pantorrilla.

—Me rompí la pierna yendo en bicicleta.

—Eras un chico muy activo, ¿verdad?

—Volvía loca a mi madre —volvió a posar una mano en mi muslo, cerca del lunar de la parte interior—. Tiene forma de corazón.

—Sí, ya lo sé.

Me frotó el muslo con suavidad, pero no volvió a besarlo.

—¿Por qué no te gusta?, me parece muy atractivo.

—Pues... porque no, ya está.

No insistió en el tema. Volvió a recorrerme de arriba abajo con la mirada, y fue catalogando las marcas y las líneas que distinguían mi cuerpo de los demás. Aquella vez, no me aparté de él. Dejé que lo viera todo, y luché por no ruborizarme conforme él fue encontrando una a una las pruebas que demostraban que yo había sobrevivido.

Alzó mi muñeca derecha y se quedó observándola en silencio. En esa zona tengo dos líneas, una en la base de la mano y otra un poco más abajo. Un poco más allá tengo otra línea, una cicatriz. Algunas personas han dicho que es una especie de pulsera, como si fuera un adorno, algo de lo que hay que presumir.

Dan la rozó con los dedos y me miró a los ojos.

—¿Y esta?

—Un error —no aparté el brazo, a pesar de que estaba deseando hacerlo. Quería apretar aquella cicatriz contra mí, esconderla; de hecho, lo que quería era olvidarla, pero jamás había podido hacerlo.

—¿Cuántos años tenías?

—Dieciocho.

Asintió como si mi edad tuviera sentido. Giró la otra muñeca, que también tiene las dos líneas pero que no está adornada con una cicatriz. Me acarició la piel con la punta de un dedo y me preguntó:

—¿Solo una?

—Soy zurda... y cambié de opinión.

Volvió a asentir, y entonces juntó mis dos muñecas y se las llevó a los labios. Cuando las besó, volví a preguntarme si notaba mi torrente sanguíneo.

—Me alegro de que cambiaras de opinión —susurró contra mi piel, antes de mirarme a los ojos.

He salido corriendo tantas veces, cuando habría sido mejor que permaneciera firme... no puedo evitarlo. Llámese cobardía, instinto de supervivencia, o comportamiento adquirido... yo lo llamo hábito, y los hábitos pueden romperse.

—¿Ah, sí?

Él asintió, y me acercó hasta que estuvimos cara a cara.

—Sí.

Sentí que me estremecía. Los pezones se me endurecieron y se me puso la carne de gallina.

—Sangré mucho, y me dolió a rabiar. No esperaba que me doliera tanto.

Si me hubiera preguntado por qué lo había hecho, puede que se lo hubiera contado. Hizo que le rodeara el cuello con los brazos, y posó la frente contra la mía. Su erección se alzaba entre mi hueso púbico y su estómago. Tenía las rodillas contra el sofá de cuero, pero era muy suave y no me dolía.

—Todo el mundo tiene cicatrices, Elle.

Su boca estaba muy cerca de la mía. Olí el vino en su aliento, y lo sentí contra mis labios. Él permaneció quieto, no me presionó. Se limitó a respirar y a mirarme a los ojos. Nuestros rostros estaban tan cerca, que solo podía ver el azul verdoso de sus ojos.

Entonces lo besé en la boca.

Los pájaros no empezaron a trinar, no hubo fuegos artificiales ni repiques de campanas. Lo besé como si

Dentro y fuera de la cama

nunca antes hubiera besado a un hombre, y en cierto modo era así, porque había pasado mucho tiempo desde la última vez. Lo besé porque, en aquel momento, no podía ni imaginarme la posibilidad de no hacerlo. Lo besé para demostrar que podía sobrevivir.

Su boca se abrió bajo la mía, y nuestras lenguas se encontraron. Enmarqué su rostro entre mis manos, y ladeé la cabeza para abrirme aún más a él. Quería devorarlo, saborearlo y tocarlo de aquella forma tan íntima, a pesar de que empecé a temblar mientras lo hacía.

Él me devolvió el beso, tomó lo que le daba y me dio lo que necesitaba sin preguntas ni exigencias. Dejó que yo llevara la iniciativa, y no estropeó el momento con algún comentario graciosillo cuando me aparté jadeante. Se limitó a pasarme una mano por el pelo y empezó a juguetear con un mechón.

Me sonrió con los labios aún húmedos. He visto nubes apartándose para dejar que el sol se asome, he visto arco iris, he visto flores cubiertas por el rocío de la mañana, y he visto atardeceres tan impresionantes que me han dado ganas de llorar.

También he visto a Dan sonriéndome con los labios húmedos a causa de mi beso, y si tuviera que elegir la imagen que me ha llegado más hondo, diría que es la suya sin duda.

Tenía la impresión de que debería decir algo, que quizá debería hacer algún comentario digno de una ocasión especial como aquella, pero él me salvó del apuro al besarme de nuevo. Lo hizo con firmeza, con confianza, y no me dio tiempo ni a sobresaltarme. Su lengua acarició la mía mientras su mano se posaba en mi nuca y me acercaba aún más.

Seguimos besándonos durante bastante rato. Fuimos oscilando entre la suavidad y la pasión desatada, entre pequeños roces y besos profundos que me llenaron de deseo. Nos besamos como si no tuviéramos nada más que hacer durante el resto de nuestras vidas. Él inspiraba, yo expiraba, compartíamos aire, saliva y... confianza, confiábamos el uno en el otro.

Deslizó las manos por mi espalda, las bajó hasta aferrarme las caderas y me apretó contra su cuerpo. Su pene se alzaba entre los dos, y cuando empezó a frotarse contra mi clítoris, mi humedad nos lubricó.

Sus dedos se clavaron en mi piel, pero me dio igual. Estábamos moviéndonos al unísono, con su pene atrapado entre nuestros vientres y mis senos frotándole el pecho. Puso la palma de la mano en mi espalda para mantenerme apretada contra su cuerpo mientras alzaba las caderas rítmicamente, y sus movimientos hacían que mi clítoris palpitara de placer.

El placer fluía y se extendía por mi cuerpo. El contacto era lo bastante indirecto como para hacer que luchara por acercarme más y más, pero a la vez bastaba para acercarme cada vez más al orgasmo. Mientras él me apretaba con más fuerza contra su polla, mi sexo se humedecía cada vez más y mi clítoris parecía una erección en miniatura. Jadeé contra su boca cuando me aferró el trasero para poder moverme hacia arriba y hacia abajo. Seguimos moviéndonos sin fricción, con el contacto fluido y húmedo de piel contra piel.

Gemí cuando me metió la lengua en la boca, quería que me penetrara también con la polla. Él gimió mientras sus manos me movían, mientras usaba mi cuerpo para darse placer, y enloquecí al saber que podía excitarlo hasta aquel extremo sin tenerlo siquiera dentro de mi cuerpo.

Me estremecí de placer cuando me movió con más fuerza... un poco más, solo un poco más... un poco más fuerte, un poco más rápido, un poco más...

Siguió frotándose contra mí, y cada movimiento fue acercándome más y más al orgasmo. Estábamos sudando, el clítoris y los labios me ardían, sus dedos se aferraban con fuerza a mis caderas.

Murmuró mi nombre contra mis labios, y entonces echó la cabeza hacia atrás y la apoyó contra el respaldo del sillón. Tenía los ojos cerrados, el rostro crispado. De repente, su cuerpo entero se estremeció... y el mío también. Me corrí viendo el placer que le había dado mi cuerpo. Un éxtasis irrefrenable estalló en mi interior, y mis muslos se sacudieron. Sentí la calidez húmeda que se extendió entre nosotros cuando su semen nos salpicó. Olí su aroma mezclado con el del sexo y con el de mis propios fluidos, y gemí mientras mi cuerpo seguía temblando.

Me apretó con fuerza, y me abrazó mientras nuestros cuerpos iban recuperando la calma. Mientras nuestra respiración iba normalizándose, le chupé el cuello y saboreé la sal de su piel. Mi cabeza encajaba a la perfección en su hombro.

No quería moverme ni mirarlo, no quería apartarme de él. Aquella sensación de paz, de comodidad, era demasiado nueva para mí, podía evaporarse con demasiada facilidad. No quería perderla, no quería hacer que desapareciera.

Al final tuvimos que apartarnos, claro. Estábamos sudorosos y pegajosos, era demasiado incómodo seguir así. Tenía los muslos acalambrados. No me había dado cuenta mientras iba camino del orgasmo, pero en ese momento era plenamente consciente de lo mucho que me dolían.

Dan me frotó la espalda, y me ayudó a apartarme de su regazo. Creí que me sentiría incómoda, pero él no me dio tiempo. Tanto su vientre como su pecho reflejaban la prueba física de lo que acabábamos de hacer, al igual que los míos.

—¿Quieres ducharte?

Verlo tan sereno me ayudó a permanecer calmada. Me di cuenta de la diferencia que había entre estar calmada de verdad y quedarse entumecida, pero no hice ningún comentario al respecto. Asentí y alargué la mano hacia él. Lo ayudé a levantarse, y me eché a reír al ver que parecía haberse quedado tan agarrotado como yo.

Después de mirar su propio cuerpo, me miró a los ojos y entrelazó sus dedos con los míos. Tiró de mí para que me acercara más, sin darle importancia a lo pegajosos que estábamos.

Me dio un beso tierno y casi vacilante, como si tuviera miedo de que yo volviera a apartarme, pero ni se me ocurrió hacerlo. Ya no había marcha atrás, había cruzado una línea con él. No estaba tan desquiciada como para intentar fingir que no había pasado nada especial.

—Gracias —me dijo.

Aquella simple palabra hizo que me estremeciera. Logré ocultar mi reacción, o al menos, eso fue lo que creí. Sabía que no había querido decir nada malo, que él no sabía lo que aquella palabra significaba para mí, cómo me hacía sentir, ni los recuerdos que me traía.

Dentro y fuera de la cama

Creí que había logrado ocultar mi reacción, pero no me había dado cuenta de lo observador que era. Puso un dedo bajo mi barbilla para que lo mirara a los ojos, y preguntó:

—¿Qué pasa?

Negué con la cabeza. No quería hablar, no quería que las palabras empañaran lo que habíamos hecho. Me gustaba sentirme cerca de él, sentir que podía dejar que se acercara a mí. Hacía que me sintiera normal, y no quería echarlo a perder.

—Voy a ducharme —me aparté de él, fui a su dormitorio y entré en el cuarto de baño.

Después de apartar a un lado la cortina de la ducha, abrí el grifo del agua caliente. Me sentí aliviada al ver que el ambiente empezaba a llenarse de vaho, porque así no iba a poder ver mi reflejo en el espejo empañado. Me metí en la ducha antes de que Dan me pudiera decir algo.

«Gracias». Él no sabía lo que aquello significaba para mí, ni por qué. Daba igual lo que hubiera querido agradecerme... el sexo, el beso, mi ayuda al levantarse del sofá... sabía que me lo había dicho a modo de cortesía, pero aun así, alcé la cara hacia el chorro de agua y cerré los ojos mientras aquella palabra resonaba en mi mente con otra voz, la voz de alguien que pensaba que con decir gracias se solucionaba todo.

Dan se metió en la ducha tras de mí, y graduó el grifo para que el agua no saliera tan caliente. Había suficiente espacio para los dos, pero estábamos bastante juntos. Cada vez que nos movíamos, nuestros cuerpos se rozaban... codo contra vientre, muslo contra muslo, hombro contra pecho.

—Gírate.

Lo hice porque me lo pidió, y también porque, como tantas otras veces, él sabía lo que yo quería. Después de echar un poco de gel en la esponja que tenía en la mano, me movió un poco para que el chorro de agua no me diera de forma tan directa, y empezó a lavarme.

Ya sé que mi madre me lavaba cuando era pequeña, pero no lo recuerdo. He sufrido el contacto de algunos y he disfrutado del de otros, pero era la primera vez que alguien me lavaba. Empezó por el cuello, bajó hasta mis senos y pasó por mi vientre, mis muslos y mi entrepierna. Me lavó con movimientos suaves, pausados, sin prisa. Me lavó los brazos, y hasta los dedos uno a uno. Se arrodilló para lavarme las piernas, me alzó cada pie y lo enjuagó bien antes de volver a dejarlo, para que no resbalara.

El agua me daba en la cara y en los ojos mientras él permanecía arrodillado a mis pies. Le oscurecía el pelo, golpeaba contra su espalda pecosa, y le enrojecía la piel.

—Todos tenemos cicatrices, Elle —me dijo de nuevo, mientras el agua caía sobre nosotros.

Entonces se puso de pie y se apartó un poco para dejar que el chorro cayera de lleno sobre mí, y el agua acabó de llevarse los restos de jabón... me dejó limpia.

Capítulo 16

—Tengo algo para ti —me dijo Dan, mientras empujaba un sobre hacia mí por encima de la mesa.
—¿Qué es?, ¿un regalo?
—Ábrelo.
Su mirada intensa me atravesó, y me hizo vacilar por un momento. Saqué dos hojas grapadas en las que había cifras, información y resultados de análisis. Empecé a leer los listados. Colesterol, recuento de glóbulos rojos, HDL... y en la segunda hoja había más resultados.
Me quedé atónita, y solté una pequeña exclamación de sorpresa.
—Oh.
Gonorrea, clamidia, VIH... todos negativos. Doblé las hojas, volví a meterlas en el sobre, carraspeé un poco y bebí un sorbo de agua. Dan estaba mirándome expectante.
—Ya veo que tienes muy buena salud —comenté

al fin, al ver que estaba esperando a que le dijera algo.

Acababa de descubrir su edad, además de su tipo sanguíneo.

—Creí que así te sentirías mejor —comentó.

—¿Respecto a qué?

—A nosotros.

—No sé si te entiendo —le dije, a pesar de que lo entendía a la perfección.

—Nunca te he preguntado si estás tomando la píldora, o...

—Quieres que dejemos de usar condones.

Se encogió de hombros, y se ruborizó un poco. Me pareció gracioso ver cómo se ponía como un tomate.

—Eh... sí.

—La verdad es que estoy tomando la píldora.

—Perfecto —me dijo, con una sonrisa de oreja a oreja.

Me recosté en la silla y me crucé de brazos. Habíamos pasado por un chino para comprar comida y habíamos planeado ver una película en su tele de plasma después de cenar, pero me pregunté si en realidad me había invitado a su casa con la intención de sacar aquel tema.

Permanecí en silencio y lo hice esperar durante unos segundos, pero al final decidí ser sincera con él.

—Nunca he tenido relaciones sexuales a propósito sin usar condón, Dan.

—¿A propósito?, ¿cómo se tienen relaciones sexuales de forma accidental? —me dijo, sonriente.

—No fue de forma accidental... y tampoco a propósito.

Dentro y fuera de la cama

Seguía con el sobre en la mano, y empecé a acariciarlo con el pulgar en series de cinco movimientos cada vez. Cinco... pausa... cinco más... otra pausa...

Su sonrisa se desvaneció y me miró atónito.

—¿Elle?

Me encogí de hombros, y dejé el sobre encima de la mesa.

—Me hago análisis de todo lo habido y por haber cada año. También puedo enseñarte los resultados, si quieres. Tampoco tengo nada.

—Elle... —alargó la mano por encima de la mesa para agarrar la mía, y dejé que lo hiciera. Giró la palma de la mano hacia arriba debajo de la mía y entrelazó nuestros dedos—. Si es importante para ti, no me importa usarlos.

—Esto implicaría confiar el uno en el otro —le dije, con la mirada fija en nuestras manos unidas.

Me dio un ligero apretón, y me contestó:

—Si estás preguntándome si estoy acostándome con alguien más, la respuesta es «no».

Asentí ligeramente, y lo miré a los ojos al admitir:

—Yo tampoco.

No sé si esperaba una respuesta diferente, pero su rostro reflejó una expresión de alivio inconfundible.

—Bien.

—Deberías preguntarme si pienso acostarme con alguien más, Dan —lo dije con total naturalidad.

—¿Piensas hacerlo? —al verme negar con la cabeza, sonrió y me dijo—: Yo tampoco... a menos que quieras otra noche con Jack.

No pude contener una carcajada.

—En ese caso Jack llevará un condón, pero... la verdad es que no, no pienso volver a estar con él.

—Perfecto —sonrió de oreja a oreja, y admitió—: Creo que no quiero volver a verte con otra persona nunca más.

Las implicaciones que se ocultaban tras aquellas palabras me hicieron vacilar.

—¿No?

—No —me dio otro apretón en la mano, y dijo—: Nunca más.

Se puso de pie, rodeó la mesa y tiró de mí para que me levantara. Sus brazos me rodearon la cintura con tanta naturalidad, que parecía que había nacido para encajar entre sus manos.

Me llevó a la cama para nuestra primera vez de aquella nueva manera, y en cierto modo, fue como si fuera la primera vez para los dos. Después de apartar la colcha, me tumbó sobre las sábanas y apoyó mi cabeza en las almohadas. Me desnudó a mí primero, y entonces empezó a quitarse la ropa. Fue desabrochando botones, abriendo cremalleras, deslizando ropa sobre las curvas y los valles de nuestros cuerpos, hasta que los dos quedamos desnudos y sin nada que se interpusiera entre nosotros.

Salpicó mi rostro de besos... frente, ojos, la punta de mi nariz, mejillas, mandíbula y barbilla... me besó en la boca de forma casi casta, con un roce de labios contra labios que duró un instante.

Deslizó los labios por la curva de mi cuello, y se detuvo en el hueco de mi clavícula para lamerme la piel. Fue avanzando por el hombro, y siguió por el brazo. Me besó el interior del codo y la cicatriz de la muñeca, y entonces depositó un beso en la palma de la mano y me la cerró, como si quisiera que lo conservara allí.

Sentí que flotaba, me permití el lujo de dejar que me rindiera culto y me adorara. Su boca se deslizó por mis costillas, y llegó a la suave curva de mi tripa. Me estremecí de deseo cuando sopló con suavidad sobre mi ombligo. Me mordisqueó la cadera y el muslo, y cuando se centró en el otro muslo y añadió la caricia de su lengua, mi cuerpo respondió abriéndose, tensándose, llenándose de calor.

Abrí los ojos como platos al sentir que me rozaba el vello púbico con la mano. Hasta ese momento había estado flotando en la tensión erótica que él había creado con su boca, pero mi cuerpo entero se llenó de una tensión mucho menos agradable y mis piernas se cerraron de inmediato.

—Elle... —subió por mi cuerpo hasta que me cubrió con el suyo.

Acepté agradecida el calor que me daba, porque había empezado a temblar. Se apoyó en los codos, y me miró a los ojos mientras su pene presionaba contra mi vientre.

—¿Vas a dejar que te bese? Solo quiero besarte, nada más. Te lo prometo —me dijo, en voz baja.

Cuando negué con la cabeza de forma casi imperceptible, posó la mano en mi mejilla y trazó mis cejas con las puntas de los dedos. Aquel gesto tan tierno me dejó sin aliento, y abrí los labios. Quería decirle algo, pero fui incapaz de articular una sola palabra.

—¿Confías en mí, Elle?

Confiaba en él lo suficiente como para acceder a tener relaciones con él sin condón, como para creerlo cuando me había dicho que yo era la única. Hacía mucho, mucho tiempo que no confiaba tanto en alguien.

—Sí, Dan, confío en ti.

Esbozó una sonrisa y me dijo:

—Entonces, deja que te bese.

No me gusta saber que permití que mi pasado me encerrara en mí misma, que dejé que las circunstancias me robaran la capacidad de tener una relación normal con un hombre, de tener amigos, de ser feliz. No me gusta, pero me sentía impotente ante las circunstancias.

No quería seguir sintiéndome impotente.

—De acuerdo.

Volví a tensarme mientras él deslizaba los labios por mi cuerpo. Cuando se cernió sobre mi sexo, noté la calidez de su aliento y me quedé tan rígida, que supe que los músculos iban a dolerme al día siguiente. Esperé a que traicionara mi confianza, a que rompiera su promesa, a que hiciera más de lo que había dicho, pero entonces me besó con suavidad, con ternura. Inhalé con tanta fuerza al sentir que su boca se posaba sobre mi piel, que me dolió el pecho. Volvió a besarme, y no hizo nada más.

—¿Quieres que pare? —me preguntó.

—No —me cubrí los ojos con la mano mientras intentaba relajarme.

Por alguna razón, me resultó más fácil con los ojos tapados. Aquello era diferente, se trataba de Dan. No era malo que sintiera placer, se suponía que debía ser algo placentero. Era aceptable que me besara allí, que me diera placer con la boca, porque se trataba de Dan. Y no tenía nada de malo.

Volví a sentir su boca... otro beso. Como solía recortarme un poco el vello, no le costó encontrar mi piel. Cuando me besó el clítoris, mis dedos se apretaron contra mi sien.

Grité de placer cuando usó la lengua por primera vez. Mis caderas se arquearon, y me puse la otra mano sobre la cara.

Quería que parara, y también que siguiera. Me abrió un poco más las piernas, y volvió a chuparme; en aquella ocasión, logré tragarme el grito.

Sus dedos trazaron los contornos de mi cuerpo mientras me besaba y me chupaba el clítoris. Era una sensación fantástica, como si estuvieran recorriéndome relámpagos de placer. Sus caricias eran tiernas pero experimentadas, y su boca emulaba casi a la perfección los movimientos que yo solía hacer al masturbarme. Su lengua era como un reguero de agua que fluía sobre mi piel sin prisa, sin nada que pudiera desviarme del placer que iba creciendo en mi interior.

Estuve a punto de perder el control al oírlo gemir.

Si alguna vez has hecho algo que te aterrorizaba porque sabías que a la larga sería lo mejor, entenderás cómo me sentía en ese momento.

—¿Quieres que... pare? —me preguntó, con voz jadeante.

Tuve la impresión de que le costó tanto preguntármelo como a mí responder.

—No —aparté una mano de mi rostro y la posé sobre su cabeza. Su pelo me hizo cosquillas en los dedos—. No te pares, por favor.

Me llevó hasta el borde del orgasmo, y me mantuvo allí. Aquella cima parecía diferente, llegar hasta allí así no era igual. Era como si en vez de caer estuviera a punto de echarme a volar.

Más que correrme, sentí que me liberaba, que me desataba. Siempre había pensado que un orgasmo era como un muelle que se tensaba más y más hasta que saltaba, pero aquella vez el clímax me recorrió como las ondas que se extienden por la superficie del agua. Sentí cada espasmo, y el corazón me martilleaba en las orejas. No exploté, sino que me derretí. Me licué, me convertí en un charco de placer.

Al cabo de un momento, cuando me di cuenta de que estaba respirando de nuevo, Dan ascendió por mi cuerpo y me abrazó mientras me miraba a los ojos con admiración.

—Quiero hacer el amor contigo —susurró.

—Sí, Dan... por favor.

Los dos gemimos cuando me penetró sin condón por primera vez. No sabía que sería tan diferente, creía que afectaría más a su placer que al mío, pero el cerebro es un órgano sexual bastante subestimado. Saber que estaba moviéndose en mi interior sin ninguna protección me afectó tanto como sentirlo.

Se detuvo de pronto, y hundió el rostro contra mi cuello antes de decir con voz ronca:

—Oh, Dios...

Deslicé las manos por su espalda, sentí la forma de su columna vertebral y los hoyuelos que tenía en la base de la espalda. Me penetró más hondo, retrocedió un poco como experimentando, y volvió a entrar.

Se apoyó en las manos para alzarse un poco, y miró hacia abajo mientras me penetraba con embestidas más rápidas. Yo seguí su ritmo, mi cuerpo le dio la bienvenida al suyo con una humedad cálida. Empezó a moverse con más fuerza, y alcé las caderas para que llegara más hondo.

Soltó un grito ronco de placer y sus movimientos se volvieron erráticos. Tenía los músculos de los brazos y del pecho tensos, el rostro rígido, los ojos cerrados y los tendones del cuello tiesos.

—Quiero que te corras, Dan.

Abrió los ojos y soltó un grito ahogado. Su cuerpo se sacudió y noté que palpitaba en mi interior. Imaginé su semen llenándome. Se desplomó encima de mí, pero su peso no me molestó. Sentí la calidez de su rostro contra mi cuello, y me besó en el hombro.

Permanecimos en silencio mientras nuestra respiración se normalizaba y el aire secaba nuestros cuerpos sudorosos. Se apartó a un lado, y después de taparnos con la colcha, me abrazó desde atrás y apretó su pecho contra mi espalda. Sentí su pene húmedo y pegajoso contra mis nalgas, pero estaba demasiado cansada para levantarme.

Me besó entre los omóplatos, y yo apoyé la mejilla sobre una de mis manos. Sus dedos empezaron a subir y a bajar por mi cadera, y la sábana que los cubría se movió en un modo que me recordó al de las olas del mar.

—Era mayor que yo y me dijo que me quería, que era la chica más guapa que había visto en su vida, que jamás amaría a nadie más. Me dijo que moriría si no me tenía.

La mano de Dan se detuvo por un instante, pero de inmediato siguió moviéndose.

—¿Lo amabas?

—No como él quería —cerré los ojos. Suponía que Dan esperaba que me echara a llorar al contar algo así, pero sabía que no iba a derramar ni una lágrima. Me había distanciado del recuerdo en muchos sentidos, y en muchos otros jamás me dejaba en paz—. Pero dejé que hiciera lo que quería. Después siempre me daba las gracias, como si eso lo arreglara todo. A veces quería hacerme cosas... como la que has hecho. Jamás se lo he vuelto a permitir a nadie más.

Volvió a besarme el hombro, y me dijo:

—¿Cuántos años tenías?

—Quince cuando empezó todo, dieciocho cuando terminó.

Sus brazos se tensaron a mi alrededor por un momento, y un poco más cuando no me puse rígida ni intenté apartarme.

—¿Por qué paró?

Aparté la colcha, me senté y lo miré por encima del hombro. Él se había tumbado de espaldas.

—Supongo que decía en serio lo de que moriría si no me tenía.

Pensé que iba a soltar una exclamación de horror, a mostrarse impactado, pero se sentó en la cama y volvió a abrazarme.

Esperé a que me preguntara quién había sido aquel chico que me había amado tanto que había preferido morir antes que vivir sin mí, pero como no lo hizo, no se lo dije.

Las noches de verano empezaban más tarde, y solía estar cansada para cuando empezaba a anochecer. Habíamos pasado el día en el mercado agrícola de la zona, bajo el sol de agosto, y me daba demasiada pereza levantarme para irme a mi casa. Como aquello pasaba cada vez con más frecuencia, incluso había optado por dejar allí un cepillo de dientes y una muda de ropa.

—Se llama Dos Verdades y Una Mentira —me dijo Dan, que estaba sentado a mi lado.

—¿Es como el de Atrevimiento o Verdad?

El ventilador del techo estaba encendido, y el aire fresco nos acariciaba la piel. Bostecé mientras veía cómo daba vueltas. En aquel momento estaba medio desnuda, y medio dormida.

—Más o menos. Tú me dices dos verdades y una mentira, y yo tengo que adivinar cuál es la mentira.

Giré un poco la cabeza para mirarlo. Parecía fresco como una lechuga a pesar de haber pasado el día entero fuera; al parecer, el sol no lo dejaba sin fuerzas como a mí, sino que hacía resaltar tanto las pecas que le salpicaban la nariz y las mejillas como las arruguitas que tenía en las comisuras de los ojos. Colocó la mano bajo su mejilla mientras esperaba a que le respondiera.

—¿Por qué?

—Porque es divertido. Hay que ir bebiendo.

—No vamos a beber —estaba demasiado a gusto en la cama como para pensar en levantarme.

—Me dan miedo las alturas, una vez me comí un gusano, y mi segundo nombre es Ernest.

—Espero que la mentira sea lo último que has dicho —me puse de lado, y coloqué la mano bajo mi mejilla para imitar su postura.

—Pues no, es verdad.

—Me creo lo del gusano, así que la respuesta es lo de que tienes miedo a las alturas.

—Muy bien. ¿Ves cómo funciona?, te toca a ti.

De no ser por las pocas ganas que tenía de moverme, me habría negado a jugar, pero ponerme en plan terco requería demasiado esfuerzo.

—Una vez, canté *This is the Song That Never Ends* ciento cincuenta y siete veces seguidas. Me encanta el color rojo, y nunca he estado en México.

—Es fácil, odias el rojo.

—¿Cómo has podido adivinarlo con tanta facilidad?

—Nunca te lo he visto puesto, y jamás eliges nada rojo si puedes evitarlo.

—Me has visto con pocos colores.

—Sí, es verdad, pero nunca te he visto con nada rojo; además, es fácil de creer que jamás hayas estado en México, montones de personas no han ido nunca. Y es muy propio de ti saber cuántas veces has hecho algo en concreto, así que lo de la canción estaba claro. Aunque la verdad es que el nombre de la canción no me suena.

—Puedo cantártela si quieres, pero nunca se acaba.

Volví a ponerme de espaldas, y me dediqué a mirar el movimiento del ventilador durante un minuto. Dan permaneció a mi lado, mirándome.

—¿Sabes que no paro de contar? —se lo pregunté con un tono neutral, como si el tema me resultara indiferente.

—Sí —me contestó, mientras empezaba a juguetear con un mechón de mi pelo.

—¿Es tan obvio? —mantuve la mirada fija en el techo. Había treinta y cuatro grietas.

—No, pero me di cuenta de que siempre sabes

cuántas cosas hay de todo... —a juzgar por su tono de voz, era obvio que estaba sonriendo—. Cuántas vueltas hemos dado a la manzana buscando aparcamiento, cuántas piedrecitas hay en un jarrón...
—El día que se me cayó.
—Sí.
Respiré hondo, y me dije que daba igual que hubiera descubierto aquella característica mía tan extraña y embarazosa. Me había visto en casi todas las posturas sexuales posibles, pero aquello hacía que me sintiera más desnuda que nunca delante de él.
—No te gusta que lo sepa.
Me giré hasta quedar tumbada de lado, de espaldas a él.
—No, no me gusta.
Me tocó el hombro, y se colocó detrás de mí. Su cuerpo encajó con el mío cadera contra cadera, muslo contra muslo, como piezas de un rompecabezas. Era como si nos hubieran cortado a partir de cera y estuviéramos destinados a encajar a la perfección. Cuando suspiró, su aliento me acarició la piel.
—¿Por qué?, ¿qué más da? —me preguntó.
No supe qué contestar. No supe cómo explicarle lo que contar significaba para mí, cómo lo había utilizado durante tanto tiempo para evitar pensar en cosas terriblemente dolorosas... no pude contestarle, y tampoco a mí misma.
—Me da vergüenza.
Permaneció en silencio durante un largo momento. Su mano empezó a deslizarse desde mi hombro y por mi brazo hasta mi cadera y mi cintura, y entonces recorrió el camino inverso. Tenía su polla y su vientre contra mi trasero, y me di cuenta de

que nuestra desnudez no le había excitado. Eso significaba que habíamos llegado a un punto en que la desnudez implicaba comodidad, que sus caricias podían reconfortarme además de excitarme, que ya no me sentía vulnerable delante de él.

Cerré los ojos al notar el escozor de las lágrimas, y los apreté un poco con los dedos para intentar contenerlas. Dan siguió acariciándome en silencio. Quería apartarme de él, pero no lo hice. Quería salir de la cama, vestirme, regresar a casa para estar rodeada de mis sábanas frías y limpias, de mis paredes blancas y desnudas. Quería estar sola de nuevo.

—Elle... nunca me he roto un hueso, nunca he patinado sobre hielo, y nunca me he enamorado.

Había visto la cicatriz que le había quedado después de que se rompiera la pierna yendo en bici, y había visto fotos suyas en el estanque helado de sus abuelos.

—Dan, no...

Se apretó más contra mí, y posó los labios en aquel punto entre mis omóplatos por el que parecía sentir predilección.

—Eres tan hermosa... ¿por qué no dejas que te...?

Sus palabras hicieron que me moviera. Me senté de inmediato y le dije:

—No sigas, Dan. No lo hagas, echarás a perder todo esto.

—¿Cómo voy a echarlo a perder?, ¿sabrías decirme tú qué es todo esto?

Me levanté de la cama y empecé a buscar mi ropa. No quería oír lo que quería decirme, me negaba a hacerlo. No iba a oírlo, no iba a escucharlo.

—Mírame, Elle.

—Esto es... sexo. Es llegar a conocer a alguien, encontrar a alguien con quien se tiene compatibilidad en la cama, es amistad.

—Eso no es todo.

Encontré mi camisa, y me la puse sin molestarme en ponerme el sujetador. Encontré también las bragas, y la falda larga que me había puesto para ir al mercado. Encontré un zapato, pero el otro no estaba por ninguna parte.

Él me observó desde la cama, y al final me preguntó:

—¿Qué estás haciendo?

—Vistiéndome.

Nuestras miradas se encontraron. Aquel rostro que, a pesar de todos mis esfuerzos por impedirlo, se había vuelto tan familiar para mí, se puso ceñudo. Se rodeó las rodillas con los brazos.

—Me voy a mi casa —añadí.

—¿Por qué?, ¿porque he dicho algo que te ha incomodado un poco?

—¡Sí! ¿No te parece una buena razón?

—¡No!

Su grito me hizo retroceder un paso. Me aferré al zapato que tenía en la mano como si fuera un escudo, y me ruboricé al darme cuenta de lo ridícula que había sido mi reacción. Él me miró ofendido y después con enfado.

—Te comportas como si estuviera a punto de golpearte, Elle.

—Ya sé que jamás harías algo así —le dije, sin mirarlo a la cara.

—Pero crees que voy a hacerte daño, ¿verdad?

Parecía tan dolido y enfadado, que tuve que darle

la espalda. Encontré el otro zapato, y me apoyé en el tocador mientras me los ponía. Uno más uno es uno, uno más dos son tres. Estaba contando, pero me daba igual. Necesitaba los números, la tarea, la distracción, para no tener que mirarlo.

—¡Estás haciéndolo! —bajó de la cama, y se acercó a mí hecho una furia—. ¡Estás dejándome al margen!

—Tengo que irme.

Cuando llegué a la puerta, me agarró de la manga y tiró de mí. No me resistí. Me agarró de los brazos, y me giró para que estuviéramos cara a cara.

—¿Por qué crees que voy a hacerte daño?

—No creo que vayas a hacerme daño —le dije al fin. Al pronunciar cada palabra, era como si estuvieran sacándome púas de la piel—. Soy yo la que va a hacerte daño a ti.

—No tienes por qué, Elle —me dijo con voz suave, mientras me acariciaba la cara.

—¡Pero te lo haré! ¡Te haré daño, Dan! ¡Estoy segura!

—No —me obligó a que lo mirara, y añadió—: No quieres hacerlo.

Me zafé de sus manos de un tirón, y le dije:

—¡No he dicho que quiera, sino que acabaré haciéndolo! No quiero, pero es lo que acabará pasando. Así son las cosas, ¡eso es lo que pasa!

—No tiene por qué ser así.

Si me hubiera suplicado, habría podido mirarlo con desdén antes de marcharme, pero estaba hablándome como siempre, como desde el principio, como si me conociera mejor que yo misma. El problema era que no me conocía tanto como creía.

—Tengo que irme, Dan. Por favor, no me lo pongas más difícil —me abroché la camisa con dedos temblorosos.

—No tiene por qué ser difícil.

Me quedé inmóvil y lo miré a los ojos antes de decir:

—Me dijiste que no lo harías.

Sacudió la cabeza y extendió las manos. Mea culpa, «perdóname».

—Ya lo sé, pero...

—¡No! —en aquella ocasión, fue él quien retrocedió ante mi grito—. ¡Nada de excusas! ¡Me dijiste que no habría ataduras, me lo dijiste al principio! Fui muy clara contigo, te dije lo que quería y tú me dijiste que... que no lo harías.

El nudo que tenía en la garganta me impedía gritar, apenas podía respirar. Me había abrochado mal la camisa, pero era incapaz de volver a desabrochar los botones para corregir el error. Tensé la mandíbula para impedir que las palabras salieran a la luz. A pesar de que no quería, tenía que hacer aquello, y sentí una impotencia tan grande, que agarré la parte inferior de mi camisa con fuerza.

Respiré hondo y luché por controlar el temblor de mi voz al decir:

—Estuviste de acuerdo, dijiste que no te encariñarías conmigo.

Él permaneció en silencio delante de mí, ajeno a su propia desnudez. Como me sentía incapaz de mirar aquel cuerpo que acababa de tocar con el mío, agarré un pantalón que había encima del tocador y se lo tiré al pecho. Él se lo puso y me ahorró la vergüenza de tener que enfrentarme a él mientras estaba desnudo.

—Elle, hemos hecho casi todo lo que un hombre y una mujer pueden hacer juntos, cosas que nunca soñé que haría, cosas que nunca quise hacer con ninguna otra mujer. Cuando me despierto y no te encuentro a mi lado, te echo de menos.

—También echarías de menos a un perro o a un gato, si te acostumbraras a tenerlo sobre la almohada y de repente decidiera dormir en el sofá.

Se llevó las manos a las caderas y me dijo con firmeza:

—Te echo de menos cuando no estás conmigo. Cuando veo algo gracioso, siempre te busco para asegurarme de que estás junto a mí y puedes verlo también. Y si no estás, quiero contártelo para verte reír. Eres hermosa cuando ríes, Elle.

—¡Cállate! ¡Deja de decir esas cosas, ya sabes que no me gustan!

Fui de nuevo hacia la puerta, y él volvió a detenerme.

—¿Por qué no me dejas entrar?

—Has entrado en mí cien veces por lo menos.

Sabía que aquellas palabras eran crueles, y el tono de voz aún más. Esperé a que se pusiera furioso.

—Dejas que te folle, pero nunca dejas que entre dentro de ti de verdad —me dijo, con voz queda.

—Lo siento...

—Entonces, no te vayas. Quédate conmigo, haré palomitas.

—Tendré que contarlas —le dije, mientras dejaba que me atrajera hacia su cuerpo.

—Te ayudaré a hacerlo.

Permití que me abrazara, y le dije:

—Lo siento, Dan.
—Shhh... no tienes nada de qué disculparte.

Había comprado el libro por capricho en una librería del centro, y se lo di a Dan envuelto en papel de plata. Trescientas sesenta y cinco posturas sexuales. Había nombres de lo más creativos como La cuna del amor y La lanza gay, así que debía de haber algo para todos los gustos.

Él se echó a reír al verlo, y empezó a hojearlo de inmediato.

—¿Esta? —me dijo.

Al ver un dibujo en el que un hombre sujetaba a una mujer que estaba cabeza abajo mientras los dos practicaban sexo oral, me eché a reír.

—Sí, claro.

—Parece divertido, ¿no?

—No —pasé las páginas hasta que encontré una postura que parecía más realista—. Esta.

—Aquí pone que hace falta una mecedora.

Lancé una mirada hacia el rincón de su dormitorio donde había una silla de respaldo alto casi oculta por completo bajo un montón de ropa, revistas y cartas publicitarias. Tardó un segundo en apartarlo todo, y otro en volverse a mirarme con una sonrisa. Al cabo de un momento, se había desabrochado los pantalones y los tenía alrededor de las rodillas.

Yo estaba observándolo desde la cama, con el libro en las manos.

—Eres un pervertido.

—Sí, por eso me quieres tanto —me dijo, con una sonrisa de oreja a oreja.

Hice caso omiso de aquel comentario, me levanté de la cama y me quité la camisa. Ya tenía los pezones erguidos y mi sexo empezaba a humedecerse. Hacía cinco meses que éramos amantes, y a pesar de que no quería amarlo, no podía dejar de desearlo.

Dan acabó de desnudarse y se sentó en la silla. Su pene se alzaba contra su vientre, y empezó a acariciárselo sin prisa mientras yo acababa de desnudarme. No fue un striptease demasiado seductor, pero a juzgar por el brillo de su mirada, era obvio que le daba igual que no estuviera girando alrededor de una barra con unos zapatos de plataforma.

—Espera.

Me detuve con los dedos metidos en el elástico del tanga.

—Gírate.

Obedecí de inmediato y se me aceleró el corazón cuando soltó un silbido de admiración. Había comprado el tanga de forma impulsiva, y no le había dicho que iba a ponérmelo. La suave tela de encaje era más cómoda de lo que esperaba.

—Dios... deja que te vea de frente, Elle.

Obedecí de nuevo. Me sentía halagada por su reacción. La parte delantera de la prenda era de encaje casi transparente de un suave tono melocotón, tan parecido al de mi piel que daba la impresión de que no llevaba nada.

—No te lo quites —se acarició con más fuerza y se recostó en la silla.

Quité los pulgares del elástico y me acerqué a él. Me ayudó a que metiera las piernas a través de los brazos de la silla, y cuando estuve sentada a horcajadas sobre él, nos miramos en silencio. Aquella posición nos resultaba familiar, la única diferencia era la silla tambaleante que teníamos debajo.

—¿Con todas las posiciones que hay en el libro, esta es la primera que querías probar? —me dijo, mientras me acercaba la cabeza a la suya para poder besarme.

—Será divertido, no seas tan pesimista.

—Contigo todo es divertido, Elle.

Aquello también me halagó y no pude ocultar una sonrisa. Bajé una mano para apartar a un lado el fino encaje que tenía entre las piernas, y Dan me guio para que me colocara sobre su erección.

—Fantástico —dijo, mientras se hundía en mi interior. Empezó a acariciarme los pechos, me bajó el sujetador y se inclinó para besarme los pezones.

—No sirve de nada que me lo bajes, será mejor que me lo quite.

—Shhh... fóllame —su voz sonó ahogada contra mi piel.

La forma de decirlo no fue demasiado elegante, pero me excitó aún más. Los músculos de mi sexo se tensaron alrededor de su pene, y volví a sonreír al oírlo gemir. Volví a hacerlo, y seguí moviéndome mientras empujaba contra el suelo para que la silla se tambaleara más.

Sexo sin esfuerzo. No hacía falta que Dan arqueara las caderas, el movimiento de la silla se encargaba de todo. Nos balanceamos juntos. El roce del encaje del tanga contra mi clítoris hizo que me estremeciera y que gimiera, y eché la cabeza hacia atrás mientras él me chupaba los pezones.

Estaba casi a punto de correrme cuando mi móvil empezó a sonar. Dan alzó la mirada. Estaba sonrojado. Ninguno de los dos dejó de moverse, y el teléfono siguió sonando.

—Buzón de voz —le dije en voz baja. Estaba demasiado excitada para plantearme siquiera la posibilidad de levantarme para contestar.

Él asintió, y siguió chupándome el pezón. Cuando la silla se movió con más fuerza, pudo penetrarme más hondo. El suave roce de mi clítoris contra su vientre no me bastaba, pero antes de que pudiera bajar la mano, él se me anticipó y me acarició con el pulgar. La sacudida que recorrió mi cuerpo hizo que me acercara más a él, y gemí de placer.

—Joder —susurré, cuando mi móvil empezó a sonar de nuevo.

—Sí, es lo que estoy haciendo.

Los dos nos echamos a reír y fue la risa la que me dio el último empujón. Solté una exclamación ahogada al correrme y me aferré a sus hombros con fuerza. Al oír que el móvil sonaba de nuevo, empecé a cabrearme.

Dan se corrió al cabo de un segundo. Soltó un gemido y dio una fuerte embestida que hizo que la silla se deslizara varios centímetros por el parqué. Nos abrazamos mientras recobrábamos el aliento, pero al oír que el teléfono volvía a sonar, suspiré con irritación.

—Voy a tener que contestar.

—¿Llegas? —me agarró las caderas y añadió—: Yo te sujeto.

Habría sido más fácil que me levantara, pero él había conseguido contagiarme su faceta juguetona. Me eché hacia atrás, enganché mi bolso con un dedo, y tiré de él mientras Dan volvía a incorporarme.

Dentro y fuera de la cama

—Eres muy flexible, me parece que he visto un par de posturas en el libro que se te darían muy bien.

Me eché a reír, aunque aquellas llamadas empezaban a inquietarme. No me habría extrañado recibir una, pero mi madre era la única persona que me llamaría cuatro veces seguidas. Accedí a mi buzón de voz, escuché el mensaje, y lo borré con calma, sin mostrar reacción alguna; sin embargo, cuando vi que Dan me miraba con expresión interrogante, me di cuenta de que no me había mostrado tan impasible como pensaba.

—Te has puesto pálida de golpe, ¿qué pasa? —me dijo, mientras me frotaba los brazos.

—Mi padre está muriéndose —le dije, con una vocecilla que apenas se parecía a la mía.

Capítulo 17

Si hubiera sido por mí, no habría dejado que Dan me acompañara, pero él no me pidió mi opinión y me duchó, me vistió y me metió en el asiento del pasajero de su coche antes de que me diera tiempo a reaccionar. Fue una suerte que me llevara en su coche, porque estoy segura de que yo habría tenido un accidente si hubiera tenido que conducir. Tenía los dedos tan entumecidos, que ni siquiera fui capaz de abrocharme el cinturón de seguridad y tuvo que hacerlo él.

Llegamos al hospital a tiempo de que pudiera despedirme, aunque no tenía gran cosa que decirle. Mi madre estaba sentada a su lado, y no estaba dispuesta a permitir que su papel de viuda mártir se viera eclipsado por el mío de hija pródiga.

Hice lo que pude. Me senté a su otro lado y tomé una de aquellas manos secas y frágiles. Aquel era el hombre que me había enseñado a leer, que me había llevado a pescar y me había enseñado a preparar un anzuelo y a silbar con dos dedos, como los chicos. Aquel era el hombre que me había acompañado hasta el autobús en mi primer día de colegio, con el que había llorado cuando mi madre no lo había hecho.

Aquel hombre era mi padre.

Murió sin pronunciar unas últimas palabras llenas de sabiduría, ni siquiera abrió los ojos. Esperé con su mano entre las mías a que se produjera alguna revelación, algo, cualquier cosa que indicara que sabía que yo estaba allí, que mi presencia le importaba, que lamentaba todo lo sucedido... o que no lo lamentaba. Esperé a que hiciera algo que demostrara que era consciente de mi presencia, pero al final se fue sin molestarse en darme nada. Me sentí indignada, decepcionada y llena de dolor, pero no me sorprendí.

Mi madre no pareció darse cuenta de que había muerto hasta que dejé su mano sobre la cama y me puse de pie. Me miró con los ojos entornados, y con una expresión ligeramente burlona que parecía decir: «Eres una cobarde, vas a huir de nuevo».

—Está muerto, mamá —no era mi intención que mi voz sonara tan fría.

Ella se volvió a mirarlo, y empezó a berrear. Chilló y dio alaridos como las míticas *banshees* del folclore irlandés, pero en este caso, parecía una que había llegado tarde para avisar de una muerte inminente, y a tiempo para anunciar la defunción con sus alaridos.

Varias enfermeras entraron a la carrera en la habitación y me apartaron a un lado. Retrocedí un poco, y me dio igual sentirme ignorada en medio del jaleo. No me quedaba nada por hacer allí. Salí al pasillo y oí que le pedían a mi madre que se calmara, oí que comentaban que sería buena idea darle algo, y poco después oí un profundo silencio; sin embargo, para entonces ya estaba al final del pasillo, abriendo la puerta de la sala de espera.

Dan estaba sentado en un sillón del color de la vomitona de un universitario, con un vaso de café en la mano.

—Elle —se puso de pie y me preguntó—: ¿Cómo está?

—Muerto —le contesté, sin inflexión alguna en la voz—. Y mi madre está comportándose como el mismísimo Espíritu Santo —cuando alargó la mano hacia mí, retrocedí de inmediato—. Necesito un trago.

Me ofreció su café, pero negué con la cabeza. Nuestros ojos se encontraron. No sé qué fue lo que vio en los míos, porque me cuesta mucho recordar qué estaba sintiendo en aquel momento... si es que estaba sintiendo algo, claro. A lo mejor estaba enfadada, pero el recuerdo es bastante borroso, como ver algo desde debajo del agua.

—Hay un bar cerca de aquí —me dijo.

—Siempre lo hay, ¿verdad? —tal y como había hecho el día en que nos conocimos, me fui con él.

Me pareció adecuado beber gin-tonic, porque era la bebida preferida de mi padre. Nunca en mi vida había estado tan borracha, tan ebria, con una tajada tan grande, hasta arriba de alcohol, como una cuba. O, tal y como mi padre solía decir antes de que el alcohol le arrebatara también las ganas de hablar, tan entonada.

Recuerdo haber entrado en el bar, que era un pequeño local bastante agradable llamado The Clover Leaf, pero no recuerdo cómo salí de allí. Me parece que caminé por calles oscuras y que me puse a cantar, pero quizá son imaginaciones mías; en cualquier caso, lo siguiente que recuerdo con claridad es el interior de mi inodoro, y la sangre resonándome en los oídos mientras vomitaba.

Supongo que no es difícil imaginarse cómo se siente una mujer como yo, que a duras penas está cómoda con otras personas cuando está bien, al tener público mientras vomita. El hecho de que me lo hubiera buscado yo misma al beber tanto no me reconfortaba, sino que contribuía a que me sintiera peor. Me retorcí como los gusanos de los libros con los que mi padre me había enseñado a preparar un anzuelo, mascullé imprecaciones, pero me hundí en mi miseria.

Me habría parecido comprensible que Dan se marchara, pero no se apartó de mi lado. Me trajo un vaso de ginger ale y galletitas saladas, pero lo vomité todo. Me sujetó el pelo para apartármelo de la cara, y después sacó una goma de uno de los cajones del mueble del lavabo y me hizo una coleta. Mojó y escurrió toallas que fue poniéndome en la nuca, y sobre todo se sentó a mi lado frotándome la espalda mientras yo lloraba, vomitaba, o hacía las dos cosas a la vez.

La existencia de los clichés tiene una explicación lógica: que la mayor parte de las veces son ciertos. Aquella noche comprobé de primera mano que la oscuridad siempre precede al amanecer mientras permanecía arrodillada echando hasta las entrañas, mientras perdía mi autocontrol.

Dan me puso una toalla a modo de almohada, y me cubrió con una manta. Dormí con la misma ropa con la que había ido al hospital, y me desperté con los músculos agarrotados, la cabeza a punto de estallar y el estómago revuelto. Dan estaba tumbado a mi lado, entre la bañera y el lavabo. Tenía la cabeza echada hacia delante y estaba roncando, pero abrió los ojos en cuanto me moví.

—Hola.

No le contesté, me daba miedo abrir la boca o moverme demasiado. Tenía la sensación de que mi cabeza estaba a punto de desprenderse de mis hombros, y teniendo en cuenta lo mucho que me dolía, quizá habría sido un alivio.

—¿Cómo estás? —me preguntó.

Tragué con una mueca al notar el sabor a vómito, y le dije:

—Como una mierda.

—Bebiste mucho.

—Sí.

Me froté los ojos, apreté las rodillas contra mi pecho, y apoyé la frente en ellas. El suelo estaba duro y frío, pero me sentía incapaz de moverme. Estaba agotada... y mi padre seguía muerto.

Esperé a sentir la oleada de dolor, pero la noche anterior había conseguido entumecerme a conciencia. Creo que en ese momento era incapaz de sentir gran cosa. Dan se me acercó más, y empezó a frotarme la espalda.

—Será mejor que te duches, te sentirás mejor.

Ladeé la cabeza para mirarlo.

—Te has quedado toda la noche conmigo.

Sonrió mientras me apartaba un mechón de pelo de la cara. Me sentí fatal al imaginarme lo espantosa que debía de estar con el pelo apelmazado por el sudor, ojeras y la piel pálida, pero él ni siquiera pareció darse cuenta de mi aspecto.

Se me revolvió un poco el estómago al ver su expresión de preocupación, pero no me dieron ganas de vomitar. Él me acarició la mejilla, me dio un pequeño apretón en el hombro y se puso de pie.

—Venga, ya te la preparo yo.

Graduó el agua a la temperatura ideal, ni demasiado caliente ni demasiado fría. Me levanté como una anciana, agarrada al lavabo para no caerme. Cerré los ojos cuando el mundo empezó a girar a mi alrededor, y apreté los dientes para evitar que otra serie de arcadas me sacaran el estómago por la garganta. Recorrí encorvada los centímetros que me separaban de la bañera. Él me agarró del brazo para ayudarme a entrar.

Una vez dentro, me puse de rodillas y dejé que el agua me diera de lleno en la espalda. Apoyé la frente sobre las manos, en el suelo. Era una de mis posiciones preferidas, casi fetal, que permitía que el agua me envolviera por completo mientras yo permanecía inmóvil. Podía tumbarme de espaldas con las piernas un poco dobladas, porque durante las remodelaciones había hecho que ampliaran la bañera. En alguna ocasión había dormido así, con el agua caliente apartándome del resto del mundo y recordándome cómo debía de haberme sentido al estar dentro del vientre materno.

Estaba tan exhausta, que podría haberme quedado dormida, pero oí que la cortina se abría. Noté que Dan entraba junto a mí, pero no me aparté para dejarle más espacio.

—¿Estás bien, Elle?
—Sí.
—Pues no lo parece.

Giré un poco la cara hacia el chorro de agua, y le dije:

—Mi padre acaba de morir, y me emborraché. ¿Cómo crees que estoy?

—Perdona, ha sido un comentario estúpido.

Agarró el gel y la esponja, y empezó a lavarme la espalda. Era una sensación tan placentera, que no le pedí que parara; al cabo de unos segundos, abrió el bote de champú y empezó a enjabonarme el pelo. Supongo que no le resultó fácil, sobre todo teniendo en cuenta que no intenté ayudarlo en ningún momento, pero perseveró e incluso me enjuagó usando el recipiente que tenía sobre la repisa. Agarró el acondicionador, y me lo aplicó con un masaje firme. También me masajeó los hombros y la espalda, y como el chorro de agua colaboraba a su vez, era como si estuvieran sometiéndome a un tratamiento especial en un balneario.

Para cuando el agua empezó a enfriarse, estaba tan fláccida como una muñeca de trapo. Dan me ayudó a salir de la bañera y me secó con tanta ternura que tuve ganas de echarme a llorar. No lo hice.

Me puso el albornoz, me secó el pelo y me llevó a mi dormitorio. Me tumbó en la cama y se colocó junto a mí. Las sábanas estaban limpias y olían bien. Cerré los ojos en cuanto mi cabeza se posó en la almohada. Oí el sonido de su respiración, y me quedé dormida en cuestión de segundos.

Tenía que celebrarse un funeral, claro, y después una reunión en la casa. Era el escenario perfecto para que mi madre hiciera gala de su angustia ante familiares y amigos. La verdad es que su actitud no me irritó demasiado. Nunca había sido perfecta ni como madre ni como esposa, y teníamos nuestros problemas, pero había estado casada con aquel hombre. Había elegido permanecer junto a él, así que se había ganado la corona de mártir.

El cuerpo de mi padre contenía alcohol suficiente para mantenerlo bien conservado durante un año, pero ella lo organizó todo de inmediato. Supongo que es comprensible que estuviera deseando enterrarlo. Entendí sus prisas, la necesidad de lidiar cuanto antes con lo peor para poder dejarlo atrás y centrarse en otras cosas. Era una actitud que había aprendido de ella.

—¿Cuándo vas a venir a casa? —me preguntó por teléfono.

—Mañana por la mañana, ya te lo dije.

—¿Piensas traer a aquel tipo?

Suspiré con irritación. La luz que entraba por la ventana de la cocina dibujaba una línea sobre la mesa y empecé a trazarla con un lápiz.

—Aún no lo sé, puede que sí.

Permaneció en silencio durante treinta segundos, y al final me dijo:

—No creas que voy a permitir que duerma contigo en tu cuarto. No pienses que, porque tu padre se haya ido, voy a permitir que te comportes como una ramera en mi casa.

—Ya te dije que no pienso quedarme a pasar la noche.

Oí el sonido del encendedor y cómo daba una calada. Me la imaginé conteniendo el humo en sus pulmones antes de volver a soltarlo por la nariz. Bebió un trago de algo, seguramente café, y cerré los ojos al sentir una pena enorme. ¿Cómo era posible que alguien a quien conocía tan bien me causara tanto dolor de forma constante?

—El funeral se celebra a las diez en punto de la mañana, después todo el mundo vendrá a casa. Acabaremos bastante tarde, y seguro que estarás borracha.

—En ese caso, es una suerte que vaya a tener un buen conductor disponible, ¿no? —intenté que sus palabras no me hirieran, pero fue inútil. Mi madre sabía cómo clavarme la aguja en el sitio justo.

—¿Tu... amigo no bebe?

El énfasis que puso en la palabra «amigo» pretendía ser insultante, pero me negué a seguirle el juego.

—Sí que bebe, pero sabe controlarse.

Soltó un bufido de burla, y oí el golpeteo de sus uñas sobre una superficie dura. Supuse que era su taza de café favorita, la que tenía estampada la foto de Andrew.

—Voy a necesitarte, quiero que me acompañes a misa el domingo.

—Sabes que nunca voy a misa, mamá.

—No te echarán de la iglesia, Elspeth —me dijo con voz cortante—. Te iría bien confesarte, expurgar tus pecados para purificarte.

Dentro y fuera de la cama

—No tengo que confesar pecados que no he cometido yo —aferré con fuerza el teléfono.

Mi madre se echó a reír. Cuando era más joven, creía que su risa era preciosa, que ella era una reina de las hadas hermosa y perfecta, y que su amor era inalcanzable.

Su risa seguía igual, pero la percepción que yo tenía de ella había cambiado. Me recordaba al sonido de una puerta metálica herrumbrada que se negaba a abrirse del todo, una de esas puertas que te rasgan la ropa si intentas cruzarlas.

—Llegaré mañana por la mañana, nos vemos en la iglesia —le dije.

—Al menos, sé que vendrás vestida de negro. Por el amor de Dios, maquíllate un poco. Dime que no me pondrás en evidencia.

—Tú sola te las arreglas para hacerlo —me sentí culpable de inmediato al oír que sollozaba.

Me colgó sin despedirse, pero no me importó. Tenía que hacer otra llamada y sabía que la conversación que me esperaba no iba a ser nada agradable. Marqué el número de Chad, pero saltó su contestador automático.

—Hola, soy Chad. Deja de desear estar en mi pellejo, y deja tu mensaje de una vez.

Sonreí al oír su tono de voz jovial. Después de la señal, le dije:

—Hola, Chaddie, soy Elle. Papá ha muerto, y el funeral se celebra el sábado... mañana. Va a haber un velatorio, y me parece que deberías venir.

Hablar con su contestador me resultaba más fácil que hacerlo cara a cara. La noticia de la muerte de nuestro padre escapó de mis labios con tanta naturalidad como si estuviera hablándole de una mascota o de un desconocido.

—Mamá querrá que vaya al cementerio, y supongo que no va a quedarme más remedio que hacerlo. Me iría bien tenerte a mi lado, hermanito —se me formó un nudo en la garganta, y tuve que carraspear varias veces para poder seguir hablando—. Quiere que vaya a su casa, y... voy a ir. Creo que debo hacerlo, que es lo correcto, pero me iría bien que estuvieras conmigo. Ya sé que no quieres volver a esa casa, pero es la última oportunidad que tienes de despedirte de él. A lo mejor te va bien.

No sabía si el contestador tenía un límite de duración de los mensajes, pero de momento no había oído ninguna señal que indicara que iba a cortarme.

—Dan va a venir conmigo, me gustaría que lo conocieras. Por favor, llámame al móvil. Iré a casa de mamá mañana por la mañana, el funeral va a celebrarse en la iglesia de St. Mary, y después todo el mundo irá a la casa. Te quiero, llámame.

El teléfono sonó varias veces, pero en ninguno de los casos se trataba de Chad.

—¿Importa que no sea católico? —me preguntó Dan, que estaba observado la iglesia con aprensión.

—A mí no —respiré hondo, y volví a ajustar la solapa de mi traje negro.

Como tenía el armario lleno de ropa blanca y negra, no había tenido que comprarme nada nuevo, pero hacía bastante que no me ponía aquello y me quedaba un poco ancho. Mi aspecto no me preocupaba por vanidad, sino porque sabía que la Reina

Dragón iba a inspeccionarme en busca de hilos sueltos, botones flojos o suelas desgastadas. No me habría sorprendido que me acercara un círculo cromático a la cara y me dijera que el color de pintalabios que me había puesto no me quedaba bien.

—Estás perfecta, ¿lista para entrar? —me preguntó, mientras me frotaba el hombro en un gesto tranquilizador.

—Deberías marcharte —me volví a mirarlo, mientras mis manos estrujaban y soltaban un pañuelo una y otra vez—. Vete, no tienes por qué aguantar todo esto. Va a ser un día largo y aburrido.

—Me da igual, Elle. Quiero estar a tu lado para apoyarte.

Mis dedos estrujaron con más fuerza el pañuelo, y miré hacia la iglesia y la hilera de gente que iba entrando.

—Te lo agradezco de verdad, pero creo que debería enfrentarme a esto sola. Mi madre...

—Necesita que estés aquí —volvió a frotarme el hombro y bajó la mano hasta agarrar la mía, pañuelo incluido—. Pero tú también necesitas tener a alguien a tu lado, quieres que me quede.

No pude negarlo, al igual que no había podido negarme al resto de cosas que había descubierto que quería gracias a él. Cuando encorvé los hombros, me rodeó con los brazos. Fue un abrazo de consuelo, carente de sensualidad o lujuria. Me di cuenta de que él tenía razón, quería y necesitaba que estuviera a mi lado.

—¿Estás lista? —me preguntó al cabo de unos segundos contra mi pelo—. Me parece que ya ha entrado todo el mundo.

Asentí contra su camisa. Se había puesto una corbata negra, y eché de menos los estampados de drageas y de hawaianas. Recorrí la tela suave con los dedos varias veces, y al final bajé la mano.

—Estoy lista.

Me puso una mano bajo la barbilla para hacer que lo mirara.

—Estoy aquí para ayudarte, Elle. Si necesitas algo, pídemelo.

Me limité a asentir, porque me había quedado sin voz por culpa de una emoción que aún no podía afrontar. Cuando Dan sonrió no pude evitar devolverle el gesto, como siempre.

La iglesia de St. Mary no es demasiado grande, pero es preciosa. Allí había hecho mi primera comunión y mi confirmación, allí había hecho mi primera confesión y todas las siguientes. Había pasado mi niñez allí, bajo la mirada de la Virgen, y sentí una profunda emoción cuando atravesé las pesadas puertas de madera y olí el aroma del incienso y del agua bendita.

Dan tenía una mano bajo mi codo y me guiaba con suavidad. Metí los dedos en el agua bendita, y su textura ligeramente oleosa me pareció una prueba indiscutible de que no era un agua cualquiera, sino algo divino. Después de hacer la señal de la cruz con los dedos húmedos, los froté hasta que se secaron.

El padre McMahon ya había empezado, y más de una cabeza se giró cuando Dan y yo avanzamos por el pasillo hacia el primer banco, donde estaba mi madre vestida de luto. A lo mejor fue un sacrilegio imaginar que Hansel y Gretel debían de haberse sentido así al caminar por el bosque hacia la casa de la bruja, pero supuse que, si el agua bendita no había empezado a hervir al entrar en contacto con mis dedos, Dios estaría dispuesto a pasar por alto un poco de imaginación inofensiva. Mientras hacía una genuflexión y la señal de la cruz, me di cuenta de que mi analogía no había sido acertada. Hansel y Gretel no sabían que iban hacia su perdición, pero yo era consciente de lo que me esperaba.

Dan vaciló por un instante, pero al final se sentó a mi lado en el banco sin hacer ni la genuflexión ni la señal de la cruz. Oí que la señora Cooper, la vecina de mi madre, le decía algo en voz baja a su marido, pero no me giré a mirarla. Aquella mujer solía cocinarme galletas y me había enseñado a hacer ganchillo, pero llevaba unos diez años sin verla.

Mi madre me agarró el brazo en cuanto me senté junto a ella, y se aferró a mí como si estuviera colgando sobre un abismo y yo fuera la única cuerda que podía salvarla; teniendo en cuenta la cantidad de veces que me la había imaginado colgando de una cuerda sobre un abismo, su súbita dependencia me resultó irónica. No pude contener una sonrisa de lo más inapropiada en aquellas circunstancias, así que me tapé la boca con mi pañuelo.

Mi madre se comportó como si Dan no existiera; en cualquier caso, no era momento para presentaciones. Volví a sentir una profunda emoción. Se me había olvidado cómo solían relajarme las familiares palabras del cura, o el hecho de que la suma de los haces de luz coloreada que entraban por las vidrieras de las ventanas siempre diera como resultado raíces cuadradas exactas. Se me había olvidado el flujo y la cadencia de la religión, lo absorbente que podía ser. Aunque a mi mente se le había olvidado cómo se rezaba, mi corazón lo recordaba a la perfección. Murmuré las palabras mientras iba contando las cuentas de mi rosario. Cuando me había dado cuenta de que se podía rezar utilizando los números, me había convencido de que todo el mundo debía de tener la mente llena de cálculos interminables, y me había quedado atónita al descubrir que no era así.

Era consciente de la presencia de Dan junto a mí, pero él permanecía en silencio sin tomarme de la mano ni agarrar el libro de rezos. Estaba observando con una expresión de interés, como si fuera la primera vez que presenciaba una misa, y seguía con la mirada los movimientos del sacerdote en el altar como si estuviera viendo un partido de tenis bastante interesante.

Cuando hicieron oscilar el incensario, estornudó y nos miramos. Intercambiamos una sonrisa, y le di mi pañuelo. A partir de ese momento me tuvo agarrada de la mano, y no me soltó a pesar de que mi madre empezó a dar bufidos, a mascullar cosas ininteligibles en voz baja y a sollozar con más fuerza.

Mi padre tenía seis hermanos y fue el primero en morir, así que la misa se alargó bastante por culpa de todos los que quisieron decir unas cuantas palabras sobre él. No me quedó más remedio que sumarme a la hilera de familiares que se colocó junto a la puerta para aceptar el pésame de todas las personas que iban saliendo. Dan permaneció a mi lado y se dedicó a aceptar abrazos, a estrechar manos y a dar las gracias a todos aquellos que debieron de dar por supuesto que tenía derecho a estar allí. Era un alivio tenerlo junto a mí, porque era como una boya que me ayudaba a mantenerme a flote; por el contrario, mi madre era como un lastre que parecía estar deseando hundirme. Mantenía su mirada ceñuda oculta tras el velo de su sombrero y su pañuelo enorme, pero de vez en cuando se volvía y nos lanzaba miradas envenenadas tanto a mí como a Dan. No sé si él no se daba cuenta, o si sencillamente pasaba de ella.

Para cuando todos habían salido de la iglesia y se dirigían hacia los coches que iban a ir en procesión al cementerio, me dolían los pies y la espalda, y tenía la cara rígida por el esfuerzo de tener que sonreír a la vez que me mostraba afligida. La cabeza también me dolía, por culpa de la tensión que me bajaba por el cuello desde el cráneo y se me anudaba entre los omóplatos.

—Como sabía que ibas a negarte a conducir, he alquilado un coche —me dijo mi madre con rigidez.

—Permita que la acompañe, señora Kavanagh —eran las primeras palabras que Dan le decía a mi madre.

Me tensé creyendo que ella iba a pasar al ataque, pero me equivoqué; al fin y al cabo, mi madre era inigualable en muchos aspectos, y una de sus especialidades era el arte de conseguir crear en su presa una sensación de falsa seguridad.

—Gracias, señor...
—Stewart.
—Señor Stewart —alzó la barbilla con un gesto imperioso. Era obvio que le parecía una vergüenza que yo ni siquiera le hubiera dicho cómo se llamaba mi acompañante.

El coche que había alquilado era grande, negro y

ostentoso, pero por una vez me sentí agradecida por sus aires de grandeza, porque había espacio de sobra para los tres; de hecho, habrían cabido dos personas más... pero esas dos personas no estaban allí.

—¿Qué le ha parecido la misa, señor Stewart? —le preguntó mi madre, sin andarse por las ramas.

—Ha estado bien —le contestó él con diplomacia.

—Me he dado cuenta de que no rezaba.

—Por el amor de Dios, mamá...

—Te agradecería que tuvieras cuidado con lo que dices.

Era un comentario bastante irónico, viniendo de una mujer que en una ocasión se había plantado en la puerta de mi cuarto y me había dicho que era una zorra mentirosa, y que cuando fuera camino del infierno la lengua se me iba a pudrir y empezarían a salirme gusanos.

La fulminé con la mirada, pero Dan permaneció impasible y le dijo:

—No soy católico, así que he pensado que no sería apropiado que rezara. He ido para acompañar a Elle.

Ella soltó un bufido cargado de desprecio mientras se reclinaba en el asiento de cuero del vehículo, y le preguntó:

—Si no es católico, ¿qué es?, ¿luterano, metodista...? No me diga que es uno de esos evangélicos.

—No —Dan esbozó una sonrisa, y le dijo—: Soy judío.

Por una vez en su vida, mi madre pareció quedarse sin palabras. Yo misma me quedé boquiabierta, aunque me recuperé de inmediato. Dan nos miró con un brillo de diversión en los ojos.

—Ya veo —dijo mi madre.

Yo estaba segura de que no veía nada, y de que era la primera vez en toda su vida que conocía a un judío. Me sorprendió un poco que no le pidiera que se apartara el pelo para poder verle los cuernos.

Dan me miró a los ojos, y su boca se curvó en una pequeña sonrisa. Se encogió un poco de hombros y yo le devolví el gesto. Aquella revelación mantuvo a mi madre callada hasta que llegamos al cementerio. Me sentí aliviada al ver que no había tanta gente como en la iglesia, porque así no iba a tener que estrechar tantas manos ni aguantar tantos abrazos.

El coche se detuvo sobre una pequeña colina cubierta de hierba, y al salir se me formó un nudo en el estómago; en ese momento, era yo la que estaba colgada sobre un abismo, y Dan era mi cuerda. Mientras mi madre avanzaba por el camino de grava hacia el montículo de tierra y la tumba abierta que esperaba su aprobación, me aferré a la mano de Dan con tanta fuerza, que le clavé las uñas. No podía soportar la imagen que tenía ante mí, así que me volví y masculé entre dientes:

—Rosas.

Él miró hacia la base de la colina, y se interpuso entre la imagen de la tumba y yo.

—¿Tu madre no sabe que les tienes alergia?

Se me había olvidado que le había dicho aquella mentira; al fin y al cabo, ¿qué significa una más entre tantas?

—Sí, sí que lo sabe.

Me agarró de los brazos y me frotó con suavidad.

—Entonces, no vamos a acercarnos.

—Tengo que ir. Van a enterrar a mi padre, se supone que...

Era consciente de que estaba parloteando, pero era incapaz de parar. Dan me acalló, y sus manos se detuvieron.

—No tienes que hacer nada en contra de tu voluntad, Elle —me dijo, cuando alcé la mirada hacia él.

Respiré hondo. El sol le bañaba el rostro y enfatizaba sus pecas y las arrugas que tenía en las comisuras de los ojos. Bajo una luz tan brillante, alcancé a ver los reflejos dorados que había en el azul verdoso de sus ojos.

—Podemos escuchar desde aquí, Elle. No tienes que bajar hasta allí si no quieres.

Tenía razón, pero además, se mostró inflexible. Parloteé un poco más sobre las obligaciones, el respeto, el honor y las expectativas, y aunque me escuchó pacientemente, no se apartó para permitir que bajara hacia el entierro que ya había comenzado sin mí.

—No tienes que ir hasta allí, no pasa nada —me dijo, mientras me acariciaba el pelo.

Sí, sí que pasaba. Sabía que tendría que pagar por mi cobardía tarde o temprano, siempre acababa haciéndolo.

Tengo una familia grande y bulliciosa, la mayor parte de sus miembros son razonablemente felices, y casi todos ellos son bebedores. El alcohol es el hilo que une a mis alegres tíos irlandeses de la rama paterna con mis sentimentales familiares italianos de la rama materna. Mis cuatro abuelos están vivos, y casi todos mis primos están casados y con familia. Hacía años que no veía a ninguno de ellos, a pesar de que muchos vivían en la misma población que mi madre. Seguro que la veían más a menudo que a mí, que iban de visita a aquella casa que seguía teniendo la misma decoración de siempre.

La silla en la que solía sentarse mi padre estaba vacía. Nadie quería sentarse en ella, a pesar de que faltaban asientos y había gente de pie.

—Como un santuario —murmuré. Solo había tomado un vaso de vino, que era una bebida que mi familia paterna desdeñaba y la materna adoraba—. Toda la casa es como un jodido santuario.

Todos habían recibido a Dan con los brazos abiertos... excepto mi madre, aunque estaba muy distraída con su papel de viuda destrozada y no me daba demasiado la lata. Dan había estrechado manos y había sufrido todo tipo de comentarios bienintencionados con un aplomo envidiable. Se había encargado de llevarles bebida y comida a las damas mayores, y había flirteado con ellas con tanta caballerosidad, que las había encandilado a todas.

Se apoyó en la pared junto a mí y me dijo:

—Tu familia parece agradable.

Tardé unos segundos en contestar. Tomé un poco de vino, y lo mantuve en la boca por un instante antes de tragar.

—Casi todas las familias lo parecen, ¿no?

No insistió en el tema, y nos limitamos a mirar a nuestro alrededor en silencio. Mi madre no había hecho demasiados cambios desde que me había ido de allí. Sus ansias por estar a la última se reflejaban más en su aspecto físico que en la casa. La enorme televisión de plasma que dominaba el salón debía de haber sido idea de mi padre.

Mi prima Janet se nos acercó. Había engordado un poco desde la última vez que la había visto, pero era obvio que su aumento de peso se debía al bebé que tenía en brazos. Después de saludar a Dan con una sonrisa, me abrazó con cuidado para no despertar al niño. Su habilidad me sorprendió, y supuse que las madres recientes acababan acostumbrándose a hacer cosas que no despertaran a sus hijos.

—Hola, Ella, me alegro de verte. ¿Cómo te va?

—Muy bien. Tienes muy buen aspecto, felicidades —miré al bebé y añadí—: Recibí tu postal.

—Y nosotros tu regalo, era una maravilla. ¿La hiciste tú misma?

—Sí —miré de reojo a Dan, y me ruboricé al ver que estaba observándome con interés.

—Es preciosa —se volvió hacia Dan y le dijo—: Nos envió una manta tejida a mano. Hola, soy Janet.

—Me alegro de que os gustara —comenté, después de hacer las presentaciones de rigor.

—Fue una lástima que no pudieras venir al bautizo, tu madre nos dijo que estabas fuera de la ciudad.

—Eh... sí, viajo bastante —otra mentira.

—Ven a vernos cuando quieras, sabes dónde vivimos —me dijo, sonriente. Miró hacia su marido, Sean, que había acabado el instituto el mismo año que yo—. Y lo mismo te digo a ti, Dan. Cualquier amigo de Ella es amigo nuestro.

Lo mejor de todo era que Janet lo decía en serio. Cuando me dio otro abrazo, el bebé se despertó, y se alejó después de disculparse diciendo que tenía que amamantarlo y cambiarle los pañales.

Vi pasar a familiares y a amigos, y la mayoría se

detuvieron para charlar conmigo y para decirme que se alegraban de verme. Asentí y sonreí, porque les agradecía de verdad su cordialidad. No era culpa suya que hubiera huido y que no quisiera mirar atrás.

—¿Por qué te llaman Ella? —me preguntó Dan, en un momento de calma.

Ya me había bebido tres vasos de vino. Estaba sonrojada y un poco achispada, pero no quería emborracharme.

—Porque me llamo así.

Se nos acercó otra prima, y para cuando se alejó después de recordarme que le debía una llamada de teléfono, empezaba a tener ganas de hacer pis. El pequeño aseo que había junto a la cocina estaba ocupado todo el rato, y acababa de ver a mi tío Larry yendo hacia allí. Como no podía esperar a que saliera, decidí ir al cuarto de baño de la planta superior.

—Voy contigo —me dijo Dan, cuando le comenté adónde iba—. Yo también tengo ganas de hacer pis.

Nos abrimos paso entre la gente. Buena parte de los presentes iban camino de emborracharse con la ginebra de mi padre. Cuando puse un pie en el primer escalón, alcé la mirada. No había subido allí desde que me había ido de aquella casa, pero mi mano encontró con facilidad el interruptor de la luz. Está claro que muchas veces el cuerpo recuerda lo que la mente intenta olvidar.

Dieciséis escalones, los había contado demasiadas veces como para olvidarlo. La moqueta que los cubría en el pasado ya no estaba, y por el centro de la madera desnuda subía una alfombrilla con un estampado de flores beis y doradas. Es casi imposible limpiar los rastros de sangre de una tupida moqueta blanca.

—¿Estás bien? —me dijo Dan, que estaba a mi espalda.

—Sí —subí otro escalón mientras él me pisaba los talones.

Fuimos encontrando varios rostros conforme fuimos subiendo. Mi madre había colgado fotos enmarcadas, a intervalos exactamente iguales. Al ver una que estaba un poco ladeada, la puse bien con la punta de un dedo.

—¿Eres tú?

No había duda de que aquella niña de sonrisa mellada y coletas era yo.

—Sí.

—Eras una preciosidad.

—Sí, claro, si te gustan las niñas que parecen monos.

Dan se echó a reír.

—No parecías un mono, Elle.

No quería seguir allí parada, pero Dan se entretuvo a mirar todas las fotos. Había fotos de mi época de colegio, de mis padres con peinados típicos de los setenta y ropa de poliéster, mirando a cámara sonrientes con un niño delante, fotos de equipos deportivos... había tantas imágenes, que parecía imposible que faltara alguna, pero yo sabía que no estaban todas. Mi madre había quitado todas las que pudieran recordarle que había tenido dos hijos varones, no uno solo que para ella había sido perfecto. Era como si Chad jamás hubiera existido, y yo era un mero añadido. No había colgado mi imagen sonriente por orgullo materno, sino para demostrar que tenía razón.

Dan era muy listo, solo tardó unos segundos en darse cuenta de que había muy pocas fotos de mí y un montón de otra persona. Frunció el ceño en un gesto de concentración mientras miraba todas aquellas imágenes que contenían la misma sonrisa, la que no era mía.

Al final de la escalera había un último conjunto de imágenes. Era un tríptico, un marco con tres fotos. En la primera aparecía Andrew, muy sonriente y bronceado, con los ojos chispeantes. En la segunda estaba yo, una muchacha que tenía el pelo largo y oscuro, unas mejillas regordetas y granos en la cara, y que no sonreía. El espacio en el que debería estar la tercera foto estaba vacío.

—Elle... —Dan volvió a mirar una foto anterior en la que yo estaba riendo mientras sujetaba un pez que acababa de pescar. Entre aquella foto y la del tríptico solo habían pasado tres años, pero aquel tiempo había sido toda una eternidad—. ¿Esta también eres tú?

—Sí —le dije, antes de seguir andando.

Se apresuró a alcanzarme, y me siguió por el pasillo hasta que me agarró del brazo con suavidad y me giró para que lo mirara cara a cara.

—¿Qué pasó?

—Que dejé de sonreír, y nadie me preguntó por qué.

Permanecimos así durante unos segundos que me parecieron horas. Sus ojos se ensombrecieron. Puse la mano en el pomo de la puerta que tenía a mi espalda, la abrí y entré en la habitación.

—¿Quieres ver mi antiguo dormitorio? —las palabras parecieron un desafío en vez de una invitación.

—Sí, claro.

Cuando entró, su rostro mostró una emoción tras otra cuando miró aquel lugar que había permanecido intacto durante diez años. Vi interés, sorpresa e incomodidad, pero fue la lástima lo que hizo que se me endureciera el corazón.

—Rosas —me dijo.

—Sí, rosas.

De pequeña, dormía en una habitación llena de rosas. Las había en las cortinas, en el papel de la pared, en la colcha, en las almohadas... enormes rosas rojas que parecían sacadas de un cuento de hadas, pero ni siquiera las espinas habían conseguido mantener a los monstruos alejados de allí.

—Ahí había una alfombra, pero se manchó. Supongo que mi madre la tiró.

—Elle...

—Puedes llamarme Ella, todo el mundo lo hace —le dije, con voz gélida—. O Elspeth, es mi verdadero nombre.

—Es un nombre bonito —se me acercó como si quisiera abrazarme, pero al ver que me apartaba, añadió—: Te llamaré como tú quieras.

Recorrió con la mirada las estanterías en las que estaban mis muñecas y mi colección de caballos en miniatura, que no tenían ni una mota de polvo encima. Contempló mi escritorio, y el armario en el que seguro que aún estaban mis zapatillas de ballet y mi corona de juguete.

—¿Qué pasó con el chico de las fotos?

Dentro y fuera de la cama

Creo que ya lo sabía, pero que quería oírmelo decir. A lo mejor tenía la esperanza de que la respuesta fuera diferente, quizá esperaba que le mintiera. A lo mejor debería haberlo hecho, pero estaba harta de mentir y de esconderme tras una barrera de espinas.

—Ya te dije lo que le pasó —le dije, con voz carente de inflexión—. Se cortó las venas, y se desangró mientras yo observaba. Está muerto.

Capítulo 18

No esperé a ver su reacción. Tenía la vejiga a punto de reventar y empezaba a sentir náuseas, así que pasé junto a él a toda prisa y me encerré en el cuarto de baño. Tuve la impresión de que me pasaba una eternidad meando, y logré contener las ganas de vomitar repitiendo una y otra vez las tablas de multiplicar. En otra época, el cuarto de baño era blanco, pero parece ser que también cuesta mucho quitar la sangre de las toallas y las cortinas de la ducha. Mi madre había optado por un tono azul oscuro con acentos dorados. Las margaritas pintadas que en otros tiempos habían decorado las paredes blancas habían quedado cubiertas por un papel con motivos náuticos. Acaricié los barquitos, y empecé a contarlos. Me pregunté si la sangre seguía salpicando la pared por debajo de aquel papel, o si mi madre había intentado limpiarla a fondo.

—Elle, por favor, déjame entrar —me dijo Dan, mientras movía el pomo de la puerta.

Respiré hondo antes de contestarle.
—Déjame en paz, por favor.
No respondió. Me lavé las manos dedo a dedo, y las enjuagué una y otra vez. Me acerqué a la puerta, y dije:
—¿Dan?
Sabía que estaba allí, pero lo pregunté de todas formas. Al ver que no intentaba abrir, me lo imaginé al otro lado de la puerta, y posé la palma de la mano sobre la madera como si pudiera tocarlo a través de ella. Apoyé la frente también, y cerré los ojos.
—Sigo aquí.
Tuve que tragar con fuerza antes de poder hablar.
—Necesito que te vayas, Dan.
—Elle...
No me preguntó por qué, y yo no quise decírselo. ¿Qué iba a decirle, que me resultaba más fácil cargar sola con el peso de la vergüenza? ¿Que en aquel momento, justo después de la muerte de mi padre, no podía soportar mirarlo a la cara sabiendo que él era consciente de lo que me había pasado?
—No quieres que me vaya —la firmeza de su voz era un consuelo que podía destrozarme si lo aceptaba.
—Eso no va a funcionar esta vez, Dan. Quiero que te vayas... lo necesito.
Al oír un ruido sordo me lo imaginé estando igual que yo, apoyado contra la puerta. Soltó un fuerte suspiro, y oí el tintineo de unas llaves.
—No quiero irme, Elle. ¿Por qué no me dejas pasar?, no hablaremos de nada que tú no quieras...
—¡No! —mi grito resonó en el cuarto de baño, y

di un respingo cuando el sonido me golpeó de lleno en el oído—. Lo digo en serio, Dan. ¡Quiero que te vayas, en este momento tengo que estar sola!

—No tienes por qué estar sola —me dijo.

—Pero quiero estarlo.

No contestó. Esperé en silencio, y al final oí el sonido de pasos que se alejaban hasta desaparecer. Para cuando salí, casi todo el mundo se había marchado ya, y habían dejado montones de comida que iba a tener que congelar.

La señora Cooper aún estaba allí. La encontré en la cocina, poniendo la tetera al fuego y atándose a la cintura un delantal. Se giró al oírme entrar, y me miró con una sonrisa cálida que no alcanzó a derretir el hielo que se me había formado en medio del pecho.

—He acostado a tu pobre madre, he tenido que darle una pastilla para el dolor de cabeza. Está descansando, voy a ponerme a lavar los platos.

—No hace falta que se moleste, señora Cooper.

—No es ninguna molestia, querida. Los vecinos estamos para ayudarnos en momentos de necesidad —sonrió de nuevo, y agarró el bote de lavavajillas.

Me agaché para sacar del armario las mantequeras que mi madre solía usar para guardar comida, pero en su lugar encontré un montón de fiambreras y de recipientes de plástico con sus respectivas tapas. La señora Cooper me miró al oír mi exclamación de sorpresa, y soltó una risita antes de decir:

—Tu madre no tiene remedio, querida. Organizó una de esas reuniones, y se volvió loca comprando. Nunca va a usar más de dos o tres a la vez, sobre todo ahora que está sola, pero supongo que hoy le irán bien —señaló con un gesto la mesa, que estaba cubierta hasta los topes con ensaladas de patata, pasteles de carne, guisos y dulces de varias clases—. La gente es muy generosa, ¡mira cuánta comida!

—Llévese lo que quiera a casa, puede que al señor Cooper le apetezca algo.

—Gracias, querida.

Empezó a lavar los platos mientras yo iba metiendo la comida en los recipientes. Cuando estaba pasando una cuchara por encima de una montaña de ensaladilla rusa para poder poner la tapa, me preguntó:

—¿Dónde está tu acompañante?

—Me parece que ha tenido que marcharse —Dan me había hecho caso, y se había ido. Me había dado lo que yo quería, como siempre.

—Parece un buen hombre, creo que a tu madre le ha caído bien.

—¿En serio? —le pregunté, mientras la miraba boquiabierta.

—Sí —me dijo, sonriente—. Tu madre está muy orgullosa de ti, no deja de hablar de lo bien que te va en tu trabajo, de los ascensos que has conseguido, de cómo te has encargado tú misma de arreglar tu propia casa... sí, parecía muy impresionada con tu acompañante. Me ha dicho que tiene un buen trabajo, y que es un joven muy educado.

Me costaba creer que mi madre hubiera dicho algo así, pero no ahondé en el tema. Me centré en llenar los recipientes y en apilarlos para poder bajarlos al congelador del sótano.

—Me ha encantado verte, hacía mucho que no venías por aquí. Siento que haya sido en una ocasión tan triste. Fred y yo te echamos de menos.

El montón de recipientes que tenía delante se dobló y se triplicó, así que tuve que parpadear para contener las lágrimas.

—Gracias, señora Cooper.

—Sabes que todos lo sentimos muchísimo, ¿verdad? —me dijo con voz suave.

—Mi padre cavó su propia tumba. No quiero parecer insensible, pero es algo que usted sabe tan bien como yo.

—No me refería a lo de tu padre —me dijo la mujer que me había dado mi primera copia de *El principito*—, sino a lo de Andrew.

A veces, cuando las cosas se rompen, es posible recomponerlas con pegamento, celo o con una cuerda, al menos de forma temporal. Pero otras veces no hay forma de recomponer lo que se ha roto y las piezas caen por todas partes, y a pesar de que uno cree que puede volver a encontrarlas todas, una o dos siempre acaban faltando.

En ese momento me rompí, me desmoroné como un jarrón de cristal que se estrella contra un suelo de cemento. Me alegré al perder de vista algunas de las piezas, había algunas que no quería volver a ver en toda mi vida.

Me eché a llorar, y la señora Cooper me frotó la espalda mientras dejaba que me desahogara.

Qué misterioso es el país de las lágrimas... es lo que dice el narrador de *El principito*, cuando hablan por primera vez de cosas serias. Y tenía razón, mi país de las lágrimas había sido un misterio durante mucho tiempo.

—No fue culpa tuya —la señora Cooper empezó a acariciarme el pelo, tal y como había hecho cuando de pequeña entré corriendo en su cocina para ver si me daba una galleta y me hice un arañazo en la rodilla al tropezar—. Nada de lo que pasó fue culpa tuya. Deja de culparte, cielo.

—¿De qué me sirve dejar de culparme, si ella sigue haciéndolo? —le pregunté entre sollozos.

La señora Cooper no supo qué contestar a eso.

Dan me dejó diez mensajes antes de que lo llamara. Sé cuántas veces levanté el teléfono y volví a colgar, pero me da vergüenza decirlo. Me sentía incapaz de hablar con él. La señora Cooper me había dicho que dejara de culparme a mí misma, pero no podía hacerlo, al igual que no podía enfrentarme a Dan. No quería ver que algo había cambiado en sus ojos cuando me miraba.

—No puedo seguir viéndote —le dije al fin, cuando conseguí marcar su número y mantenerme al teléfono el tiempo suficiente para que respondiera—. Lo siento, pero soy incapaz. No puedo afrontar lo nuestro... no puedo.

Oí el sonido de su respiración. En aquel momento, no solo nos separaba la puerta de madera de un cuarto de baño.

—No sé qué quieres que te diga, Elle.

—Que te parece bien.

—No puedo decir eso, porque no es verdad —me dijo, con voz un poco más seca—. Si quieres cortar conmigo, adelante, pero no pienso facilitarte las cosas.

—¡No estoy pidiéndote que me facilites nada! —le dije con furia, mientras empezaba a pasear de un lado a otro.

—Es justo lo que estás pidiendo.

—¡Vale, pues hazlo!

—No —me dijo, después de unos segundos que me parecieron interminables—. No puedo, Elle. Ojalá pudiera, pero soy incapaz.

Me senté en el suelo, porque la silla estaba demasiado lejos.

—Lo siento, Dan.

—Sí, yo también.

Quería colgar, pero fui incapaz.

—Adiós, Dan.

—No tienes por qué estar sola. Ya sé que crees que no tienes otra opción, pero estás equivocada. Llámame cuando cambies de idea.

—No cambiaré de idea.

—Quieres hacerlo, Elle. Quieres cambiar de idea.

Como no pude negar que lo que estaba diciéndome era cierto, colgué. Lo dejé marchar, dejé que se alejara de mí. Me convencí a mí misma de que era lo mejor, me dije que era mejor decirle adiós a algo antes de darle tiempo a germinar. El dolor me consumía, y no tenía tiempo para nada más.

Los días fueron pasando. Me centré en mi trabajo, porque así no tenía que pensar tanto en mi padre, ni en Dan, ni en mi madre, ni en mis dos hermanos. Uno de ellos estaba muerto, y el otro lejos. Chad no se puso en contacto conmigo, y al final dejé de llamarlo.

A priori, da la impresión de que no fue una buena época para mí, pero la verdad es que la introspección y el tiempo que pasé sola, sin distracciones, al final resultaron ser lo mejor que pude haber hecho.

Dentro y fuera de la cama

Dejé de intentar olvidar lo que había pasado en la casa de mis padres, y me centré en superarlo. No se me daba demasiado bien, porque me había escudado tras mis secretos durante demasiado tiempo. Se habían convertido en un hábito, pero era un hábito del que por fin estaba dispuesta a desprenderme.

El verano dio paso al otoño. Llegó la temporada de las manzanas, así que fui a comprar unas cuantas al mercado de Broad Street. Cuando estaba examinando las de un puesto en el que vendían fruta de la zona, me giré al oír una voz que en otros tiempos me había resultado muy familiar.

—¿Elle?

Mi sonrisa intentó desvanecerse, pero la obligué a que permaneciera donde estaba.

—Matthew.

Seguía siendo alto y atractivo. Tenía las sienes canosas, y cuando sonrió se le formaron arrugas alrededor de los ojos y en la frente.

—Hola —me dijo, como si nos hubiéramos visto el día anterior.

Me quedé atónita al ver que se me acercaba como si quisiera... ¿qué?, ¿abrazarme? Me aparté de inmediato, y su sonrisa se volvió un poco tensa. Se metió las manos en los bolsillos.

—Hola —le dije con cautela.

—Me alegro de verte, Elle.

Alcé un poco la barbilla y le dije con voz firme:

—Gracias.

—Estás... fantástica.

Hacía más de ocho años que no lo veía.

—Ya sabes lo que dicen, la mejor venganza es tener buen aspecto.

Al ver que fruncía el ceño, recordé que nunca había llegado a entender mi sentido del humor.

—Elle...

Negué con la cabeza, y volví a dejar las manzanas en su sitio. Ya no me apetecían.

—Lo siento, Matthew. Ha pasado mucho tiempo, tú también tienes buen aspecto.

Nos quedamos mirando en silencio mientras la gente que abarrotaba el mercado se movía a nuestro alrededor.

—¿Te apetece tomar un café conmigo?

No pude negarme, así que dejé que me invitara a una taza de café. Fuimos a una cafetería que había cerca de allí, y charlamos sobre el trabajo y sobre varios amigos que teníamos en común, a los que él seguía viendo y con los que yo había perdido el contacto. Me habló de su esposa, de sus hijos, de su trabajo y de su vida, y no pude evitar envidiarlo un poco, aunque el papel de madre de familia me parecía un poco restrictivo.

—¿Y tú qué?, ¿cómo estás? ¿Eres feliz?

Alargó la mano hacia la mía y yo se la agarré y miré aquellos ojos que en otros tiempos había amado tanto.

—¿Me lo preguntas porque te sentirías mejor sabiendo que lo soy?

—Sí, pero también porque me gustaría saber cómo estás.

Me limité a sonreír, y al ver que seguía esperando, me encogí de hombros.

—Ni siquiera vas a decirme si eres feliz —me dijo con resignación, antes de apartar la mano—. Siento lo que pasó, Elle. Lamento lo que te dije y lo que hice. Era joven, cualquiera en mi lugar habría hecho lo mismo. Me mentiste, no fuiste sincera conmigo. ¿Qué querías que pensara? —como mi única respuesta fue sonreír de nuevo, añadió—: Lo siento mucho, Elle. No sabes cuánto.

—No te preocupes, fue hace mucho tiempo. Ya no importa.

—Eres tan guapa... ojalá... —me dijo en voz baja.

—¿Ojalá qué? —no lo dije con curiosidad, sino con sequedad.

—¿Quieres que vayamos a algún sitio?

Me quedé atónita, y al principio me costó encontrar las palabras adecuadas.

—¿Adónde?, ¿a un motel?

Parecía avergonzado, culpable, pero estaba ruborizado por la excitación. Con el pulgar de la mano izquierda empezó a girar la alianza que tenía en el anular, y al final me dijo:

—Sí.

Si me lo hubiera propuesto meses atrás, quizá habría aceptado, pero en aquel momento me puse de pie y le dije con firmeza:

—No.

—Lo siento —me dijo, mientras se levantaba también.

Apreté los puños con fuerza y le espeté:

—Dijiste que yo te había puesto los cuernos, que ser infiel era lo peor... que una persona infiel era despreciable. ¿Qué le dirías a tu mujer sobre lo que acaba de pasar?

Parecía muy incómodo, y en ese momento me di cuenta de que no solo había encontrado las cartas, sino que además se había enterado de quién me las había enviado. Me fui hecha una furia, pero me alcanzó en la calle y me agarró del codo con tanta fuerza que me hizo un moratón.

—¡Estoy intentando decirte que me equivoqué!

—Me dijiste que me amabas, pero he oído mejores frases en labios de hombres mucho peores. Si me hubieras amado de verdad, no me habrías dejado.

Aquella boca que en el pasado me había besado el cuerpo entero se curvó en un gesto tenso.

—Tendrías que haberme contado la verdad.

Solté una carcajada llena de amargura y le dije:

—Te la conté, y tú me diste la espalda.

Aún recordaba la expresión de asco de su cara, cómo se había apartado de mí. No había vuelto a besarme nunca más.

—No fue culpa mía, no hice que sucediera. No dejé que hiciera aquellas cosas, Matthew, las hizo porque quería hacerlas. No le pedí que me escribiera aquellas cartas, lo hizo porque quiso —al ver que no decía nada, liberé mi brazo de un tirón y añadí—: No permití que mi hermano hiciera lo que hizo —me alegré al ver que se le crispaba el rostro—. Lo hizo sin más, y yo contaba con que tú me amaras a pesar de todo. No lo hiciste, así que dime una cosa: ¿quién fue el que acabó jodiéndome al final?

Entonces di media vuelta y me alejé de él. Oí que me llamaba, pero no me volví.

—El lugar es perfecto, Bob —recorrí con la mirada el centro comercial, que estaba abarrotado.

—Sí, por aquí pasa un montón de gente —me dijo, con una sonrisa.

Dentro y fuera de la cama

A Triple Smith y Brown no le hacía falta participar en un evento como aquel, la empresa era muy productiva y no necesitaba buscar nuevos clientes de forma activa; a pesar de todo, me gustaba que los socios principales nos dejaran participar. Era agradable formar parte de una empresa que no solo se preocupaba de sus empleados, sino también de la comunidad en la que estaba.

No estoy demasiado acostumbrada a tratar con niños. No tengo sobrinos, y a pesar de que mis primos han empezado a tener hijos, me he limitado a admirarlos desde una distancia prudencial. Nunca sé cómo hablar con los niños. No soporto las caras bobaliconas que ponen los adultos, como si los niños fueran estúpidos, y a la vez no alcanzo a entender el comportamiento de esos pequeños seres humanos.

—Hola —le dije a una niña que estaba junto a su hermano—, ¿quieres una bolsa con regalos?

Nada. Ni una sonrisa, ni un gesto de asentimiento, ni una palabra. El niño soltó un pequeño sonido, pero la niña permaneció tan silenciosa como una tumba.

—Kara, esta señora te ha hecho una pregunta —le dijo la mujer que estaba con ellos, y que supuse que era su madre.

La mujer le dio un pequeño empujoncito a la niña, y yo le ofrecí la bolsa mientras sonreía para darle ánimos. Me sentí como Dian Fossey, intentando que un primate tímido la aceptara. La niña siguió mirándome en silencio, y el niño se metió un dedo en la nariz. Retrocedí de inmediato y le di dos bolsas a la madre.

—Para los niños. Dentro hay un paquete de pañuelos de papel.

Al ver que no entendía la indirecta, supuse que a lo mejor lo del dedo en la nariz era tan habitual para ella que ya ni se inmutaba. Agarró las bolsas, y se fue con los niños después de darme las gracias.

Me giré hacia la caja donde tenía las bolsas, y agarré otra.

—Hola —dije, mientras me volvía de nuevo hacia delante—. ¿Quieres una bolsa con regalos?

El chico que se había detenido delante de nuestra mesa era un poco mayor para juguetitos de plástico y lápices de colores, pero supuse que a lo mejor le iban bien los pañuelos de papel. Gavin se movió con nerviosismo. Tenía las manos metidas en los bolsillos de su enorme sudadera. El pelo le había crecido un poco más y el flequillo le oscurecía los ojos, pero estaba convencida de que no estaba mirándome.

—Hola, señorita Kavanagh.

Había llegado justo cuando no había nadie esperando. Miré por encima del hombro a Bob, que estaba abriendo otra caja de bolsas. Marcy había dejado su puesto junto a la máquina de palomitas para ir a buscarnos algo de comer. Erguí un poco más la espalda, y mantuve un tono de voz neutral.

—Hola, Gavin.

—La he visto, y solo quería decirle... quería decirle que...

No lo ayudé, y mantuve los ojos fijos en un punto por encima de su hombro. Era incapaz de sonreírle, las acusaciones de su madre me habían herido demasiado.

—Mi madre perdió el control.

Asentí y empecé a colocar bien los dípticos, las libretas y los lápices que había sobre la mesa. Él volvió a moverse con nerviosismo. En su sudadera había estampado un esqueleto sonriente que tenía una daga atravesándole el cráneo.

—Mi madre se... se enfadó un poco porque yo no hacía mis tareas cuando pasaba tanto tiempo con usted, y quiso saber qué era lo que hacíamos en su casa.

—Ya veo —conseguí mirarlo a los ojos a pesar del flequillo, y le dije—: Y supongo que tú se lo contaste.

Se mordió el labio durante unos segundos antes de contestarme.

—Sí.

Asentí y seguí ordenando las libretas y los lápices que tenía delante.

—Pues me parece sorprendente que ella crea que hacíamos otra cosa.

Se puso a la defensiva de inmediato.

—Bueno, usted es una mujer guapa, y yo un adolescente...

Volví a alzar la cabeza. Supongo que mi mirada llena de furia le impactó de verdad, porque se calló de golpe.

—Me parece que no entiendes los problemas que podrías causarme, Gavin.

Mantuve la voz baja, y les di un par de bolsas con regalos a unos gemelos que iban vestidos con ropa idéntica. Los dos sonreían encantados y tenían la cara manchada de helado de chocolate. Cuando sus padres se los llevaron, me volví de nuevo hacia Gavin y le pregunté:

—¿Lo entiendes?

Él se encogió de hombros.

—Mi madre me dijo que soy un adolescente salido, y que sabía que aprovecharía cualquier oportunidad que se me presentara para hacer algo sucio.

Sucio. Allí estaba aquella palabra de nuevo. Me crucé de brazos justo cuando Bob se me acercó para decirme que iba un momento al servicio. Me alegré de que me dejara a solas con Gavin.

—Nunca he hecho nada sucio contigo —le dije con voz gélida.

Él agachó la cabeza, y fijó la mirada en sus pies.

—Así conseguí que dejara de darme la lata, y que no me preguntara sobre lo de los cortes.

—Creía que éramos amigos —le dije con rigidez—. No se traiciona a un amigo para salvar el pellejo.

—Lo siento.

—Estoy trabajando, será mejor que te vayas.

Me miró por encima del hombro con expresión contrita mientras se alejaba, pero me mantuve inflexible.

—Perdona que te lo diga, cielo, pero pareces una mierda pinchada en un palo.

—Caray, Marcy, muchas gracias —añadí leche y azúcar a mi taza de café, y tomé un trago. Estaba horrible, pero me lo bebí de todas formas.

—Si no me dices lo que te pasa, te obligaré a escuchar hasta el último detalle de mis vacaciones en Aruba.

Marcy me había convencido de que saliéramos a comer para aprovechar uno de los últimos días que quedaban de buen tiempo. Estaba atrapada, y ni siquiera los kilos de rímel que se había puesto en cada ojo podían evitar que su mirada penetrante me atravesara.

—¿Cuándo has estado en Aruba?

—Nunca, pero pienso ir en mi luna de miel.

Bebí otro trago de café, aunque para entonces ya tenía tanta cafeína en el cuerpo, que estaba acelerada como una moto. Al darme cuenta de lo que acababa de oír, le miré la mano izquierda y vi que llevaba un anillo nuevo de diamantes. Dejé la taza sobre la mesa de golpe y le dije:

—¡Marcy! ¿Vas a casarte?

—Sí —me dijo, con una sonrisa de oreja a oreja.

Me explicó que Wayne se había arrodillado ante ella y se le había declarado. Llegó el camarero con lo que habíamos pedido, y seguimos charlando mientras comíamos. Ella hablaba animadamente mientras gesticulaba con el tenedor en la mano, y los comensales de la mesa de al lado le lanzaron alguna que otra mirada de extrañeza. Yo me limité a escucharla y a asentir sonriente, porque su entusiasmo era contagioso.

Al final, con un poco de pastel de queso pinchado en el tenedor, se detuvo para tomar aire y me dijo:

—Es el último trozo de pastel que me como hasta después de la boda, quiero perder cuatro kilos por lo menos. ¿Cómo estás tú, Elle?

—Bastante bien. Gracias por la postal y por la planta —le dije, con la mirada fija en mi plato.

—Wayne pensó que te gustaría más la planta que unas flores.

—Pues acertó, díselo —empecé a juguetear con mi trozo de pastel—. Fue un detalle por vuestra parte, gracias.

—De nada —comió un poco de pastel y tomó un trago de café.

Sentí el peso de su mirada, pero no alcé la cabeza; sin embargo, Marcy no estaba dispuesta a dejarse amilanar por una técnica tan simple como la de evitar el contacto visual.

—Ya sabes que puedes hablar conmigo si lo necesitas, sobre lo que sea.

—Gracias, pero mi padre llevaba un tiempo enfermo. No me tomó por sorpresa.

No fue su preocupación lo que hizo que la mirara, sino el suspiro de impaciencia que soltó después.

—No estaba hablando de tu padre, Elle.

—¿No?

Negó con la cabeza, y se metió en la boca el último trozo de pastel.

—No.

Me quedé mirándola durante unos segundos, y al final también me metí en la boca un poco de pastel. Dulce azúcar, chocolate delicioso... mi boca aplaudió con entusiasmo.

—Vi a Dan en el centro el otro día —me dijo, mientras se limpiaba las manos con la servilleta.

Como no contesté, me atravesó con la mirada de sus brillantes ojos azules. Llevaba un tono de pintalabios nuevo, y al ver que su boca se tensaba un poco, me preparé para el sermón que se avecinaba.

—Me dijo que habíais roto, que no contestabas a sus llamadas.

Intenté reír, lo intenté de verdad, pero de mis labios salió un extraño sonido estrangulado.

—¿Te dijo que habíamos roto?

—¿Es cierto?

—No estábamos...
—Elle —posó la mano sobre la mía y yo dejé a un lado el tenedor—. ¿Qué pasó?

La miré a los ojos y le dije con firmeza:
—No quiero hablar del tema.
—Vale.
—Aunque tuviera algo que decir al respecto... que no es el caso, por supuesto... no quiero hablar del tema —mi boca no suele ganarle la partida a mi mente, pero en aquella ocasión no pude contenerla. Cuanto más hablaba, más quería decir. Necesitaba explicarme, negar, postular, considerar, justificarme.

Por una vez, Marcy permaneció callada y se limitó a escuchar.

—No era mi novio, solo nos veíamos de vez en cuando para pasar un buen rato. No tengo relaciones serias, se lo dije desde el principio. Se lo dejé muy claro, y él estuvo de acuerdo —las palabras caían, se dividían y se ramificaban como gotas deslizándose por una ventana, siempre aparecían más cuando parecía que estaban a punto de acabarse—. No tengo la culpa de que me malinterpretara, fui muy sincera con él. Siempre lo fui, desde el principio, y él lo sabía. Los dos lo sabíamos. Y ahora se ha acabado, pero... ¿puede acabarse algo que ni siquiera ha empezado?

—Dímelo tú —Marcy se recostó en la silla, y me miró con calma.

—Sí —le dije con firmeza—. Digo... no.

Esbozó una sonrisa.
—Elle... cielo, cariño... ¿qué tiene de malo ser feliz?

Al principio, no supe qué contestarle. El pastel

me pesaba como una piedra en el estómago. Apuré la taza de café, a pesar de que se había enfriado.

—Tengo miedo —admití al fin, avergonzada.

—Todos lo tenemos, cielo.

—¿Tú también?

—Sí.

Aquello hizo que me sintiera un poco mejor, así que esbocé una sonrisa que ella me devolvió. Puso otra vez su mano sobre la mía y entrelazó nuestros dedos.

—Mira aquellos dos vejestorios de allí, están deseando que nos enrollemos.

Me eché a reír, y no aparté la mano de la suya.

—Sí, pero en su versión habría pudin incluido.

—Mmm... pudin... la idea no está mal.

Nos miramos sonrientes, y algo en mi interior se relajó. Agarré el tenedor y le pedimos al camarero que nos llevara la cuenta.

—Oye, ya sé que no soy la reina de los buenos consejos. He tenido un montón de novios, y no sé si eso es mejor que no tener ninguno. Pero tengo muy clara una cosa: cuando encuentras a alguien que te hace reír y sonreír, que hace que te sientas segura... no deberías dejar que se te escape por miedo.

—¿Wayne es esa persona para ti?

—Sí —su rostro reflejó la felicidad que sentía.

—¿Y no te da miedo que lo vuestro se acabe?

—Claro que sí, pero prefiero disfrutar de algo tan maravilloso durante un tiempo a no tener nada nunca.

Acabé mi postre, y empecé a limpiarme las manos antes de decir:

—Gracias por el consejo, pero me parece que lo mío con Dan se ha acabado.

—Es un buen hombre, Elle. ¿Por qué no le das otra oportunidad?

Me sorprendió que diera por sentado que era yo la que tenía el derecho a darle algo.

—No hay nada que darle, no hizo nada malo. No fue él el que...

Minutos antes mi boca había soltado palabra tras palabra, pero en ese momento, mis labios se movieron y fui incapaz de hablar. Ni siquiera sabía lo que quería decir.

Afortunadamente, a Marcy no le hizo falta que le dijera nada.

—Podrías llamarlo para hablar con él y solucionar las cosas.

Por un instante, aquella posibilidad me llenó de felicidad, pero mi entusiasmo se desvaneció de inmediato.

—No creo que sea buena idea, Marcy.

—¿Por qué no? —parecía decepcionada conmigo, y eso me dolió más de lo que esperaba.

—Porque no tengo suficiente de mí misma para dárselo a alguien más, y hasta que lo tenga, Dan se merece algo mejor que una persona que solo puede entregarse a medias.

Ella me observó en silencio durante unos segundos, y al final asintió y me preguntó:

—¿Has matado a alguien?

—¿Qué? —me puse roja como un tomate—. ¡Por el amor de Dios, Marcy!

—¿Sí o no? Porque no se me ocurre ninguna otra cosa tan horrible como para que no puedas perdonarte.

Me quedé mirándola boquiabierta y le pregunté:

—¿Qué pasaría si te dijera que sí?

—¿Lo hiciste?, ¿mataste a alguien?

—¡A lo mejor! ¡Sí, lo hice!

—¿En serio? ¿Le pegaste un tiro?, ¿le clavaste un cuchillo?, ¿lo envenenaste?

—No, lo que hice fue no llamar a una ambulancia cuando sabía que debía hacerlo —le dije, con voz distante.

—Eso no es matar a alguien, sino dejar que muera. No es lo mismo.

La miré desconcertada, y deseé tomar un trago que me quitara de la boca el sabor del azúcar, del café, y de la rabia.

—Aun así, me manché las manos de sangre.

Su mirada férrea no me dio cuartel.

—A nadie le gustan los mártires, Elle.

Mi cuerpo reaccionó antes que mi mente. Eché la silla hacia atrás de golpe, y me levanté con tanta rapidez, que golpeé la taza con la mano y la tiré. Se estrelló contra el suelo, y se rompió.

Nos miramos por encima de la mesa. Yo tenía la respiración y el corazón acelerados, y Marcy estaba de lo más tranquila. Al ver que tomaba un trago de café con una calma deliberada, apreté los puños.

—¿Por qué te pones de parte de Dan?, ¡se supone que eres mi amiga! —le dije, con voz trémula.

—No sería una buena amiga si no intentara ayudarte...

—¿Crees que así me ayudas?

—Sí.

—No sabes nada sobre mí.

—¿Y quién tiene la culpa de eso?

Mi mente se debatía entre la furia y la desesperación. Retrocedí un poco, y alcé las manos como si quisiera apartarla de mí. Ella permaneció inmóvil.

—Cuando una se enamora, todo lo demás no desaparece como por arte de magia, Marcy. Lo de encontrar al príncipe de la brillante armadura pertenece a los cuentos. No cambia nada, y en caso de que cambie, estás engañándote a ti misma. Adelante, vive en tu arco iris reluciente y en tu mundo de fantasía, me alegro por ti.

»Me alegra que conocieras a Wayne, y que él llenara todos los espacios que estaban vacíos en tu interior. Felicidades, espero que viváis felices para siempre. Pero no es real, solo es un sueño. El amor no hace que todo se vuelva de color de rosa como una jodida varita mágica, Marcy, no cambia las cosas de golpe, no es decir: «¡Qué bien, te quiero, vamos a corretear agarrados de la mano por un jodido prado lleno de flores!».

Mi voz destilaba un veneno que me ardía en la garganta. Marcy estaba mirándome boquiabierta, y se había sonrojado. Parpadeó con rapidez, y tendría que haberme sentido avergonzada de mí misma al ver que tenía los ojos llenos de lágrimas.

—¿Y qué pasa si es así, Elle?, ¿qué pasa si al enamorarse todo parece mejor? ¿Acaso es un crimen? ¿Es un pecado dejar que alguien te ayude un poco de vez en cuando? Pero no, tú tienes que ser una jodida mártir que carga con todo a sus espaldas. Sigue odiándote a ti misma para que los demás también lo hagan, ¿vale? Sigue así de desdichada porque te da demasiado miedo dejar a un lado el pasado. Por el amor de Dios, ¿es que no quieres ser feliz?

—¡Claro que quiero ser feliz, pero no intentes

servirme a Dan en bandeja de plata mientras intentas convencerme de que es la llave mágica! Ni él ni ningún otro hombre, las cosas no funcionan así. El amor verdadero no va a transformarme, Marcy. No todos somos como tú.

—Solo intento ayudarte.

—Ya lo sé —respiré hondo antes de añadir—: Te lo agradezco, pero esto es problema mío. No tiene nada que ver con Dan, no es algo que él hiciera o dejara de hacer. No está relacionado con él, se trata de algo que tengo que superar por mí misma.

—No tienes por qué hacerlo sola. Tienes amigos, gente que te quiere. Sea lo que sea, Elle.

Sabía que tenía razón, que estaba dispuesta a escucharme, a aconsejarme y a consolarme, que haría todo lo que estuviera en sus manos, pero la verdad es que lo que yo necesitaba era deshacerme de la infección que tenía dentro, arrancármela si hacía falta. Abrir la herida, y limpiarla a fondo.

—Nos vemos en la oficina, Marcy.

—Vale.

Podría haber dicho algo para arreglar la situación tensa que se había creado entre las dos, pero fui incapaz de abrir la boca. Siempre se me ha dado mejor destruir que construir. La dejé en el restaurante, y más tarde la vi enseñándole el anillo a Lisa Lewis en la sala de fotocopias. Estaban charlando y riendo, pero se callaron al verme entrar y Marcy me sonrió como si apenas nos conociéramos.

Capítulo 19

Marcy estaba equivocada, yo no era una mártir; al menos, eso creía. No quería alardear de mi dolor, ni hundirme en la autocompasión.

Por eso jamás hablaba con nadie de lo que me había pasado desde los quince hasta los dieciocho años, hasta que Andrew murió. No quería que nadie excusara mis acciones basándose en lo que me había pasado, no quería excusarme a mí misma por ello. En el mundo pasan cosas malas continuamente, cosas incluso peores que las que yo había sufrido. Todo lo que me había sucedido en el pasado era una pieza más de mi rompecabezas, de la persona en que me había convertido, la puntuación en la frase de mi ser. Sin el pasado, no habría llegado a ser la mujer que soy hoy en día, sería otra persona, alguien a quien quizá no reconocería.

Pero Marcy tenía razón en lo de que apartaba a la gente de mí, hacía mucho tiempo que me había dado cuenta de lo que hacía. Me planteé buscar ayuda, tal y como había hecho mi hermano, y al final decidí ir a la iglesia. Había dejado a un lado la religión porque no creía que Dios pudiera resolver mis problemas, aunque tampoco podían hacerlo la bebida, las drogas, ni el sexo. Llevaba una carga muy pesada, y tenía que soltarla.

La iglesia de St. Paul era más grande y moderna que la de St. Mary. En la puerta había varios carteles que anunciaban un «culto contemporáneo», y también ofrecían confesiones. A pesar de que siempre había pensado que no estaba en manos de un hombre decidir si yo me merecía el perdón, no podía quitarme de la cabeza la posibilidad de ir a confesarme, y al final decidí hacerlo.

El padre Hennessy tenía una voz agradable. Era un poco ronca, pero bastante suave. Me trató con amabilidad y con interés, y al menos no parecía aburrido, aunque yo había esperado a que se vaciara la iglesia antes de entrar en el confesionario y seguramente ya estaba bastante cansado de escuchar.

—Bendígame, Padre, porque he pecado. Hace mucho tiempo que no me confieso.

Hablé durante mucho tiempo, y al final me dijo:

—¿Eres capaz de perdonarte a ti misma? Sabes que tanto Dios como yo podemos perdonarte, pero que no sirve de nada si tú no te perdonas también.

—Sí, Padre, ya lo sé —tenía los dedos entrelazados con tanta fuerza que me dolían.

—¿Has acudido a un profesional?

—En los últimos años no, Padre.

—Pero recibiste asesoramiento, ¿no?

—Sí, cuando pasó todo.

Dentro y fuera de la cama

—¿Y no te ayudó?

—Me dieron medicación, pero...

—Ya veo. Sabes que no tuviste la culpa de lo que pasó, ¿verdad?

—Sí, lo sé. De verdad que lo sé.

—¿Y a pesar de todo no puedes desprenderte de la culpa?

—No.

Permanecimos en silencio durante unos segundos, y al final me dijo:

—Te han martirizado con espinas y clavos, al igual que a Nuestro Señor. Puedes sacártelos, pero cada uno de ellos deja un agujero. Tienes tantos agujeros, que te da miedo ser solo eso, agujeros. ¿Estoy en lo cierto?

Apoyé la frente en las manos, y susurré:

—Sí.

—Cuando bajaron al Señor de la cruz, también tenía agujeros, pero volvió a levantarse con el amor del Padre, y tú también puedes hacerlo.

Las lágrimas me corrían por los dedos, pero solté una carcajada gutural y le dije:

—¿Está comparándome con el hijo de Dios?

—Todos somos hijos de Dios, todos y cada uno de nosotros. Nuestro Señor Jesucristo murió por nuestros pecados, para que tú no tengas que hacerlo. ¿Lo entiendes?

Envidié a los que podían aceptar una respuesta así, a los que eran capaces de dejar entrar el sol y permitir que la sangre de su Salvador lo limpiara todo. A mí me parecía otro cuento de hadas, pero no se lo dije al sacerdote. Yo no podía creer en todo aquello, pero él sí.

—Estoy cansada de sentirme así, Padre.

—En ese caso, deja que el Señor te libere de tu carga.

Parecía tan sincero, tan auténtico, que deseé poder hacer lo que me decía. Abrir el corazón, creer en algo que hiciera que todo lo demás pareciera soportable.

—Lo siento, Padre, pero no puedo.

—No te preocupes —me dijo, con un suspiro.

Al verlo tan desalentado, supuse que a lo mejor el sacerdocio no era tan satisfactorio como años atrás, cuando los católicos se limitaban a rezar sin cuestionarse nada.

—Lo siento, Padre. Quiero creerlo...

Se echó a reír, y me dijo:

—Ya lo sé, lo demuestra el mero hecho de que estés aquí. No te preocupes si no crees, Dios sí que cree en ti. No te será tan fácil alejarte de él, no te lo permitirá.

Era la primera vez que oía a un sacerdote riendo en un confesionario.

—Sé quién tiene la culpa de lo que pasó, sé que la culpable no soy yo.

—Pero estás llena de agujeros.

—Sí.

—Y estás buscando algo que los llene.

Me sequé la cara con las manos, y noté la humedad de las lágrimas sobre mis dedos.

—Sí.

—Mi obligación es decirte que encuentres ese algo en la religión. Espero que te lo plantees al menos.

Me caía bien aquel sacerdote, tenía sentido del humor.

—Me parece que usted sería capaz de convencerme, Padre.

—Vaya, ahora me siento mejor. ¿Estás lista para acabar tu confesión?

—Sí —vacilé por un instante antes de decir—: No sea muy duro conmigo, Padre. He perdido la práctica.

Se echó a reír de nuevo.

—Reza un acto de contrición, hija mía.

—Ha pasado mucho tiempo, no sé si me acordaré.

—En ese caso, lo rezaré contigo —empezó a recitarlo, y yo lo seguí.

No tenía sentido seguir así. No me gustaba, no quería, no podía soportarlo, así que decidí ir a ver a mi madre.

Había redecorado la sala de estar. La enorme televisión seguía agazapada en un rincón, como Ella-Laraña a la espera de algún sabroso hobbit al que poder devorar, pero no quedaba nada más que recordara a mi padre. Había reemplazado su silla con un confidente, y había quitado el papel a rayas de las paredes y las había pintado con un alegre tono amarillento.

Me enseñó la sala, pero no dejó que me sentara allí. Me llevó a la cocina, preparó dos tazas de café y sacó de la nevera un pastel de manzana. Me di cuenta de que era uno de los que habían sobrado del velatorio, así que ni siquiera quise probarlo.

—Tengo varias cajas para ti —me dijo, mientras encendía un cigarro—. Si no las quieres, las llevaré a una tienda de segunda mano.

—¿Qué hay dentro?
—Un montón de trastos.

Eché sacarina en el café, porque mi madre no compraba azúcar.

—¿Para qué quiero un montón de trastos?
—Son tuyos —me dijo, como si eso lo explicara todo.

No había mostrado ni sorpresa ni alegría al verme llegar. Dio una calada, y al soltar el humo entrecerró los ojos y se le formaron unas pequeñas arrugas.

—Vale, les echaré un vistazo antes de irme.

Bebimos café en silencio. Era la primera vez que estábamos sentadas en su casa así, como dos adultas tomando un café. Esperé a sentirme un poco rara, y la sensación no tardó en llegar.

Mi madre permaneció impasible, y me preguntó:
—¿Dónde está tu amigo, Ella? —al ver que le lanzaba una mirada elocuente, alzó las manos—. ¿Qué?, ¿qué pasa? ¿Es que no puedo ni preguntar?
—¿Te importa de verdad?
—Te iría bien tener un hombre.
—No parecías pensar lo mismo cuando te lo presenté.
—¿De qué estás hablando? Para ser un judío, parecía muy agradable.

A mi madre siempre se le ha dado bien reescribir la historia según le convenga. Eché la cabeza hacia delante y dije con un gemido:
—Dios del cielo...
—Ni se te ocurra tomar el nombre del Señor en vano en esta casa, Ella.
—Perdona —tomé un poco de café, que estaba demasiado fuerte para mi gusto.

—Ya sabes que creo que tendrías que haberte casado hace tiempo. Tendrías que tener hijos, y una vida de verdad.

Era el sermón de siempre, pero por primera vez no solo escuché las palabras, sino también el significado que había tras ellas.

—Ya tengo una vida de verdad, no tengo necesidad de definirme basándome en un marido y unos hijos.

—Necesitas algo más que esos condenados números, Ella.

—Sí, claro, porque he tenido un modelo de conducta ideal.

Apagó el cigarro en el cenicero, y se cruzó de brazos. El maquillaje perfecto que llevaba no podía ocultar las ojeras que tenía.

—Me gustaría que no fueras tan respondona conmigo, que te cuidaras más, y que en vez de saltarme directa a la yugular cada vez que hablamos, te dieras cuenta de que solo intento asegurarme de que estás bien.

Tenía las manos alrededor de la taza, pero las coloqué con las palmas abiertas sobre la mesa y observé a mi madre con atención, mientras intentaba verme a mí misma en la curva de su mandíbula, en el color de sus ojos, en su corte de pelo. Intenté encontrarme a mí misma en mi madre, ver alguna conexión que demostrara que había habido un tiempo en que había estado en su vientre, y que no era un simple añadido para ella. Que había habido un tiempo en que no me miraba con desilusión.

—Y a mí me gustaría tener quince años, y haberle dicho a Andrew que no cuando me preguntó si lo quería. Y me gustaría que me hubiera hecho caso en vez de meterse en mi cama.

Palideció de golpe, y el colorete resaltó con fuerza en sus mejillas. Por un instante, creí que iba a desmayarse o a empezar a gritar, pero lo que hizo fue abofetearme la cara con tanta fuerza, que mi silla se tambaleó. Me llevé la mano a la mejilla, que había quedado enrojecida y caliente tras el golpe, y la miré a los ojos antes de decir:

—Y me gustaría que dejaras de culparme por lo que pasó.

Me tensé mientras esperaba a que me diera otra bofetada, o a que me tirara el café a la cara, o a que empezara con los gritos y las acusaciones, pero no estaba preparada para lo que hizo... echarse a llorar.

Sus ojos se llenaron de lágrimas gruesas y muy reales, que fueron dejando surcos en su maquillaje cuando empezaron a bajarle por las mejillas. Le cayeron por la barbilla, y le mancharon la blusa de color azul marino que llevaba. Respiró hondo mientras le temblaba la boca y soltó un sollozo.

—¿A quién querías que culpara? —sus palabras me golpearon con más fuerza que su bofetada—. Él está muerto.

Tuve ganas de levantarme, pero no tuve fuerzas para hacerlo.

—Lo sabías, ¿verdad?

—Sí —se sonó la nariz con una servilleta, y agarró otra para secarse los ojos.

—Me llamaste zorra y mentirosa —aquellas palabras quedaron atoradas en mi garganta, pero las saqué a la fuerza. Sentí como si me hubieran arañado al salir.

Dentro y fuera de la cama

Jamás la había visto tan derrotada. Parecía darle igual que las lágrimas le arruinaran el maquillaje, y tener la nariz enrojecida. Cuando volvió a secarse los ojos, se quitó un poco más de maquillaje. Parecía desnuda sin él, vulnerable.

—¿Crees que era una zorra y una mentirosa? —intenté parecer firme, pero mi voz sonó suplicante.

—No, Ella. Claro que no.

—Entonces, ¿por qué lo dijiste? —me eché a llorar también, pero no me molesté en secarme la cara y mantuve las manos sobre la mesa—. ¿Por qué?

—¡Porque pensé que decirlo a lo mejor hacía que fuera verdad!, ¡porque no quería creer que él fuera capaz de hacerte algo así! ¡No quería creer que mi propio hijo pudiera ser tan malvado! Quería que fueras una mentirosa porque así no sería cierto, porque prefería tener una hija que fuera una zorra y una mentirosa antes que un hijo capaz de violar a su propia hermana.

—¿Y qué me dices de lo de tener un hijo gay? —le dije, con una suavidad que me sorprendió a mí misma—. Preferirías tener un hijo que se suicidó y una hija sin vida propia antes que un hijo que está vivo pero al que le gustan los hombres, ¿no?

No me sentí mejor al ver que se derrumbaba, que se encogía y se marchitaba como las piernas de la malvada bruja del oeste cuando Dorothy le quitó las zapatillas. Siempre había creído que me sentiría triunfal al enfrentarme a ella, pero solo sentí tristeza.

—No entiendes lo que supone tener hijos, cómo te decepcionan. No entiendes lo que es darle la vida a una persona y ver cómo lo echa todo a perder. No entiendes lo que se siente al estar en mi lugar, Ella.

La contemplé durante un largo momento, mientras ella seguía llorando y mis lágrimas fueron aminorando. Al final, me puse de pie. No me sentía triunfal, pero me inundaba algo que ansiaba desde hacía mucho tiempo: aceptación.

—No, mamá, no lo entiendo. Supongo que nunca lo entenderé.

Ella asintió mientras volvía a centrarse en el café y en el tabaco, y entonces me di cuenta de que no era la reina de las hadas con la que yo soñaba de niña, ni la malvada bruja con la que la había comparado cuando crecí, sino una mujer. Una mujer, nada más.

Le di un abrazo, y me escocieron los ojos por el humo de su cigarro. Al principio, no me devolvió el abrazo, pero al cabo de unos segundos lo hizo y me dio unas palmaditas en la espalda. Sentí que me acariciaba el pelo.

No dijimos nada más, porque todo era aún demasiado frágil como para alterarlo con palabras, y la dejé allí, en la mesa de la cocina. Me dije que quizá volvería a verla pronto, que a lo mejor podríamos volver a conversar, pero lo que habíamos hecho bastaba de momento.

No acababa de entender la religión, aunque fui a misa un par de veces. El servicio contemporáneo estaba bastante bien, aunque no era el reconfortante y misterioso ritual de mi infancia; al final, no acabó de convencerme, pero me gustó el sermón que dio el reverendo Hennessy sobre los desafíos a los que se enfrentaban los jóvenes.

Después, cuando le estreché la mano al salir de la iglesia y le di las gracias, él me dio un apretón en la mano con sus dedos artríticos y me miró a los ojos al decir:

—De nada.

No dejé de «no odiar» a mi madre, y cuando me llamaba por teléfono me esforzaba por contestar y por hablar con ella. Nuestras conversaciones eran bastante tensas, distantes y educadas. Ella dejó de preguntarme por Dan, y empezó a hablarme de su vida. Se había apuntado a un gimnasio, y a un grupo de lectura. Me resultaba extraño hablar con ella de cosas tan vanas, y supongo que a ella le resultaba igual de raro no despotricar ni sermonearme cada vez que hablábamos, pero al menos las dos estábamos esforzándonos, y yo había aceptado que a lo mejor jamás llegaríamos más lejos.

Pasaba las noches tal y como había hecho durante años: sola. Leía mucho, tejía, pinté la cocina y limpié con vapor las alfombras. Tenía un montón de tiempo que antes, al pensar en todas las tareas que quería completar, me había parecido insuficiente, pero que en ese momento me parecía inmenso y vacío porque no tenía a nadie con quien compartirlo.

Podría haberlo llamado, debería haberlo hecho, pero el orgullo y el miedo me lo impidieron. Temía que no me devolviera la llamada, o peor aún, que me colgara.

Había vivido muchos años sin tener un Dan en mi vida, así que no había razón alguna por la que no pudiera seguir adelante sin uno. El problema era que lo echaba de menos. Él me hacía reír, y había conseguido que perdiera el control.

La noche en que oí el timbre de la puerta fui a abrir con el corazón acelerado. Estaba sin maquillar y tenía el pelo recogido en una coleta, y deseé estar un poco más arreglada; sin embargo, al hombre que había al otro lado de la puerta le daba igual mi aspecto. Me abrazó con tanta fuerza que me dejó sin aliento, y empezó a hacerme cosquillas hasta que me costó respirar.

—¡Chad! —me aparté para poder meter algo de aire en mis pulmones, y volví a abrazarlo antes de apartarme de nuevo para poder recorrerlo con la mirada—. ¿Qué haces aquí?

—Luke me convenció de que viniera a ver a mi hermana mayor —me dijo, con una sonrisa de oreja a oreja.

Tenía muy buen aspecto. A pesar de ser mi hermano pequeño, era más alto que yo desde la pubertad. Era rubio y yo morena, él tenía los ojos marrones y yo azules, el bronceado de su piel contrastaba con la palidez de la mía... lo único que teníamos idéntico era la sonrisa. Lo observé para buscar los cambios que había ocasionado el paso del tiempo, y vi unos cuantos.

—No puedo creer que haya pasado tanto tiempo —me dijo.

—Yo sí —le agarré la mano, y tiré de él para que entrara—. Pero aún me cuesta creer que estés aquí.

Nos sentamos a la mesa de la cocina y empezó a contarme sus últimas aventuras, pero me resultaba difícil convencerme de que estaba allí de verdad. Él se calló de repente, se quedó mirándome, y su sonrisa se suavizó mientras me tomaba de la mano.

—¿A qué viene esa mirada, dulzura? —me preguntó.

—A que me alegro mucho de que estés aquí, Chaddie —le apreté la mano, e intercambiamos otra mirada.

Los dos éramos unos supervivientes.

Me negué a permitir que se quedara en un hotel, no tenía sentido que mi hermano pequeño estuviera en un hotel cuando yo tenía dos habitaciones libres. Fue fantástico tenerlo allí, tener a alguien con quien compartir el café de la mañana, y a quien prepararle unos huevos. Alguien que me conocía tan bien, que no hacía falta que le explicara las cosas. Salimos a cenar, fuimos al cine, y lo llevé a bailar. Nos pasamos horas charlando en el sofá, vimos episodios de *Los duques de Hazzard*, y discutimos sobre cuál de los dos primos estaba más bueno, Bo o Luke. Cuando Chad me dijo que serían incluso más sexis si se daban un morreo, me eché a reír con tanta fuerza, que las palomitas se me cayeron al suelo.

—Te he echado mucho de menos —le dije, mientras tomábamos cacao caliente—. Ojalá te plantearas venirte a vivir a esta zona.

—Sabes que no puedo.

—Claro, por Luke.

—No solo por él. Tengo un trabajo, una casa, una vida entera.

—Ya lo sé, ya lo sé. Pero es que estás muy lejos, y apenas te veo.

—Podrías venir a visitarme más a menudo, muñequita. Sabes que Luke te adora. Te llevaríamos de compras.

—¿Estás insinuando que necesito renovar mi vestuario?

—Bueno, te ayudaríamos a elegir ropa que no fuera ni blanca ni negra.

—A mi ropa no le pasa nada.

—Ella... cariño, cielo... hay más colores en el mundo, aparte del blanco y el negro —recorrió la sala de estar con la mirada, y añadió—: A esta habitación también le vendría bien un toque de color. El comedor es fantástico, aplica el mismo concepto al resto de la casa.

—Me gustan el blanco y el negro, Chad —le dije, a pesar de que sabía que él tenía razón.

—Ya lo sé, pastelito —me besó la mano, y añadió—: Ya lo sé —dejó su taza sobre la mesa, y me preguntó—: ¿Vas a decirle a mamá que estoy aquí?

Tardé unos segundos en contestar.

—¿Quieres que lo haga?

Se encogió de hombros. Chad siempre estaba sonriendo y bromeando, y se ponía serio en contadas ocasiones. Cuando alzó la mirada, nuestros ojos se encontraron y me vi a mí misma reflejada en los suyos.

—No lo sé.

—Si no quieres que se lo diga, no lo haré.

Él soltó un suspiro y se frotó la cara.

—Tanto Luke como mi psiquiatra dicen que debería hablar con ella.

Le agarré la mano y le dije:

—Sé mejor que nadie por qué no quieres hacerlo, pero a lo mejor ha llegado el momento.

—¿Y tú qué?, ¿le has dado una patada en el trasero al pasado?

—No, yo diría que como mucho le he dado un pisotón en el pie —le dije, con una carcajada.

—¿Qué ha pasado con aquel tipo con el que te veías?

—Vino a casa conmigo cuando papá murió, y conoció a mamá. Ella no fue demasiado amable con él.

—¿Fue a la casa contigo? —cuando asentí, se quedó mirándome en silencio, y no supe si estaba impresionado o conmocionado. Volvió a frotarse la cara—. Volviste a la casa.

—No es más que una casa, Chaddie. Cuatro paredes y una puerta.

Volvimos a mirarnos, y entonces se inclinó hacia mí y me abrazó sin vacilar. No pude contener las lágrimas, y le mojé el hombro de la camisa. No me sentí incómoda, él también se puso a llorar.

—No quería dejarte sola, Ella —susurró, mientras seguía abrazándome con fuerza—. Sabes que no quería dejarte sola con él, pero tenía que salir de allí.

—Ya lo sé, ya lo sé.

Le di una servilleta para que se secara la cara, y yo también me sequé la mía. Hablamos tanto, que nos quedamos un poco roncos, y durante tanto rato, que nuestros estómagos empezaron a protestar porque se nos había olvidado comer. Lloramos, gritamos, lanzamos cosas, lloramos un poco más, nos abrazamos, y a veces incluso reímos.

—Tiene que haber una cosa, al menos una cosa buena que podamos recordar sobre él, para poder encontrar la forma de dejarlo todo atrás de una vez —me dijo.

Estábamos pies contra pies en el sofá, debajo de un cubrecama de punto. El suelo estaba cubierto de pañuelos de papel, y mis cojines habían sufrido nuestra cólera. Los restos de los bocadillos que habíamos preparado estaban quedándose resecos sobre la mesa baja.

—Se le daba bien el deporte —comenté.

—No dejaba que los chicos mayores se metieran conmigo.

—Ya hemos encontrado dos cosas buenas, Chad.

—Mi psiquiatra diría que es un muy buen progreso —dijo, sonriente.

Le devolví la sonrisa, y contesté:

—Y tendría razón.

—Es más fácil recordar todas las cosas malas que hizo... drogarse, robar, lo otro...

—Y que lo digas.

—Intenté que parara, y fue entonces cuando empezó a putearme. Le dijo a mamá que yo era gay.

—Sí, ya me acuerdo —alineamos los pies, y con las rodillas un poco dobladas empezamos a jugar al trenecito.

—Mamá no quiso escucharte ni cuando te cortaste, se limitó a taparlo.

Apretó los puños con fuerza, y mi corazón se inundó de amor al ver lo mucho que me quería.

—No te culpo, Chad. Por favor, no te culpes a ti mismo. Eras un crío, solo tenías dieciséis años.

—Y tú solo tenías dieciocho, Elle.

—Y ahora los dos somos adultos, y él está muerto.

—Aún me siento culpable por haberme alegrado cuando me enteré. Cuando papá llamó a casa del tío John para decirle que Andrew se había suicidado, me eché a reír.

—Oh, Chad...

—Tendría que haber vuelto a casa en ese momento.

Dentro y fuera de la cama

—No habrías podido cambiar las cosas, y ella habría convertido tu vida en un infierno. Lo que importa es que los dos hemos seguido adelante, y míranos ahora. Tenemos unos trabajos fantásticos, nuestras propias casas, nuestras propias vidas. Y tú tienes a Luke. Estamos lográndolo, Chad. Las cosas nos van bien.

—¿En serio?, ¿tú estás bien? —me preguntó con voz suave.

—Estoy intentándolo con todas mis fuerzas.

—Yo también.

Horas y horas con un psicólogo no me habrían ayudado tanto como lo hizo la comprensión de alguien que había estado allí. Los dos habíamos sobrevivido a aquella casa, y a lo que había sucedido dentro de ella.

—Él hacía reír a mamá —dije, al cabo de un momento—. Y cuando ella reía, nos quería tanto como a él.

—Sí, es verdad. Supongo que merece la pena perdonarlo por eso, ¿no?

Por primera vez, supuse que sí.

Llevé flores al cementerio... azucenas para la tumba de mi padre, y girasoles para la de mi hermano. Mi madre los había enterrado el uno junto al otro, y la hierba que los cubría estaba bien cuidada. En las lápidas estaban grabados sus nombres, las fechas de nacimiento y de defunción. En la de mi padre ponía *Querido esposo y padre*, y en la de Andrew *Querido hijo y hermano*. Me arrodillé delante de ellas, posé las manos sobre mi regazo, me estremecí un poco bajo la súbita brisa otoñal, e intenté rezar.

No tuve demasiado éxito. No podía concentrarme mientras mis dedos acariciaban las cuentas del rosario, y acabé guardándolo. Me senté sobre la hierba, y lloré en silencio.

En cierto modo, parecía incompleto. No había asistido al entierro de ninguno de los dos, ni me habían pedido que hablara durante la misa. Mientras estaba delante de aquellas dos losas de mármol y de un ramo de flores que ya empezaban a marchitarse, mientras la brisa otoñal jugueteaba con mi pelo, sentí la necesidad de decir las palabras que me había negado a mí misma durante tanto tiempo. Le dije a mi padre que lo quería, y que lo perdonaba por haber elegido el distanciamiento y la bebida en vez de a mí. No me limité a pronunciar las palabras, las dije de corazón.

No salieron con facilidad, y cuando acabé, aún me quedaba algo por hacer. Permanecí en silencio durante un rato mientras intentaba hacer una lista de cosas buenas que pudiera recordar, algo a lo que poder aferrarme en vez de las cosas malas.

Y entonces encontré lo que buscaba.

—Tú fuiste quien me enseñó a encontrar la Osa Mayor, Andrew. Tenía siete años. Fue la primera vez que al observar el cielo nocturno pude ver algo más que números y cosas que contar. Fuiste tú quien me enseñó que allí también había algo hermoso.

El viento agitó las ramas de los árboles que bordeaban el cementerio, que ya habían empezado a colorearse con tonos dorados y rojizos. No imaginé que se trataba de otra cosa, como la caricia de un ángel o una señal que me enviaba mi hermano para aceptar mi perdón, porque era demasiado práctica. Contemplé el movimiento de las hojas. Estaban teñidas de colores vibrantes que sin embargo anunciaban la muerte que estaba por llegar, pero me consolé recordándome que volverían a la vida renovadas en primavera.

Aquello era lo que quería, renovarme. Mientras permanecía sentada delante de las tumbas de mi padre y de mi hermano, los dos hombres que más habían moldeado mi vida, me dije que quizá sería capaz de hacerlo, que a lo mejor yo también iba a poder volver a la vida, crear mi propia primavera.

Esperé a que sucediera algo especial, a que surgieran del cielo unos portentosos haces de luz o a que saliera del suelo una mano que intentara agarrarme, pero lo único que pasó fue que la brisa siguió soplando y que empezaron a castañetearme los dientes.

Me sentía mejor. Me había enfrentado a otro demonio, y había salido ilesa. ¿Cuántos más quedaban?

Me puse de pie, y me sacudí de la falda las briznas de hierba que se me habían quedado pegadas. Me incliné y arreglé mejor las flores. Después de arrancar algunos hierbajos que habían salido junto a las lápidas, tracé las letras de sus nombres con la punta del dedo y pensé en que aquellas inscripciones no alcanzaban a describir las vidas de los hombres que estaban enterrados allí.

—Le gustaba la comedia británica, y la música irlandesa —dije en voz alta, con la mano sobre la lápida de mi padre—. La colonia que usaba era la Old

Spice, le gustaba pescar, y siempre se comía lo que capturaba. Nació en la ciudad de Nueva York, pero se fue de allí a los tres años y no regresó jamás.

Hubo más. Recuerdos de mi padre, el mejor homenaje que pude hacerle. Creí que el de Andrew iba a costarme más, pero quizá recordar lo de las estrellas había abierto el camino.

—Jugaba con nosotros, incluso cuando ya era demasiado mayor para aquellos juegos. Me enseñó a ir en bicicleta sin manos, y fue el primero en contar una historia sobre la princesa Armonía —seguí hablando, y me dio igual si parecía una lunática al hablar con una tumba. Volví a echarme a llorar, y las lágrimas me humedecieron el cuello de la camisa—. Era mi hermano, y lo quería... a pesar de que odiaba lo que hacía.

Aquello especial que había estado esperando sucedió en ese momento, aunque no fue tan teatral como un coro de ángeles ni algo sacado de una película de terror. No fue de repente, pero inhalé el aire otoñal y me di cuenta de que ya no sentía ninguna opresión en mi interior. Me sequé la cara, y volví a inhalar.

Entonces me fui de allí.

Cuando uno se disculpa, siempre es mejor llevar una ofrenda de paz para allanar el camino; en mi caso, fue una caja de profiteroles de chocolate y un termo de café con sabor a avellana para reemplazar el brebaje horrible que solíamos tomar en la oficina. Llamé a la puerta del despacho de Marcy, y ella alzó la mirada y sonrió al verme.

—Hola, Elle. Pasa.

Ella había irrumpido como si nada en mi despacho un montón de veces. Yo no estaba tan relajada, pero le di la caja donde estaban los dulces y le dije:

—Te he traído algo.

Se inclinó hacia delante para olisquear la caja, abrió la tapa con una de sus uñas perfectas, y exclamó:

—¡Serás zorra...! ¡Pero si estoy haciendo régimen!

En cuanto me llamó zorra, supe que las cosas iban a arreglarse entre nosotras; viniendo de Marcy, la palabra era casi un apelativo cariñoso. Le enseñé el termo y le dije:

—También he traído café del bueno.

—Dios mío, te adoro —agarró una taza y me la dio—. Se supone que la cafeína ralentiza la pérdida de peso, pero que me bañen en toffee si entiendo por qué.

Había llevado mi propia taza. Empecé a llenar las dos, y comenté:

—Eso sería un poco empalagoso, ¿no?

Se quedó mirándome sin comprender por un momento, y al final se echó a reír.

—Sí, es verdad.

Alzamos las tazas, y sacó un profiterol para cada una. En cuanto mordió el suyo, soltó un gemido tan largo y sonoro que me eché a reír, pero reaccioné con un entusiasmo parecido cuando mordí el mío. Nos dimos un atracón de dulces y café, y cuando el frenesí disminuyó, le dije:

—Siento mucho lo que te dije, Marcy.

—No te preocupes, cielo. Admito que soy una zorra entrometida.

—No. Estabas intentando ser mi amiga, y yo no reaccioné bien. Lo siento.

—¡La culpa no fue tuya!

—¡Estoy intentando disculparme, Marcy! ¿Quieres hacerme el favor de dejar que lo haga?

Ella se echó a reír, pero asintió y me dijo:

—Vale, yo fui una zorra entrometida y tú una arpía encorsetada. ¿Estamos en paz?

—De acuerdo. He echado de menos tus cotilleos.

—¡Pues tengo un montón de cosas que contarte!

Nos pasamos media hora de trabajo charlando entre risitas sobre el chico nuevo que trabajaba en la sala del correo.

Marcy estaba convencida de que en sus horas libres trabajaba de *stripper*, pero yo ni siquiera me había dado cuenta de su existencia.

—¿Estás ciega?, ¿estás muerta?, ¿tienes las piernas pegadas la una a la otra?

—Oye, ¿no ibas a casarte?

—Sí, pero sigo viva. No pasa nada por mirar, Elle... aunque no pienso decírselo a Wayne, claro.

—Claro.

—Bueno, ¿y tú cómo estás? ¿Qué has estado haciendo? Aparte de tentarme con pasteles para lograr que engorde hasta que no me quepa el vestido de novia, claro.

—Estoy bien —agarré otro profiterol, y le di un mordisco. Me chorreó un poco de crema por los dedos, y me apresuré a chuparla.

—Vale.

Fingí no darme cuenta de que estaba intentando controlar las ganas de comportarse como una zorra entrometida, pero al final me rendí.

—Estoy bien, Marcy. De verdad. Y no, no he llamado a Dan.

Me lanzó una servilleta y exclamó:

—¿Por qué no?, ¡llámalo!

—Es demasiado tarde, hay cosas que están destinadas a salir mal.

—¿Cómo lo sabes si no lo intentas?

Lamí un poco de chocolate, y al ver la sinceridad que se reflejaba en su rostro recordé que me había dicho que lo había visto en el centro.

—¿Qué te dijo cuando lo viste?

—Que habíais roto, ya está.

—¿Estaba solo?

No me contestó de inmediato. Al final se encogió de hombros y admitió:

—No, pero eso no significa nada.

—Siento tener que decírtelo, pero significa mucho.

—De verdad que no, Elle. Se le veía supertriste.

Me limpié los dedos con una servilleta, y agarré mi taza para calentarme un poco los dedos.

—No te preocupes por mí. Dan y yo rompimos, puede salir con quien le dé la gana.

—Pero nadie puede enloquecerlo como tú —me dijo, en tono de broma—. Elle, llámalo.

—No puedo, Marcy.

Ella soltó un sonoro suspiro, alzó las manos en un gesto de rendición, y me dijo:

—Vale, haz lo que quieras, no voy a seguir dándote la lata. Necesito poder charlar contigo, eres la única de la oficina que me entiende.

—Así que soy la única afortunada, ¿no? —después de tirar la basura a la papelera, agarré mi taza y el termo y le dejé los profiteroles que habían sobrado.

—Me caes muy bien —me dijo, con total sinceridad.

Puse una mano sobre su hombro, y le dije:

—Lo mismo digo.

Nos miramos sonrientes, y le acerqué un poco más la caja de dulces.

—Quédatelos y cómetelos todos.

Salí de su despacho sonriendo de oreja a oreja, oyendo cómo despotricaba.

Capítulo 20

Mi calle parecía sacada de una serie policíaca. Estaba iluminada por las luces azules y rojas de un coche patrulla, y por el rojo más fuerte de una ambulancia. Fui a toda prisa hacia la casa de la señora Pease, mientras miraba hacia sus ventanas. Vi que tenía la luz de la sala de estar encendida, como siempre a aquella hora, aunque parecía muy tenue en comparación con las que brillaban en el exterior.

Subí los escalones del porche, y llamé a la puerta. Me abrió al cabo de unos segundos. Su expresión de preocupación se suavizó un poco al verme, y alargó los brazos hacia mí. Sentí un gran alivio al ver que estaba bien, y dejé que me abrazara.

—Elle, menos mal que no eres tú.

—No, señora Pease. Creía que debía de ser usted —la recorrí con la mirada, y añadí—: La ambulancia está justo delante de su casa, me he asustado un poco.

—No, han llegado hace unos cuarenta minutos y han estado llamando a tu puerta.

—¿A mi puerta? —me volví a mirar hacia la calle. Tanto el coche patrulla como la ambulancia estaban vacíos—. ¿Está segura?

—Sí. Aporrearon tu puerta sin parar, pero supongo que no contestaste. A lo mejor han ido a casa de los Ossley.

—Gavin... —se me formó un nudo en el estómago.

—Espero que no.

No tuvimos que esperar demasiado, porque al cabo de un momento la puerta de los Ossley se abrió y los paramédicos salieron empujando una camilla en la que estaba tumbado Gavin. Estaba muy pálido. La señora Pease soltó una exclamación ahogada y me agarró la mano.

—Pobrecillo, espero que esté bien.

La señora Ossley y Dennis aparecieron en la puerta. Ella tenía un puñado de pañuelos de papel en la mano, y estaba llorando mientras él le daba palmaditas en la espalda; al cabo de un momento, un agente de policía, el mismo que había llevado a Gavin a su casa en la ocasión anterior, salió de la casa y se detuvo en el porche mientras los paramédicos metían al chico en la ambulancia.

El agente intercambió unas palabras con la señora Ossley, y aunque no alcancé a oírlos bien, me pareció entender que estaban hablando de acompañar a Gavin en la ambulancia. Cuando ella sacudió la cabeza, Dennis le dijo algo al policía, que se encogió de hombros y se metió la libreta y el boli en el bolsillo; al cabo de unos segundos, la señora Ossley se metió en la ambulancia y el vehículo se puso en marcha.

—Ojalá esté bien —volvió a decir la señora Pease.

—Yo también.

Cuando la ambulancia se alejó, me invitó a que entrara en su casa para tomar una taza de té y unas galletas, y yo acepté. Estuvimos charlando durante un rato, pero a pesar de que hablamos de recetas y de la época festiva que se avecinaba, no pude quitarme de la cabeza la imagen de una camilla y una cara muy pálida.

Al cabo de unos días, hice acopio de valor y fui a la casa de al lado. La señora Ossley me abrió la puerta, y la verdad es que su aspecto no revelaba lo mal que debía de haberlo pasado durante los últimos días. Tenía perfectos tanto el pelo como el maquillaje, y llevaba un traje de lino inmaculado y unos zapatos de tacón. Supuse que era la ropa que se ponía para trabajar, y recordé que no tenía ni idea de a qué se dedicaba.

—¿Qué quiere? —me preguntó con sequedad.

Fuera cual fuese su trabajo, esperaba que no fuera de cara al público.

—Quería preguntarle cómo está Gavin.

Alzó la barbilla y se cruzó de brazos antes de decir:

—Mi hijo está bien, gracias.

—De nada.

Aquello pareció desconcertarla, porque me dijo:

—Supongo que querrá saber lo que pasó, ¿no?

—Ya sé que Gavin tenía algunos problemas, señora Ossley. Se hacía cortes, así que me parece que puedo adivinar lo que pasó —le dije con voz suave.

—¡Ni se le ocurra echarme la culpa a mí! —había palidecido de golpe.

Alcé las manos en un gesto pacificador, y le dije:

—No la culpo...

—¡Porque si sabía lo que pasaba, tendría que haber hecho algo al respecto! ¿Por qué no me dijo nada? Tendría que haber... tendría...

Pareció quedarse sin palabras, y no intenté romper el silencio que nos envolvió. Recordé que mi madre me había dicho que era más fácil echarle la culpa a otra persona. Yo tenía los hombros anchos, podía cargar con la culpa de la señora Ossley si hacía falta.

—Me confesó que usted jamás le había hecho nada inapropiado —admitió al cabo de un largo momento.

—Me alegro —le dije, aliviada.

Ella asintió con cierta rigidez, pero le agradecí el gesto.

—Está en el Grove. Va a quedarse en observación durante dos semanas por lo menos, y también va a recibir asesoramiento psicológico.

El Grove era un centro de salud mental situado en una ciudad cercana. Tenía una gran reputación, y era bastante caro. No sabía qué problemas tenían Gavin y su madre, pero era obvio que ella no estaba escatimando esfuerzos para intentar ayudarlo.

—No quise darme cuenta —admitió con rigidez—. No cuento con el apoyo de su padre, así que las cosas no han sido nada fáciles para mí. Creía que la situación mejoraría cuando Dennis viniera a vivir con nosotros.

No quería abrazarla ni agarrarle la mano. A pesar de que había avanzado mucho en cuanto a mis propios problemas durante las últimas semanas, seguía costándome un poco mostrar afecto abiertamente. Me limité a asentir.

—No sirve de nada que se culpe a sí misma, señora Ossley. Lo principal es que Gavin está recibiendo la ayuda que necesita, y que usted está dispuesta a escucharlo.

—Sí —se frotó los brazos como si tuviera frío, y añadió—: Si quiere visitarlo...

—¿A usted no le importaría?

Tardó un segundo en asentir, y cuando lo hizo, no intentó suavizar el gesto con una sonrisa. Pero lo importante es que lo hizo.

—No, me parece bien. A Gavin le gustaría verla.

—De acuerdo.

Supongo que podríamos haber dicho algo más, pero ninguna de las dos lo hizo. Después de un silencio un poco incómodo, me despedí y di media vuelta para marcharme. Antes de que bajara el primer escalón del porche, ella ya había cerrado la puerta.

Fui a ver a Gavin, y la visita se alargó más de lo que esperaba. Fui al salir del trabajo, el tráfico era horrible, las horas de visita aún no habían empezado cuando llegué, y al principio no estaba disponible; sin embargo, tanto el viaje como la espera merecieron la pena. No hablamos demasiado. No le pregunté sobre los vendajes que tenía en las muñecas, ni sobre su nuevo corte de pelo. Le había llevado una bolsa llena de libros, y la aceptó con entusiasmo.

—¿Ha acabado de pintar ya? —me preguntó, mientras sacábamos un par de latas de refrescos de una máquina expendedora.

—El comedor ya está listo, y he pintado la cocina con un tono que se llama verde primavera.

—Caray, señorita Kavanagh, se está convirtiendo en la Martha Stewart de Green Street —me dijo, sonriente.

Nos echamos a reír, y le conté que la señora Pease había estado enseñándome a cocinar. Era fantástico oírlo reír, y me sentía genial riendo también.

Tuve que marcharme al poco rato, porque los pacientes del centro tenían que acostarse pronto y había que respetar los horarios. Gavin volvió a darme las gracias por los libros. Los dos vacilamos por un momento sin saber cómo despedirnos, y al final él alargó la mano y yo se la estreché con firmeza. Sin soltarme, me giró la mano para ver mi muñeca, y contempló la cicatriz durante unos segundos antes de mirarme a la cara de nuevo.

—Ahora ya se encuentra bien, ¿verdad? —me dijo, mientras intentaba ocultar su preocupación—. Después se arregló todo, ¿no?

Asentí y le di un apretón en la mano, y entonces lo abracé.

—Sí —le dije, al apartarme de él—. Después se arregló todo, y ahora ya me encuentro bien.

Había sido sincera con Gavin, pero después de visitarlo tuve ganas de tomar un trago. Fui al Cordero

Devorado, donde flirteé un poco con Jack. Cuando me preguntó si quería irme a casa con él, le dije que no.

—¿Estás segura? —me dijo, con su deslumbrante sonrisa.

—Segurísima.

Intercambiamos una sonrisa y me rodeó con un brazo antes de marcharse a servir a otros clientes, pero no insistió. Tomé tres copas mientras cenaba, y cuando me planteé si debía tomar otra, me di cuenta de que no quería emborracharme.

Salí del local sintiéndome mejor de lo que esperaba, y me crucé con Dan en la puerta. Él tenía un brazo alrededor de una chica que quizá tenía más de veintiún años. Ella estaba riendo como una tontita y él estaba sonriente, pero al verme se puso serio de golpe. Para acabar de enredar la situación, Jack salió en ese momento para darme mi jersey; al parecer, me lo había dejado en la silla.

Los cuatro nos quedamos petrificados por un momento, y los dos hombres se miraron mientras la chica seguía parloteando. Jack saludó a Dan con una inclinación de cabeza, Dan le devolvió el saludo, y los dos se comportaron como si yo no existiera; en ese momento, deseé haberme tomado la cuarta copa.

Decidí dar un paseo, uno muy largo. Me salió una ampolla en el pie y no logré aclararme las ideas, pero el dolor del talón me sirvió de distracción. Para cuando llegué a casa, creía que ni siquiera iba a tener que llorar.

Dan estaba esperándome en la puerta, su sombra se cernía sobre los escalones de mi porche. Se apartó a un lado para dejarme abrir, y por una vez, el cerrojo no me dio problemas cuando metí la llave.

—Ni siquiera he dicho «ábrete, sésamo» —comenté.

Cerré la puerta cuando entramos en la casa. Fui a la cocina para beberme un par de vasos de agua que me ahorraran una resaca. Fui dejando caer a mi paso el bolso, el abrigo y las llaves, como si quisiera dejar un rastro tras de mí por si se me olvidaba cómo se volvía hacia la puerta.

La idea me hizo gracia y solté una carcajada.

—¿Te has tirado a Jack?

—¿Qué?

Sus palabras me dejaron atónita, y me volví a mirarlo. La habitación empezó a girar un poco a mi alrededor, así que tuve que agarrarme a la puerta para no perder el equilibrio.

—¿Qué has dicho?

—Que si te has tirado a Jack. ¿Has estado follando con él?

Recuperé la sobriedad de golpe. Nos miramos desde extremos opuestos de una habitación que solía parecer pequeña, pero que en ese momento parecía extenderse inmensa entre nosotros. Su expresión era pétrea, y me dolió que hubiera pensado mal de forma automática.

—¿A qué viene esa pregunta?

Le di la espalda y me acerqué al fregadero. El primer vaso que agarré se me cayó y se hizo añicos. Me hice un pequeño corte en el dedo.

—Quiero saberlo, Elle. ¿Has estado follando con él?

Sabía que iba a acercarse a mí, pero no me volví. Abrí el grifo, ahuequé las manos bajo el chorro de agua y empecé a beber sin importarme la sangre que me bajaba por el dedo. Al oír que él se me acercaba más, me volví a mirarlo.

—No tengo por qué contestarte, sobre todo teniendo en cuenta que tú tampoco estabas solo esta noche... aunque eso no es asunto mío.

—¡Pues lo que tú hagas sí que es asunto mío!

Cuando me agarró de los brazos creí que iba a besarme... o a empujarme, y me quedé rígida. Él me zarandeó una vez, y otra, y exclamó:

—¡Es asunto mío!

—¡Suéltame!

—¡Contéstame!

—Ya has decidido que lo he hecho, ¿verdad? ¡Si pensaras que no, no estarías así! No habrías venido, no me habrías esperado para averiguar si es verdad o no. Ya me has juzgado, ¿por qué voy a molestarme en contestarte?

Volvió a zarandearme y me dijo con voz ronca:

—¿Lo has hecho, Elle? ¿Hoy, cualquier otro día? ¿Está enamorado de ti? ¿Por eso rompiste conmigo?, ¿por él?

—¿Por qué te importa tanto? —le espeté con furia.

—Porque te amo —sus dedos se tensaron en mis brazos, y entonces me soltó. Me apartó como si se hubiera quemado al tocarme—. Porque te amo, Elle.

Dio media vuelta, y fue hacia la puerta de la cocina.

Dejé que se alejara, vi cómo se iba. Me quedé allí como un pasmarote, conmocionada, con la mirada fija en su espalda, mientras sus palabras resonaban en mi cabeza.

—No esperaba que llegaras a amarme —alcancé a decir al fin.

Se detuvo al llegar a la puerta principal, y se volvió hacia mí. Jamás en mi vida había visto una expresión de desesperación tan profunda, nunca había visto unos ojos tan tristes.

—Pero te amo, Elle. ¿Qué eres?, ¿un fantasma? ¿Eres un ángel, o un demonio? Porque no puedes ser real...

Me había dicho algo parecido la primera vez que sus caricias me habían estremecido de placer, y al volver a oírlo tuve que sentarme. Las rodillas me flaquearon y me desplomé como una marioneta a la que acababan de cortarle las cuerdas. Como una muñeca de trapo rota.

—Soy real —le dije en voz baja.

—Para mí no. No te permites el lujo de ser real para mí.

Bajé la mirada, y vi la sangre que teñía mi camisa. Mi propia sangre, procedente del corte que me había hecho en el dedo.

Sangre, como rosas rojas floreciendo en mi camisa.

Empecé a temblar. El pelo me cayó hacia delante y ocultó mi rostro. No quería que Dan me viera, no podía soportarlo, no podía soportar que viera mis lágrimas.

—¿Te has acostado con él esta noche, Elle?

Su tono de voz ya no era desafiante, sino angustiado. Negué con la cabeza.

—No, Dan, no me he acostado con él.

Se acercó a mí de inmediato.

—Mírame —cuando obedecí, me dijo—: Te amo, Elle.

—No, no me amas.

—Sí, claro que sí.

Negué con la cabeza. Las lágrimas me abrasaban la piel, me bajaban por la barbilla y el cuello. Dan tomó mis manos entre las suyas, sin prestar la más mínima atención a la sangre, y me preguntó:

—¿Por qué no me dejas estar contigo?

En la vida siempre hay que elegir... avanzar, retroceder, saltar, volar, caer, tener éxito... fracasar.

Y confiar.

—Quiero hacerlo —temblé con más fuerza, a pesar de que no tenía frío.

—Pues hazlo. Todo saldrá bien, te lo prometo —me besó las puntas de los dedos, y chupó la sangre hasta que quedaron limpios.

Entonces me di cuenta de la verdad que había estado negándome a mí misma: Dan me purificaba. Dan hacía que estuviera limpia, reluciente. Hacía que fuera hermosa, y no quería perderle.

—Te lo prometo —me lo dijo con una convicción total, y lo creí.

Esto fue lo que le conté:

Andrew siempre fue el favorito de mi madre. Me parece que ella creyó que no iba a tener más hijos, porque pasaron seis años entre su nacimiento y el mío, y solía llamarme «su pequeña sorpresa». Al menos no dijo que yo fuera un error, aunque un día oí que llamaba así a Chad mientras charlaba con sus amigas.

Andrew era su favorito, con razón. Era inteligente y popular, tanto los profesores como los sacerdotes lo adoraban, sus compañeros de clase lo admiraban, y cuando empezó a ir al instituto, las chicas no dejaban de perseguirlo.

Chad y yo también lo queríamos, era el hermano mayor perfecto. Nunca se enfadaba si le dábamos la lata, nos llevaba a todas partes, jugaba con nosotros al escondite, al pilla pilla, a juegos de críos. Nos dedicaba parte de su tiempo a pesar de que no estaba obligado a hacerlo, y nosotros lo adorábamos. Lidiaba con nuestra madre, que pasaba de agobiarnos con sus muestras de cariño a chillarnos enfurecida, e ignoraba a nuestro padre, que cada vez bebía más.

Hasta que crecí más, no vinculé los arrebatos de genio de mi madre con el alcoholismo de mi padre, pero para entonces ya daba igual. Hacía tanto tiempo que vivíamos sin afrontar aquel problema, que era más fácil seguir fingiendo que no existía.

Algo cambió cuando Andrew cumplió veintiún años. Sus amigos se lo llevaron de copas, lo emborracharon, y llegó a casa cantando y dando portazos a las tres de la madrugada. No sé si había bebido alcohol antes, y aunque habría tenido amplia oportunidad de hacerlo en casa, creo que no lo había hecho. En casa nunca hablábamos del tema de la bebida, y nos limitábamos a fingir que no veíamos los efectos que tenía el alcohol.

Empezó a irle mal en los estudios, a pesar de que estaba a punto de licenciarse en Criminología; de hecho, dejó la universidad cuando solo le quedaba un semestre para acabar, y se vino a vivir a casa de nuevo.

Había cambiado. Bebía y se drogaba, robaba para poder colocarse, se dejó el pelo largo, y casi nunca se afeitaba. Se puso pendientes, y dejó de intentar hacer reír a mamá.

Los juegos que le gustaban también habían cambiado.

Pasaba totalmente de Chad, y cuando le dirigía la palabra, era para llamarle nenaza y maricón. Chad había empezado a tener problemas con algunos compañeros de clase que se metían con él, y comenzó a escudarse tras su ropa negra, el lápiz de ojos, y la música gótica. No le sirvió de nada, tenía trece años.

Yo tenía quince, estaba en plena adolescencia. Mi cuerpo había cambiado, había crecido, me habían quitado la ortodoncia, y era más alta que algunos de mis compañeros de clase. Andrew me dijo que era muy guapa, que me quería... y que si yo lo quería, tenía que ser buena con él.

Claro que quería a mi hermano, quería que fuera feliz. Quería que las cosas volvieran a ser como antes, como cuando sacábamos una tienda de campaña al jardín trasero y se pasaba toda la noche contándonos historias de monstruos a Chad y a mí.

Pero Andrew se había convertido en el monstruo. En una ocasión me había prometido que me protegería, pero no me protegió de sí mismo.

Hice lo que me pidió durante tres años. Creí que así él mejoraría, pero no fue así. Seguía bebiendo, perdió empleo tras empleo, siguió furioso con el mundo entero por razones que yo no llegaba a entender. A veces se iba de casa y regresaba al cabo de varios meses, ojeroso y despectivo, y mi madre se desvivía por él.

Chad fue creciendo y su maquillaje fue haciéndose más pronunciado, su ropa cada vez era más oscura, y la música que oía más estridente. Yo dejé de sonreír. Contar me ayudaba, y contar comida aún más. Trozos de pastel, palomitas... me escudé tras capas de grasa y de ropa, oculté la belleza que mi hermano había visto y que al parecer no podía olvidar.

Nadie me preguntó qué era lo que me pasaba.

Chad lo sabía, al igual que yo sabía que él tenía revistas con fotos de chicos desnudos escondidas debajo de su colchón, pero no hablábamos de ello; de hecho, apenas hablábamos. Nos cruzábamos en el pasillo y coincidíamos en la mesa del desayuno, y durante tres años nuestros ojos compartieron secretos que ninguno de los dos se atrevió a decir en voz alta.

No quería morir, pero en aquel momento cortarme las venas me pareció una buena idea. Sangré un montón, y me dolió más de lo que esperaba. Solo me rajé una muñeca porque me mareé al ver la sangre y tuve que sentarme, y entonces fue cuando Chad abrió la puerta de mi habitación para decirme que bajara a cenar.

La verdad es que no había planeado demasiado bien mi intento de suicidio. Mi madre no dejó de despotricar mientras me bajaba prácticamente a rastras por la escalera, y al llegar a la cocina me cubrió la muñeca con un paño. La moqueta de la escalera estaba llena de manchas de sangre, y tuvo que tirar la alfombra de mi cuarto. Hizo que me quedara en casa durante toda la semana sin ir a clase, pero nunca le contamos a nadie lo que había pasado.

No me ordenó que lo mantuviera en secreto... simplemente, no se lo conté a nadie.

Dentro y fuera de la cama

Andrew fue el único que me preguntó por qué lo había hecho. Fue el único que entró en mi cuarto, se metió en mi cama, y besó el vendaje blanco justo encima de la pequeña mancha roja que había traspasado la tela.

—¿Por qué lo has hecho, Ella? ¿Por mí?

Se echó a llorar cuando le dije que sí. Sentí lástima por él, por mi querido hermano, porque parecía muy triste. Y también sentí envidia, porque yo llevaba años sin poder llorar. Hundió la cara contra mí y sus sollozos nos sacudieron, sacudieron aquella cama tal y como él había hecho que se sacudiera en ocasiones anteriores por distintas razones. Le acaricié el pelo con mi mano indemne, hasta que él intentó besarme... y entonces le dije que no.

—¿No? —preguntó, con voz rota—. ¿No me quieres?

—No, Andrew, no te quiero.

Creí que iba a hacerme daño. Lo había hecho otras veces, incluso cuando no me resistía. Le gustaba tirarme del pelo, sujetarme las muñecas, y pellizcarme.

Me limité a esperar en silencio, y volvió a preguntar:

—¿No?

—No.

Entonces se levantó de la cama y salió de mi cuarto. Creí que había acabado todo, pero me equivoqué.

Me despertaron los gritos de mi madre, que procedían de la cocina. Chad estaba encorvado para protegerse de sus golpes, y las revistas de chicos desnudos que tenía escondidas en su cuarto estaban sobre la mesa. Mi madre había enrollado una, y estaba golpeándolo con ella como si fuera un perro que acababa de cagarse en el suelo.

Andrew estaba sentado de brazos cruzados sin decir nada, se limitó a mirar mientras mi madre insultaba a Chad con palabras tan horribles, que me sorprendió que no le quemaran la lengua. Andrew me miró cuando entré, y no vi nada en sus ojos. Nada de nada.

Chad se escapó aquella misma noche, y pasó varias noches a la intemperie hasta que fue a casa de mi tío John, el hermano de mi madre, que vivía solo y no se había casado nunca. Mi tío lo acogió en su casa, le dio de comer y le compró ropa, lo inscribió en un colegio, lo mantuvo a salvo. Mi tío quería a mi hermano, y le enseñó a aceptarse a sí mismo. Creo que le salvó la vida.

Hasta entonces yo creía que el mundo se había derrumbado a mis pies, pero en eso también me equivocaba. Chad no estaba, mi padre ni se molestaba en recobrar la sobriedad, y mi madre se convirtió en la bruja malvada a tiempo completo.

Un día, cuando aún tenía la muñeca vendada, llegué a casa y la encontré vacía y silenciosa. Mi padre aún no había vuelto del trabajo y mi madre había salido, puede que a comprar una alfombra nueva para mi habitación. Mientras subía la escalera, fui dejando atrás las manchas amarronadas que mi sangre había dejado sobre la moqueta. Justo cuando alargaba la mano para abrir la puerta de mi habitación, oí el golpe.

Me giré como a cámara lenta, igual que en una peli de terror, hacia la puerta del cuarto de baño, que estaba al final del pasillo; al parecer, no estaba sola. Oí otro golpe, y haciendo caso omiso de mi instinto, que me gritaba que me quedara donde estaba, fui hacia aquella puerta y la abrí.

Se había rajado las dos muñecas, y los cortes eran más profundos. Estaba sangrando más. La sangre había salpicado las paredes, el techo, la bañera, chorreaba por el espejo y por la cortina de la ducha y se encharcaba en el suelo. Su olor metálico y penetrante hizo que me tapara la boca con la mano para contener las náuseas.

Estaba en la bañera, completamente vestido, cubierto del agua suficiente para evitar que la sangre se le coagulara sobre la herida y cortara el flujo. Debía de haberse metido después de cortarse las venas, la navaja estaba en el suelo.

Abrió los ojos al oírme entrar, y dijo mi nombre. Me acerqué a él sin pensarlo, resbalé en la sangre y caí de rodillas, y el corte que me había hecho yo misma una semana atrás se abrió y empezó a sangrar de nuevo.

Le agarré la mano y su sangre me cubrió los dedos, dibujó rosas rojas en mi piel y en la tela blanca de mi camisa. El agua de la bañera humeaba, pero él estaba frío.

Estaba vivo cuando lo encontré, pero no pedí ayuda. Al mirar a mi hermano a los ojos, no vi nada en ellos, y permanecí sentada a su lado, agarrándole la mano, mientras se desangraba y moría.

Esa fue la historia que le conté a Dan. Todo lo que le dije era cierto. Después de aquello pasaron muchas cosas... me marché para ir a la universidad, conocí a Matthew, aprendí que podía amar a alguien y hacer el amor con él, aprendí que follar y beber podían reemplazar a los cálculos, y también aprendí a ser cauta a la hora de elegir a quién confiarle mis secretos.

Y entonces conocí a Dan.

Apenas habló mientras se lo contaba todo, me dejó hablar. Me acarició la espalda con pequeños movimientos circulares cuando llegué a las partes más duras, y me sostuvo la mano con fuerza.

Cuando acabé respiré hondo varias veces, y entonces lo miré. Me sentía como si acabara de vomitar algo que llevaba tiempo enfermándome, como si hubiera abierto una herida que había ido infectándose, como si hubiera soltado una piedra enorme que había acarreado sobre mis hombros hasta ese momento.

Me sentía más ligera, limpia. Estaba exhausta y un poco entumecida, pero también... satisfecha, aliviada.

—No hay mucho más que decir, Dan.

Nunca le había contado a nadie la historia completa. Era lo máximo que podía hacer, no podía ser más persona de lo que era... pero había aprendido que tampoco podía ser menos.

Dan permaneció en silencio durante varios segundos más, y al final me preguntó:

—¿Puedo abrazarte?

Cuando asentí, me rodeó con los brazos y me mantuvo apretada contra su cuerpo en silencio durante largo rato. Sentí su aliento en mi pelo, y acompasé mi respiración a la suya... aire dentro, aire fuera.

Dentro y fuera de la cama

Posé la mano sobre su pecho, y el latido estable y rítmico de su corazón me relajó. Sus manos me acariciaban la espalda, y sus labios me rozaron el pelo.

Fui yo la que lo besó primero, y él dejó que yo llevara la iniciativa. Lo insté a que abriera la boca, y metí la lengua para saborearlo. Después de hacer que colocara las manos sobre mis senos, le desabroché varios botones de la camisa, metí la mano bajo la tela y acaricié con los nudillos el vello que le cubría el pecho.

Susurró mi nombre contra mi boca y empezó a acariciarme un pezón con un pulgar mientras bajaba la otra mano hasta mi trasero para acercarme más. Me acarició la lengua con la suya, nuestros dientes se entrechocaron mientras nuestros labios se movían y nuestras manos acariciaban con una avidez creciente.

Me puse de pie, lo agarré de la mano y lo llevé a mi dormitorio. Después de apartar a un lado las mantas, dejé que me tumbara sobre las sábanas blancas. Mi pelo se abrió como un abanico alrededor de nosotros, y el suyo se alborotó cuando se quitó la camisa por la cabeza. Se inclinó a besarme de nuevo mientras yo le quitaba los pantalones y los calzoncillos.

Él se quedó desnudo antes, ya que yo tenía que lidiar con botones, cremalleras y corchetes. Empezó a desabrocharme la camisa, y fue besando cada centímetro de piel que iba revelando.

Abrió la prenda, y trazó con la punta del dedo el borde del sujetador. Sus ojos seguían cada una de sus acciones, pero de vez en cuando se alzaban hacia los míos. Me prestaba atención, tenía en cuenta cada detalle, pero no se sumergió en mí. Me mantuvo conectada, plenamente consciente. Nos mantuvo juntos, de modo que no se trataba de lo que él me hacía a mí o yo a él, sino de una exploración y una admiración mutuas.

—Me encanta cómo te cambia el tono de piel justo aquí, por encima del sujetador —me dijo, mientras trazaba con el dedo una línea a lo largo de la curva de mis senos.

Conocía mi propio cuerpo lo suficiente como para saber por qué la piel palidecía más en aquella zona. Cuando me desabrochó el cierre delantero del sujetador y separó las dos partes, inhalé con fuerza y mis senos se alzaron bajo sus manos.

—Me encanta este tono rosado —me dijo, mientras rodeaba los pezones con la punta de un dedo.

Al ver que se tensaban, sonrió y bajó la cabeza. Empezó a succionar uno, y mi clítoris palpitó con fuerza. Cuando empezó a chupar y a succionar el otro pezón, le puse una mano en la nuca.

Al cabo de unos segundos, me besó entre los pechos y entonces los juntó y empezó a besarlos y a chuparlos a la vez. Me ayudó a sentarme el tiempo justo para quitarme la camisa y el sujetador, y noté el frescor de las sábanas bajo la espalda cuando volvió a tumbarme.

Fue dejando un reguero de besos mientras iba bajando por mi cuerpo, y soltó pequeños gemidos de deseo mientras me acariciaba con las manos, los labios, los dientes y la lengua. Me quitó la falda, pero me dejó las bragas puestas de momento y se quedó mirándolas. No tenían nada especial, no se trataba de un tanga sexy ni de una prenda minúscula de encaje. Cuando me las había puesto, no esperaba que nadie las viera, eran unas bragas sencillas de algodón blanco y corte alto.

Me besó por encima del hueso de la cadera y di un respingo cuando recorrió mi clítoris con un dedo, por encima del suave algodón. Me besó el vientre, justo por encima del elástico de las bragas, mientras seguía moviendo el dedo.

Lo único que nos separaba era una fina capa de algodón blanco. Siguió frotándome el clítoris con el dedo, y entonces lo cubrió con la boca y exhaló su cálido aliento a través de la tela. La fina barrera bastó para que la deliciosa sensación quedara un poco amortiguada. Estaba enloqueciéndome, tentándome.

Volvió a hacerlo, y sentí el movimiento de su lengua en el clítoris. No era una estimulación directa, sino más bien una presión, y abrí las piernas para poder arquearme con más fuerza hacia él.

Empezó a bajarme las bragas y fue siguiendo el descenso de la prenda con las manos y la boca. Me besó el tobillo, y ascendió por la pantorrilla hasta la rodilla.

—Tienes un poco de vello —murmuró.

Me eché a reír y le dije:

—Hoy no me he depilado.

—Me gusta —acarició el vello que me cubría la rótula, y me besó aquella parte de mi cuerpo que siempre me había parecido más fea—. *Au naturel*.

También tenía vello en los muslos, aunque era más suave y fino. Lo acarició también, y su boca fue dejando un rastro húmedo sobre mi piel.

Me abrió las piernas y se colocó entre ellas. Alzó la mirada como pidiéndome permiso, y yo se lo di al no apartarme. Bajó la cabeza y posó la boca sobre mi piel. Su lengua empezó a acariciarme el clítoris con un movimiento suave pero firme. Siguió tocándome, besándome, mientras mi excitación se acrecentaba. Cuando mi cuerpo se abrió ante él, me metió un dedo, después otro, y empezó a chuparme.

Me dejé llevar por completo, me rendí a sus labios y su lengua. Su saliva se mezcló con mis fluidos, y lubrificaron el movimiento de sus dedos. Me metió otro más, y yo me mecí contra su boca para ayudarlo a encontrar el ritmo que más me satisfacía.

Sus gemidos de placer me enloquecían. Me excitaba más y más al oír el placer que sentía al hacerme aquello, al escucharle murmurar mi nombre y palabras de amor mientras me chupaba.

Mi vientre se tensó mientras movía las caderas, mientras presionaba mi sexo contra su boca y sus dedos. Vi estrellas estallando tras mis párpados cerrados, y me acordé de que tenía que inhalar. El aire me condujo a un nuevo nivel de excitación. Sentí regueros de placer que me recorrían las piernas hasta llegar a los dedos de los pies, que avanzaban por mis brazos y mis manos. La oleada de placer me envolvió y me aupó, me arrastró.

Me corrí bajo su lengua, y él me sujetó contra sí mientras mi cuerpo se arqueaba y se sacudía. Grité extasiada, y el sonido de su nombre en mis labios fue como un caramelo, dulce y aromático, regaliz y whisky. Su nombre, Dan. El hombre que me había escuchado cuando había querido hablar, que había querido saber por qué había perdido la sonrisa.

Siguió chupándome con ternura durante unos segundos, y entonces me besó el clítoris y subió por mi cuerpo hasta hundir el rostro en mi cuello. Posó la mano sobre mi corazón, y cuando yo la cubrí con la mía, nuestros dedos se entrelazaron.

Su cuerpo irradiaba calor. Bajé la mano para acariciarle la polla, que estaba apretada contra mi muslo. Él soltó un suspiro ahogado contra mi cuello, pero permaneció donde estaba.

—Dan, quieres hacerme el amor —le dije en voz baja.

Alzó la cabeza, y aquella sonrisa que me resultaba tan familiar hizo que el corazón se me acelerara de nuevo.

—Sí, claro que quiero —dijo, antes de besarme.

Estaba tan húmeda, que me penetró de golpe hasta el fondo. Los dos nos estremecimos, pero me aferré a él y no dejé que retrocediera. Entrelacé los talones alrededor de sus pantorrillas, y le puse las manos en las nalgas para cimentarlo contra mí.

—Hazme el amor, Dan.

Lo hizo con movimientos lentos, pausados. Dentro, fuera... el ritmo de nuestras caderas estaba perfectamente acompasado. Dar y recibir, avance y retirada.

Me besó en la boca, y entonces me cubrió con todo su cuerpo para besarme el cuello. Me ancló a él con su boca, sus manos, y su polla. Estábamos sudorosos. Lo abracé con mis brazos y mi sexo, estábamos perfectamente alineados.

Su respiración se volvió entrecortada, y añadió un pequeño giro a cada embestida para que su pelvis empujara mi clítoris. Al notar aquella súbita presión, solté una exclamación ahogada al pensar que quizá me dolería un poco, pero no tardé en darme cuenta de que solo servía para aumentar más mi placer. Embestida, giro. Arqueé la espalda, y me apreté con más fuerza contra él.

Se movió más y más rápido, y me mordió el hombro. Le aferré las nalgas y lo atraje hacia mí con más fuerza, con más rapidez, pero con la misma fluidez. Siguió con aquellas embestidas rítmicas, y volví a correrme. El placer fluyó por mi cuerpo en oleadas lentas, y me aferré a sus omóplatos mientras los músculos de su espalda se tensaban. Se estremeció de repente, y nos corrimos juntos entre exclamaciones jadeantes y murmullos de placer.

Más tarde, en la oscuridad, siguió abrazándome mientras me acariciaba el pelo. Olíamos a sexo y las sábanas estaban húmedas, pero no nos levantamos. Permanecimos abrazados en la oscuridad, en silencio.

Después

No corrimos de la mano por prados llenos de flores, ni empezó a sonar una suave música de fondo cuando nos besábamos. A mi madre no le cayó ninguna casa encima. Yo no me liberé de todo de golpe, no me convertí en un ejemplo radiante que demostraba que solo hacía falta que llegara un caballero de brillante armadura con un martillo para romper la torre de cristal. La vida no funciona así. Pero lo intentamos, seguimos intentando día a día que esto funcione, ser honestos el uno con el otro, sernos fieles, escuchar. Mirar hacia delante, hacia lo que nos espera, en vez de mirar hacia atrás, hacia lo que hemos dejado atrás.

No sé lo que nos depara el futuro, lo único que sé con una certeza absoluta es que Dan me domesticó, que nos necesitamos el uno al otro.

Se ha convertido en alguien único en el mundo para mí.

TÍTULOS DE LA COLECCIÓN

MEGAN HART
Dentro y fuera de la cama

SARAH McCARTY
Placer salvaje

NANCY MADORE
Cuentos para el placer

JINA BACARR
Placer en París

KAYLA PERRIN
Tres mujeres y un destino

MEGAN HART
Tentada

SARAH McCARTY
La llamada del deseo

AMANDA McINTYRE
Diario de una doncella

www.ingramcontent.com/pod-product-compliance
Lightning Source LLC
LaVergne TN
LVHW091612070526
838199LV00044B/769